Felicitas Mayall

NACHTGEFIEDER

Laura Gottbergs siebter Fall

Roman

Kindler

1. Auflage Juli 2011

Redaktion Nicole Seifert
Satz Adobe Caslon PostScript (InDesign)
bei Pinkuin Satz und Datentechnik, Berlin
Druck und Bindung GGP Media GmbH, Pößneck
Printed in Germany
ISBN 978 3 463 40586 5

Dieser Text ist rein fiktiv. Eventuelle Ähnlichkeiten mit tatsächlichen Personen, Orten oder Ereignissen beruhen auf Zufällen und sind nicht beabsichtigt.

Für meine Freundinnen, deren Herzen gebrochen wurden, und für ihr Wiederaufleben

Deine Küsse dunkeln, auf meinem Mund.
Du hast mich nicht mehr lieb.

Und wie du kamst –!
Blau vor Paradies;

Um deinen süßesten Brunnen
Gaukelte mein Herz.

Nun will ich es schminken,
Wie die Freudenmädchen
Die welke Rose ihrer Lende röten.

Unsere Augen sind halb geschlossen,
Wie sterbende Himmel –

Alt ist der Mond geworden.
Die Nacht wird nicht mehr wach.

Du erinnerst dich meiner kaum.
Wo soll ich mit meinem Herzen hin?

Else Lasker-Schüler

Il tempo invecchia in fretta
Antonio Tabucchi

OBWOHL ES LÄNGST dunkel war, trippelten noch immer Tauben zwischen den Buden des Weihnachtsmarkts herum, der bis in die Fußgängerzone Richtung Karlsplatz hineinwucherte. Donatella Cipriani verabscheute diese Vögel, überall schienen sie zu sein, bevölkerten auch römische und Mailänder Winter- und Sommernächte, die Plätze von London, Paris, verpesteten den Markusplatz von Venedig und den Campo von Siena. Die Tauben passten sich den Menschen an, verloren ihre natürlichen Instinkte. Sie machten die Nacht zum Tag, schliefen dafür am Morgen länger, litten vermutlich unter Schlafmangel und wurden anfällig für Infektionskrankheiten – wie die Menschen. Sie vögelten sogar nachts, im Schein von Neonlampen. Auch das hatte Donatella Cipriani beobachtet, und es war ihr wie eine Perversion erschienen, ähnlich dem Nachtleben vieler Menschen. Wie ihr eigenes.

Sie ging sehr langsam, blieb immer wieder vor den großen Auslagen der Geschäfte stehen, die erst vor einer halben Stunde die Türen geschlossen hatten. Trotzdem waren kaum noch Menschen unterwegs, als hätte jemand sie weggezaubert. Nur die Tauben waren noch da. Mit aller Kraft konzentrierte sich Donatella Cipriani auf die Waren in den Schaufenstern, sah trotzdem durch sie hindurch auf etwas anderes, das hinter all diesen Lichtern und Weihnachtsdekorationen lag. Obwohl Nacht war, trug sie eine leicht getönte große

Sonnenbrille. Ein breiter Seidenschal bedeckte ihr Haar, verhüllte auch ihren Mund.

Sie war sich nicht sicher, ob ihr Entschluss richtig war, und sie hatte Angst. Zweimal ging sie an der Abzweigung zum Polizeipräsidium vorbei. Beim ersten Mal lief sie weiter bis zum Karlstor, kehrte verwirrt um, studierte ein Filmplakat und wusste schon ein paar Minuten später nicht mehr, welchen Film es dargestellt hatte.

Unruhig kehrte sie zum Marienplatz zurück, fühlte sich vom Geklapper ihrer eigenen Absätze verfolgt und bemerkte, dass immer mehr Tauben wie Lappen von den Dächern fielen, dunkle, gurrende Tauben, denen die milden Winter und künstlich erhellten Nächte ein ewiger Frühling waren. Ohne nachzudenken, trat sie nach einem dickkehligen, buckelnden Täuberich, verfehlte ihn knapp. Er flatterte ein paar Meter, trippelte dann balzend weiter, als wäre nichts geschehen.

Sie rannte hinter ihm her, jagte ihn erneut hoch, blieb keuchend stehen und sah ihm nach, wie er sich auf einen Sims der Michaelskirche flüchtete und von dort auf sie herabstarrte. Der Sims war zu schmal für ihn, deshalb klebte er regelrecht an der Wand. Panisch, mit abgeknicktem Flügel, ab und zu flatternd das Gleichgewicht haltend. Seine Augen schienen rot zu glühen, doch das war vermutlich nur der Widerschein einer Leuchtreklame.

Ihr war heiß, und sie hätte gern einen Stein nach ihm geworfen, doch mitten in der Fußgängerzone gab es keine Steine.

«Was ham S' denn gegen die arme Taub'n?», fragte ein Mann, der Donatella bei ihrer Attacke zugesehen hatte. Sie verstand ihn nicht, beachtete ihn nicht, ging schnell weiter. Es war dumm von ihr gewesen, nach der Taube zu treten und ihr nachzulaufen. Sie durfte nicht auffallen.

An der Abzweigung zur Ettstraße blieb sie stehen. Der Mann war ihr nicht gefolgt, doch er schaute ihr nach. Hell erleuchtet lag der Hof des Polizeipräsidiums vor ihr, die Gitterstäbe des hohen Zauns zeichneten sich scharf ab. Noch immer blickte der Mann in ihre Richtung. Deshalb lief sie weiter, näherte sich langsam dem Tor und den beiden jungen Polizisten, die dort Wache hielten. Das Tor war verschlossen. Donatella Cipriani ging bis zum Ende des riesigen Gebäudes und kehrte wieder um.

Vielleicht war sie gerade dabei, die größte Dummheit ihres Lebens zu machen. Vielleicht wäre es besser, in den nächsten Zug zu steigen und nach Mailand zu fahren. Oder nach Amsterdam oder Paris oder Hamburg. Aber es konnte auch sein, dass es günstiger war, um Einlass in dieses ein wenig furchterregende Gebäude zu bitten und zu tun, was sie sich vorgenommen hatte.

Niemand wusste von ihrem Plan, auch ihre Rechtsanwältin in Mailand nicht. In ihrer Heimat durfte keiner etwas erfahren, und dort würde sie auch niemals zur Polizei gehen. Aber hier in München könnte ihr Plan funktionieren. Sie musste nur all ihre Autorität und Überzeugungskraft einsetzen. Nichts durfte an die Öffentlichkeit dringen. Aber das läge im Interesse der Ermittler selbst. Wirklich? Machte sie sich auch nichts vor?

Donatella Cipriani legte zwei Finger seitlich an den Hals und spürte das heftige Pochen ihres Blutes. Sie musste ruhig bleiben. Ruhig und überlegen.

Sie brauchte einen Übersetzer – aber das war ein Mensch zu viel, einer, der versucht sein könnte, sich einen Batzen Geld zu verdienen. Ihr Deutsch war nicht gut, reichte gerade, um Kaffee zu bestellen. Sie müsste es mit Englisch versuchen, doch lieber wäre es ihr, diese heikle Angelegenheit in ihrer Muttersprache Italienisch zu erklären. Jedes einzelne Wort zählte. Nichts durfte schiefgehen.

Sie hoffte, einen Mann als Gegenüber zu bekommen; Männer wusste sie ganz gut zu lenken. Obwohl sie sich dessen inzwischen auch nicht mehr sicher war. Trotzdem könnte sie vielleicht eher auf die Solidarität einer Frau bauen. In ihrem speziellen Fall.

Sie fühlte sich zittrig. Das Risiko war so hoch. Ihre gesamte Existenz stand auf dem Spiel. Niemals würde Ricardo ihr einen Skandal verzeihen. Männer konnten sich in Italien bestimmte Skandale leisten – jedenfalls, wenn diese bewiesen, dass sie echte Männer waren. Es gehörte quasi zum guten Ton. Frauen konnten das nicht. Ganz besonders nicht als Ehefrauen von Männern, die in der Öffentlichkeit standen.

Plötzlich erschien Donatella Cipriani der eigene Plan völlig dilettantisch, geradezu lächerlich. Er konnte gar nicht funktionieren. Sie hatte sich nur selbst beruhigt mit diesem Plan. Es gab keinen Ausweg. Sie würde mit Ricardo reden müssen, und er würde sich blitzschnell von ihr trennen. Seine Fähigkeit, Abstand von gefährlichen Situationen zu halten, war berühmt. Er würde sie genauso fallenlassen, wie er andere hatte fallenlassen. Sie konnte sogar den Ausdruck seiner Augen vor sich sehen, dieses langsame Erkalten, dieses innerliche Zurücktreten, vor dem sich sogar seine engsten Mitarbeiter fürchteten.

Donatella umklammerte einen der eisernen Gitterstäbe und versuchte ruhig zu atmen. Sie musste hinein in diesen hellen Hof mit all seinen Scheinwerfern. Es gab keinen anderen Weg. Noch einmal schaute sie sich sorgfältig um. Niemand war zu sehen. Sie hatte es geschafft, jeden möglichen Verfolger abzuschütteln und in die Irre zu führen. Immerhin das. Entschlossen ging sie auf die wachhabenden Beamten zu.

«Ich muss sprechen mit Commissario!», sagte sie und war erstaunt, wie fest ihre Stimme klang. «I have to talk to an inspector, please!»

Zwei, drei Sekunden lang war sich Laura Gottberg nicht sicher, ob dies wirklich ihre eigene Küche sein konnte, ob es tatsächlich die vertrauten blauen Schränke waren, die sie selbst lackiert hatte, ob sie gerade ein duftendes Hühnchen aus dem Bratrohr genommen hatte, das in einer Soße aus Tomaten, schwarzen Oliven und Sardellen schwamm. Sie verharrte einfach, erstarrte in der Mitte dieser möglicherweise fremden Küche, hielt die Kasserolle mit dem Braten vor sich und versuchte zu begreifen, was ihr Sohn Luca gerade gesagt hatte.

Nur zwei, drei Sekunden lang, als hätte jemand ihren Lebensfilm angehalten. Dann stellte sie die Kasserolle auf dem Herd ab und drehte sich langsam zu Luca um.

Sie sah nur seinen Rücken. Mit einer Schulter lehnte er an der Balkontür, hatte beide Hände in den Hosentaschen vergraben und starrte in die Dunkelheit hinaus. Er war sehr groß und wirkte trotz des weiten Pullovers überschlank und schlaksig. Jetzt stieß er mit seinem rechten Turnschuh an die Balkontür und presste seine Stirn an die Scheibe.

«Es hat doch gar nichts mit dir zu tun!» Seine Stimme klang belegt, und er räusperte sich lange.

Laura nahm jetzt ihre Knie wahr, spürte eine ungewöhnliche Schwäche in ihren Beinen, die Füße waren irgendwie nicht da, wo sie hingehörten.

«Nein», murmelte sie und stützte sich mit beiden Händen auf der Anrichte ab.

«Es hat wirklich nichts mit dir zu tun, Mama!» Jetzt war seine Stimme lauter, als müsse er sich selbst davon überzeugen. Noch immer redete er mit der Balkontür, der Dunkelheit draußen und vielleicht mit ihrem Spiegelbild in der großen Glasscheibe. Er hatte sie die ganze Zeit beobachtet, obwohl er ihr den Rücken zuwandte. Auch das wurde Laura erst in diesem Augenblick bewusst.

Dabei hatte sich bis vor wenigen Minuten das Leben ganz wohlig angefühlt. Ein freier Tag lag hinter ihr, sie hatte mit Lust das Abendessen zubereitet und sich auf das gemeinsame Mahl mit Luca und Sofia gefreut. Später wollte sie ins Präsidium fahren und Papierkram aufarbeiten, Bereitschaftsdienst hatte sie ohnehin.

Was hatte Luca gesagt? Ohne Vorwarnung!

«Ich möchte eine Weile bei Papa wohnen. Natürlich werde ich öfter bei euch vorbeikommen.»

Laura hatte es die Sprache verschlagen und für kurze Zeit eine Art Realitätsverlust ausgelöst. Jetzt war sie wieder da, trotz der weichen Knie. Aber sie wusste nicht, was sie sagen sollte, hatte nur wirre Gedanken, die zwischen Vernunft, Protest, Verzweiflung und Verständnis umherrasten.

Luca war immerhin siebzehn, längst konnte er seinen Aufenthaltsort selbst wählen, konnte entscheiden, ob er bei Vater oder Mutter leben wollte. Sie kannte das Gesetz. Schon seit einiger Zeit war er auf dem Weg. Wohin? Vor allem zu seiner Freundin. Aber das war nur Spiel gewesen. Innerlich war er schon länger unterwegs, raus ins eigene Leben. Gut so … hatte sie bisher gedacht.

Aber plötzlich ging es zu schnell. Er war noch nicht einmal mit der Schule fertig. Sie selbst hatte nie daran gezweifelt, dass er wenigstens bis zum Abitur bei ihr und Sofia bleiben würde. Trotz all der Anzeichen von Selbständigkeit.

Noch knapp zwei Jahre, hatte sie gedacht. Und sie hatte sich vorgenommen, diese zwei Jahre besonders intensiv zu erleben.

Ronald, ihr Exmann, hatte nie auch nur angedeutet, dass er die Kinder auf Dauer übernehmen wollte. Selbst Luca hatte immer wieder gesagt, sein Vater sei zwar nett, aber ziemlich unzuverlässig. Wie kam er plötzlich auf die absurde Idee, zu ihm zu ziehen?

«Warum sagst du denn nichts?» Lucas Stimme klang jetzt ärgerlich und ein bisschen verzweifelt.

«Weil … weil ich überrascht bin. Das bedeutet eine große Veränderung, Luca.»

«Ich hab doch gesagt, dass ich trotzdem oft herkomme!»

«Ist schon okay. Aber könntest du mir ein bisschen Zeit geben, das zu verdauen?»

«Findest du es nicht normal, dass ich auch mal mit meinem Vater leben will? Es ist doch normal! Er ist genauso wichtig für mich wie du!»

Laura beobachtete, wie sich die knusprige braune Haut des Hähnchens zusammenzog und faltig wurde. «Wir sollten essen», murmelte sie.

«Ach, verdammt! Ich hab es gewusst! Deshalb hab ich bisher nichts gesagt! Ich wusste, dass du es nicht aushältst!» Luca stieß sich von der Balkontür ab und stand mit geballten Fäusten vor Laura, Tränen in den Augen. Oder irrte sie sich? Langsam löste sie ihren Blick vom Huhn und stellte sich ihrem Sohn.

«Ich halte es aus, Luca. Es tut weh, aber ich halte es aus. Wann willst du umziehen?»

«Tu doch nicht so heldenhaft! Mir fällt's ja auch schwer. Aber es ist wichtig für mich!» Jetzt klang er trotzig.

«Ich fühl mich überhaupt nicht heldenhaft, Luca. Eher

so, als würde die Zeit mich überholen und als hätte ich etwas Wichtiges übersehen. Komisches Gefühl.» Laura versuchte ein Lächeln, ließ es aber sofort, denn sie brachte nur eine Grimasse zustande.

«Ach, Mama ...» Er streckte die Arme nach ihr aus. Laura wich ihm aus.

«Mach das jetzt nicht, Luca! Ich will nicht die Fassung verlieren!»

Als sie Sofias Schritte auf dem Flur hörten, wandten sie sich gleichzeitig von der Küchentür ab und senkten die Köpfe.

«Hab ich Hunger! Es riecht so gut. He, Luca, warum hast du den Tisch noch nicht gedeckt?» Sofia öffnete den blaulackierten Küchenschrank, nahm drei Teller heraus und knallte sie auf den Tisch. Dann hielt sie inne und atmete so hörbar ein, als prüfe sie die Luft wie ein sicherndes Tier.

«Is' was?»

«Nein, was soll denn sein?» Laura schob die Kasserolle mit dem Huhn wieder ins Bratrohr und schaltete den Grill ein, um die knusprige Haut zu retten.

«Na ja, hier knistert's irgendwie. Habt ihr gestritten?»

Laura schüttelte den Kopf, füllte eine Schüssel mit gedünsteten grünen Bohnen und eine zweite mit Polenta.

«Hier knistert überhaupt nichts!»

«Na, dann!» Mit einer Kopfbewegung warf Sofia ihr langes dunkles Haar zurück und zuckte die Achseln. «Ich hab jedenfalls Hunger und will jetzt essen! Kannst du vielleicht mal helfen, Luca? Zum Essen braucht man Besteck und zum Trinken Gläser!»

Schweigend löste sich Luca von der Balkontür und begann damit, die fehlenden Utensilien auf den Esstisch zu legen. Laura hoffte inständig, dass Sofia ab sofort den Mund halten würde, denn sie kannte die Fähigkeit ihrer Tochter, den Bruder zur Weißglut zu bringen, wenn sie gerade dazu aufgelegt war. Und Sofia hielt den Mund, als ahnte sie, dass Mutter und Bruder auf Sticheleien im Moment überempfindlich reagieren würden.

Kurz darauf saßen sie am Tisch, Laura zerteilte das Huhn, sie wünschten sich gegenseitig guten Appetit und begannen zu essen. Schweigend.

Irgendwann meinte Sofia, dass es ihr wunderbar schmecke, dass ihr aber bald die Bissen im Hals stecken bleiben würden, wenn sie nicht endlich damit herausrückten, was los sei.

«Luca möchte zu Ronald ziehen», sagte Laura leise und sah ihre Tochter an.

«Was?»

«Er hat es mir vor fünf Minuten gesagt.»

«Wieso denn das?»

«Weil ich einfach mal bei meinem Vater wohnen will! Ist denn das so unbegreiflich?»

«Aber wir wohnen doch immer mal wieder bei ihm. Mama ist ja in letzter Zeit ziemlich oft unterwegs!» Sofia ließ Messer und Gabel auf den Teller sinken.

«Genau deshalb! Immer mal wieder! Ich will nicht *immer mal wieder* bei Papa wohnen, sondern richtig, verstehst du? Ich will mehr von seiner Arbeit wissen und was er sonst so macht.»

«Hast du's ihm schon gesagt?» Sofia starrte ihren Bruder noch immer ungläubig an.

«Ja, ich hab's ihm schon gesagt, und er hat nichts dagegen!»

«Klingt nicht besonders begeistert …»

«Ach, hör doch auf, Sofi!»

«Ich hör ja schon auf.» Sofia senkte den Kopf und betrachtete nachdenklich das halb verzehrte Hühnerbein auf ihrem Teller. «Fehlt nur noch, dass jetzt das Telefon klingelt und Mama zu irgend'ner Leiche muss», murmelte sie, nahm das Hühnerbein in die Hand und biss ab. Hastig leerte sie ihren Teller und verschluckte sich dabei heftig.

«Wir werden das gemeinsam besprechen und eine Lösung finden», sagte Laura. «Es hat bisher immer eine friedliche Lösung gegeben und diesmal auch.»

Sofia sprang auf.

«Friedliche Lösung, dass ich nicht lache! Wisst ihr, was das bedeutet? Dass unsere Familie nochmal auseinanderkracht! Erst geht Papa, dann geht Luca! Wie bei den zehn kleinen Negerlein. Wenn du gehst, Luca, dann geh ich mit!» Sofia warf einen erschrockenen Blick auf ihre Mutter, rannte aus der Küche und knallte die Tür hinter sich zu.

Laura und Luca saßen wortlos und starrten auf ihre Teller.

«Willst du ihr nicht nachgehen?», fragte Luca nach einer Weile.

Laura schüttelte den Kopf. «Jetzt gerade ist mir nicht danach. Ich möchte lieber wissen, was du zu ihren Ideen sagst.»

«Ich will nicht, dass sie mitkommt, Mama! Ich würde gern mit meinem Vater allein sein. Wenn Sofia da ist, dann … es ist einfach anders, verstehst du? Sie ist ein Mädchen, und sie ist viel jünger!»

«Brauchst du ein Männerding?»

«Wie meinst du'n das?» Er warf ihr einen unsicheren Blick zu.

«So wie ich's gesagt habe: ein Männerding! Das ist nichts Verwerfliches. Wenn du meinst, du brauchst es, dann mach es. Das mit Sofia werd ich schon schaukeln. Wir machen eben unser Frauending.»

«Bist du sicher, Mama?»

«Ziemlich.»

«Und du bist nicht sauer?»

«Weshalb sollte ich sauer sein? Es ist das falsche Wort, Luca. Ich bin erschrocken, verwirrt, auch traurig. Du bist verdammt schnell groß geworden. Hast du das eigentlich selbst mitbekommen? Oder hast du's auch erst jetzt gemerkt?»

«Ach, Mama … hör auf! Mach's mir doch nicht so schwer!»

«Mach ich doch gar nicht! Außerdem gehört das auch dazu, dass es dir schwerfällt. Meinst du, ich hatte keine Schuldgefühle, als ich von zu Hause ausgezogen bin? Du hättest mal deinen Großvater Emilio hören sollen, als ich ihm meinen Entschluss mitgeteilt habe.»

«Ich kann ja wiederkommen.»

«Jetzt geh erst mal.»

Luca lächelte ein bisschen schief und aß weiter. Doch er sah nicht so aus, als schmecke er, was er in den Mund schob. Laura zwang sich ebenfalls dazu, ein paar Bissen zu essen. Sofia hat recht, dachte sie. Unsere Familie zerbröckelt, und ich kann nichts dagegen tun.

«Ich räum die Küche auf, Mama. Dann kannst du ja vielleicht mit Sofia reden.» Luca schob den Teller von sich.

«Ich dachte eigentlich, dass du mit ihr reden solltest. Ich will ja nicht ausziehen.»

Luca stand auf und warf die Hühnerknochen in den Mülleimer. «Ich glaub nicht, dass sie jetzt mit mir reden wird. Und ich weiß im Augenblick auch gar nicht, was ich ihr sagen soll. Ich fühl mich ein bisschen … irgendwie komisch …»

«… wie ein Verräter?»

«Ach, Mama!» Er schlug mit der Faust auf die Anrichte.

«Ist ja schon gut. War nur so eine Vermutung. Ich jedenfalls finde nicht, dass du ein Verräter bist. Wenn du deinen Vater brauchst, dann ist das eben so.»

«Warum sagst du dann so was?»

«Weil Sofia es wahrscheinlich so empfindet.»

«Aber es hat doch mit ihr nichts zu tun!»

«Bist du sicher?»

«Klar, ich mag Sofi!»

«Ich zweifle nicht daran. Aber wenn sie ein Bruder wäre, würdest du vielleicht nicht ausziehen. Zwei Frauen, ein Mann. Nicht einfach, was? Und deshalb bin ich auch nicht sauer! Alles klar?»

«Ja, nein, vielleicht. Ich hab keine Lust mehr, darüber zu reden!»

«Okay, ich muss sowieso bald zur Arbeit. Danke, dass du die Küche aufräumst.»

Luca füllte die Töpfe mit Wasser, räumte Teller und Besteck in die Spülmaschine.

«Es hat übrigens sehr gut geschmeckt», sagte er nach einer Weile.

«Danke.»

«Tut mir leid, dass ich das Abendessen versaut habe.»

«Jetzt fängst *du* wieder an. Vergiss es! Ich bin froh, dass du es gesagt hast.»

«Willst du nicht doch mit Sofi reden, Mama?»

Laura schüttelte den Kopf.

«Ich werde jetzt ins Dezernat fahren, und ich nehme an, dass Sofia durchaus mit dir reden wird, wenn ich weg bin.» Damit verließ Laura die Küche, blieb kurz vor der verschlossenen Tür zum Zimmer ihrer Tochter stehen und malte ein

Herz in die Luft. Dann verbrachte sie fünf Minuten im Bad und betrachtete sich nachdenklich im Spiegel.

«Du hast es gewusst!», murmelte sie. «Du hast es sogar geübt: das Loslassen. Aber es hat fast nichts geholfen, was? Jetzt, wo es passiert!»

Sie schnitt sich selbst eine Grimasse, frischte dann ihr Make-up auf, kämmte ihr Haar und freute sich fast auf den Nachtdienst.

«WIR WOLLTEN Sie gerade anrufen, Frau Gottberg!» Dem jungen Polizisten in der Eingangshalle des Präsidiums war die Erleichterung anzusehen. «Gut, dass Sie heute Dienst haben.»

«Was ist los?» Laura stopfte den Autoschlüssel in die Seitentasche ihres kleinen Rucksacks.

Mit einer kaum merklichen Kopfbewegung wies der Polizist in Richtung der kunstledernen Sessel, die an der Wand aufgereiht standen wie im Wartezimmer eines Arztes. Lauras Blick folgte seiner Bewegung, wanderte kurz über die Frau, deren Haar und Gesicht von einem breiten schimmernden Schal verhüllt waren, über die eleganten hohen Stiefel, den weich fließenden schwarzen Mantel.

«Die Frau da», sagte er leise, «die will nur mit jemandem reden, der entweder sehr gut Englisch kann oder sehr gut Italienisch. Und sie will keinen Dolmetscher.»

«Und?»

«Die Kollegen vom Dienst behaupten alle, dass ihr Englisch nicht b'sonders gut ist. Italienisch kann überhaupt keiner. Deshalb wollt' ich Sie g'rad anrufen.»

«Worum geht's denn? Hat sie irgendwas gesagt?»

«Nein. Sie will nur mit einem *Commissario* reden, sonst geht sie wieder. Hat sie gesagt.»

«Auf Deutsch oder auf Englisch?»

«Gemischt.» Der junge Kollege rückte seinen Gürtel zurecht und runzelte verlegen die Stirn, während Laura ein Lächeln unterdrückte.

«Na gut, ich werd mit ihr reden. Wie lange wartet sie schon?»

«Seit einer halben Stunde.»

«Habt ihr sie kontrolliert?»

«Selbstverständlich, Frau Hauptkommissarin. Sie hat einen gültigen italienischen Reisepass und keine Bombe in der Tasche.» Er grinste.

«Okay, ich nehme sie rauf in mein Büro. Ruhiger Abend?»

«Bis jetzt schon.»

Laura nickte und trat langsam auf die Frau zu, die sehr aufrecht saß und die Arme verschränkt hatte. Nur ihre Augen waren sichtbar. Sehr dunkle, wachsame Augen, kräftig umrahmt mit schwarzem Kajalstift.

«Buona sera, Signora …», sagte Laura und betonte die Lücke nach Signora. Erst als die Frau diese Aufforderung, ihren Namen zu nennen, überging, stellte sich Laura als Commissaria Gottberg vor. «Wie kann ich Ihnen helfen?»

Die Frau stand schnell auf und trat sehr nahe an Laura heran. «Das wird sich herausstellen», erwiderte sie leise. «Können wir hier irgendwo ungestört reden? Ohne Zeugen, ohne abgehört zu werden?»

«In meinem Büro. Hier wird übrigens nur in besonderen Fällen abgehört, Signora. Die Dinge liegen bei uns noch etwas anders als in Italien. Kommen Sie.»

Unversehens verrutschte der seidene Schal der Unbekannten, gab für einen winzigen Augenblick ihren Mund frei, der fein geschwungen, aber ein bisschen zu klein und zu schmal war. Falls sie Lippenstift benutzte, dann eine so dezente Farbe, dass er nicht auffiel. Blitzschnell zog sie den

Schal wieder vors Gesicht, wie einen Vorhang, der Einblick in ein Fenster verwehrt, und griff nach ihrer Handtasche.

Laura beschloss, den Aufzug zu nehmen; die kleine Kabine würde sie zumindest körperlich einander nahe bringen. Gemeinsam für eine kurze Zeit eingesperrt zu sein war manchmal hilfreich. Platzangst zeigte sich schnell, entlud sich bei manchem in einem Redeschwall, bei anderen in Schweißausbrüchen. Jede Art von Nervosität oder Unsicherheit wurde spürbar.

Doch die verhüllte Signora stand neben Laura in der Aufzugkabine, ohne zu schwitzen, ohne zu sprechen, schien auch nicht sonderlich nervös zu sein. Ihr Parfüm duftete frisch, nicht zu schwer, und sie musterte Laura so unverhohlen, dass diese es war, die sich unbehaglich fühlte. Nur mühsam widerstand Laura dem Impuls, Fragen zu stellen, um diesem bohrenden Blick auszuweichen. Als sie endlich den dritten Stock erreicht hatten, stieß sie erleichtert die Fahrstuhltür auf.

Sie ging voraus, vorbei an den nur durch Glasscheiben voneinander getrennten Büros, in denen hier und da ein Kollege am Schreibtisch saß. Schon nach zehn, und es war wirklich ein ruhiger Abend.

Nicht für mich, dachte Laura. Mir reicht schon Lucas neuer Lebensplan. Die geheimnisvolle Signora hätte ich nicht auch noch gebraucht.

Als sie die Tür zu ihrem eigenen Büro aufschloss, spürte sie – wie so oft – eine Art Triumphgefühl. Sie verteidigte diesen kleinen Raum mit seinen undurchsichtigen Wänden und dem Blick auf die Türme der Frauenkirche noch immer erfolgreich gegen alle Versuche ihrer Vorgesetzten, sie ebenfalls in eines der Aquarien auf der anderen Seite des Flurs zu versetzen.

«Bitte, nehmen Sie Platz.» Laura wies auf die Sitzgruppe am Fenster, zog ihre Lammfelljacke aus und hängte sie an den Garderobenständer neben der Tür. «Möchten Sie auch ablegen?»

Die Frau schüttelte den Kopf, blieb am Fenster stehen und betrachtete den mächtigen gotischen Dom mit seinen so ungewöhnlichen, runden Türmen.

«Allora!», sagte sie endlich und drehte sich zu Laura um. «Ich möchte mich nicht setzen. Bevor ich mit Ihnen reden kann, müssen wir einiges klarstellen. Falls ich Ihnen mein Anliegen schildere, muss darüber absolutes Stillschweigen vereinbart werden. Verstehen Sie mich?» Noch immer verhüllte sie die untere Hälfte ihres Gesichts.

«Sind Sie Muslima?» Der fordernde Ton der Frau machte Laura angriffslustig – auch das war mit Sicherheit eine Folge von Lucas Eröffnung.

«Ach, hören Sie auf! Solange Sie mir nicht versprechen, dass Sie kein Wort nach außen dringen lassen, so lange bin ich eben Muslima! Gar keine schlechte Idee!»

Ziemlich gut pariert, dachte Laura und wurde allmählich neugierig. «Bene!», sagte sie laut, «Sie haben gewonnen. Ich verspreche Ihnen, dass ich Stillschweigen bewahre, aber ich kann Ihnen nicht versprechen, dass ich für Ihr Problem zuständig bin. Zwar bin ich Kriminalhauptkommissarin, aber ich arbeite im Morddezernat. Handelt es sich um Mord, Signora?»

Die Frau schloss kurz die Augen und atmete tief ein. «Nein, es handelt sich nicht um Mord. Höchstens im übertragenen Sinn. Vielleicht reicht es auch, wenn Sie mir einen Rat geben. Ich bin dringend auf guten Rat angewiesen, und außer Ihnen habe ich niemanden, an den ich mich wenden könnte.» Sie zog den Schal so unerwartet vom Gesicht, dass es Laura vorkam wie eine geplante Inszenierung in einem Theaterstück. Die Signora war eine hübsche Frau. Die stark geschminkten Augen erinnerten Laura an eine Katze, das dunkelblonde Haar fiel ihr in einer eleganten Welle halb in die Stirn. Sie strahlte etwas Mädchenhaftes aus, und gleichzeitig lag um ihren Mund eine gewisse Härte.

Mitte vierzig oder ein bisschen älter, gefärbtes Haar, dachte Laura. Oberschicht, Norditalienerin.

«Möchten Sie einen Kaffee, ein Glas Wasser?»

«Nein, danke. Warum sprechen Sie so gut Italienisch?» Auch ihre Stimme klang auf einmal mädchenhaft, sehr hell und ein bisschen vorwurfsvoll.

«Weil meine Mutter aus Florenz stammt.»

«Haben Sie Verbindungen nach Italien? Ich meine zur Polizei, zu den Medien?» Sie warf ihren Schal auf einen der Stühle, lockerte mit gespreizten Fingern ihr Haar. Ihre rotlackierten Nägel leuchteten.

«Nein», log Laura. «Nur zwei alte Tanten in Florenz, und die sind bereits gestorben.»

«Ist das ein Scherz?»

«Leider nicht.»

«Sind Sie sicher, dass wir nicht abgehört werden?» Jetzt strich die Frau an den Wänden entlang und betastete mit den Fingern die Türfalze.

«Ja, ich bin sicher! Könnten Sie sich allmählich entscheiden, ob Sie mir etwas erzählen wollen oder nicht? Ich habe nämlich noch andere Dinge zu tun!» Laura ließ sich in ihren bequemen Schreibtischsessel fallen und wippte mit der Lehne ein paarmal nach hinten.

«Ich werde Ihnen keine Namen nennen, auch meinen eigenen nicht. Ich werde Ihnen eine Situation schildern und Sie um Ihren Rat fragen. D'accordo?»

«Meinetwegen.»

Die Frau zog ihren Mantel aus, schaute sich zögernd um und legte ihn dann ebenfalls auf den Stuhl. Ihr schwarzer Pullover und die Jeans lagen sehr eng an ihrem Körper. Sie war zierlich, wirkte ohne Mantel plötzlich jünger, warf mit einer ungeduldigen Kopfbewegung die Welle zurück, die in ihre Stirn fiel. Noch immer setzte sie sich nicht, blieb stattdessen vor Lauras Schreibtisch stehen und stützte sich mit beiden Händen ab.

«Ich befinde mich in einer sehr unangenehmen Situation, die Sie als Frau und immerhin halbe Italienerin», sie lachte bitter auf, «sicher verstehen werden. Ich bin verheiratet, habe zwei beinahe erwachsene Kinder, einen erfolgreichen und sehr beschäftigten Mann, bin selbst nicht mittellos. Also, um es kurz zu machen: Wir leben in komfortablen Verhältnissen.» Jetzt klopfte sie mit beiden Händen leicht auf Lauras Schreibtisch, dabei blieb die Handfläche liegen, sie hob nur die Finger an und ließ sie wieder fallen. Plötzlich erschien sie ganz abwesend.

«Ja?» Laura beugte sich ein wenig vor.

«Sie müssen Geduld mit mir haben, Commissaria. Es fällt mir unendlich schwer, darüber zu sprechen.» Wieder wandte sie sich zum Fenster und starrte hinaus. Verstohlen schaute Laura auf ihre Armbanduhr. Gleich halb elf. Mit einem kurzen Blick streifte sie den Aktenberg auf der linken Seite des Schreibtisches und war nun doch ganz froh über diese ungewöhnliche Unterbrechung ihres Bereitschaftsdienstes.

«Ich habe einen Fehler gemacht, den ich nicht als solchen empfinde und der doch einer war.» Die helle Stimme der Frau klang bei diesem Satz rau, fast brüchig.

Sie hat eine Affäre, dachte Laura und hörte jetzt aufmerksam zu. Gleich wird sie mir gestehen, dass sie eine Affäre hat.

«Vor einem halben Jahr habe ich einen Mann kennengelernt. Wir haben uns ineinander verliebt. Er ist ebenfalls verheiratet, Engländer. Wir treffen uns nicht sehr oft. Er ist ja in einer ganz ähnlichen Situation wie ich. Deshalb haben wir München als Treffpunkt ausgesucht. Nicht England, nicht Italien, sondern München. Außerdem haben wir beide hier auch geschäftliche Verbindungen. Und es liegt weit genug weg von unserem täglichen Leben. Können Sie mir folgen?»

«Ich kann Ihnen folgen.» Laura dachte an ihren Geliebten in Siena, Commissario Angelo Guerrini. Auch ihn traf sie am liebsten weit weg von ihrem Alltag, obwohl sie nicht wirklich etwas verbergen musste.

«Wir haben wunderbare Tage miteinander verbracht. Manchmal auch nur ein paar Stunden, ehe er nach London zurückflog und ich nach Mailand. Ich fühlte mich ganz sicher. Aber ich war es nicht, wir waren es nicht.» Sie verstummte, wandte sich wieder zu Laura um und sah sie geradezu flehend an. «Irgendwer muss uns gefolgt sein, uns beschattet haben oder einen von uns erkannt haben. Vielleicht sogar ein Privatdetektiv oder einer von diesen verfluchten Paparazzi. Ich weiß es nicht!» Sie sprach jetzt schneller und schärfer. «Es fing vor zwei Monaten an. Jemand hat mir Fotos geschickt und Geld verlangt.» Sie presste die Handflächen gegeneinander und begann auf und ab zu gehen.

«Kompromittierende Fotos?»

«Ja.»

«Haben Sie bezahlt?»

«Ich habe bezahlt.»

«Wie viel?»

«Hunderttausend Euro.»

«Und dann?»

«Dann kamen neue Bilder, und sie verlangten noch mehr.»

«Das läuft meistens so.»

«Aber ich habe nicht die geringste Ahnung, wie diese Bilder entstehen konnten! Wir haben uns nie im selben Hotel getroffen. Diese Bilder müssen im Zimmer entstanden sein, im Hotelzimmer! Es macht mich völlig verrückt, wenn ich mir vorstelle, dass jemand bei uns im Zimmer war oder irgendwo eine geheime Kamera eingebaut hatte. Es ist so würdelos, so gemein!» Sie schlug mit der Faust auf Lauras Schreibtisch.

«Weiß Ihr Freund von der Erpressung?»

«Beim ersten Brief habe ich ihm nichts gesagt. Ich wollte nicht, dass er sich Sorgen macht … und ich hoffte, dass die Angelegenheit aus der Welt wäre.»

«Und dann?»

«Beim zweiten Brief habe ich es ihm erzählt. Ich musste ihn doch warnen. Er war entsetzt und verzweifelt. Für ihn bedeutete es, dass wir uns nicht mehr sehen durften.»

«Und? Haben Sie sich nicht mehr getroffen?»

Die Frau hob ihren Schal auf, legte ihn sich um die Schultern und ließ sich endlich auf einen der Stühle sinken.

«Wir haben es nicht ausgehalten.» Sie starrte auf den Boden.

«Wann haben Sie sich wiedergesehen?»

«Vor zwei Wochen.» Sie klang matt.

«In München?»

Sie schüttelte den Kopf, und die blonde Welle fiel über ihre Augen. «Wir trafen uns in Paris.»

Laura wartete.

«Vor drei Tagen habe ich wieder einen Brief bekommen.»

«Ja?»

«Mit Fotos von unserem Treffen in Paris. Ich kann es einfach nicht fassen! Niemand konnte von unserem Treffen wissen! Niemand!» Ihre Stimme überschlug sich.

«Hatten Sie beim zweiten Brief auch gezahlt?»

«Ich wollte es nicht, aber er hat mich angefleht, es zu tun. Er würde mir die Hälfte zurückzahlen, sobald er ein paar Papiere verkauft hätte.»

«Mhm.» Laura wippte mit ihrem Chefsessel. «Hat er?»

«Gestern hat er mir eine erste Rate von zehntausend gegeben.»

«Ach, Sie haben sich also wieder hier in München getroffen?»

«Wir waren nur gemeinsam essen und haben heute Mittag einen Spaziergang im Englischen Garten gemacht.»

«Und heute Abend?»

«Wir sehen uns erst morgen wieder zu einem letzten Brunch. Alles andere ist uns in dieser Situation zu riskant. Morgen Nachmittag fliege ich zurück.»

«Aha, und was machen Sie mit dem dritten Brief?»

«Deshalb bin ich hier. Ich brauche professionellen Rat.» Sie hob den Kopf und sah Laura an. Lag Angst in ihren Augen oder war es etwas anderes? Etwas Lauerndes, Abschätzendes, das nur ganz kurz aufschien?

«Wie viel haben Sie eigentlich beim zweiten Erpresserbrief bezahlt?»

«Zweihundertfünfzigtausend Euro.»

«Hübsche Steigerung. Wie hat die Übergabe stattgefunden?»

«Ich sollte das Geld zwei Stunden vor meinem Rückflug

in einem Schließfach am Münchner Hauptbahnhof zurücklassen und den Schlüssel bei der Information abgeben. Für einen Herrn Meier.»

«Sehr originell. Und Sie sind nie auf die Idee gekommen, Ihren Rückflug zu stornieren und in der Nähe des Schließfachs zu warten?»

«Nein, Commissaria! Dazu hatte ich zu viel Angst. Ich war sicher, dass jemand mich beobachtet. Die wussten doch immer genau, wo ich war. Ich fühle mich ununterbrochen, als wäre ein Stalker hinter mir her.»

«Und trotzdem haben Sie sich ins Polizeipräsidium gewagt?»

«Ich arbeite seit Stunden daran, meine Verfolger abzuschütteln. Ich habe Taxis genommen und wieder gewechselt. Ich bin in die U-Bahn gestiegen und im letzten Moment wieder rausgesprungen. Ich war in überfüllten Kaufhäusern, fuhr mit einem Lift rauf und sofort mit dem anderen wieder runter, so lange, bis ich mich sicher fühlte. Diesmal konnte mir niemand folgen, Commissaria.»

Laura dachte kurz an winzige Ortungsgeräte, an Peiler, behielt diesen Einfall aber für sich.

«Bene», sagte sie stattdessen und strich mit einer Hand über die glatte Oberfläche ihres Schreibtisches. «Haben Sie vor, auch dieses Mal zu zahlen?»

«Nein.»

«Haben Sie Ihrem Freund von dem dritten Brief erzählt?»

«Heute beim Spaziergang. Er war außer sich!» Sie schluckte und biss sich auf die Unterlippe. «Wir werden uns nach dem Brunch morgen nicht mehr sehen. Es geht nicht anders.»

«War das seine Entscheidung oder Ihre?»

«Zuerst seine, doch dann haben wir es beide gemeinsam beschlossen. Wir sind sehr traurig darüber.» Sie schluchzte auf, ihre Schultern zuckten, dann hatte sie sich wieder unter Kontrolle.

«Was erwarten Sie jetzt von mir?» Laura lehnte sich zurück und verschränkte die Arme, stand dann aber schnell auf, denn das war genau die Haltung, die ihr Vorgesetzter meistens einnahm, wenn er seine Macht demonstrieren wollte: Er lehnte sich in seinem großen Sessel zurück, reckte das Kinn ein bisschen nach oben und verschränkte die Arme vor der Brust. So wollte sie selbst nicht auftreten, aber das Benehmen der Signora in Kombination mit Lucas Plänen machte sie nervös und ärgerlich.

«Übrigens könnten Sie mir wirklich langsam Ihren Namen verraten, wenn Sie mich schon in alle Einzelheiten Ihrer Geschichte einweihen.» Laura fand, dass ihre Worte nicht besonders freundlich klangen. Aber so war ihr eben zumute.

Die Frau stand ebenfalls auf. Diesmal war sie es, die das Kinn reckte und Laura kühl musterte – nicht anders als zuvor im Fahrstuhl.

«Ich nenne meinen Namen, wenn Sie auf meinen Vorschlag eingehen!»

«Vorschlag? Ich dachte, Sie wollten einen Rat von mir.»

«Ja, ganz richtig. Einen Rat in Bezug auf meinen Vorschlag.»

«Ach so.» Die Selbstsicherheit der Unbekannten irritierte Laura. «Und wie sieht Ihr Vorschlag aus?»

«Ich werde wie bei den ersten Übergaben einen Koffer – allerdings ohne Geld – im Schließfach abstellen und den Schlüssel für Herrn Meier an der Information abgeben. Dann fliege ich ab, und Sie oder andere Polizisten in Zivil beobachten das Schließfach. Sie verhaften ihn, und dann wird ihm hier der Prozess gemacht. Ich werde unter Wahrung meiner Anonymität aussagen. Damit wäre dann diese unerträgliche Sache aus der Welt.»

«Klingt sehr einfach, Signora. Allerdings läuft es meistens nicht so, wie man sich das vorstellt. Welche Rolle soll übrigens Ihr Liebhaber in dieser Inszenierung spielen?»

Jetzt senkte sich das Kinn der Signora wieder, und sie schloss kurz die Augen. «Ich möchte nicht, dass er in diese Geschichte hineingezogen wird. Er ist ein wichtiges Mitglied der englischen Gesellschaft. Es ist vollkommen unnötig, dass sein Name genannt wird oder er als Zeuge aussagt. Schließlich habe ich die Erpresserbriefe bekommen, nicht er.»

«Wie edel von Ihnen. Haben Sie eigentlich jemals in Erwägung gezogen, dass Ihr Liebhaber in diese Erpressung verwickelt sein könnte?»

Die Signora fuhr auf.

«Wir können Sie es wagen! Niemals ist Benjamin in diese schreckliche Geschichte verwickelt! Er ist ein Gentleman, ein wunderbarer, feinfühliger, humorvoller Gentleman. Aber Polizisten müssen ja überall Verbrecher sehen. Wahrscheinlich halten Sie mich auch für eine Kriminelle, oder?! Wahrscheinlich denken Sie, dass ich nur Geld für die Mafia wasche, indem ich es per Schließfach an einen Herrn Meier übergebe. Ist es so, eh?»

Ihre Stimme war schrill geworden, und sie stampfte sogar mit dem Fuß auf.

Benjamin heißt er also, dachte Laura. Laut sagte sie: «Ich denke gar nichts, Signora. Ich wollte nur eine Frage stellen, die ich nicht ganz abwegig finde. Aber Sie haben diese Frage bereits überzeugend beantwortet.»

«Bene!» Die Frau atmete schwer, fasste sich dann aber wieder, erstaunlich schnell. «Was halten Sie von meinem Vorschlag?»

«Abgesehen davon, dass solche Aktionen nicht in meinen Zuständigkeitsbereich fallen, ist er nicht schlecht. Aber ich werde die Angelegenheit an einen Kollegen weitergeben müssen.»

Jetzt presste die Frau beide Hände vor den Mund und starrte Laura mit aufgerissenen Augen an.

«Nein», flüsterte sie, «bitte nicht! Bitte helfen Sie mir, Commissaria. Ich kann diese Geschichte nur einmal erzählen. Sie sind eine Frau, Sie haben eine italienische Mutter. Sie müssen verstehen, dass meine Situation ausweglos ist, wenn etwas an die Öffentlichkeit gelangt. Mein Mann hat eine hohe Stellung in Italien … meine Kinder, sie würden in einen Abgrund stürzen … wenn sie … waren Sie noch nie verliebt, Commissaria? Waren Sie noch nie einsam und völlig bezaubert, weil ein anderer Mensch Sie gesehen hat, neu entdeckt hat, Ihnen neue Lebensfreude geschenkt hat?»

Doch, dachte Laura, all das! Perfekte Vorstellung. Alle Achtung. Trotzdem glaube ich nur die Hälfte dieser Erzählung. Ich kann verstehen, dass sie sich und ihre Stellung schützen will, aber es wird nicht leicht werden. Das sind genau die Geschichten, nach denen sämtliche Medien gieren, und es sind Geschichten, mit denen Informanten Geld machen können.

«Natürlich …», Laura räusperte sich, «ich kann mir das alles vorstellen. Deshalb werde ich versuchen, eine Lösung zu finden. Allerdings kann ich Ihnen erst morgen konkrete Antworten geben.»

«Erst morgen? Ich brauche diese Antworten jetzt! Morgen fliege ich zurück!»

«Aber erst am Nachmittag. Sie werden den Koffer also erst am Nachmittag zum Schließfach bringen. Sie müssen mir ein paar Stunden Zeit geben, um die Überwachung zu organisieren! Vergessen Sie nicht: Ich bin nicht zuständig für Ihren Fall!»

Mit geballten Fäusten stand die Signora vor Lauras Schreibtisch.

«Ich dachte immer, die Deutschen seien so tüchtig! Und jetzt brauchen Sie eine ganze Nacht, um die lächerliche Überwachung eines Schließfachs zu organisieren! Und dann behaupten Sie noch, dass Sie nicht zuständig sind! Sie sind Commissaria, verdammt! Was hindert Sie, als Commissaria zu handeln?»

«In Ihrem Fall ein Mord, Signora, vielmehr ein fehlender Mord.»

Die Italienerin presste die geballten Fäuste gegen ihre Brust und richtete den Blick zur Decke, und Laura fragte sich bei diesem Anblick, ob sie eigentlich Lust hatte, ihr zu helfen.

Jetzt griff die Signora nach Schal und Mantel, ließ beides zu Boden gleiten, sank dann selbst schluchzend in die Knie. «Bitte, Commissaria», wimmerte sie. «Er will diesmal fünfhunderttausend. Das kann ich nicht aufbringen ohne die Hilfe meines Mannes. Bitte!»

«Und Ihr Geliebter? Kann er auch nicht?»

«No, no, no! Sein Geld steckt vor allem in seinem Landbesitz in England. Das kann er nicht so einfach flüssigmachen! Außerdem will ich nicht weiterzahlen. Ich will, dass es aufhört!» Sie lag auf den Knien, schützte den Kopf mit beiden Armen, als erwarte sie Schläge.

«Kommen Sie, stehen Sie auf. Sie müssen nicht vor mir zusammenbrechen, Signora. Ich habe gesagt, dass ich versuchen werde, Ihnen zu helfen. Mehr kann ich nicht tun. Aber Sie können sich darauf verlassen! Ich gebe Ihnen meine private Handynummer, und Sie geben mir Ihre. Rufen Sie mich morgen um zehn Uhr an. Dann kann ich Ihnen sagen, ob es klappt, und wir werden die Einzelheiten besprechen. Und jetzt sagen Sie mir bitte Ihren Namen.»

Die Frau rappelte sich auf, suchte ihre Sachen zusammen, lehnte sich endlich an die Wand neben der Tür. Ihr Makeup war ein bisschen verschmiert, und sie bemühte sich sichtlich um Haltung.

«Donatella Cipriani», murmelte sie. «Wenn Sie meinen Namen irgendwem verraten, dann soll der Teufel Sie holen, Commissaria.»

Als Laura wieder allein war, dachte sie an das Gespräch mit ihrem Sohn Luca. Seine Pläne weckten in ihr mindestens so zwiespältige Gefühle wie der Auftritt von Donatella Cipriani, obwohl beide Entwicklungen ihr plausibel erschienen. Luca brauchte mehr männliche Vorbilder, völlig klar und trotzdem schmerzhaft. Sie hatte mal irgendwo gelesen, dass die Jungen bei den australischen Ureinwohnern ab einem gewissen Alter nicht mehr mit ihren Müttern sprechen durften, dass es ihnen sogar verboten war, ihre Mütter anzusehen. All das, um sie zu Männern zu machen.

«Wie diese Mütter wohl losgelassen haben», sagte sie leise vor sich hin. «Wahrscheinlich gab es für sie ein Trauerritual oder so was. Und was machen wir, die aufgeklärten, psychologisch durchtrainierten alleinerziehenden Mütter? Wir sind vernünftig, verständnisvoll. Weit und breit kein Trauerritual! Scheiße!»

Laura trat gegen ihren Papierkorb. Der knallte gegen die Seitenwand ihres Schreibtischs und fiel nicht einmal um. Es erfüllte sie mit tiefer Befriedigung, dass sie sich emotionale Entladungen erlauben konnte, ohne von Kollegen dabei beobachtet zu werden. Niemals würde sie in eines der Aquarien umziehen!

Sie griff nach dem Pappbecher voll Milchkaffee, den sie sich aus dem Automaten auf dem Zwischengang geholt hatte, nachdem sie Donatella Cipriani in ein Taxi gesetzt hatte. Ein Taxi, dessen Nummer sie notierte und dessen Fahrer seinen Ausweis vorzeigen musste und als dessen Ziel das *Hilton*-Hotel angegeben wurde. Vorsichtig schlürfte sie den schaumigen Kaffee, blieb kurz am Fenster stehen und schaute auf die beleuchteten Türme des Liebfrauendoms. Tauben flogen da oben herum, mitten in der Nacht. Seltsam. Wahrscheinlich lag es an den Scheinwerfern. Tauben mit Schlafstörung, dachte sie, setzte sich in ihren Ledersessel und fuhr ihren Computer hoch.

Nachdem die interne Suche unter dem Stichwort Cipriani nichts ergeben hatte, versuchte sie es bei Google. Da hatte sie ihn ziemlich schnell, den mutmaßlichen Ehemann: Ricardo Cipriani. Mailänder Unternehmer, Besitzer eines großen Baukonzerns, Mitglied der Lega Nord, jener rechtslastigen norditalienischen Partei, die immer wieder mit der Abspaltung des Nordens vom Süden drohte. Cipriani war Kandidat für einen Sitz im römischen Parlament.

Das Foto zeigte einen etwas bulligen Mann mit dichtem grauem Haar, kräftigem Kinn, durchdringendem Blick und dem Ansatz eines ironischen Lächelns. Er wirkte auf Laura wie jemand, den sie nicht gern zum Feind hätte.

Passt, dachte sie. Kein Wunder, dass die Signora ein bisschen nervös ist. Vielleicht ziehe ich die Sache mit Peter Baumann durch, obwohl es nicht in unsere Zuständigkeit fällt. Vielleicht rede ich mit dem Chef, vielleicht auch nicht.

Damit griff sie nach dem ersten Aktenordner und beschloss, spätestens um zwei Uhr morgens nach Hause zu fahren. Falls etwas passierte, konnte man sie immer noch aus dem Bett holen. Bei der niedrigen Rate an Gewaltverbrechen mit tödlichem Ausgang in München lag die Wahrscheinlichkeit, dass ausgerechnet in dieser Nacht ein Mord geschehen würde, fast bei null.

DONATELLA CIPRIANI fuhr vom Polizeipräsidium direkt zu ihrem Hotel. Es war eine kurze Strecke, fast nur geradeaus über die Isarbrücke. Nebelschwaden stiegen vom Fluss auf, krochen in die Straßen und Gassen, verwischten die Lichter der Weihnachtsdekoration. Obwohl Donatella im warmen Taxi saß, spürte sie beinahe körperlich, dass der Nebel kalt und feucht war, und sehnte sich nach einem heißen Bad in ihrem Hotelzimmer. Sie war diesmal im *Hilton* abgestiegen, ihr Geliebter im *Vier Jahreszeiten*. Dieses Versteckspiel erschien ihr plötzlich lächerlich und unnütz.

Falls Ricardo sie beschatten ließ, hatte er ihre heimlichen Treffen trotzdem mitbekommen. Zwar konnte sie mehrere Geschäftstermine nachweisen, doch was bedeutete das angesichts der Rendezvous mit Benjamin Sutton. Ihre Gespräche mit den Geschäftspartnern waren nicht wirklich notwendig, und Ricardo wusste das.

Donatella war Möbeldesignerin und hatte ihr eigenes kleines Imperium aufgebaut. Aber es bröckelte. In China wurde billiger produziert, und die Chinesen betrieben eine geradezu schamlose Werkspionage.

Plötzlich kam ihr die verrückte Idee, dass ihr Ehemann Ricardo hinter dieser Erpressung stecken könnte. Ihm traute sie das durchaus zu. Er ließ sie für ihren Betrug bezahlen. Immer mehr, bis er sie finanziell ruiniert hätte und sie reumütig um Vergebung bitten würde. Vielleicht wollte er sie auch einfach nur los sein. Donatella spürte heftigen Schwindel, konnte die vorübergleitenden Lichter der anderen Autos, der Straßenlaternen, Fenster und Leuchtreklamen nicht mehr ertragen.

Nein, Ricardo konnte nicht dahinterstecken, er durfte es nicht! Und sie selbst durfte die Nerven nicht verlieren. Immerhin hatte sie es geschafft, zur Polizei zu gehen und eine Kommissarin halbwegs zu überzeugen. Sie hatte ihre Verfolger abgehängt, dessen war sie sich sicher. Ein Etappenerfolg, immerhin! Jetzt musste sie warten und Ruhe bewahren.

Der dunkle Ziegelbau der Philharmonie am Gasteig tauchte vor dem Taxi auf, erschien ihr fast bedrohlich. Von hier waren es nur noch ein paar hundert Meter bis zum Hotel. Sie versuchte, an die Nacht zu denken, die vor ihr lag, versuchte sie schon jetzt zu gestalten. Um diese Nacht zu überstehen, musste sie ihr Form und Inhalt geben.

Das Bad war ganz wichtig. Ein langes entspannendes Bad. Und dann irgendwas zu trinken, vielleicht bereits während des Bades. Keinen Wein, etwas Stärkeres. Whisky wäre angebracht. Normalerweise lehnte sie starke Getränke ab, doch heute Abend wäre Whisky wahrscheinlich genau das Richtige. Whisky würde sie müde machen. Dann könnte sie ins Bett gehen und noch ein bisschen fernsehen.

Stille würde sie nicht ertragen. Das wusste sie. Stille konnte sie überhaupt schlecht ertragen. Stille machte sie auch unter normalen Umständen unruhig und ängstlich.

Als der Wagen mit einem Ruck vor dem Portal des *Hilton* anhielt und ein Hoteldiener die Wagentür öffnete, schrak sie zusammen und hätte beinahe vergessen, den Fahrpreis zu bezahlen. Sie war schon mit einem Bein draußen, als der Fahrer protestierte.

«Wenn Sie mir Ihre Zimmernummer nennen, erledige ich

das für Sie, gnädige Frau», sagte der Hoteldiener auf Englisch. Sie starrte in sein Gesicht, das sich zu ihr herabbeugte. Er war kein Deutscher, sah südländisch aus, sehr dunkel und hübsch. Er lächelte. Lag da nicht eine leise Anzüglichkeit in diesem Lächeln? Vielleicht wartete er darauf, dass sie ihm mit der Zimmernummer eine Einladung zukommen ließ?

Heftig schüttelte Donatella den Kopf, drückte dem Taxifahrer zwanzig Euro in die ausgestreckte Hand, nickte dem hübschen Portier zu und ging schnell durch die Eingangshalle zur Rezeption.

«Gibt es eine Nachricht für mich?» Sie fragte, obwohl sie eigentlich noch nie eine schriftliche Nachricht in irgendeinem Hotel bekommen hatte, wenn sie sich mit Benjamin traf. Sie wusste selbst nicht, warum sie die Frage stellte. «Zimmer 203», fügte sie hinzu.

Die maskenhaft geschminkte junge Frau hinter der Rezeption lächelte, ließ ihre rechte Hand über die unzähligen Fächer gleiten und zog aus Nummer 203 tatsächlich einen Umschlag heraus.

«Bitte, gnädige Frau», sagte sie und reichte Donatella den Brief. «Was kann ich sonst noch für Sie tun?»

«Wissen Sie zufällig, wer das hier abgegeben hat?» Donatella bekam kaum Luft.

«Nein, tut mir leid. Mein Kollege muss die Nachricht entgegengenommen haben.»

«Wo ist der Kollege jetzt?»

«Nach Hause gegangen. Ich habe ihn vor zehn Minuten abgelöst.»

«Kommt er morgen wieder?»

«Ja, natürlich. Er hat die Mittagsschicht. Stimmt etwas nicht?»

«Doch, doch. Ich war nur neugierig. Gute Nacht.»

Nicht auffallen, dachte Donatella. Nicht auffallen! Sie lächelte der jungen Frau zu, die lächelte zurück, doch ihr Blick erschien Donatella zu aufmerksam. Betont langsam ging sie zum Fahrstuhl, ohne sich noch einmal umzudrehen. Es war eine Qual, auf die Ankunft des Lifts zu warten und langsam nach oben zu fahren, statt den Umschlag sofort aufzureißen. Warten, immerzu warten. Sie war ein ungeduldiger Mensch! Warten machte sie regelrecht krank!

Im Spiegel des Fahrstuhls sah sie ihr Bild und erschrak vor sich selbst. Gehetzt, blass, eingefallen sah sie aus, hatte dunkle Schatten unter den Augen. Sie fragte sich, ob die Commissaria sie ebenso erlebt hatte oder ob im Präsidium noch ihre Selbstdisziplin gewirkt hatte. Donatella verfügte über die Fähigkeit, sich innerhalb von Sekunden in eine strahlende Frau zu verwandeln. Ihre Bekannten beneideten sie um diese Gabe. Doch es kostete Kraft, und die hatte sie jetzt nicht mehr.

Da war endlich der zweite Stock. Die Liftkabine ruckelte, bis sie ihre Ruheposition gefunden hatte, geradezu in Zeitlupe. Donatella war kurz davor, zu schreien, stieß heftig die Außentür auf, zwang sich aber dazu, langsam über den weichen Teppich zu ihrem Zimmer zu gehen, obwohl sie am liebsten gerannt wäre.

Ehe sie die Chipkarte einsteckte, sah sie sich um. Der lange Flur war leer, aus einem der anderen Zimmer klangen gedämpfte Stimmen, die sich plötzlich steigerten. Jetzt schrie eine Frau um Hilfe.

Ein Fernsehfilm, dachte Donatella, trotzdem stolperte ihr Herzschlag. Endlich schloss sie die Zimmertür hinter sich, warf ihre Tasche aufs Bett, kontrollierte Badezimmer und Kleiderschrank. Erst als sie sicher war, dass niemand ihr auflauerte, legte sie den Sicherheitsriegel vor, knipste die Stehlampe in der Sitzecke an und riss den Umschlag auf. Ehe sie zu lesen begann, schloss sie kurz die Augen und atmete ein paarmal tief ein und aus, entfaltete dann das Blatt Papier, weißes, ganz normales Kopierpapier, und begann zu lesen.

An Ihrer Stelle, verehrte Signora, würde ich nicht zur Polizei gehen. Es könnte ziemlich unangenehme Folgen nach sich ziehen, und die würden Sie doch sicher gern vermeiden. Ich schlage deshalb vor, dass wir die Übergabe Ihrer Spende verschieben. Sie werden in Kürze neue Anweisungen erhalten. Kehren Sie in aller Ruhe nach Mailand zurück. Es wird sich alles finden.

Aufstöhnend ließ sie sich rücklings aufs Bett fallen. Minutenlang lag sie reglos, und ihr wurde bewusst, dass ihre Haut schmerzte, dass ihre Zunge sich geschwollen anfühlte und sie kaum schlucken konnte. Außerdem war ihr übel. Dann hörte sie die Stille um sich herum.

Selbst der Fernsehton aus dem anderen Zimmer war verstummt. Donatella begann an der Nagelhaut ihres Zeigefingers zu kauen. Das hatte sie als kleines Mädchen gemacht, wenn sie Angst hatte oder angespannt war. Auch nach schlimmen Träumen, allein in der Dunkelheit. Selten war jemand da gewesen, der sie getröstet hatte. Manchmal hatte sie nur die Nagelhaut ihres Zeigefingers blutig gebissen. Manchmal die aller Finger.

Mit einer heftigen Bewegung fegte sie diese Erinnerungen weg, samt Tasche und Mantel, die neben ihr auf dem Bett lagen. Langsam stand sie auf, nahm den Whisky aus der Minibar, öffnete den Schraubverschluss und trank gleich aus der Flasche, hustete, würgte, lief ins Bad und spülte sich den Mund aus. Wie eine Verdurstende trank sie Wasser aus der hohlen Hand, vermied den Blick in den Spiegel.

Halblaut wiederholte sie die Gestaltung der Nacht: warmes Bad, Whisky, Fernsehen. Sie öffnete den Wasserhahn der Badewanne, betrachtete ein paar Minuten lang den kräftigen Strahl, kehrte ins Schlafzimmer zurück und hob den Telefonhörer ab, legte wieder auf.

Ich muss ganz ruhig bleiben, dachte sie, während sie in ihrer Handtasche nach Laura Gottbergs Visitenkarte suchte. War es klüger, das Hoteltelefon zu benutzen oder ihr eigenes Handy? Sie wusste es nicht. Es machte sie krank, dass sie es nicht wissen konnte. Vermutlich war eins so unsicher wie das andere. Was wollte sie der Commissaria überhaupt sagen? Dass es morgen keine fingierte Geldübergabe geben würde? Dass sie am besten alles vergessen sollte, was sie an diesem Abend erzählt hatte?

Nein, es war völlig schwachsinnig, jetzt anzurufen. Morgen, morgen würde sie das machen. Genau wie verabredet. Das war am sichersten. Und jetzt würde sie Benjamin anrufen. Das war auch wichtig. Wichtiger als die Commissaria.

Donatella lief zurück ins Badezimmer und schaffte es gerade noch, eine Überflutung zu verhindern. Sie stellte das Whiskyfläschchen auf den Wannenrand, verteilte Badeessenz im Wasser und entschied sich, ihren Liebhaber vom Hoteltelefon aus anzurufen.

Als sie seine Nummer wählte, nahm sie ein kaum merkliches Zittern ihrer Hand wahr. Sie presste den Hörer ans Ohr, bis das Zittern aufhörte. Der Klingelton schmerzte, dauerte endlos, wieder und wieder. Dann seine Stimme, dunkel, weich. Ihre Zähne rissen ein Stück Nagelhaut vom Zeigefinger.

Er sagte, dass er im Augenblick nicht erreichbar sei. «Please leave a message and I will call you back as soon as possible. Speak after the beep.»

Da war der Beep. Donatella gab sich einen Ruck und begann zu reden. «Buona sera, Benjamin. Schade, dass du nicht da bist. Ich wollte mich ein bisschen mit dir unterhalten. Es ist ziemlich einsam hier im Hotelzimmer. Wo bist du denn bloß? Na ja, wahrscheinlich triffst du dich mit irgendwelchen Geschäftspartnern. Ruf mich doch bitte zurück. Auch wenn es spät wird. Ich freu mich auf deinen Anruf, und ich freu mich auf morgen. Ciao.» Behutsam legte Donatella den Hörer auf und blieb mit gesenktem Kopf auf dem Bettrand sitzen. Jetzt hatte sie alles getan, was getan werden musste. Sie fürchtete sich noch immer vor der Nacht, die noch nicht einmal halb vorüber war, sie fürchtete sich vor der Stille. Sehr langsam erhob sie sich, griff nach der Fernbedienung und schaltete den Fernseher ein, sah nicht einmal hin. Es reichte, dass Menschen irgendwas redeten. Sehr langsam zog sie sich aus, die Stiefel, die Jeans, den Pullover, die Unterwäsche. Ließ alles auf den Boden fallen. Die Commissaria würde sie am Morgen anrufen. Alles musste genauso ablaufen, wie sie es besprochen hatten. Donatella ging ins Badezimmer, ließ sich vorsichtig ins ziemlich heiße Wasser gleiten und griff nach der Whiskyflasche.

Um zwanzig nach ein Uhr morgens verließ Laura Gottberg das Polizeipräsidium, stieg in ihren alten Mercedes und fuhr über schwarzglänzende leere Straßen nach Hause. Es hatte geregnet. Kalt geregnet, denn die Temperaturen lagen knapp über dem Gefrierpunkt. Sie hatte es nicht weit. Nur knapp zehn Minuten. Gärtnerplatz, Corneliusstraße, über die Isar und dann zum Hochufer hinauf. Am Maria-Hilf-Platz hatten die Stadtgärtner im Herbst die Kastanien beschnitten. Ihre Zweige sahen im Licht der Straßenlaternen wie Armstümpfe aus. Kriegsverletzte, dachte Laura.

Trotz der späten Stunde, die eigentlich eine frühe war,

fühlte sie sich nicht sonderlich müde. Sie hatte ein paar Akten durchgearbeitet, ein paar Protokolle verfasst und zwischendurch immer wieder an Luca gedacht und auch an Donatella Cipriani.

Vor ihrem Wohnhaus war erstaunlicherweise ein Parkplatz frei, groß genug für ihren Wagen. Die schmale Straße wirkte sehr dunkel, die Häuser hoch und seltsam unbewohnt. In keinem der Fenster brannte Licht, eine Straßenlaterne war ausgefallen. Ein paar Minuten lang blieb Laura vor der Haustür stehen und betrachtete diese enge Straße, in der sie seit beinahe zwanzig Jahren wohnte.

Es war mal eine nette Straße gewesen, dachte sie. Eine mit Bäcker, griechischem Gemüseladen und Minisupermarkt. Jetzt gab es keinen Bäcker mehr, keinen Griechen und auch keinen Supermarkt. Die dörfliche Zeit inmitten der großen Stadt hatte gerade mal gedauert, bis die Kinder aufgewachsen waren, dann war die neue Zeit angebrochen. In den alten Läden saßen jetzt irgendwelche Leute vor Computern. Semmeln gab es nur noch von der Großbäckerei, und sie schmeckten nicht. Luca wollte ausziehen. Ende eines Lebensabschnitts.

Laura wandte sich zur Haustür, wich im letzten Augenblick einem Häufchen Hundekot aus und betrat den Flur. Die schwarz-weißen Bodenfliesen waren nicht besonders sauber, und es roch wie immer ein bisschen nach Müll, denn die Abfalltonnen standen gleich hinter der Tür zum Hof.

Sehr langsam und bewusst stieg Laura die sechsundachtzig Treppenstufen hinauf, lauschte dem Knarren, ließ die Hand über das glatte Holzgeländer gleiten.

Vielleicht ziehe ich auch bald aus, dachte sie. Wenn Sofia geht, dann ist das hier vorbei. Und ihr fiel plötzlich ein, dass ihre Eltern, genau ein Jahr nachdem sie mit anderen Studenten zusammengezogen war, die alte Familienwohnung verlassen hatten. Wie Vogeleltern ihr Nest verlassen, wenn die Jungen ausgeflogen sind.

Sechsundachtzig Stufen. In der Mitte leicht ausgetreten, ausgebleicht, an den Rändern noch dunkel lackiert. Ihr persönliches Fitnessprogramm hatte sie diesen vierten Stock immer genannt. Rauf und runter, rauf, runter. Tausendmal, vermutlich mehrere tausend Male.

Nicht sentimental werden, murmelte Laura auf Stufe achtundsiebzig. Ich mache mir jetzt einen Kamillentee, setze mich in meine Küche oder auf das Sofa im Wohnzimmer und warte darauf, dass ich müde werde.

Jetzt stand sie vor ihrer Wohnungstür und fand es irgendwie beruhigend, dass die Özmers noch immer ihre direkten Nachbarn waren, obwohl die meisten Kinder dieser türkischen Familie ebenfalls davongezogen waren. Die Özmers und Laura hatten viel miteinander durchgestanden. Türkische Tragödien. Jetzt war es ruhiger, und auch die jüngste Tochter würde vermutlich demnächst heiraten.

Leise öffnete Laura ihre Wohnungstür, schloss sie ebenso lautlos, schlüpfte aus ihren Schuhen und schlich durch den langen Flur zur Küche. Die Dielen knarrten, auch das hatten sie immer schon getan, seit über zwanzig Jahren. Man musste schweben in dieser Wohnung, um nicht gehört zu werden.

Der Anrufbeantworter blinkte. Nein, sie wollte ihn jetzt nicht abhören. In der Küche roch es noch immer nach gebratenem Hühnchen und Knoblauch. Laura füllte Wasser in den Schnellkocher, hängte einen Beutel mit Kamillentee in eine große Tasse, lauschte der Stille in ihrer Wohnung nach, fragte sich, ob Luca mit seiner Schwester gesprochen hatte, fühlte sich plötzlich unruhig. Auf Zehenspitzen lief sie zum Zimmer ihrer Tochter und öffnete leise die Tür.

Sofias Bett war leer.

Laura lehnte sich gegen den Türrahmen und versuchte gegen die aufsteigende Furcht anzudenken. Falls Sofia die Wohnung verlassen hatte, musste es zu einer Zeit gewesen sein, da Luca bereits eingeschlafen war. Schlief Luca überhaupt? Sie schlich zu seiner Tür. Er lag auf dem Rücken und schnarchte leise, drehte sich mit einem Ruck zur Seite, als der Lichtstrahl kurz über sein Gesicht wanderte.

Laura kehrte in die Küche zurück, goss ihren Tee auf, versuchte zu denken. Wohin konnte Sofia gegangen sein? Laura lief ins Wohnzimmer. Das große Sofa war leer. Sie blieb im Flur stehen, wusste es plötzlich, rannte beinahe zu ihrem eigenen Schlafzimmer und drückte behutsam die Tür auf, die ohnehin nur angelehnt war. Sofia lag quer in Lauras breitem Bett, völlig verwickelt in Über- und Unterdecke, das Kopfkissen mit beiden Armen gegen die Brust gepresst.

Eine Welle von Zärtlichkeit und Erleichterung erfasste Laura, so heftig, dass sie sich an der Tür festhalten musste.

Nicht weinen, dachte sie. Nicht! Sofia wird aufwachen, und ich will nicht, dass sie mich in Tränen sieht! Wir wollen unser Frauending nicht mit Tränen anfangen. Könnte sonst so was wie ein Muster werden! Bloß nicht!

Sie zog die Tür wieder zu und ging langsam in die Küche, nahm den Teebeutel aus der Tasse, drückte ihn leicht aus, warf ihn in den Komposteimer, schlürfte. Wartete.

Sofia kam nicht.

Laura dachte an Angelo Guerrini. Seltsam, wenn sie länger von ihm getrennt war, erschien ihr diese Liebe immer wieder unwirklich. Wie etwas, das außerhalb ihres realen Lebens existierte oder überhaupt nicht. Traumleben. Angelo würde möglicherweise mit einem Wutanfall auf solche Gedanken reagieren. Mit Recht. Vielleicht war es gut, dass

Luca auszog. Es machte sie etwas freier. Aber da war noch das Frauending, das sie durchziehen musste.

Schluck für Schluck trank sie ihren Tee. Sie wurde langsam müde und fühlte eine wohlige Gleichgültigkeit in sich aufsteigen. Endlich raffte sie sich auf, putzte die Zähne, zog ihren Schlafanzug an und überlegte, ob sie auf der Wohnzimmercouch schlafen sollte. Aber dann fand sie, dass es Sofia gegenüber nicht fair wäre. Sofia war schließlich in Lauras Bett gekrochen, um Schutz zu suchen. Und so schob Laura ihre Tochter vorsichtig auf eine Seite ihres Bettes, eroberte einen Teil der Decke für sich selbst und streckte sich endlich neben Sofia aus.

Eine Hand tastete nach ihr.

«Mama? Bist du da, Mama?»

«Ja, Sofi, ich bin da.»

Sofia seufzte im Halbschlaf, rollte sich zusammen und kuschelte sich eng an Lauras Körper. Genau wie vor vielen Jahren, wenn sie schlechte Träume hatte oder überhaupt nicht allein schlafen konnte. Laura schlang die Arme um ihre Tochter und drückte sie fest an sich.

Ich wünschte, ich könnte dich vor all diesen traurigen Erfahrungen bewahren, dachte sie. Vor den Trennungen, den Schmerzen, dem Gefühl, nicht geliebt zu werden. Es fängt ja gerade erst an, Sofi, du hast ja noch nicht einmal deine erste unglückliche Liebe hinter dir. Ich glaube, du hast dich noch nie selbst verleugnet, um geliebt zu werden. Aber vielleicht irre ich mich.

Behutsam drehte Laura sich in eine bequemere Lage, hielt dabei aber Sofia fest in ihren Armen. Die Körperwärme ihrer Tochter machte sie schläfrig.

Ich schon, dachte sie, nur noch halb bewusst, ich habe mich verleugnet. Aber das mache ich nie wieder.

«NEIN!», RIEF KOMMISSAR Peter Baumann und starrte seine Vorgesetzte mit offenem Mund an. Manchmal neigte er zu Übertreibungen, und er wusste genau, dass er Laura Gottberg damit leicht aus der Fassung bringen konnte. «Das meinst du nicht im Ernst, Laura!» Er wartete auf Lauras Zornesausbruch. Doch der kam nicht. Stattdessen warf Laura ihm einen durchdringenden Blick zu, der Baumann irgendwie verletzte, und erwiderte ruhig: «Doch!»

«Aber wieso denn? Wir können das nicht machen, Laura! Wenn irgendwas dabei schiefgeht ... es gibt keine Anzeige, keinen Haftbefehl, nichts! Willst du im Nebenjob als Privatdetektivin arbeiten, um deine Bezüge aufzubessern, oder was ist los?»

«Keine schlechte Idee», murmelte sie. «Jetzt hör mir mal zu! Es geht nicht darum, jemanden festzunehmen oder einen großen Wirbel zu veranstalten. Wir beobachten das Schließfach im Hauptbahnhof, und wenn tatsächlich einer kommt, dann fotografieren wir ihn. Wir können ihm sogar folgen und nachsehen, wo er hingeht. Mehr wird nicht passieren!»

«Und was soll das Ganze? Hat das was mit dem berühmten Zusammenhalt aller Italiener zu tun? Sind wir die erste Zelle einer kriminellen Vereinigung zum Schutz reicher, fremdgehender Ehefrauen? Was ist denn da finanziell so drin?»

Jetzt, dachte Baumann und war selbst ein bisschen erschrocken über seine Kühnheit. Jetzt muss sie hochgehen!

Doch wieder traf ihn dieser forschende Blick, dann kniff Laura die Augen zusammen und rubbelte mit beiden Händen ihr Haar. «Manchmal bist du echt scheiße drauf!», sagte sie. «Ich hab keine Ahnung, warum du das machst. Bist du immer noch eifersüchtig auf Guerrini? Hat dich deine Freundin verlassen, oder hat deine Italienischlehrerin festgestellt, dass du ein hoffnungsloser Fall bist? Ich jedenfalls gehe davon aus, dass du ein neugieriger Mensch bist und kein Bürokrat, und dass wir meistens sehr gut zusammenarbeiten. Genau deshalb habe ich dich in diesem Fall um Unterstützung gebeten. Ich habe nicht gesagt, dass du die Sache mit mir durchziehen *musst*. Ich habe dich nur gefragt.» Mit zwei Fingern trommelte sie auf ihren Schreibtisch. «Also vergiss es! Vergiss, was ich gesagt habe! Ich werde es allein machen, und auch das ist kein Problem!» Jetzt war Laura doch lauter geworden, als sie eigentlich wollte.

«Warte, warte, warte! Vielleicht habe ich die Angelegenheit einfach nicht verstanden. Kannst du sie mir bitte noch einmal in Ruhe erklären?» Peter Baumann steckte beide Hände in die Taschen seiner Jeans und begann vor Lauras Schreibtisch herumzulaufen.

Er hat sich wieder mal die Haare zu kurz schneiden lassen, und wenn er nicht aufpasst, dann wird er zu fett. Laura empfand es als wohltuend, unfreundliche Gedanken über Baumann zu haben. Manchmal ging ihr dieses ewige Geplänkel auf die Nerven. Außerdem wusste sie nie genau, wann es bei ihm ernst wurde und wann es noch scherzhaft gemeint war.

«Ich hab es dir doch genau erklärt. Gestern kam diese Frau zu mir und erzählte mir von einer Erpressung in ziemlich großem Stil. Sie hat mich angefleht, dieses Schließfach zu überwachen, nachdem sie den leeren Koffer dort untergebracht und den Schlüssel an der Information abgegeben hat. Es ist keine große Sache, und ich möchte unseren Chef nicht aufschrecken. Ich dachte, du könntest es mit mir erledigen, aber nachdem du offenbar keine Lust hast, mache ich es eben allein. Und jetzt versprichst du mir, dass du mit keinem Menschen über diese Sache reden wirst! Alles klar? Hast du es jetzt verstanden?»

Baumann nahm seine rechte Hand aus der Hosentasche und machte eine Geste, als wollte er sein Haar zurückstreichen, schien allerdings verwirrt, als er die Locke nicht fand, die ihm normalerweise in die Stirn fiel.

«Du solltest den Friseur wechseln.»

«Reden wir über deine Erpressungsgeschichte oder über meine Frisur?»

«Entschuldige. Es ist deine Frisur.»

«Danke. Könntest du mir ein bisschen Bedenkzeit geben? Wir haben ja immerhin noch Zeit, bis die Dame uns genauere Anweisungen gibt.»

«Natürlich. Trink einen Kaffee, denk nach und teil mir das Ergebnis spätestens bis zwölf Uhr mit. Aber wenn du irgendwas rumerzählst, dann soll deine Zunge vertrocknen!»

«Hoho! Alttestamentarische Flüche. Das machst du doch sonst nicht, Laura. Bist auch nicht besonders gut drauf, oder?»

«Nein! Würdest du jetzt bitte mein Büro verlassen. Ich habe nämlich eine Menge zu tun.»

Kommissar Baumann zuckte die Achseln und ließ die Tür etwas zu laut ins Schloss fallen. Eine Weile betrachtete Laura die Tür, dann stand sie auf und verriegelte sie. Das machte sie hin und wieder, wenn sie ungestört sein wollte. Natürlich war es in den Augen vieler Kollegen eine völlig unverständliche und eigentlich nicht akzeptable Verhaltensweise, ein Spleen, aber das war Laura egal.

Es gab Momente in ihrem Leben, da durfte niemand unverhofft in ihr Zimmer stolpern, und so ein Moment dehnte sich schon über diesen gesamten Morgen. Niemals würde Laura das Lächeln vergessen, mit dem Sofia an diesem Morgen neben ihr aufgewacht war: ein Kinderlächeln, voll Vertrauen, geradezu selig.

Sie hatte zurückgelächelt, in dem Bewusstsein, dass sie ihre Tochter vor den Schmerzen des Lebens nicht beschützen konnte, und genau diese Hilflosigkeit klang noch immer in ihr nach.

Sofia dagegen hatte ihren Rückfall ins Kleinkindalter kurz darauf abgeschüttelt und sich in die coole Fünfzehnjährige zurückverwandelt, die offensichtlich ihrem derzeitigen Selbstbild entsprach. Für längere klärende Gespräche war keine Zeit geblieben. Alle drei hatten sie ein bisschen zu lange geschlafen. Luca und Sofia stoben davon, Laura war zurückgeblieben, mit halbleeren Müslischalen, halbvollen Teetassen und halbklaren Gefühlen. Deshalb musste die Tür für eine Weile abgeschlossen bleiben.

Sie hatte es nicht einmal geschafft, Angelo Guerrini in Siena zurückzurufen, hatte nur seiner Stimme zugehört, ein paarmal sogar. Ein Vorteil von Anrufbeantwortern. Man konnte Stimmen immer wieder abrufen, alle Nuancen herausfiltern. Der Commissario hatte ein wenig angespannt geklungen, ungeduldig, weil Laura nicht erreichbar war. Weder Luca noch Sofia hatten sein Gespräch angenommen. Auch das kam Laura seltsam vor, denn sie mochten ihn und hatten inzwischen eine ziemlich freundliche Beziehung zu ihm.

Und trotzdem: Wenn Laura Schwierigkeiten mit ihren Kindern hatte, rückte Angelo Guerrini jedes Mal ein Stück weg. Noch immer trennte sie die Beziehung zu ihm von der Beziehung zu ihren Kindern. Wenn es um Sofia und Luca ging, rief sie eher ihren Vater Emilio an und bat ihn um Rat. Hin und wieder sogar ihren Exmann Ronald.

Angelo war etwas anderes, etwas, das nur zu ihrem eigenen Leben gehörte. Vielleicht war es falsch, so zu denken. Aber sie empfand genau so. Ganz besonders seit dem ersten, etwas längeren Urlaub mit ihm. Gerade mal sechs Wochen waren seither vergangen. Die Verse des römischen Dichters Petronius, die er damals für sie ausgewählt hatte, trug sie stets mit sich herum – in einem Geheimfach ihres ledernen Rucksacks: *Welch eine Nacht! Ihr Götter und Göttinnen! Wie Rosen war das Bett!* ...

Manchmal las sie diese Verse, um sich ihrer zu vergewissern. Nein, nicht jetzt und nicht hier in diesem Büro! Es wäre besser, wenn sie die Arbeit der letzten Nacht fortsetzte. Der Aktenberg war noch immer ziemlich hoch, und sie war neugierig, ob Signora Cipriani tatsächlich anrufen würde. Dass Peter Baumann bei einer Überwachung des Schließfachs mitmachen würde, dessen war sich Laura ziemlich sicher. Beinahe hundertprozentig.

Als das Zimmermädchen die Tür aufriss und erschrocken wieder zuknallte, fuhr Donatella Cipriani auf. Erst nach ein paar Sekunden fand sie sich halbwegs zurecht. Der Fernseher lief ohne Ton. Sonnenlicht fiel durch die Ritzen der Vorhänge, die eine ganze Fensterwand verhüllten. Sie war also doch eingeschlafen, irgendwann gegen Morgen. Immer dann, wenn sie erst gegen Morgen einschlief, fiel sie in eine Art Tiefschlaf, der einer Ohnmacht nahekam oder dem Sturz in einen tiefen dunklen Schacht. Sie fühlte sich benommen, war versucht, wieder wegzudämmern, fuhr erneut hoch und tastete nach ihrer Uhr. Beinahe zehn! Wie konnte sie in dieser Situation verschlafen? Donatella sprang aus dem Bett, taumelte und musste sich setzen, weil ihr schwarz vor Augen wurde.

Um elf war sie mit Benjamin zum Brunch verabredet, und sie wollte auf keinen Fall zu spät kommen. Ihr Flieger nach Mailand startete um halb vier. Sie musste also spätestens um halb drei am Flughafen sein. Den Geldkoffer würde sie gegen halb zwei ins Schließfach bringen, den Schlüssel abgeben und sofort die S-Bahn zum Flughafen nehmen. Sie beschloss, den anonymen Brief von letzter Nacht zu ignorieren. Unmöglich konnte sie die Kommissarin anrufen und sagen, dass auf einmal alles ganz anders sei. Außerdem war sie sicher, dass man sie beobachtete und wissen würde, dass sie den Koffer abgestellt hatte. Und dann würden sie nicht widerstehen können und das Geld holen. Und dann ... lief vielleicht doch noch alles nach ihrem Plan. Oder auch nicht.

Donatella goss Mineralwasser in ein bauchiges Weinglas und trank es in einem Zug leer. Am Abend musste sie Ricardo zu einer Ausstellungseröffnung in Mailand begleiten. Das stand schon seit Wochen in ihrem Terminkalender, und sie würde es durchziehen!

Der vor ihr liegende Tag hatte Gestalt angenommen. Das beruhigte sie. Ohne Struktur konnte sie nicht leben. Trotzdem erlitt sie unter der Dusche einen so heftigen Panikanfall, dass sie sich an den Armaturen festhalten musste und sich beinahe übergeben hätte.

Laura arbeitete eine Weile am Computer, allerdings nicht besonders konzentriert, verglich ein paar Täterprofile, die zu einem ungeklärten Mordfall in einer Münchner Kleingartensiedlung passen könnten. Und hörte wieder damit auf. Es gab Momente, in denen sie die Reduzierung von Menschen auf Fingerabdrücke, schlechte Fotos und Strafregister nicht ertragen konnte.

Sie hätte gern mehr über die Familie Cipriani erfahren, doch auf die interne Datenbank der italienischen Polizei hatte sie keinen Zugriff, und die Website von Ricardo Cipriani war nicht besonders aufschlussreich. Sie glich mehr einem Werbespot, pries sogar die Designermöbel seiner Frau an. Eine rundum erfolgreiche, glückliche Familie, mit zwei erwachsenen Kindern, schön, strahlend, mitten im Studium, zwei weißen Retriever-Hunden und sonst noch allerlei, unter anderem dem Satz «Padanien bewahren, Padanien verteidigen, Padanien aufbauen. Es lebe die Freiheit!».

Erstaunlich, dachte Laura. Was würde wohl passieren, wenn eine politische Partei ernsthaft die Abspaltung Bayerns oder ganz Süddeutschlands betreiben würde, um eine Zone zu errichten, die auch Ostdeutsche und Norddeutsche zu Ausländern erklären würde. Bisher waren die Abgrenzungsspektakel der bayerischen Politiker eher harmlos und erheiternd.

Laura seufzte und wählte Commissario Guerrinis Nummer in der Questura von Siena. Doch statt Guerrini meldete sich Sergente Tommasini, der sehr erfreut klang, Laura, die Commissaria tedesca, am Apparat zu haben. Was er für sie tun könne? Der Commissario sei leider außer Haus, dienstlich. Wann er zurückkomme, das wisse er nicht. Aber was immer er, Tommasini, für die Signora tun könne, er werde es tun …

«Nein, nichts. Jedenfalls im Augenblick. Danke, Tommasini, geht es Ihnen gut?»

«Bene, Signora, abbastanza bene.»

«Una bella giornata, Sergente.»

«Anche per lei, Commissaria.»

Laura legte den Hörer weg und lächelte über den italienischen Ausdruck «abbastanza bene», der so viel bedeutete wie «man kann nicht klagen», aber eben nicht besagte, dass es wirklich gutging … nur ausreichend gut. Sie überlegte, ob sie Guerrini auf dem Handy anrufen sollte, ließ es aber bleiben. Wenn er unterwegs war, konnte er ohnehin nicht für sie in der Datenbank stöbern. Zweimal drehte sie sich unentschlossen mitsamt ihrem Chefsessel, rief dann das *Hilton* an und fragte, ob Signora Cipriani schon abgereist sei. Nein, noch nicht, war die Antwort. Ob Laura verbunden werden wolle?

Laura bedankte sich und legte auf, griff nach ihrer Lederjacke, ihrem kleinen Rucksack, sperrte die Tür auf und verließ das Dezernat über das kaum benutzte rückwärtige Treppenhaus. Sie stieg in ihren Dienstwagen und fuhr zum *Hilton*.

In den frühen Morgenstunden hatte es offensichtlich einen unerwarteten Föhneinbruch gegeben, jene Wetterlage, die immer wieder für Überraschungen sorgte, für einen rapiden Anstieg der Selbstmordrate, für Autounfälle, Kreislaufzusammenbrüche und den für Apotheker erfreulichen steigenden Umsatz von Kopfschmerztabletten. Laura liebte den Föhn, der innerhalb weniger Stunden einen südlichen Himmel mit flockigen Wolkenfahnen über Bayern zauberte, warmen Wind über die Alpen schickte und bei ihr meistens einen Zustand auslöste, als hätte sie zu schnell ein Glas Sekt getrunken.

Der Föhn hatte den Nebel weggeblasen, die Straßen glänzten noch vom Regen der vergangenen Nacht. Über den Sandbänken der Isar kreisten Möwenschwärme, und im schrägen Novembersonnenlicht wirkte die Stadt frisch und einladend.

Laura parkte auf dem Bürgersteig vor der Einfahrt zum *Hilton*. Von hier aus konnte sie die Eingangshalle ganz gut überblicken. Es war allerdings möglich, dass Donatella Cipriani genau wie Laura selbst den Hinterausgang nehmen würde und ein Taxi dorthin bestellte. Deshalb beschloss Laura, doch lieber in der Nähe der Rezeption zu warten. Sie setzte ihre Sonnenbrille auf und fasste ihr halblanges lockiges Haar zu einem kurzen Pferdeschwanz zusammen.

Doch ehe sie die Wagentür öffnen konnte, trat die Signora auf die Straße. Ein Hoteldiener hielt ihr die große Glastür auf und verbeugte sich. Sie zog einen roten Rollkoffer hinter sich her, trug wie Laura eine große Sonnenbrille und das Haar streng zurückgekämmt, mit einem Knoten im Nacken.

Laura fragte sich, woran sie Donatella Cipriani trotzdem sofort erkannt hatte. Es konnte nur die auffallende Eleganz dieser Frau sein und die Unruhe, die aus ihren Bewegungen sprach. Donatella Cipriani sah sich immer wieder um, ging nervös auf und ab, machte ungeduldige Handbewegungen Richtung Portier. Offensichtlich wartete sie auf ein Taxi und machte den Hoteldiener dafür verantwortlich, dass es nicht bereits da war.

Der Mann verbeugte sich erneut und eilte nach drinnen. Kaum war er verschwunden, bog das Taxi in die Auffahrt ein und hielt genau vor der Wartenden. Der Fahrer verstaute den roten Koffer, die Signora nahm auf dem Rücksitz Platz, schon fuhren sie ab und Laura mit ihnen.

Jetzt war Laura wirklich neugierig auf den Schauplatz des letzten Frühstücks einer Affäre. Welchen Ort würde sie selbst wählen? Überhaupt keinen! Sie hasste Abschiede. Aber man konnte ja mal überlegen. Laura mochte die kleinen, etwas merkwürdigen Cafés und Kneipen in Haidhausen. Allerdings ging sie nicht besonders oft aus – höchstens ab und zu mit den Kindern zum Italiener um die Ecke oder zum Griechen oder Türken. Manchmal auf einen Kaffee oder ein Bier mit ihren Kollegen.

Das Taxi mit Donatella Cipriani fuhr zurück in die Innenstadt, folgte ein paar hundert Meter dem Altstadtring und bog dann in die Maximilianstraße ein. Jetzt tippte Laura auf das Hotel *Vier Jahreszeiten*, in dem möglicherweise der englische Liebhaber abgestiegen war. Doch das Taxi hielt nicht an, ließ die wehenden bunten Fahnen hinter sich, erreichte das Nationaltheater und bremste vor der Residenz. Donatella bezahlte und ging zu Fuß weiter, den roten Koffer hinter sich herziehend. Offensichtlich hatte sie es eilig, denn sie schaute auf ihre Armbanduhr und rannte beinahe.

Auch Laura sah auf die Uhr. Zehn nach elf. Wahrscheinlich war Donatella um elf mit dem mysteriösen Benjamin verabredet und hatte sich verspätet. Ihr blieb nichts anderes übrig, als den Wagen stehen zu lassen und Donatella zu Fuß zu folgen. Sie legte das Schild «Polizeieinsatz» aufs Armaturenbrett und rannte los, vorüber an den Menschen, die auf den steinernen Bänken entlang der königlichen Residenz in der Wintersonne saßen.

Die Italienerin schien sich gut auszukennen. Ohne zu zögern, bog sie in die Preysing-Passage ein und überquerte dann die Fußgängerzone zwischen Odeons- und Marienplatz. Laura hielt Abstand; es war leicht, den roten Koffer im Auge zu behalten, obwohl jetzt in der Vorweihnachtszeit viele Menschen unterwegs waren. Die Sonne schien inzwischen so kräftig, dass Laura den Reißverschluss ihrer Lederjacke öffnete, weil ihr bei der schnellen Verfolgung heiß wurde.

Als Donatella Richtung Salvatorplatz abbog, nahm Laura an, dass sie zum Hotel *Bayerischer Hof* wollte, doch die Signora steuerte genau auf das Literaturhaus zu, schaute sich ein paarmal prüfend um und betrat kurz darauf die Brasserie *OskarMaria*.

Laura ging jetzt langsamer, betrachtete die Auslage der Buchhandlung gegenüber der Brasserie und dachte, dass in Paris wohl niemand auf die Idee käme, ein Lokal auf Deutsch Gasthaus *JeanPaul* nach Jean-Paul Sartre zu nennen, und dass Oskar Maria Graf, der urbayerische Schriftsteller, angesichts dieser Brasserie vermutlich in dröhnendes Gelächter ausgebrochen wäre.

Laura trieb sich eine Weile unter den niedrigen Kolonnaden und vor den Schaufenstern herum, behielt den Eingang der Brasserie aber stets im Blick. Gerade als sie sich dazu entschlossen hatte, die Straße zu überqueren und im Lokal nachzusehen – es mochten zehn Minuten vergangen sein –, erschien Donatella Cipriani wieder. Ihr Mobiltelefon gegen das rechte Ohr gepresst, ging sie unruhig vor dem Literaturhaus auf und ab. Das Gespräch war kurz, denn sie steckte das Handy gleich wieder ein, sah sich ratlos um und kehrte dann wieder in das Restaurant zurück.

Er ist nicht gekommen, dachte Laura. Welch böse Überraschung. Nicht nett von ihm. Andererseits verständlich, schließlich ist diese Affäre höchst brenzlig und außerdem vorbei.

Wieder vergingen zehn Minuten. Laura begann zu frösteln. Die Wintersonne stand zu tief, um die Straßenschlucht zu erreichen. Ihr Licht streifte nur die obersten Stockwerke der hohen Häuser. Die Hände in den Taschen ihrer gefütterten Lederjacke vergraben, beobachtete Laura den steten Strom der auffällig eleganten Frauen und Männer, die von der Brasserie ein- und ausgeatmet zu werden schienen. Mindestens jeder Zweite mit diesem gewissen Etwas, das Künstler und Autoren auszuzeichnen schien: besonders lange, auffällig lässige Schals, lange Mäntel, große Hüte, schwarz – jedenfalls die Männer. Die Frauen bunter, aber in exquisiten Farben gekleidet und häufig rothaarig. Wenn sie älter waren, trugen sie ungewöhnlich geschnittene Jacken und lange Röcke zu hohen Lederstiefeln. Manchmal drang ein Lachen herüber, eine etwas zu laute Begrüßung.

Laura hatte inzwischen kalte Füße und fragte sich, ob Benjamin doch noch gekommen war oder ob Donatella inzwischen allein frühstückte. Plötzlich erinnerte sie sich daran, wie oft sie auf ihren Exmann Ronald gewartet hatte. In Cafés, auf Bahnhöfen, in Parks, zu Hause. Einmal hatte er sie aus Düsseldorf angerufen, als sie im Nieselregen vor dem chinesischen Turm im Englischen Garten auf ihn wartete. Nachdem sie bereits eine Dreiviertelstunde auf und ab gegangen war, hatte er endlich ihre Nachricht abgehört.

Andere zu versetzen oder komplett zu vergessen hat etwas sehr Verletzendes, dachte Laura. Vor allem, wenn es immer wieder geschieht.

Zehn vor zwölf. Laura schlenderte zur Brasserie hinüber, entschlossen, einen Kaffee zu trinken und ihre illegale Observation im Warmen fortzusetzen.

Sie war nur noch wenige Meter vom Eingang entfernt, als Donatella Cipriani herauskam. Im letzten Augenblick drehte Laura ab, doch die Italienerin achtete nicht auf ihre Umgebung, war ausschließlich mit ihrem Handy beschäftigt. Wieder sprach sie kurz, hielt das kleine Telefon nachdenklich in der Hand, zog dann eine Karte aus ihrer Manteltasche und tippte eine Nummer ein.

Eine Sekunde später vibrierte Lauras Mobiltelefon, sie

lief schneller, bog um die Ecke des Hauses und wusste schon, wer anrief.

«Commissaria?»

«Ja.»

«Ich werde den Koffer um eins ins Schließfach bringen. Klappt die Überwachung?»

«Alles ist vorbereitet.»

«Danke.»

«Wann geht Ihr Flug?»

«Um halb vier.»

«Ist alles in Ordnung?»

«Jaja.»

«Wo sind Sie jetzt?»

«In der Innenstadt. Ich werde zu Fuß zum Bahnhof gehen. Mir bleibt genügend Zeit.»

«Ihr Brunch war ziemlich kurz, oder?»

«Weshalb? Er ist noch nicht vorbei.»

«Entschuldigung. Ich dachte, Sie wären schon auf dem Weg zum Bahnhof. Es hörte sich so an.»

«Das war eine Täuschung.»

«Wir werden da sein, Signora, auch wenn Sie uns wahrscheinlich nicht sehen.»

«Grazie.»

Donatella Cipriani hatte das Gespräch beendet. Als Laura vorsichtig um die Ecke des Gebäudes spähte, steckte die Signora gerade ihr Handy in die Manteltasche, griff nach ihrem Rollkoffer und ging langsam Richtung Dom. Laura folgte ihr noch eine Weile, aber Donatella benahm sich höchst unauffällig. Sie schien ausschließlich an den Auslagen der Geschäfte interessiert, bummelte geradezu, betrat sogar zwei Geschäfte und kaufte irgendwas.

Um halb eins gab Laura auf und kehrte zu ihrem Dienstwagen zurück. Ihr war inzwischen nicht mehr klar, ob der englische Liebhaber aufgetaucht war oder nicht und ob diese Affäre und die Erpressung tatsächlich einen tiefen Eindruck auf Donatella Cipriani gemacht hatten. Auf dem Weg ins Präsidium rief sie Kommissar Baumann an.

«Machst du jetzt mit oder nicht?»

«Wo bist du denn? Ich wollte mit dir reden, aber du warst weg. Tür abgeschlossen, niemand zu Hause!»

«Ich hatte etwas zu erledigen. Wenn du mitmachst, dann erzähle ich dir was!»

«Und wenn ich nicht mitmache?»

«Dann erzähle ich dir nichts. Wir sehen uns in fünf Minuten auf dem Hof vom Präsidium. Ich warte im Wagen!»

«Laura! Das ist …»

Sie hatte schon auf den Knopf gedrückt und lachte leise vor sich hin.

«Wie willst du herausfinden, in welches Schließfach sie den Geldkoffer gesteckt hat? Ich hab den Eindruck, dass diese mysteriöse Signora alles versucht, um dich reinzulegen, Laura.» Kommissar Baumann lief zwar neben Laura Gottberg durch die Halle des Hauptbahnhofs, doch sein Verhalten drückte deutlichen Widerstand aus. Er ging langsamer als Laura und hielt immer wieder an. Seine Bedenken formulierte er auf umständliche Weise. «Falls wir hier in irgendwelche Schwierigkeiten geraten … was sagen wir unserem Chef? Hast du dir das überlegt, Laura?»

Laura Gottberg blieb so plötzlich stehen, dass er gegen sie prallte.

«Falls du weiterhin solchen Quatsch redest, dann nimm dir ein Taxi zum Präsidium! Hältst du mich für schwachsinnig, oder was? Die Cipriani wird mir die Nummer des

Schließfachs per Handy mitteilen. Und ich garantiere dir, dass wir nicht in Schwierigkeiten geraten werden! Jetzt sei friedlich und trink einen Kaffee mit mir!»

Baumann seufzte, zuckte die Achseln, rieb verlegen seinen Nacken. Laura hakte ihn unter, zog ihn zu einem der Pavillons in der Mitte der Bahnhofshalle und bestellte zwei Cappuccino im Pappbecher.

«Laura, jetzt im Ernst! Es gibt nicht mal eine offizielle Anzeige. Die Frau muss so was unterschreiben, ehe wir aktiv werden können.»

Laura zahlte und schob einen Becher zu Baumann hinüber. «Hör mal, Peter, wir arbeiten schon seit Jahren ziemlich erfolgreich zusammen. Unsere Ermittlungen waren doch immer wieder mal nicht hundertprozentig von oben abgesichert. Was ist auf einmal los mit dir?»

«Überhaupt nichts. Ich hab nur in diesem speziellen Fall ein ungutes Gefühl. Ich kann es nicht genau erklären – aber es kommt mir vor wie eine Art Geldwäsche. Im übertragenen Sinn. Als würde man dich oder uns benutzen, um etwas ganz anderes zu veranstalten. Kannst du mir folgen?»

«Teilweise.»

«Immerhin.»

«Wozu werden wir benutzt?»

«Keine Ahnung! Es ist nur so ein Gefühl.»

«Gut, dann treffen sich unsere Gefühle irgendwo in der Mitte. Ich trau der Dame auch nicht ganz, deshalb beobachte ich sie schon eine Weile.»

«Und?» Baumann wickelte den grauen Wollschal enger um seinen Hals; es zog in der Bahnhofshalle.

«Nichts Besonderes. Ich hatte nur den Eindruck, dass ihr Liebhaber nicht zum letzten Frühstück erschienen ist. Aber ganz sicher bin ich nicht. Außerdem wirkte sie eine Weile sehr nervös. Sie telefonierte ein paarmal ziemlich hektisch. Vielleicht versuchte sie ihn zu erreichen.»

«Du hättest sie wegschicken sollen, Laura. Wir sind nicht zuständig für Erpressungen italienischer Damen durch irgendwelche Gigolos. Sie soll gefälligst in Italien zur Polizei gehen!» Vorsichtig schlürfte Baumann seinen Kaffee.

Er sieht so jung aus ohne die langen Haare, dachte Laura. Irgendwie ganz unbedarft und ein bisschen zu rund. Er muss unbedingt seine Haare wieder wachsen lassen!

«Was denkst du denn, Laura?»

«Ach, nichts. Du hast ja ein bisschen recht. Aber nur ein bisschen. Ich finde die Angelegenheit spannend, und dein Einfall mit dem Gigolo ist vielleicht gar nicht so schlecht.» Laura schaute über Kommissar Baumanns Schulter und entdeckte zwischen all den hin und her strömenden Menschen Donatella Cipriani mit ihrem roten Rollkoffer.

«Ja, spannend», murmelte sie. «Da ist sie übrigens. Die mit dem roten Rollkoffer. Dreh dich langsam um, dann siehst du sie.»

NIEMAND KAM. Nicht nach einer Stunde, nicht nach anderthalb. Sie froren, aßen heiße Maroni und Pommes mit Ketchup. Laura spendierte einen zweiten Cappuccino. Von der Decke der Bahnhofshalle hingen riesige bunte Sterne, die sich langsam drehten.

«Ich finde, wir sollten nachsehen, was die Signora eigentlich in diesem Schließfach hinterlassen hat!», meinte Baumann nach einer Stunde und vierzig Minuten.

«Das können wir auch morgen noch machen. Manchmal braucht man eben Geduld.»

«Und woher nimmst du die?»

Laura zuckte die Achseln und hatte kurz wieder dieses seltsam leere Gefühl, als hätte jemand eine Verabredung nicht eingehalten oder sie versetzt.

«Ich jedenfalls gehe jetzt!» Baumann warf seinen leergetrunkenen Pappbecher in einen Papierkorb, rieb seine Handflächen gegeneinander und stampfte mit seinen Stiefeln auf.

«Dann geh! Ich bleib noch ein bisschen. Vielleicht kann ich die Kollegen, die hier ohnehin Dienst schieben, überreden, dass sie uns ablösen.»

«Mit welcher Begründung?»

«Dass in dem Schließfach möglicherweise Drogen versteckt sind, die von einem Kurier abgeholt werden.»

«Das ist nicht dein Ernst, Laura!»

«Natürlich nicht. Wir gehen jetzt zur Information, zeigen unsere Dienstausweise und lassen uns den Schlüssel geben. Und dann sollen die Leute ganz genau aufpassen, ob doch noch jemand diesen Schlüssel abholen will. Einverstanden?»

«Hoffentlich wollen die keinen Durchsuchungsbefehl sehen!»

«Das werden wir sehr schnell herausfinden. Hast du noch mehr Bedenken? Dann sag es gleich!»

Baumann antwortete nicht, sondern zog mit geradezu schmerzerfülltem Gesichtsausdruck sein Handy aus der Manteltasche. «Wetten, dass es der Chef ist», murmelte er, ehe er auf den Knopf drückte.

«Ja?» Er drehte Laura den Rücken zu. «Nein! Warum denn nicht früher? Was?» Er machte eine Geste, als wollte er sich die Haare raufen. «Sind alle anderen schon auf dem Weg?» Er kickte eine Bierdose zur Seite. «Wir sind gleich da! Keine Panik!» Mit einem Ruck drehte er sich zu Laura um. «Ich hab doch gewusst, dass irgendwas passiert, während wir hier blöd rumstehen. Im *Vier Jahreszeiten* haben sie eine Leiche gefunden. Die Kollegen von der Spurensicherung sind schon dort.»

«War das der Chef?»

«Nein, es war Claudia. Sie hält uns wie immer den Rücken frei.»

«Warum hat sie nicht mich angerufen?»

«Weil dein Diensthandy ausgeschaltet war.»

«Tut mir leid.»

«Es tut dir natürlich nicht leid!»

«Okay. Können wir jetzt?»

Er nickte und folgte ihr entschlossen zur Information. Innerhalb einer Minute waren sie im Besitz des Schließfachschlüssels und kurz darauf auf dem Weg zum Hotel *Vier Jahreszeiten*. Die Sonne war dabei unterzugehen, warf rotgoldenes Licht über die Stadt, und als Baumann in die Maximilianstraße einbog, leuchtete das bayerische Parlament auf der anderen Isarseite wie ein Sagenschloss in einem unbekannten Land. Es sah genauso aus wie in den Erzählungen des alten Gottberg, mit denen er nicht nur Laura, sondern auch seine Enkel Sofia und Luca verzaubert hatte.

Laura stieg vor dem Hotel aus dem Wagen und machte ein paar Schritte auf das Märchenschloss zu, das jetzt aussah, als glühte es von innen heraus, als müssten die Fenster im nächsten Augenblick explodieren und Feuerströme freigeben.

«Ist was, Laura?» Peter Baumann stand neben ihr und schaute ebenfalls zum Maximilianeum hinauf.

«Nein, ich würde nur gern immer geradeaus laufen, solange dieses Licht über der Stadt liegt.»

«Mach's doch. Die Leiche kannst du dir auch in zehn Minuten noch ansehen. Dann ist die Sonne weg.»

Mit schrillem Rasseln scheuchte eine Straßenbahn Fußgänger von den Gleisen.

«Manchmal bist du richtig nett, Peter», sagte Laura leise.

Alles musste sehr diskret ablaufen, sozusagen auf Zehenspitzen und mit angehaltenem Atem. Lautlos. Die Gäste durften, sollten nicht beunruhigt werden.

«Wie gut, dass Sie in Zivil gekommen sind», murmelte der Geschäftsführer, während er Laura und Baumann zum Personalaufzug führte. Er war schlank, mittelgroß, mittelalt, irgendwie unauffällig. Sein Anzug gut geschnitten, dunkelblau, gestreiftes Hemd, hellblauer Schlips, vermutlich Seide.

«Wir sind immer in Zivil», entgegnete Baumann. «Das müssten Sie eigentlich aus Fernsehkrimis wissen.»

«Ach, wirklich?» Aber das war nur eine Floskel, der Mann war vollkommen damit beschäftigt, die ungebetenen Gäste schnell aus der Empfangshalle zu entfernen. Als sich die Fahrstuhltür hinter ihnen schloss, atmete er sichtlich auf.

«Es ist ja nicht gesagt, dass der Mann ermordet wurde. Manchmal kommt es bedauerlicherweise vor, dass Menschen im Hotel sterben. Es wäre ja nicht das erste Mal.» Er flüsterte, war dabei aber nicht besonders leise. «Ich habe deshalb Ihre Kollegen von der Spurensicherung gebeten zu warten, bis Sie und der Arzt sich ein Bild von der Lage gemacht haben. Sie hatten zum Glück ein Einsehen. Ich meine, Sie können sich vorstellen, was für ein Eindruck hier im Haus entsteht, wenn diese Vermummten auftauchen. Die sehen aus, als wäre hier eine Seuche ausgebrochen!»

«Wo sind unsere Kollegen jetzt?» Laura fand die Art des Geschäftsführers, laut zu flüstern, bemerkenswert.

«Sie warten in einem unserer Salons. Wir haben ihnen eine kleine Erfrischung serviert.»

Kommissar Baumann grinste und zog die Augenbrauen hoch. Laura unterdrückte ein Lächeln.

«Und wo ist der Arzt?»

«Der Arzt ist oben bei dem Verstorbenen.»

«Wann wurde denn das Ableben Ihres Gastes entdeckt?»

«Vor ungefähr einer Stunde. Vom Zimmermädchen. Der Gast wollte eigentlich heute Nachmittag abreisen. Er hatte das Bitte-nicht-stören-Schild an seine Zimmertür gehängt. Daran hat sie sich bis circa zwei Uhr gehalten. Aber dann hat sie nachgesehen … natürlich mit Anklopfen und der gebotenen Höflichkeit. Sie fand ihn auf dem Bett. Er lag da, als würde er schlafen. Ich kann das bestätigen! Aber er schlief nicht, er war tot. Dann hat sie mich alarmiert und ich habe die Polizei gerufen.»

Laura nickte dem Geschäftsführer zu. «Wie ist der Name des Gastes?»

«Auch das ist eine besonders sensible Angelegenheit. Es handelt sich um eine Persönlichkeit, von der ich annehme, dass sie einige Bedeutung hat. Ein Engländer, Sir Benjamin Sutton.»

Der Lift hielt mit sanftem Erzittern, der Geschäftsführer faltete seine Hände, spreizte dann die Finger und klappte sie mit leichtem Knall wieder zusammen. «So ist die Lage!», flüsterte er, ehe er die Tür aufstieß.

Nein, dachte Laura. Nicht Benjamin. Könnte es möglich sein – wenn er deshalb nicht zum letzten Frühstück mit Donatella Cipriani gekommen ist, dann klingt das wie aus einem sentimentalen Liebesroman oder aus einem schlechten Krimi. Aber vielleicht ist es ja irgendein anderer Benjamin …

Weiche Teppiche, die ihre Schritte verschluckten, zu warme Luft, sanfte Beleuchtung in dem langen Flur. Zimmer 202.

«Wie viele Leute haben das Zimmer betreten, seit der Tote entdeckt wurde?», fragte Baumann.

«Nur das Zimmermädchen, ich und der Arzt. Soweit ich weiß.» Wieder faltete der Geschäftsführer die Hände. Laura hatte seinen Namen vergessen, erinnerte sich nicht einmal, ob er sich vorgestellt hatte.

Die Tür zu Zimmer 202 stand einen Spalt weit offen. Kommissar Baumann schob sie mit seinem Ellbogen auf. Es war ein nobles Zimmer, in hellen Farben gehalten, weiches Licht auch hier. Das Bett *Queensize*, große Spiegel, sanfte Vorhänge und mittendrin Sir Benjamin Sutton.

Er lag auf dem Rücken, gebettet auf Kissen und Decken, die Arme ergeben ausgebreitet. Sein Kopf war zur Seite und nach hinten geneigt, der Mund stand nur einen Spaltbreit offen, die Augen ebenfalls. Er sah erstaunt aus oder vielleicht ein klein wenig erschrocken.

«Da seid ihr ja endlich!» Doktor Reiss stand neben dem Bett. Er wirkte wie ein Eindringling in diesem luxuriösen Ambiente.

«Ich hab ihn nur ganz oberflächlich angesehen. Will euch und der Spurensicherung ja nichts kaputt machen.»

«Und?» Laura trat neben ihn.

«Was soll ich sagen? Er ist tot. Das seht ihr ja selber. Gestorben ist er möglicherweise schon gestern oder letzte Nacht. Die Totenstarre hat längst eingesetzt. Bisher sieht es nach einem natürlichen Tod aus. Keine Spuren von Gewalt, keine sichtbaren Verletzungen. Ohne Obduktion kann ich keine weiteren Angaben machen.»

«Alkohol?»

«Da drüben auf dem Tisch steht eine Flasche Whisky. Irischer. Vermutlich hat er ein paar Gläser getrunken, aber daran stirbt ein erwachsener Mann nicht. Natürlich muss der Inhalt der Flasche erst untersucht werden.»

«Und Ihr ganz persönlicher Eindruck, Doktor?»

Der alte Gerichtsmediziner zuckte die Achseln. «Schöne Umgebung für einen sanften Tod. Aber er ist zu früh gestorben. Älter als Anfang vierzig ist Sir Benjamin nicht gewesen. Es hätte sicher noch für viele Flaschen irischen Whiskys gereicht, für Fuchsjagden, Clubabende, ein paar schöne Frauen. Ich meine, wenn man so was mag. Aber ich habe keine Ahnung, was er für ein Leben geführt hat … Deshalb bin ich gespannt darauf, was mir sein Körper erzählen wird. Mehr gibt's von meiner Seite im Moment nicht!»

Laura nickte und ging näher an das Bett heran. Benjamin Sutton war ein gutaussehender Mann. Dichtes dunkelbraunes Haar, hohe Stirn, schmales Gesicht, kräftiges Kinn. Eine helle, feine Narbe lief senkrecht über seine rechte Wange. Seine Lippen waren voll. Er wirkte nicht wie jemand, der schon vor mindestens zwölf Stunden gestorben war. Laura nahm die Lachfältchen in seinen Augenwinkeln wahr, das Glitzern der Zähne hinter den halbgeöffneten Lippen, und sie hatte plötzlich den Eindruck, dass er gleich den Kopf wenden, die Augenbrauen heben und mit sehr englischer Höflichkeit fragen würde, was zum Teufel sie in seinem Schlafzimmer zu suchen hätten.

Falls er der Benjamin der Signora Cipriani gewesen sein sollte und ein Gigolo, wie Baumann vermutete, dann einer der besten. Signora Cipriani schien jedenfalls nicht auf eine billige Anmache hereingefallen zu sein.

Der seidene dunkelblaue Morgenmantel gab ein Stück glatter Brust frei, verhüllte aber diskret den Unterleib des Toten. Nur seine Beine ragten sehr steif und irgendwie unpassend hervor.

«Geschlechtsverkehr vor dem Ableben?», fragte Baumann.

Der Arzt hob abwehrend die Hände. «Nach der Obduktion, Kollege. Eins nach dem anderen. Kann ich jetzt gehen?»

Laura nickte ihm zu. Er lächelte grimmig, drückte sein Köfferchen an sich, zögerte dann, ging zum Bett zurück und schloss mit einer sanften Bewegung die Augen des Toten. Im nächsten Augenblick war er verschwunden.

Baumann und Laura nahmen sich das Zimmer vor. Neben der Whiskyflasche stand nur ein Glas. Es gab keinen ersichtlichen Hinweis darauf, dass eine zweite Person die letzten Stunden des Sir Benjamin geteilt hatte.

Der Geschäftsführer stand die ganze Zeit schweigend neben der Tür, faltete nur ab und zu seine Hände, hob sie an die Lippen und schloss kurz die Augen.

«Könnten Sie jetzt unsere Kollegen von der Spurensicherung hierherbringen?», fragte Laura.

Er nickte und erwiderte mit beinahe verzweifeltem Gesichtsausdruck, dass er die Sache persönlich erledigen werde.

«Es handelt sich doch um einen natürlichen Tod, nicht wahr?», fragte er.

«Das können wir noch nicht sagen.» Laura warf wieder einen Blick auf Sutton, und jetzt schien er ihr auf einmal sehr tot zu sein. Vielleicht lag es an der Beleuchtung und dem Blickwinkel.

«Aber es gibt doch keinen Grund ...»

«Holen Sie bitte unsere Kollegen, ja?»

Er verstummte, deutete – wohl aus reiner Gewohnheit – eine Verbeugung an und ging endlich.

«Ich muss dir etwas sagen, Peter», murmelte Laura.

«Aha.»

«Ach, hör auf! Dieser Benjamin Sutton ist möglicherweise der Liebhaber von Donatella Cipriani. Jetzt sind wir also doch zuständig, falls es dich beruhigt!»

«Was? Seit wann weißt du das, Laura?»

«Seit ich den Namen Benjamin gehört habe.»

«Und du hast nicht sofort veranlasst, dass die Signora am Flughafen festgehalten wird?»

«Nein.»

«Wieso nicht?»

Ich weiß es nicht, dachte Laura.

«Wieso, Laura?»

«Weil ich nicht sicher sein konnte, dass es sich tatsächlich um Sir Benjamin Sutton handelt. Ich kannte doch bisher nur seinen Vornamen und wusste, dass er ein Engländer mit hoher gesellschaftlicher Stellung sein soll.»

«Wann geht der Flug von der Cipriani?»

«Um halb drei. Sie ist weg!» Laura sagte sehr bewusst nicht die Wahrheit.

«Verflucht!» Baumann raufte sich die nicht vorhandene Locke über seiner Stirn.

«Warum verflucht? Glaubst du im Ernst, dass sie uns entkommt, wenn sie nach Mailand fliegt? Außerdem ist überhaupt nicht gesagt, dass sie etwas mit diesem Todesfall zu tun hat. Warten wir doch ab, was die Spurensicherung herausfindet, was der Gerichtsmediziner sagt, ob jemand nach dem Kofferschlüssel fragt. Meinst du, das geht?»

Baumann steckte beide Hände in die Jackentaschen und blies die Backen auf.

«Kennst du die Cipriani näher, oder ist das hier ein Frauending?»

«Sie ist meine Cousine, und wir haben gemeinsam beschlossen, diesen Frauenschänder umzubringen. Das hast du ganz richtig erkannt! Sag mal, spinnst du?»

«Ich weiß es nicht. Ich weiß nur, dass mir diese ganze Geschichte total unprofessionell vorkommt. Es passt alles nicht zusammen. Nicht mal, dass die Spurensicherung einen Imbiss in einem Salon dieses Hotels einnimmt und du eine höchst verdächtige Person einfach nach Mailand fliegen lässt. So was machst du doch sonst nicht, Laura!»

Laura antwortete nicht, sah noch einmal zu dem toten Benjamin Sutton hinüber und beschloss, sämtliche Erpressungsfälle von Frauen mittleren und älteren Semesters der letzten Jahre zu überprüfen.

«Laura, hast du mich gehört?»

«Nein!», antwortete sie und ging auf die Kollegen von der Spurensicherung zu, die in genau diesem Augenblick das Zimmer betraten. Sie gab ein paar Anweisungen und machte sich dann unbemerkt über die weichen Teppiche davon.

Ein Frauending, dachte sie, als sie die breite Treppe hinunterlief. Welch seltsamer Zufall, dass Peter Baumann genau dasselbe Wort benutzt wie ich.

Vom Büro aus rief Laura das Handy ihrer Tochter an, aber Sofia hatte die Mailbox eingeschaltet. Auch zu Hause meldete sich nur der Anrufbeantworter, und Luca war ebenfalls nicht zu erreichen. Sie wählte die ersten drei Zahlen der Telefonnummer ihres Exmannes, gab aber bei der vierten auf – sie hatte keine Lust, mit ihm zu reden. Warum sollte sie überhaupt hinter all den anderen hertelefonieren? Schließlich war sie es, die verlassen werden sollte. Wie blitzschnell Sofia gesagt hatte, sie würde mit Luca gehen. Spontan, ohne nachzudenken, als wäre es die naheliegendste Sache der Welt. Aber dann hatte sie sich wie ein Baby in Lauras Bett geflüchtet.

Loslassen, dachte Laura. Wahrscheinlich schenkt Ronald mir zu Weihnachten ein Buch über das Loslassen. Wenn er das macht, dann werf ich's aus dem Fenster.

Plötzlich war sie ganz erleichtert, dass ihre Familie nicht zu erreichen war, stöhnte zweimal laut – auch das tat ihr gut – und schaltete ihren PC ein: Sutton, Benjamin.

Es gab mehrere davon, was Laura fast vermutet hatte. Unter anderen einen Sutton, Benjamin senior samt junior, beide ohne Adelstitel, wohnhaft in London, Besitzer eines Herrenbekleidungsgeschäfts mit Maßanfertigung. Mit dem Titel Sir konnte Laura die Suttons schon enger eingrenzen.

Davon fand sie nur zwei: Sir Benjamin Sutton, London, ohne weitere Angaben, und einen zweiten Sir Benjamin, der einen seiner Wohnsitze in Deutschland hatte. Aber vielleicht handelte es sich dabei um ein und denselben. Laura konnte es nicht herausfinden.

Eine Weile überlegte sie, ob sie in den Erpressungsfällen reicher Frauen herumsuchen sollte, ließ es dann aber bleiben. Das konnten Baumann oder Claudia, die Dezernatssekretärin, morgen übernehmen. Laura fand Computerrecherche zwar ganz nützlich, hatte aber meist nicht die Geduld dazu. Sie mochte die direkten Wege lieber. Deshalb sah sie auf die Uhr, und als sie sicher war, dass Donatella Cipriani in Mailand gelandet war, griff sie zum Telefon und wählte ihr Handy an.

Doch auch Donatella antwortete nicht, immerhin hatte sie eine Mailbox. Laura bat sie um Rückruf in einer dringenden Angelegenheit.

Draußen war es inzwischen stockdunkel, nur die Türme der Frauenkirche leuchteten, als wären sie vergoldet. Nicht besonders nett von mir, dass ich Baumann im Hotel habe stehenlassen, dachte Laura. Vielleicht sollte ich nochmal im *Vier Jahreszeiten* vorbeifahren und fragen, ob sie was gefunden haben. Ich könnte meinen eigenen Wagen nehmen und Peter nach Hause fahren. Das wäre dann nett von mir.

Sie wählte seine Nummer, und er meldete sich sofort.

«Bist du noch im Hotel?»

«Ja.»

«Bist du sauer?»

«Ja.»

«Okay. Ich hol dich gleich ab und fahr dich nach Hause. Gibt's was Neues?»

«Nein.»

«Wartest du also?»

«Vielleicht.»

Laura beendete das Gespräch und machte sich auf den Weg. Diesmal war sie nicht sicher, dass er auf sie warten würde.

Er hatte gewartet. Als Laura die Eingangshalle des Hotels betrat, entdeckte sie ihn sofort. Kommissar Baumann lümmelte in einem tiefen Polstersessel und hielt ein Glas mit goldbrauner Flüssigkeit in seiner rechten Hand. Laura nahm an, dass es sich bei dieser Flüssigkeit nicht um Tee handelte.

«Setz dich doch!» Er machte mit der Linken eine einladende Geste und winkte dann einem Kellner, der gerade Getränke zu anderen Polstersesseln trug.

«Ich will dich eigentlich nach Hause fahren.»

«Und ich will jetzt mit dir einen Whisky trinken, sonst erzähle ich dir gar nichts über Sir Benjamin.»

«Wenn ich mit dir einen Whisky trinke, dann kann ich dich nicht mehr nach Hause fahren. Du musst dir eine andere Revanche ausdenken!»

«Ach, Laura. Musst du eigentlich immer so vernünftig sein? Vorhin wolltest du doch immer weitergehen, weil das Licht gerade so besonders war. Es ist doch auch etwas Besonderes, in der Lounge eines tollen Hotels zu sitzen und einen Whisky zu trinken. Einen ganz kleinen, Laura.»

«Du klingst, als hättest du schon mehr als einen ganz kleinen intus.»

«Du irrst dich, es ist mein erster, und ich habe ihn noch nicht mal ausgetrunken. Setzt du dich jetzt oder nicht?»

Widerwillig ließ sich Laura in den Sessel neben Baumann fallen, schlug die Beine übereinander und lehnte sich zurück. «Und jetzt?»

«Jetzt bekommst du einen klitzekleinen Whisky, und ich erzähl dir was. Danach sehen wir weiter.»

«Okay.»

Baumann bestellte den Whisky, irischen, wie er ausdrücklich betonte, und nickte zufrieden. Dann trug er seinen Bericht vor, nicht besonders sachlich, eher wie eine Sammlung von Anekdoten, kreiste die Verdachtsmomente ein und beschrieb die gute Stimmung der Kollegen von der Spurensicherung, die ihren Imbiss sehr genossen hatten. Eigentlich hätten sie nichts gefunden. Auffällig sei nur gewesen, dass das Whiskyglas ganz sauber und trocken war. Außerdem, dass der Tote vermutlich zwar Engländer, aber nicht Sir Benjamin Sutton sei. Er hätte zwei Reisepässe bei sich getragen. Einen mit dem Namen Sutton, einen zweiten mit dem Namen Henry Tennison. Außerdem ein paar Kreditkarten, alle ausgestellt auf Tennison. Was noch? Ein paar Gedichte.

«Gedichte?» Laura nahm ihr Whiskyglas vom Tablett des Kellners und nickte ihm dankend zu. «Gedichte?», wiederholte sie.

«Ja, Gedichte. Er muss ein sehr romantischer Typ gewesen sein. Scheint bei reichen Italienerinnen zu funktionieren. Ich bin inzwischen überzeugt, dass er ein Gigolo war. Vermutlich hätte er selbst das Geld aus dem Schließfach abgeholt, wenn er noch gelebt hätte. Damit wäre eines der Probleme unserer Signora schon gelöst. Falls er die Sache allein durchgezogen hat, natürlich. Falls nicht, dann dürften die Lösegeldforderungen noch höher werden. Und damit wären wir bei unserem Hauptpunkt: Wer hat ihn umgebracht?»

«Das ist nicht dein erster Whisky!»

«Es ist mein dritter, und ich habe berühmte Kollegen in der Kriminalliteratur, die das Zeug flaschenweise gesoffen haben. Philip Marlowe zum Beispiel, der hatte sogar eine

Büroflasche! Hast du in meinem Schreibtisch schon mal eine Büroflasche entdeckt?»

«Philip Marlowe ist ein amerikanischer Privatdetektiv, die können sich Büroflaschen erlauben. Münchner Polizeibeamte nicht.»

«Bitte zerstör jetzt nicht meine Illusion, dass ich hier als Herr meiner selbst sitze, cool wie Philip Marlowe in den Romanen von Chandler, mir gegenüber eine schöne Frau, die mit einer anderen schönen Frau unter einer Decke steckt und trotzdem so tut, als würde sie mit mir zusammenarbeiten. Der Fall passt dazu, könnte von Chandler sein. Vermutlich sind die Gedichte des Opfers verschlüsselte Botschaften. Mir macht diese Geschichte inzwischen richtig Spaß!»

«Was sind das denn für Gedichte?»

«Na, was für welche wohl? Liebesgedichte natürlich!»

«Hast du sie dabei?»

«Natürlich nicht. Du kannst sie lesen, wenn die Kollegen sie genau untersucht haben. Seit wann interessierst du dich für Liebesgedichte, Laura?»

«Ich interessiere mich ja gar nicht dafür», log Laura und nippte an ihrem Whisky, «überhaupt nicht.»

«Na, dann bist du ja nicht in Gefahr, auf so einen Typ hereinzufallen. Auf dein Wohl!»

«Auf deins! Wie geht es eigentlich deiner Freundin?»

«Danke, gut. Wie kommst du plötzlich auf meine Freundin?»

«Nur so, weil du heute in einer wirklich komischen Stimmung warst und offensichtlich noch immer bist.»

«Das gebe ich mal einfach so zurück! Stimmt was nicht mit dem Commissario?»

«Ach Quatsch! Luca will zu seinem Vater ziehen.»

Wieso erzähle ich ihm das eigentlich, dachte Laura. Er

ist angetrunken. Und ich … kaum trinke ich einen Schluck Whisky, fange ich an, über mein Privatleben zu reden.

«Lass ihn doch!» Baumann drehte das Whiskyglas in seinen Händen. «Du hast dich lange genug um deine Kinder gekümmert. Soll ihr Alter doch mal ran, dann hast du mehr Zeit für deinen Commissario oder um mit mir Whisky zu trinken.»

«Hast doch Schwierigkeiten mit deiner Freundin, oder?»

«Messerscharf beobachtet! Ich bin solo und wieder zu haben!» Baumann leerte sein Glas in einem Zug.

«Tut mir leid.» Laura stand auf und stellte ihr Glas auf einem kleinen Tisch ab. Sie hatte nur einen winzigen Schluck getrunken. «Ich fahr dich jetzt nach Hause, Peter.»

«Ich will aber hier sitzen bleiben und mit dir reden.» Er zog ein Gesicht wie ein schmollendes Kind. Seine Wangen waren gerötet, und seine Augen glänzten.

«Ich möchte nach Hause. Da gibt es auch eine Menge zu reden. Komm bitte mit. Ich finde es nicht besonders günstig, wenn du dich im Foyer eines Hotels betrinkst, in dem du einen Mordfall aufklären sollst.»

«Aber vielleicht hat ihn gar keiner umgebracht!» Peter Baumann sprach undeutlich.

«Bitte komm!»

Plötzlich gab er nach, zahlte sogar, hatte allerdings Mühe, in seinen Mantel zu finden und seinen Schal um den Hals zu schlingen. Ziemlich aufrecht, mit dem konzentrierten Gesichtsausdruck Angetrunkener, folgte er Laura zum Ausgang.

DONATELLA CIPRIANI mühte sich gerade, den Stecker ihres Ohrrings durch das winzige Löchlein in ihrem linken Ohrläppchen zu schieben, als ihr das Blinken des Telefonino auffiel. Mit dem linken Ohrläppchen hatte sie immer Probleme, rechts konnte sie ihren Ohrschmuck auch nachts oder blind anlegen.

Sie war erst seit zwanzig Minuten zu Hause und musste sich dringend umziehen. Ricardo wartete bereits ungeduldig auf sie. Die Ausstellung, zu der sie geladen waren, sollte um sieben Uhr eröffnet werden. Es war kurz vor halb sieben. Ricardo bestand auf Pünktlichkeit. In dieser Angelegenheit hatte er nichts für die übliche italienische Lässigkeit übrig.

«Eines der Übel in diesem Land», so verkündete er allen, ob sie es hören wollten oder nicht, «eines der Übel ist die Unpünktlichkeit!»

Seine Kinder hatten stets die Augen verdreht, wenn sie diesen Satz hörten, seine Parteifreunde nickten, und Donatella blendete ihn einfach aus.

Das Taxi vom Flughafen hatte beinahe eine Stunde bis zu ihrem Anwesen gebraucht, das etwas außerhalb der Stadt lag. In Mailand war bereits zum zweiten Mal in dieser Vorweihnachtszeit ein geradezu arktisches Schneechaos ausgebrochen. Zwar hatte die lange Fahrt im Taxi Donatella Zeit gegeben, aus ihrem zweiten Leben zurückzukehren, trotzdem war sie noch immer nicht angekommen. Sie fühlte sich fremd in ihrem eigenen Badezimmer, obwohl ihre Hand von selbst zu wissen schien, wo ihr Parfüm stand, wo das Make-up, der Lidschatten, die Lippenstifte in verschiedenen Rottönen.

Endlich schaffte sie es, ihr Ohrläppchen zu durchstoßen. Ein kurzer Schmerz durchzuckte sie, und sie schrie leise auf.

«Ich warte, Donatella!» Ricardos Stimme klang gedämpft zu ihr ins Badezimmer. Er musste sehr laut gesprochen haben, denn die Tür war geschlossen, und sie konnte ihn trotzdem deutlich hören. Plötzlich hasste sie ihn. Bisher hatte sie ihn eher ertragen, war ihm häufig aus dem Weg gegangen, hatte sich irgendwann über jede seiner vielen Geschäftsreisen oder politischen Verpflichtungen gefreut. Gehasst hatte sie ihn nicht. Jetzt aber hasste sie ihn so sehr, dass sie leise keuchte. Sie betrachtete sich verwirrt in den riesigen Spiegeln, die zwei Wände ihres Badezimmers einnahmen. Von allen Seiten starrte ihr das eigene Bild entgegen. Das Bild einer nicht mehr ganz jungen Frau in engen schwarzen Hosen, hochhackigen Stiefeln, in einem langen, schmal geschnittenen Jackett, dessen Revers mit dunkelblauen Pailletten bestickt waren. Tiefer Ausschnitt, der mehr als nur den Ansatz ihrer Brüste zeigte, blaugoldener Ohrschmuck hing fast bis auf ihre Schultern herab.

So unvermutet, wie sie Ricardo hasste, kam sie sich selbst lächerlich vor, ebenso fremd wie ihr eigenes Badezimmer.

«Donatella! Wenn du nicht in zwei Minuten unten bist, fahre ich allein!»

Ja, sie hörte ihn, ganz genau hörte sie ihn. Sie würde in zwei Minuten unten sein, wie immer. Vielleicht würde er sie auf dem Weg in die Stadt mit Schweigen strafen. Vielleicht auch nicht. Man wusste es nie genau bei Ricardo.

Donatella Cipriani richtete sich auf, strich ihr Haar zurück und sammelte ihre Kräfte, um als die blühende Frau aufzutreten, die stets mindestens zehn Jahre jünger aussah, als sie tatsächlich war. Halbwegs gelang es ihr, nicht so gut wie sonst.

Dann fiel ihr das blinkende Telefon wieder ein. Sie warf einen Blick auf das Display, die Nummer sagte ihr nichts. Auf dem Weg nach unten in die Eingangshalle der Villa hörte sie die Nachricht ab. «Signora Cipriani, hier spricht Laura Gottberg. Rufen Sie mich bitte zurück. Es ist dringend.»

Donatella stolperte über eine Treppenstufe, fing sich im letzten Moment, klammerte sich ans Geländer. Das stehe ich jetzt nicht durch, dachte sie. Ich werde sie nicht zurückrufen, einfach abwarten.

Und dann hörte sie die Stille.

Das Haus erschien ihr auf einmal zu groß, zu hoch. Die Eingangshalle war leer. Wieder stolperte Donatella, erreichte endlich das Ende der Treppe, rannte über die roten Marmorfliesen, schrie: «Ricardo!»

Ihre Stimme hallte. Draußen fielen die Schneeflocken so dicht, dass sie kaum etwas erkennen konnte. «Ricardo!», schrie sie ein zweites Mal, und diesmal kam es ihr vor, als verschluckte der Schnee ihre Worte und sie selbst.

Als kurz darauf rote Lichter im weißen Gestöber auf sie zukamen, erschrak sie. Der Wagen hielt knapp vor ihr, die Beifahrertür öffnete sich wie von Geisterhand. Heftig empfand Donatella eine Art Fluchtimpuls, zuckte zurück, wollte rennen und stieg trotzdem ein.

«Ich bin nur zurückgekommen, weil wir heute Abend gemeinsam auftreten müssen. Es ist wichtig. Mehr muss ich dir nicht sagen. Also reiß dich zusammen, meine Liebe.»

Donatella antwortete nicht. Er fuhr zu schnell. Sie starrte durch die Windschutzscheibe auf das Schneetreiben, das ihnen entgegenflog. Es erschien ihr wie rasender Beschuss, der eigentlich die Scheibe zertrümmern und sie selbst durchsieben müsste. Mit geschlossenen Augen duckte sie sich in den Beifahrersitz, hoffte, dass es aufhören möge, alles.

Als Laura Gottberg an diesem Abend ihre Wohnungstür öffnete, trat sie nur zögernd über die Schwelle. Es war später geworden als sie beabsichtigt hatte. Peter Baumann wohnte so ziemlich am anderen Ende der Stadt, es hatte zu schneien begonnen, und nach kurzer Zeit war der Verkehr zusammengebrochen. Zum Glück hatte sie endlich Luca und Sofia erreicht, und beide hatten – unabhängig voneinander – versprochen, dass sie ein Abendessen zubereiten würden.

Leise durchquerte Laura den langen Flur, hängte ihre Jacke an die Garderobe und lauschte. Beide waren in der Küche, unterhielten sich laut und unbefangen, Teller klapperten, offensichtlich war auch das Radio eingeschaltet. Jetzt lachte Sofia, und Luca schimpfte über irgendwas. Es klang wie immer, als hätte es den gestrigen Abend nicht gegeben. Laura versuchte sich vorzustellen, dass nur Sofia auf sie warten würde. Oder niemand.

Was hatte ihr Vater einmal über die Zeit gesagt, als sie selbst ausgezogen war? Es sei ein Stück Lebensfreude mit ihr gegangen, damals. Dabei sei ihm völlig klar gewesen, dass sie habe gehen müssen. Er sei ja auch gegangen, alle müssten gehen ... und trotzdem bereite es Schmerzen. Für alle Beteiligten, früher oder später.

Das Telefon klingelte, Laura nahm den Hörer so schnell auf, dass kein zweiter Ton erklang. Sie hatten es nicht bemerkt, redeten weiter, wie zuvor.

«Ja?»

«Laura?»

«Sì.»

«Wo steckst du denn die ganze Zeit? Ich fing schon an, mir Sorgen zu machen.»

Es war gut, Angelo Guerrinis Stimme zu hören.

«Keine Sorge, Angelo! Come stai?»

«Abbastanza bene. Aber wie geht es dir?»

«Abbastanza bene. Es war nur ein bisschen anstrengend heute. Ich bin gerade erst nach Hause gekommen und habe noch nicht einmal meine Kinder begrüßt.»

«Was hast du gemacht?»

«Eine Landsfrau von dir beschattet, dann ein Schließfach bewacht, eine Leiche betrachtet und zuletzt einen betrunkenen Kollegen nach Hause gefahren. Ich glaube, das war's.»

«Wer war der Kollege?»

«Mi dispiace, Angelo. Auf Fragen, die Klischees bedienen, antworte ich nicht!»

«Welche Klischees?»

«Die vom eifersüchtigen Italiener!»

«Beh! Ich wette, es war Baumann!»

«Natürlich war es Baumann, warum fragst du, wenn du es ohnehin weißt?»

«Weil ich das Klischee vom eifersüchtigen Italiener bedienen muss.»

«Ist das jetzt ernst gemeint oder ein Witz?»

«Du kannst es dir aussuchen! Warum war Baumann betrunken?»

«Was weiß ich! Wahrscheinlich, weil er einmal Whisky in einem Luxushotel trinken wollte. Außerdem war er sauer auf mich, weil ich ihn zu spät abgeholt habe.»

«Was macht Baumann denn in einem Luxushotel?»

«Da wurde die Leiche gefunden.»

«Warum muss ich dir eigentlich jedes Wort aus der Nase ziehen, kannst du nicht ein bisschen erzählen, Laura?»

«Jetzt nicht, Angelo. Jetzt möchte ich mit meinen Kindern zu Abend essen. Wir haben ein paar wichtige und ernste Dinge zu besprechen. Bitte sei nicht böse. Ich rufe dich später an.»

Guerrini antwortete nicht sofort.

«Bist du noch da, Angelo?»

«Jaja. Ist alles in Ordnung bei dir? Ich meine die ernsten und wichtigen Dinge? Du kommst mir plötzlich so weit weg vor …»

«Ich erzähl dir alles später, Angelo. Wirst du zu Hause sein?»

«Vermutlich, falls D'Annunzio nicht anruft und mich zu irgendeiner Leiche ruft. In letzter Zeit geschehen bei uns merkwürdige Dinge. Aber das kann ich dir auch nachher erzählen. Ich vermisse dich, Laura. Te voglio, te cerco, te sonno …»

«Was sagst du da?»

«Es ist ein altes Volkslied aus dem Süden. Fiel mir nur gerade ein.»

«Ich vermiss dich auch, Angelo, te manco. Bis später.»

Laura stand im dunklen Flur und legte behutsam das Telefon zurück. Als Sofia unerwartet die Küchentür aufriss und herausstürmte, stießen sie und Laura gleichzeitig einen Schreckensschrei aus.

«Was machst du denn im Dunkeln, Mama?»

«Ich bin gerade nach Hause gekommen, und das Telefon klingelte. Da hab ich vergessen, Licht zu machen.»

«Wir haben gekocht!»

«Wunderbar! Warte, es riecht … nach Pizza?»

Sofia schüttelte den Kopf. «Gemüselasagne! Selbst gemacht, und Salat! Du bist ganz schön spät dran. Ich wollte dich gerade anrufen.»

«Ohne Handy?»

«Das hängt gerade am Ladegerät.»

«Ach so.»

«Komm schon rein, wir sterben gleich vor Hunger!»

Es war fast wie immer, auch jetzt. Luca küsste seine Mutter auf beide Wangen, stellte stolz die Lasagne auf den Tisch und wies auf die Parmesankruste hin, die ihm perfekt gelungen war. Schon während des Essens redeten sie über die wichtigen und ernsten Dinge. Eigentlich hatten die beiden schon alle offenen Fragen geklärt. Luca würde zweimal die Woche zum Abendessen kommen, falls möglich natürlich, und zweimal wollte Sofia zu Luca und ihrem Vater, falls es passte, auch einmal übernachten. Aber nur falls es passte.

Immer wieder redeten sie wild durcheinander, gerieten sich in die Haare, beruhigten sich wieder. Laura hörte zu, aß langsam ihre Lasagne und stellte fest, dass weder Luca noch Sofia auch nur ein einziges Mal fragten, ob sie mit all diesen Plänen einverstanden sei. Zwischendurch musizierte ein paarmal Lucas Handy, er verschickte zwei SMS und verschwand einmal für ein paar Minuten auf dem Balkon, um zu telefonieren.

Vielleicht, dachte Laura, ist es gar nicht so schlecht, wenn Ronald ein bisschen mehr von alledem abbekommt – und ich ein bisschen weniger.

Sie erinnerte sich an die letzte Nacht, als Sofia wie ein Baby in ihren Armen geschlafen hatte, an ihr seliges Lächeln am Morgen. Vielleicht genügte es, wenn junge Menschen ab und zu Kleinkinder sein durften, vielleicht brauchten sie gar nicht mehr, um den nächsten Schritt zu machen.

Das Geplapper schlug über Donatella Cipriani zusammen, als sie vor Ricardo die hell erleuchteten Räume der Kunstgalerie betrat. Man nahm ihnen die Mäntel ab, drückte ihnen Gläser mit Prosecco in die Hand, und sie waren alle da. Alle, die Donatella auf unzähligen Vernissagen immer wieder getroffen hatte. Oder im Theater, Konzert, auf politischen Veranstaltungen, beim Tennis, beim Golf, beim Skifahren in den Dolomiten, auf Sardinien, Korsika.

Sie wurde geküsst, küsste zurück, sah dicht vor sich stark geschminkte, schimmernde Münder, Dreitagebärte, gestutzte Bärte, lächelnde Lippen, lange Ohrgehänge, scharfe Falten unter Puderschichten, Finger mit langen künstlichen Nägeln, Brüste, kaum verdeckt von durchsichtigen Spitzengeweben, absurde Verkleidungen.

Donatella hörte sich selbst reden. Sie redete so selbstverständlich, wie ihre Hände vorhin im Badezimmer ihren Weg gefunden hatten. Dann waren diese ersten Wellen über sie hinweggegangen und hatten sich wieder beruhigt. Sie hielt sich jetzt ein wenig abseits, versuchte herauszufinden, was mit ihr geschehen war.

Die Beleuchtung erschien ihr zu hell, blendete geradezu. Natürlich, da war ja auch noch ein Fernsehteam mit Scheinwerfern. Keiner beachtete die Bilder an den Wänden. Man konnte sie ohnehin kaum sehen, so viele Menschen drängten sich vor ihnen. Nur die obere Hälfte der Gemälde ragte über die Köpfe. Irgendwas Abstraktes, viel Rot und Blau, Farbexplosionen.

Sie hatte Ricardo aus den Augen verloren, jetzt war er wieder da und griff nach ihrem Arm.

«Sie wollen ein Interview. Komm schon, es ist wichtig!»

Er zog sie hinter sich her durch die Menge, die ihr fast feindselig vorkam. Einen Augenblick lang sah sie Hundeköpfe mit hochgezogenen Lefzen auf den Schultern, dann lächelten wieder alle. Man ließ ihr keine Zeit, sie selbst ließ sich keine Zeit. Plötzlich wusste sie, dass sie selbst sich keine Zeit ließ, um genau herauszufinden, was los war. Wegen der Stille und weil sie es vielleicht nicht ertragen würde. Vielleicht.

Die Hitze der Scheinwerfer brannte auf ihrem Gesicht. Sie starrte auf die langhaarige Reporterin, deren Fragen überhaupt nicht zu ihr durchdrangen. Nur ihre wulstigen Lippen, die Lücke zwischen ihren Schneidezähnen und den breiten schwarzen Lidstrich um ihre zu kleinen Augen nahm sie wahr. Hier und da fiel in dem Redeschwall ein Wort, das Donatella verstand. «Ingegnere Cipriani» zum Beispiel, «Dottor Cipriani» und «candidatura» und «sua bellissima moglie». Die Kamera näherte sich, Donatella lächelte und nickte. Beifall brandete auf. Ricardo legte einen Arm um sie. Wieder Beifall. Die Reporterin mit der Lücke zwischen den Schneidezähnen bedankte sich, und es war vorbei.

«Grazie», sagte Ricardo, «du warst großartig.» Damit wandte er sich um und begann eine lebhafte Unterhaltung mit einigen seiner Parteifreunde. Deren Frauen stürzten sich auf Donatella und gratulierten ihr. Sie begriff erst gar nicht, warum, doch dann funktionierte sie allmählich wieder. Natürlich, sie war die Ehefrau des neuen Hoffnungsträgers dieser Partei der besseren Italiener. Selbst Hoffnungsträgerin, erfolgreiche Unternehmerin, erfolgreiche Ehefrau und Mutter.

Donatella flüchtete auf die Toilette, schloss sich in einer Kabine ein und setzte sich auf den Klodeckel. Sie musste hier weg und diese Kommissarin in München anrufen. Ihre Handflächen waren schweißnass, und ihr Nacken schmerzte. Sie lauschte – niemand außer ihr selbst schien in der Toilette zu sein. Aber Gott sei Dank war es nicht still. Das Stimmengewirr aus den Galerieräumen war deutlich zu hören.

Halb zehn. Sie würde jetzt aufstehen, ihren Mantel holen und mit einem Taxi nach Hause fahren. Ricardo würde ihr Verschwinden nicht bemerken, da war sie sicher.

Ganz zuletzt hatten Luca und Sofia doch noch gefragt, ob Laura mit ihren Plänen einverstanden sei. Sie hatte ja gesagt und es auch so gemeint. Danach waren beide zum Telefonieren verschwunden, und Laura hatte die Küche aufgeräumt, dabei die Nachrichten und anschließend ein bisschen Jazz gehört – und es vermieden, genauer über die Entwicklungen dieses Tages nachzudenken. Es erstaunte sie selbst, dass ihr diese geistige Auszeit glückte. Als sie die Spülmaschine zuklappte, machte sie sogar ein paar Tanzschritte, öffnete dann die Tür zum Balkon und ließ die kalte Winterluft herein. So schnell wie die milden Föhnströme gekommen waren, so schnell wurden sie gerade von kalten Wolkenfeldern verdrängt. Es roch nach Schnee.

Halb zehn. Nachdem der Rest ihrer Familie am Telefon hing, konnte sie getrost schon jetzt Angelo anrufen. Zum Glück war das Wohnzimmer frei. Laura machte es sich auf ihrem weichen Sofa mit dem Sonnenblumenbezug bequem, legte die Beine hoch und wählte Guerrinis Nummer. Es klingelte vier-, fünf-, sechsmal, dann meldete sich sein Anrufbeantworter. Enttäuscht wollte Laura wieder auflegen, sagte dann aber doch etwas nach dem Piepton.

«Na, hat dich jetzt auch eine Leiche erwischt? Hoffentlich wenigstens eine ansehnliche. Du kannst mich bis elf Uhr zurückrufen. Aber ich kann nicht garantieren, dass ich später noch wach bin. Dormi bene, amore. Ich muss unbedingt mit dir reden und werde es morgen früh versuchen. Ciao.»

Es war sehr ruhig in der Wohnung. Luca und Sofia hatten die Türen zu ihren Zimmern geschlossen und sprachen offensichtlich sehr leise in ihre Handys. In Zukunft würde es öfters still sein. Anders still als an diesem Abend. Wirklich still. So wie im letzten Sommer, als beide Kinder in England waren. Diesem heißen Übungssommer, Übung im Alleinsein, Selbstsein, die nicht besonders erfolgreich verlaufen war. Die Stille hatte sie damals ganz gut ausgehalten, aber es hatte lang gedauert, bis sie wusste, was sie selbst wollte. Zum Glück war der Obdachlose Ralf damals aufgetaucht und hatte sie von sich selbst abgelenkt. Er war inzwischen weitergezogen, irgendwohin. Nach Frankreich, hatte er gesagt, weil er das Wort Clochard schöner fand als Penner oder Obdachloser. Er hatte ihr versprochen, eine Postkarte zu schicken, wenn er ein neues Revier gefunden hätte. Im Süden, wo es wärmer war, vielleicht sogar am Mittelmeer. Bisher war keine gekommen. Aber wer weiß, wie der Sommer, wie die Übung im Alleinsein verlaufen wäre, hätte sie Ralf nicht getroffen.

Laura massierte ihren Nacken, bewegte vorsichtig ihren Kopf hin und her. Es knirschte in ihren Halswirbeln. Deshalb ließ sie es wieder bleiben, stand auf und holte sich in der Küche ein kleines Glas Rotwein und verschüttete ein bisschen, als unvermutet ihr Handy brummte. Es steckte noch in ihrem Lederrucksack, und sie musste eine Weile suchen, ehe sie es endlich fand. In der Annahme, dass Guerrini sie zurückrief, schaute sie nicht auf das Display, sagte einfach «Pronto».

«Commissaria Gottberg?»

«Sì.»

«Donatella Cipriani.»

«Oh.»

«Sie wollten, dass ich Sie anrufe. Sie sagten, es sei dringend. Was ist so dringend?»

«Wann hatten Sie zum letzten Mal Kontakt mit Ihrem Freund?»

«Warum fragen Sie das? Ich hatte Ihnen doch schon gesagt, dass wir zusammen ein letztes Frühstück nehmen würden. Heute Vormittag. Es … ist ja immer noch heute, obwohl es mir überhaupt nicht so vorkommt.»

«Ich glaube nicht, dass Sie gemeinsam gefrühstückt haben, Signora. Wir haben Benjamin Sutton gefunden. Er ist tot.»

Nach kurzer Stille brach die Verbindung ab.

Laura stellte das halbe Glas Rotwein auf das Tischchen neben dem Sofa und wartete. Die Unterbrechung war wohl kaum ein technisches Versagen. Sie nahm einen kleinen winzigen Schluck, behielt ihn lange im Mund, legte wieder die Beine hoch. Der Wein war gut, und sie musste lächeln, weil ihr Lucas Bemerkung zu genau diesem Wein aus Sizilien einfiel, der kürzlich die Goldmedaille irgendeiner Jury bekommen hatte. «Die Medaille hat die Mafia genau vor Weihnachten draufgeklebt», hatte Luca gesagt, «wetten, dass die im Januar wieder weg ist!»

Vermutlich hatte er recht. Laura liebte den ironischen Humor ihres Sohnes. Auch den würde sie vermissen. Mit Mühe lenkte sie ihre Gedanken Richtung Mailand und zu Donatella Cipriani. War sie wirklich so erschrocken, oder war das ein Teil der Inszenierung? Donatella hatte gelogen. Das Frühstück hatte nie stattgefunden, Sutton lag zu dieser Zeit längst tot in seinem Hotelzimmer. Donatellas Reaktion zeigte eindeutig, dass Sutton ihr Liebhaber war.

Wieder summte das Handy.

«Sì.»

«Warum ist er tot?»

«Das weiß ich noch nicht.»

«Wie … wie ist er gestorben?»

«Auch das weiß ich noch nicht. Er lag in seinem Bett im Hotelzimmer.»

War das ein Schluchzen? Es klang wie ein röchelndes, schweres Einatmen.

«Signora?»

«Sì …»

«Warum haben Sie mir nicht gesagt, dass Ihr Freund nicht zum Brunch gekommen ist?»

«Aber er war da!»

«Höchstens sein Geist, Signora Cipriani. Sutton starb lange vor Ihrer Verabredung.»

Donatella hatte deutliche Schwierigkeiten zu sprechen, machte mitten im Satz lange Pausen.

«Wann … haben Sie … ihn gefunden?»

«Vor Ihrem Abflug.»

«Warum … warum haben Sie mich nicht aufgehalten?»

«Ich weiß nicht.»

«Was wissen Sie denn überhaupt?» Plötzlich schrie Donatella.

«Ich weiß eigentlich gar nichts. Nur, was Sie mir erzählt haben und dass niemand den Schlüssel zu Ihrem Schließfach abholen wollte und dass Sir Benjamin Sutton tot ist. Ich meine, falls es sich bei dem Toten tatsächlich um Sir Benjamin Sutton handeln sollte.»

Wieder brach die Verbindung ab. Und diesmal war Laura sicher, dass Donatella Cipriani nicht noch einmal anrufen würde. Doch sie irrte sich. Nach fünf Minuten meldete sich Lauras Mobiltelefon erneut mit seinem vibrierenden Brummen.

«Pronto.»

«Was haben Sie mit Ihrem letzten Satz gemeint, Commissaria?»

«Ich habe gemeint, dass Benjamin Sutton möglicherweise eine zweite Identität hatte. Es tut mir wirklich leid, Signora Cipriani, aber es wäre gut, wenn Sie ohne offizielle Aufforderung nach München zurückkommen würden. Ich verspreche Ihnen jede mögliche Diskretion. Aber zurückkommen müssen Sie.»

«Was ist, wenn ich nicht komme?»

«Dann muss ich leider die italienische Polizei einschalten, und das würde bedeuten, dass die ganze Geschichte sofort in den Medien ist. Das wissen Sie so gut wie ich.»

Wieder schien die Verbindung unterbrochen zu sein, aber unvermutet klang Donatella Ciprianis Stimme sehr deutlich und nah. «Bene», sagte sie, «ich werde kommen. Reicht übermorgen?»

«Wenn Sie wirklich kommen, dann reicht es.»

«Kann ich Benjamin noch einmal sehen?»

«Möglicherweise.»

«Sagen Sie ja, verdammt nochmal!» Wieder schrie Donatella.

«Ja.»

«Sie verdächtigen mich, nicht wahr?»

«Ich bin mir noch nicht darüber im Klaren, ob ich irgendjemanden verdächtige. Es könnte sich auch um einen natürlichen Tod handeln, Signora.»

«Er war völlig gesund …» Donatellas Stimme zitterte.

«Wer weiß schon genau, ob jemand völlig gesund ist. Wissen Sie es von sich selbst?»

«Ich muss jetzt Schluss machen.»

«Machen Sie. Buona notte, Signora Cipriani.»

Sie erwiderte den Gruß nicht, beendete einfach das Gespräch. Laura konnte sie verstehen. Langsam ließ sie einen zweiten Schluck Wein in ihrem Mund zergehen und dachte an die Gedichte, von denen Baumann gesprochen hatte. Sie war gespannt auf diese Gedichte und allmählich sogar auf diesen seltsamen Fall, der sich so unvermutet vor ihren Augen entwickelte.

Als Sofia ins Zimmer trat, zuckte sie leicht zusammen, so sehr war sie in ihre Gedanken vertieft.

«Entschuldige, Mama, ich wollte dich nicht erschrecken. Geht's dir gut?»

«Ja, es geht mir ganz gut.»

«Mir auch! Viel besser als gestern. Ich meine, die Sache mit Luca ist ganz verrückt, aber jetzt verstehe ich ihn viel besser, und wir kriegen das schon hin, nicht wahr?»

Laura nickte und hörte Sofia zu, die großartige neue Familienszenarien vor ihr ausbreitete.

«Männerding und Frauending ist gar nicht so schlecht, weißt du, Mama. Ich meine, wir sind ja auch verschieden. Manchmal nervt Luca einfach nur, und dann bin ich lieber allein mit dir. Und ihm geht es genauso. Wenn wir Lust haben, dann sind wir eben für ein paar Tage zusammen. Wir können auch mal gemischtes Doppel machen! Ich bleibe bei Papa und Luca bei dir. Es gibt da ganz viele Möglichkeiten. Ich könnte auch mal bei Großvater übernachten … oder Luca. Du hast doch kürzlich gesagt, dass er nicht mehr so gut allein zurechtkommt.» Sofia drehte eine Strähne ihrer langen dunklen Haare um den Zeigefinger ihrer rechten Hand und sah Laura fragend an. «Du sagst ja gar nichts.»

«Ich hör dir zu, Sofi.»

«Also?»

Laura seufzte vor Zärtlichkeit. Dieses fordernde «also»

gehörte zu Sofia wie ihr langes Haar und ihre dunklen Augen.

«Wo hast du denn all diese Einsichten her? Ich meine das mit dem Männer- und dem Frauending.»

«Luca und ich haben darüber geredet. Er hat sich sogar bei mir entschuldigt, dass er seine Pläne nicht zuerst mit mir besprochen hat.»

«Ach so?»

«Bist du jetzt sauer?»

Laura betrachtete nachdenklich ihr leeres Weinglas und schüttelte den Kopf.

«Nein, sauer kann ich nicht sagen. Es ist nur so … na, einfach schwierig, wenn man nicht mehr gebraucht wird.»

«Aber wir brauchen dich doch, Mama! Nur … vielleicht nicht dauernd. Irgendwie anders … sagt jedenfalls Luca.»

«Und du?»

«Ja, auch so ähnlich.»

«Und was ist mit dem Satz, den ich gestern von dir gehört habe: Jetzt kracht unsere Familie endgültig auseinander?»

Sofia steckte das Ende ihrer gelockten Strähne in den Mund, zog es wieder heraus und krauste die Nase. «Das war … das hab ich erst so empfunden, aber jetzt sieht es doch anders aus, oder?»

«Könnte durchaus so sein, wenn wir uns alle Mühe geben. Habt ihr eigentlich schon mit Ronald darüber gesprochen?»

«Papa hat uns für Freitagabend zum Pizzaessen eingeladen, dann will er in Ruhe mit uns darüber reden. Ich glaube, er hat sich gefreut!»

«Fein.»

«Ach Mama, du klingst, als wärst du beleidigt!»

«Bin ich auch, aber das geht vorbei. Es handelt sich hier um die unvermeidbaren Dinge des Lebens. Da wirst du auch noch draufkommen, Sofia. Ich erinnerte mich gerade an eine Kurzgeschichte, die ich zufällig in die Finger bekam, als ich damals von zu Hause auszog. Ich meine, wirklich auszog. Sie hieß, wenn ich mich recht erinnere: Ich brauche dich nicht mehr … oder so ähnlich und handelte von einem ziemlich kleinen Jungen, der seine Unabhängigkeit entdeckte. Ich glaube, sie war von Arthur Miller. Ich war damals total beeindruckt, wie der Junge seine fürsorgliche Mutter zurückwies. Und vom Schmerz der Mutter. Meine Mutter hat mich auch sehr behütet, na ja, sie war Italienerin, die behüten ihre Kinder ja meistens sehr.» Laura lehnte sich zurück und lächelte Sofia zu. «Ich hätte es niemals fertiggebracht, meiner Mutter ins Gesicht zu sagen, dass ich sie nicht mehr brauche. Aber wahrscheinlich hätte ich es gern getan, denn diese Erzählung hat mich lange beschäftigt. Du siehst ja, ich habe sie bis heute nicht vergessen.»

Sofias Augen waren ein wenig geweitet, so intensiv hatte sie Laura zugehört.

«Und was hast du Oma gesagt, als du ausgezogen bist?»

«Ich habe gesagt, dass ich sie liebe, dass ich sie nie wirklich verlassen werde, dass sie die beste Mama der Welt sei …»

«Warum bist du dann ausgezogen?»

Laura musste lachen. «Das zu erklären war allerdings ein Problem. Da mussten Freunde herhalten und diese supergünstige Wohngemeinschaft und dass Mama viel weniger Arbeit hätte und mehr Zeit für Papa und so weiter!»

«Bene», lächelte Sofia. «Du hast ja auch mehr Zeit für Angelo, wenn wir nicht dauernd da sind!»

«Grazie, meine Tochter. Du lernst verdammt schnell!»

«HIERHER, COMMISSARIO, er liegt weiter links! Stimmt doch, Bellagamba, oder?» Der Lichtkegel von Tommasinis Stablampe wanderte über vergilbte Grasbüschel, verfilztes Gestrüpp, die Wurzeln von Steineichen und Edelkastanien.

«Jaja, weiter links!» Das war die nuschelnde Stimme von Luigi Bellagamba, Kleinbauer in den Hügeln südwestlich von Siena. Vor einer Stunde hatte Bellagamba in der Questura angerufen und den Fund einer Leiche gemeldet. Seine Wegbeschreibung war allerdings so wolkig gewesen, dass bisher nur Tommasini und Commissario Guerrini in der Nähe des Fundorts angekommen waren. Die Carabinieri und das Team der Spurensicherung waren noch auf der Suche.

Guerrini stolperte über einen Stein und musste sich an dem kleinen, stämmigen Bauern festhalten, um nicht zu stürzen.

«Langsam, Commissario. Er wird nicht weglaufen. Er ist tot. Tote laufen nicht weg.»

«Ich befürchte nicht, dass er wegläuft. Ich bin nur ausgerutscht.»

«Das liegt an Ihren Schuhen, Commissario. Mit solchen Schuhen kann man nicht auf den Feldern herumlaufen. Übrigens auch nicht mit den Stiefeln der Carabinieri. Die sind völlig nutzlos. Sehen vielleicht gut aus, ja, das schon, aber sonst: völlig nutzlos! Weiter links, noch weiter links!»

«Sie hätten Ihren Hund mitnehmen sollen!», schimpfte Tommasini, der ebenfalls über einen Ast stolperte. «Der Hund hat ihn doch gefunden, oder?»

«Ja, natürlich hat der Hund ihn gefunden. Ich hab keine so gute Nase, dass ich im Dunkeln Leichen finde.» Dem Bauern fehlten die vorderen Schneidezähne, deshalb sprach er etwas undeutlich.

«Und wo ist der Hund jetzt?» Tommasini fluchte, weil er schon wieder an einem Ast hängengeblieben war.

«Er ist zu Hause. Ich dachte, dass er stört. Er mag keine Fremden. Am Ende hätte er euch noch gebissen. Jetzt geradeaus!»

Es regnete ein bisschen, und Guerrini hatte den Eindruck, dass sie dabei waren, einen Berg zu besteigen, der mindestens so hoch war wie der Monte Amiata.

«Ich glaube, Sie holen doch besser Ihren Hund!», knurrte er. «Vorhin haben Sie doch gesagt, dass der Tote ganz in der Nähe liegt.»

«Ah, Geduld, Commissario. Ich kenn hier jeden Stein. Wir sind gleich da, ehrlich!»

«Was haben Sie überhaupt in der Dunkelheit hier draußen gemacht?» Guerrini prallte mit der rechten Schulter gegen einen Baumstamm.

«Ich hab ein Schwein gesucht. Es waren nur neun im Stall heute Abend. Aber ich hab zehn Schweine. Deshalb habe ich das zehnte gesucht.»

«Haben Sie's gefunden?»

«Nein. Aber die Leiche habe ich gefunden.»

«Hoffentlich haben Sie nichts angefasst!», warf Tommasini ein.

«Der Herr bewahre mich! Natürlich hab ich nichts angefasst. Dass er tot war, konnte ich auch so sehen.»

«Im Dunkeln?»

«Ich hab eine Taschenlampe», erwiderte der Bauer beleidigt.

«Vielleicht kannst du die jetzt einschalten, dann sehen wir vielleicht mehr!» Tommasini wechselte jäh zum Du und richtete den Strahl seiner Stablampe auf Bellagamba.

«Meine Batterie ist leer», murmelte der und drehte die Handflächen nach außen. Seufzend wandte Tommasini sich wieder um und leuchtete sorgfältig die Umgebung ab.

«Da!» Bellagamba drängte Tommasini zur Seite und wies mit ausgestrecktem Arm zwischen die Wurzeln eines großen Baumes, die an einer besonders steilen Stelle in die Luft ragten. Der Boden war kahl hier, immer wieder fortgeschwemmt von heftigen Regengüssen. Auf diese Weise war ein Hohlraum unter den Wurzeln entstanden.

«Da, Commissario!», wiederholte der Bauer, heiser flüsternd. «Guardi! Schauen Sie!»

Jetzt erkannte auch Guerrini die Umrisse eines Menschen. Mit gefesselten Armen lag er auf der steil ansteigenden Erde, beinahe wirkte er, als würde er stehen. Sein Kopf neigte sich zur Seite. Im grellen Licht der Stablampe warfen die Wurzeln Schatten und überzogen den Toten mit einem zitternden schwarzen Muster, das an ein riesiges Spinnennetz erinnerte. Zögernd traten sie näher. Tommasini beugte sich vor.

«Er hat was im Mund, Commissario.»

«Geld! Er hat Geld im Mund! Lauter Euroscheine. Das hab ich vorhin schon gesehen!» Der Bauer zog die Schultern hoch und schüttelte sich.

«Haben Sie sonst noch was gesehen?», knurrte Guerrini. «Gehen Sie mal ein Stück zur Seite!»

«Sonst hab ich nichts gesehen. Nur, dass er tot ist und

dass er den Mund voll Geld hat. Wenn Sie mich fragen, dann …»

«Was dann?» Guerrini nahm Tommasini die Stablampe aus der Hand und leuchtete in das Gesicht des Toten. Offensichtlich war der Mann schwer misshandelt worden. Rote und blaue Hämatome überzogen seinen Schädel, dessen Haar abrasiert war.

Stumpfe Schläge, dachte Guerrini und verzog das Gesicht, als er den Draht entdeckte, der den Körper des Toten offensichtlich so aufrecht hielt. Ein Draht um den Hals, der vom seitlich geneigten Kopf verborgen wurde und tiefer in den Hohlraum führte.

«Was dann …?», stammelte Bellagamba, der offensichtlich ebenfalls den Draht entdeckt hatte. «Ich weiß nicht mehr …»

«Denken Sie mal genau nach. Es interessiert mich, was Ihnen gerade eingefallen war.»

Bellagamba trat von einem Bein aufs andere. «Es war nur so eine Idee, Commissario. Nur so eine Idee, weil er Geld im Mund hat. Ich meine, warum hat einer Geld im Mund?»

«Weil er den Hals nicht vollkriegt», murmelte Tommasini.

«Ich hab das nicht gesagt, Commissario. Aber so könnte es sein, nicht wahr? Warum sollte man sonst jemandem Geld ins Maul stopfen?»

«Nicht schlecht gedacht, Bellagamba.» Guerrini klopfte dem kleinen Bauern auf die Schulter. «Und jetzt versuchen wir erst mal, unsere Kollegen hierherzubekommen. Tommasini, funktioniert dieses Ortungsgerät, das du mitgenommen hast?»

«Es funktioniert, Commissario, auch wenn Sie es nicht glauben. Ich werde jetzt die Koordinaten an die Kollegen durchgeben, und dann werden sie in kürzester Zeit hier sein.»

«Ich vertraue dir, Tommasini. Aber vielleicht sollten wir gleichzeitig Lichtsignale mit deiner Stablampe senden. Dann werden wir sehen, was besser funktioniert.»

«Beh, Commissario, warum zweifeln Sie immer an der Technik? Sie könnten mein Vater sein! Der redet auch so.»

«Lassen wir das, ja? Du glaubst an die Technik und ich an die Sinne der Menschen.»

Während Tommasini beschäftigt war, nahm Guerrini den Bauern zur Seite.

«Ich habe in letzter Zeit immer mal wieder von Geldverleihern gehört, die es in der Gegend geben soll. Aber nichts Genaues, da hab ich mal ein bisschen nachgeforscht. Es ist nicht viel dabei rausgekommen. Nur ein paar Bauern und Geschäftsleute haben zugegeben, dass sie sich mit Geldverleihern eingelassen haben und unglaublich hohe Zinsen zahlen. Haben Sie auch schon so was gehört, Bellagamba?»

Der Bauer schaukelte seinen Oberkörper langsam hin und her, eine kleine kräftige Silhouette vor Tommasinis Lampe, die Hände in den Taschen seiner Regenjacke vergraben, den Kopf zwischen die Schultern gezogen.

«Gehört, gehört», murmelte er. «Wer hat nicht davon gehört. Gibt ja keine Kredite für Leute, die nichts haben.»

Guerrini nickte. «Ja, es ist eine verdammte Schweinerei, nicht wahr!»

«Eine verdammte Schweinerei, Commissario.»

«Sie haben nicht zufällig auch …»

«Gott bewahre!» Hatte er sich bekreuzigt? Guerrini konnte es nicht genau erkennen, nur die kurze Bewegung einer Hand zur Brust.

Sie warteten. Die feuchte Kälte kroch durch ihre Kleider,

über die Haut, in die Knochen. Irgendwann gab Tommasini Blinkzeichen. Fast eine halbe Stunde dauerte es, ehe die Kollegen endlich durchs Unterholz brachen wie eine Rotte Wildsauen. Commissario Guerrini gab seine Anweisungen, dann ließ er sie arbeiten. Er hatte keine Lust, stundenlang im Matsch herumzustehen. Ihm war aufgefallen, dass Polizisten in den Fernsehnachrichten immer nur herumstanden. Dort wurde ja pausenlos von irgendwelchen Morden oder Überfällen berichtet, als ob es nichts Wichtigeres auf der Welt gäbe. Und immer standen Polizisten herum. Standen und standen. Manche telefonierten, manche schauten bedeutend, andere langweilten sich sichtlich. Und stets waren es verdammt viele. Guerrini hatte sich vorgenommen, nie mehr irgendwo nutzlos herumzustehen – schon gar nicht, wenn das Fernsehen kam.

Den Rückweg zum Wagen fand Tommasini mit großer Präzision, selbst Bellagamba war beeindruckt. Kurz vor ihrem Fahrzeug sprang ein Schwein auf und raste quiekend davon.

«War das Ihres?», fragte Guerrini.

«Ja, das war meins. Ich werd's morgen holen. Wenn ich Glück habe.»

Sie fuhren den Bauern zu seinem kleinen Hof zurück. Der Hund bellte wie verrückt, und hinter dem einzigen erleuchteten Fenster erschien kurz ein Frauenkopf.

Als Commissario Guerrini in dieser Nacht endlich die Tür zu seiner Wohnung aufschloss, blinkte sein Anrufbeantworter. Guerrini zog seine schlammbedeckten Schuhe aus und ließ sie vor der Tür stehen, dann ging er in die Küche, nahm etwas Schafskäse aus dem Kühlschrank, brach ein Stück Brot ab und schenkte sich ein Glas Rotwein ein. Obwohl es eine kühle Nacht war, trat er auf seine kleine Dachterrasse hinaus und schaute über die dunklen Dächer und Türme von Siena. Es hatte aufgehört zu regnen, und die Luft war sehr klar und frisch. Guerrini blies seinen Atem hinaus und sah der feinen Wolke nach, die sich schnell auflöste.

Er kaute langsam, trank zwischendurch einen Schluck Wein, lauschte den Geräuschen der Nacht, dem Geknatter eines Mopeds, dem Gurren einer aufgeschreckten Taube. Nur widerwillig dachte er an den Toten mit den Geldscheinen im Mund und der Schlinge um den Hals. Der Gedanke, dass es sich um einen Geldverleiher handeln könnte, lag nahe. Vielleicht zu nahe. Das hatte Guerrini bereits mit seinem Kollegen Tommasini durchgesprochen. Möglicherweise war der Tote auch ein Schuldner oder irgendwas ganz anderes. Nun kam es auf die Identität des Mannes an und auf die Ergebnisse der kriminaltechnischen Untersuchungen.

Guerrini trank den letzten Schluck Wein, kehrte in seine Wohnung zurück, betrachtete misstrauisch den blinkenden Anrufbeantworter und schenkte sich noch ein halbes Glas Wein ein, ehe er bereit war, die Nachrichten abzuhören.

Es waren drei Anrufe. Der erste kam von Guerrinis Vater Fernando.

«*Warum bist du denn nicht zu Hause, wenn ich etwas Wichtiges mit dir zu besprechen habe? Eh? Also melde dich so schnell wie möglich bei mir! Jetzt ist es … warte mal … halb zehn! Ich hab eine Überraschung für dich, die sich gewaschen hat! Du kommst nie drauf! Also ruf schon an! Aber nicht später als zwölf!*»

Die zweite Nachricht kam von Laura. Auch sie wollte ihn dringend sprechen. Anruf Nummer drei war wieder vom alten Guerrini.

«*Angelo, wo bist du denn? Es geht um dich, verdammt nochmal! Es ist jetzt kurz nach zwölf. Ich geh ins Bett. Aber morgen früh rufst du mich an, sobald du aufstehst. Es geht um dein Leben, verstehst du mich? Das ist kein Witz! Schlaf gut, falls du das jetzt noch kannst!»*

«Was, zum Teufel ...», murmelte Guerrini. Er wusste, dass sein Vater zu dramatischen Inszenierungen neigte, doch ein bestimmter Ton in Fernandos Stimme beunruhigte ihn. Sosehr er auch nachdachte, er hatte nicht die geringste Ahnung, um was es sich handeln könnte. Aber mit Laura hätte er gern geredet, doch dazu war es inzwischen viel zu spät. Fröstelnd beschloss Guerrini, heiß zu duschen. Das Wasser war allerdings nur mäßig warm, mit dem Boiler schien etwas nicht in Ordnung zu sein.

Irgendwas funktioniert immer nicht, das scheint in diesem Land ein Gesetz des Lebens zu sein, dachte Guerrini und stieg, noch immer fröstelnd, aus der Dusche. Wenn es mir gutgeht, dann ertrage ich es mit Ergebenheit und Humor, aber manchmal könnte ich gegen die Wand treten – auch wenn es nichts hilft und ich mir höchstens einen Zeh breche. Aber an diesem Abend trat er nicht, sondern ging einfach ins Bett.

Seltsamerweise schlief er trotzdem gut in dieser Nacht, träumte von Schweinen, die über den Campo rasten und mit lautem Quieken in einer der Seitengassen verschwanden.

Laura schreckte auf, als der Wecker um halb sieben schrillte. Normalerweise wachte sie vorher auf, wartete auf sein Gerappel, genoss noch ein paar Minuten im Halbschlaf, um sich auf den Tag vorzubereiten. An diesem Morgen blieb ihr dazu keine Zeit. Trotzdem wusste sie sofort, was sie tun würde, als hätte sie es bereits im Schlaf überlegt. Sofia und Luca konnten bis halb acht schlafen. Beide hatten die erste Schulstunde frei.

Leise stand Laura auf, holte das Telefon aus dem Flur und setzte sich wieder aufs Bett. Seltsam, manchmal empfand sie eine Hemmung, ehe sie Angelo anrief. Als würde sie in sein Leben eindringen. Sie hatte ihn nie gefragt, ob er manchmal ein ähnliches Gefühl hatte. So vieles hatte sie noch immer nicht gefragt.

Sie nahm wahr, dass ihr Atem etwas flacher wurde, während sie darauf wartete, dass er sich meldete.

Es dauerte. Wahrscheinlich schlief er noch. Endlich erklang erst ein Räuspern, dann seine schlaftrunkene Stimme.

«Pronto.»

«Scusami, Angelo. Ich wollte dich nicht wecken …»

«Laura? Es ist letzte Nacht sehr spät geworden. Ich hab gerade von Schweinen geträumt, die über den Campo liefen. Verzeih, wenn ich noch nicht ganz da bin.»

«Willst du weiterschlafen?»

«Nein, ich muss auch aufstehen.»

«Waren das Wildschweine oder Hausschweine, die über den Campo liefen?»

«Hausschweine, glaube ich. Weshalb willst du das wissen?»

«Damit ich mir diesen Traum besser vorstellen kann. Es ist ein lustiger Traum. Waren auch Leute auf dem Platz?»

«Nein, er war leer. Die Sonne schien, und er war leer, glaub ich. Die Schweine haben laut gequiekt. Wie das Schwein letzte Nacht.»

«Welches Schwein?»

«Das verlorene Schwein des Bauern Bellagamba, von dem ich annehme, dass er trotz seines Namens keine schönen Beine hat.»

«Du hast also letzte Nacht verlorene Schweine gesucht?»

«Indirekt.»

Laura musste lachen. «Und direkt?»

«Direkt habe ich eine Leiche gesucht, was sich als schwierig herausstellte, weil Bellagamba seinen Hund nicht mitnehmen wollte. Wir irrten also im kalten Regen kreuz und quer über einen finsteren, glitschigen Berghang und mussten uns auch noch anhören, dass Bellagamba unsere Schuhe ungeeignet fand.»

«Habt ihr die Leiche gefunden?»

«Ja.»

«Eine erträgliche?»

«Eher nicht. Aber lassen wir das. Wie geht es dir, amore? Wir haben uns lang nicht gesprochen, vero? Mindestens eine Nacht lang!»

«Es geht schon. Wie würdest du sagen? Abbastanza bene. Nein, eigentlich nicht. Aber das ist jetzt nicht so wichtig. Ich wollte dich um etwas bitten, deshalb habe ich auf deinen Rückruf gewartet.»

«Ja?»

«Ich hab auch eine schwierige Leiche. Und es gibt da eine Verbindung nach Italien. Der Name ist Cipriani, Donatella und Ricardo Cipriani aus Mailand, beide Unternehmer, er offensichtlich auch politisch aktiv. Du würdest mir sehr helfen, wenn du mir alles, was eure Datenbank über die beiden gesammelt hat, zukommen ließest. Dann könnte ich mir die offiziellen Anfragen und eine Menge Zeit sparen. Falls deine geschätzten Kollegen mir überhaupt antworten würden, was sie durchaus selten machen!»

«Und ich dachte schon, du hättest Sehnsucht nach mir.»

«Hab ich auch.»

«Veramente?»

«Sì, veramente!»

«Geht es dir deshalb nur mittelmäßig?»

«Ja, auch. Aber da sind noch andere Dinge, über die ich jetzt nicht sprechen möchte. Wenn wir mehr Zeit haben, ja? Ich muss jetzt Sofia und Luca wecken.»

«Bene. Ich muss meinen Vater anrufen. Der hat auch etwas sehr Dringendes auf dem Herzen.»

«Bitte grüß ihn von mir.»

«Falls ich dazu komme.»

«Trotzdem: Einen schönen Tag, Angelo. Kümmerst du dich um die Cipriani?»

«Falls ich dazu komme, Laura. Una bella giornata!»

Laura legte das Telefon neben sich aufs Bett und fühlte sich unbehaglich.

Eigentlich kann man keine Beziehung übers Telefon führen, dachte sie. Wie oft haben wir uns schon missverstanden, Dutzende Male.

Während des Urlaubs waren sie sich sehr nahegekommen, so sehr, dass sie eigentlich nicht nach Hause zurückwollte. Theoretisch und rein gefühlsmäßig. Und jetzt? In den letzten Wochen war ihr eigenes Leben wieder in den Vordergrund getreten, und sie mochte auch dieses Leben. Und Angelo mochte seines, dessen war sie sicher. Seufzend stand Laura auf und ging in die Küche, um den Wasserkocher einzuschalten und Tee zu bereiten.

Guerrini machte ein paar halbherzige Gymnastikübungen, weil seine rechte Schulter schmerzte. Dann füllte er Wasser in seine Caffettiera, suchte Kaffeepulver und ärgerte sich. Seine bosnische Haushälterin Zenia hatte wieder den billigen Kaffee gekauft. Wie oft hatte er ihr schon erklärt, dass dieser Kaffee bitter schmecke und er ihn nicht mochte. Aber sie zuckte jedes Mal nur die Achseln und wiederholte, dass er um die Hälfte billiger sei als jeder andere Kaffee. Das war ihr Maßstab in jeder Hinsicht. Leute, die teurer kauften als nötig, waren in ihren Augen Vollidioten.

«Unsere Familie trinkt Segafredo! Ist das klar, Zenia? Ich schreibe es dir gern auf. Meine Mutter hat diesen Kaffee getrunken, mein Vater, meine Tanten und Onkel.»

Offensichtlich half es nichts. Zenia hatte, wie immer, ihre eigene Meinung. Fluchend füllte er das bittere schwarze Pulver in den Filter und stellte die Caffettiera auf die Gasflamme.

Das Duschwasser war sogar noch kälter als in der Nacht, und das Gespräch mit Laura war ... nun ja, was sollte man so früh am Morgen erwarten ... höchstens Schweine auf dem Campo. Und wieso duschte er eigentlich zweimal in sechs Stunden?

Guerrini zog sich schnell an, füllte dann den pechschwarzen Espresso in eine kleine Tasse, griff nach dem Telefon und rief seinen Vater an.

«Ah, da bist du ja endlich! Wo hast du denn die ganze Nacht gesteckt, eh?»

«Buon giorno, papà. Come stai? Hai dormito bene?»

«Sei nicht so verdammt höflich. Wo warst du denn?»

«Ich habe gearbeitet. In meinem Beruf arbeitet man auch nachts.»

«Ich hab dir immer gesagt, dass du nicht zur Polizei gehen sollst! Aber jetzt hör mal zu: Da ist jemand bei mir aufgetaucht, und darüber wirst du nicht begeistert sein.»

«Mach es doch nicht so spannend.»

«Mach ich ja gar nicht. Aber ich möchte dich langsam darauf vorbereiten. Hast du schon einen Caffè getrunken, damit dein Kreislauf in Schwung kommt?»

«Ja, habe ich.» Guerrini nippte an der Espressotasse und verzog angewidert das Gesicht.

«Also gut: Gestern Abend stand plötzlich Carlotta vor meiner Tür.»

«Wer?»

«Ja, wer! Deine Exfrau Carlotta. Du weißt ganz genau, dass ich nie besonders gut mit ihr ausgekommen bin. Aber gestern Abend schien sie das alles vergessen zu haben. Sie hat sich zu mir in die Küche gesetzt und von Rom erzählt, und dann wollte sie wissen, wie es dir so geht, und hat gesagt, dass sie Siena vermisse und so weiter und so weiter.»

«Ah.»

«Ja, ah!»

«Was hast du gemacht?»

«Was sollte ich schon machen? Ich hab ihr zugehört, dann hab ich ihr was zu essen gegeben, und wir haben Wein getrunken. Ich meine, ich konnte sie doch schlecht vor die Tür setzen. Immerhin war sie mal meine Schwiegertochter.»

«Und dann?»

«Dann ist sie gegangen. Sie wollte bei einer Freundin übernachten und morgen ... nein, heute bei dir vorbeischauen.»

«Wirklich?»

«Ja, wirklich. Deshalb wollte ich dich warnen, Angelo! Ich hab so ein komisches Gefühl ... vielleicht will sie dich wieder rumkriegen und zu dir zurück. Die Luft in Rom war vielleicht ein bisschen rau für sie.»

Guerrini leerte die kleine Tasse, ohne diesmal den bitteren Geschmack wahrzunehmen.

«Bist du noch da, Angelo?»

«Mhm.»

«Da fällt dir nichts mehr ein, was?»

«Nein.»

«Kannst du nicht auf Dienstreise gehen oder dir ein paar Tage freinehmen und zu Laura nach München fahren?»

«Kann ich nicht. Erstens haben wir einen Mordfall, und zweitens hatte ich gerade Urlaub.»

«Was willst du dann machen?»

«Ich werde mit Carlotta reden, was denn sonst? Schließlich sind wir nicht im Krieg miteinander.»

«Bene, bene. Dann wünsch ich dir viel Glück.»

«Wobei denn?»

«Na, bei allem eben. Ciao, ich wollte dich ja nur warnen!»

Fernando hatte aufgelegt, und Guerrini blieb nachdenklich in seiner Küche zurück, versenkte die Kaffeepackung im Mülleimer und beschloss, auf dem Weg in die Questura zu frühstücken.

Carlotta in Siena, dachte er. Es fühlte sich nicht besonders angenehm an.

«DU KANNST IN EINER HALBEN STUNDE in die Gerichtsmedizin fahren, Laura. Guten Morgen übrigens! Doktor Reiss hat angerufen. Er will dir was zeigen.» Claudia, die Dezernatssekretärin, winkte Laura zu.

«Sonst noch was?»

«Havel steht auch schon parat. Soll ich ihn anrufen?»

«Ja, bitte. Wo ist Peter?»

«Er lässt sich entschuldigen. Hat Kopfschmerzen oder so was. Er kommt etwas später.»

«Wundert mich nicht.»

«Wieso?»

«Nur so. Wir hatten gestern Abend noch schwierige Ermittlungen.»

«Na, wie sahen die denn aus? Habt ihr einen gehoben?»

«Ich nicht. Aber davon abgesehen: Würdest du bitte ein bisschen für mich recherchieren? So zwischendurch? Ich brauche eigentlich alles über die Aktivitäten von Gigolos, vor allem, wenn sie Damen um ihr Geld erleichtert haben. Schau mal speziell nach englischen Namen, die bei uns aktenkundig sind.»

«Gigolos! Das hat mir gerade noch gefehlt. Der Vater meiner Tochter hat schon wieder zwei Monate lang keinen Unterhalt gezahlt.»

«Tut mir leid, aber dann ist er kein Gigolo. Wenn er einer wäre, müsstest du ihm Unterhalt zahlen.»

«Das hätte er sowieso lieber!» Claudia zog ihre Nase kraus und kniff die Augen zusammen. Das rotgetönte Haar stand ziemlich wild um ihren Kopf herum, und sie hatte einen deutlich sichtbaren Knutschfleck am Hals.

«Ich hoffe, dein Neuer ist kein Gigolo», murmelte Laura. «Sag bitte Andreas Havel, dass ich in meinem Büro bin.»

«Woher …?» Claudia lief rot an und fasste an ihren Hals.

«Wenn du anzügliche Bemerkungen der Kollegen vermeiden willst, dann solltest du einen Schal umlegen. Ciao!» Laura zwinkerte der jungen Frau zu, verließ deren gläsernes Büro und zog sich in ihre sicheren Wände zurück.

Kaum hatte sie ihre Jacke ausgezogen und sich an den Schreibtisch gesetzt, klopfte Andreas Havel und wartete nicht auf ihre Aufforderung einzutreten. Der junge Kriminaltechniker sprühte geradezu vor Energie, er hatte eine Präsenz, die den ganzen Raum erfüllte.

«Guten Morgen, guten Morgen! Also, so was habe ich bei Ermittlungen noch nie erlebt!», rief er in seinem weichen tschechischen Akzent. «Die haben uns Lachs- und Kaviarbrötchen serviert und Sekt angeboten, aber wir haben natürlich Kaffee verlangt. Gegen solche Mordfälle habe ich nichts einzuwenden!»

«Wieso habt ihr euch eigentlich von diesem Hotelmanager aufhalten lassen? Guten Morgen, Andreas.»

«Es war wirklich unglaublich. Er hat uns am Lieferanteneingang abgefangen und erklärt, dass gerade wichtige Persönlichkeiten des politischen Lebens im Hotel unterwegs wären und wir unmöglich jetzt erscheinen könnten. Zehn Minuten, hat er gefleht, geben Sie mir nur zehn Minuten! Der Polizeiarzt ist schon oben. Es ist alles in Ordnung: Nur, bitte laufen Sie jetzt nicht mit diesen Seuchenanzügen durchs Haus. Beinahe wäre er vor uns auf die Knie gefallen.» Havel brach in Gelächter aus.

«Wieso lachst du nicht, Laura? Das ist komisch!»

«Ja, es ist komisch! Aber es hätte auch bedeuten können, dass jemand wichtige Spuren beseitigt.»

«Die waren sowieso schon weg! Falls Sutton umgebracht worden ist, war ein Profi am Werk, Laura. Alles war abgewischt, Gläser, Flaschen, Türklinken. Darauf haben wir nicht mal die Fingerabdrücke des Toten gefunden. Dabei haben wir wirklich das ganze Register abgespult: Haare, Hautpartikel, Spucke. Fehlanzeige! Seine Brieftasche war da, seine Klamotten, der Koffer, Pflegeutensilien im Bad und ein paar Gedichte. Auf denen waren aber nur seine eigenen Fingerabdrücke. Kein Laptop allerdings, was ungewöhnlich ist für einen Geschäftsmann. Aber vielleicht war er gar keiner. Ich kann dir nichts bieten. Falls die Obduktion auch nichts ergibt, dann war es wohl ein natürlicher Tod. Obwohl ... dazu war mir das Zimmer viel zu sauber.»

«Setz dich doch endlich! Was war in der Brieftasche?»

«Ich steh aber lieber. Sitz eh den ganzen Tag. Ich hab dir alles mitgebracht. Hier ist der Beutel: Brieftasche, Gedichte. Mehr Persönliches war da nicht. Ach so, auf der Mailbox seines Handys waren nur ein paar Anrufe einer Donatella. Einer vom Abend vorher und drei vom nächsten Tag. Warte, sogar vier. Sie rief nochmal kurz vor halb vier Uhr nachmittags an und sagte, dass sie jetzt abfliege. Sie klang ziemlich verzweifelt. Außerdem war da noch ein Anruf von einer anderen Frau. Sie wollte wissen, wann genau er zurückkomme, damit sie ihn abholen könne. Der Anruf kam aus Hamburg von einer Festnetznummer. Wir konnten die Anruferin sofort ermitteln: Es war seine Frau. Monica Sutton. Die Adresse und Telefonnummer hab ich dir per E-Mail geschickt.»

«Ein Zettel wär mir lieber!»

Andreas Havel grinste. «Ich wusste, dass du das sagen würdest!»

Laura lächelte ebenfalls. «Ich möchte mir die Anrufe später nochmal anhören.»

«Klar.»

«Ist das alles?»

«Bisher schon. Abgesehen von der Tatsache, dass er zwei Reisepässe mit unterschiedlichen Namen bei sich trug. Er war also sicher kein Unschuldslamm. Aber ansonsten nichts. Tut mir leid.» Havel verschränkte seine Arme vor der Brust und lehnte sich an die Wand. Ein weicher blonder Dreitagebart bedeckte seine Wangen und sein Kinn, und Laura fand, dass ihm genau das sehr gut stand.

«Muss dir nicht leidtun», erwiderte sie. «Lässt du mir die Brieftasche und die Gedichte da? Ich möchte sie mir in Ruhe ansehen.»

«Es sind schöne Gedichte. Liebesgedichte. Eins wollte ich mir sogar abschreiben. Für meine Freundin.» Die Fältchen um seine Augen zuckten.

«Wolltest?»

«Ich hab's mir dann doch anders überlegt. Vielleicht hätte sie mich ausgelacht. Es ist ziemlich stark.»

«Ich bin gespannt. Danke, wir sehen uns später, wenn ich mir die Anrufe anhöre. Ich muss gleich los in die Gerichtsmedizin.»

«Na, dann!» Havel legte einen durchsichtigen Plastikbeutel vor Laura auf den Schreibtisch, grüßte scherzhaft auf militärische Art und ging.

Sie betrachtete den Beutel und dachte kurz darüber nach, wie oft sie schon die Überbleibsel von Toten durchgesehen hatte. Diese Kreditkarten, Pässe, Krankenversicherungskarten, Paybacks, Personalausweise, Bahncards, Fotos … in Plastik gepresste Beweise für die Existenz eines Menschen. Wenn er gestorben war, musste man sie durchschneiden, entwerten.

Man könnte sie auch mit den Toten beerdigen, dachte Laura. Sozusagen als moderne Grabbeigabe, nachdem wir unseren Toten ohnehin nichts mehr mitgeben. Wieso geben wir ihnen eigentlich nichts mehr mit? Welch entsetzliche Verarmung unserer Kultur. Kein Schmuck, kein Essgeschirr, nichts für die Reise nach drüben.

Laura streckte die Hand nach dem Plastikbeutel aus. Obwohl es zu ihrem Beruf gehörte, kam es ihr jedes Mal indiskret vor, anderer Leute Brieftaschen zu durchsuchen. Sie löste die Versiegelung, zog ein paar lose Blätter und die lederne Brieftasche heraus.

Angesichts der handgeschriebenen Gedichte erfasste sie eine seltsame Hemmung, deshalb nahm sie sich erst die Brieftasche vor. Der Tote besaß tatsächlich zwei Reisepässe: einen auf den Namen Henry Tennison und den zweiten auf Sir Benjamin Sutton. Die meisten Bank- und Kreditkarten liefen auf Tennison, nur eine einzige auf Sutton. Das war allerdings eine goldene American Express Card.

Ansonsten fanden sich kaum Hinweise auf die Person Sutton/Tennison in der Brieftasche. Keine Krankenversicherung, keine Fotos, keine Visitenkarten von Geschäftsfreunden. Nur 1645 Euro in bar und in einem Seitenfach ein winziger Drachenkopf, der aus Südostasien stammen musste. Er war sehr fein gearbeitet, glänzte golden, als Laura ihn in ihrer Handfläche hin und her rollte und das Licht ihrer Schreibtischlampe auf ihn fiel.

Das war's. Jetzt musste sie sich notgedrungen den Gedichten zuwenden. Vorsichtig zog sie eines aus dem Bündel.

Du warst mir alles, Liebe,
Was Sehnsucht mir schloss ein:
Ein grünes Eiland, Liebe,
Im Meer, ein Quell, ein Schrein,
Mit Märchenblumen und -früchten umkränzt,
Und all die Blumen waren mein.

O Traum, zum Dauern zu schön!
O Sternenhoffnung, die mir bloß
Aufging, um zu vergehn!

Und all meine Tage entrücken
Und Nächte mich vor deinem Bild,
Wo deine grauen Augen blicken
Und wo dein Fußtritt schwillt –
Welch himmlisches Entzücken,
Welch ewiges Gefild!

Ganz winzig standen ein paar Buchstaben unten auf der Seite. E.A.P.

Edgar Allan Poe, dachte Laura, immerhin hat Sutton seine Quellen notiert. Wusste gar nicht, das Poe auch Liebesgedichte geschrieben hat. Behutsam glättete sie das zweite Blatt, das ein bisschen zerknittert aussah. In der Ecke oben links stand, wieder in dieser kaum erkennbaren winzigen Schrift: Byron.

Lebe wohl, und sei's auf immer,
Sei's auf immer, lebe wohl!
Doch, Versöhnungslose, nimmer
Dir mein Herze zürnen soll.

Könnt ich öffnen dir dies Herze,
Wo dein Haupt oft angeschmiegt
Jene süße Ruh empfunden,
Die dich nie in Schlaf mehr wiegt.

Könntest du durchschaun dies Herze
Und sein innerstes Gefühl,
Dann erst sähst du: es so grausam
Fortzustoßen war zu viel.

Lebe wohl! Ich bin geschleudert
Fort von allen Lieben mein,
Herzkrank, einsam und zermalmet, –
Tödlicher kann Tod nicht sein.

Abschiedsgedichte, dachte Laura. Auf diese Weise hat er sich seinen Damen tief ins Herz gegraben. Gut ausgesucht. Mal sehen, was er noch zu bieten hat. Eigentlich musste sie los. Vermutlich wartete Dr. Reiss schon auf sie. Nur noch ein letztes Gedicht …

Welch eine Nacht! Ihr Götter und Göttinnen!

Laura stockte und hielt kurz die Luft an, überflog hastig die nächsten Zeilen:

Wie Rosen war das Bett! Da hingen wir
Zusammen im Feuer und wollten in Wonnen zerrinnen.

Laura schob das Blatt von sich, lehnte sich zurück und schloss die Augen. Plötzlich hatte sich die Situation umgedreht. Nicht nur sie drang in das Leben eines anderen ein, sondern der andere auch in ihres. Sutton hatte sich ihres Gedichts bemächtigt, des Gedichts, das Guerrini für sie ausgesucht hatte und das sie in ihrem Rucksack mit sich herumtrug. Das Gedicht des Römers Petronius. Vermutlich hatte Sutton es Donatella Cipriani nach einer heißen Liebesnacht vorgelesen und wahrscheinlich nicht nur ihr.

Laura spürte, wie ihr Magen sich ganz langsam zusammenkrampfte, und versuchte gegen die aufsteigende Übelkeit anzuatmen.

Es ist ein verdammter Zufall, dachte sie. Solche Zufälle gibt es, auch wenn es sie nicht geben dürfte. Es hat nichts mit mir zu tun und nichts mit Angelo. Das Gedicht ist zweitausend Jahre alt und wahrscheinlich Tausende Male von Liebespaaren rezitiert worden. Deshalb hat es nichts mit mir und Angelo zu tun, dass auch Sutton es aufgeschrieben hat!

Obwohl sie diesen Satz ein paarmal wiederholte, fühlte sie sich verletzt und aufgestört, als wäre ein Fremder mit kaltem Blick in ihr Innerstes eingedrungen.

Es dauerte lange, ehe sie die losen Seiten wieder zusammenpackte und mit der Brieftasche zurück in den Plastikbeutel steckte. Als das Telefon auf ihrem Schreibtisch klingelte, nahm sie das Gespräch nicht an, griff stattdessen nach Jacke und Rucksack und flüchtete zum zweiten Mal in dieser Woche über die Hintertreppe aus dem Präsidium.

«GEHEN WIR'S GLEICH AN, ich hab nicht besonders viel Zeit, und Sie haben sich verspätet, Laura.» Der Pathologe warf ihr über den Rand seiner Brille einen vorwurfsvollen Blick zu. «Mein junger Kollege hat die Grippe, und das hier ist nicht die einzige Leiche, die zu begutachten ist. Allerdings die interessanteste!»

Es macht ihm Spaß, dachte Laura, nach all den Jahren macht es ihm noch immer Spaß, dieser alten Krähe. Ihr fiel die sanfte Bewegung auf, mit der Doktor Reiss das Tuch von Suttons Körper zog. Er mag seine Leichen, er geht beinahe zärtlich mit ihnen um. Er ist gar keine Krähe. Krähen hacken Toten die Augen aus, der Doktor macht sie ihnen zu und streicht ihnen übers Haar.

Jetzt erst betrachtete sie Sutton. Wächsern sah er aus, gelblich weiß, glatt und perfekt wie eine Puppe. Nur der kreuzartige rote Schnitt, mit dem der Pathologe ihn aufgebrochen hatte, störte diese Vollkommenheit. Wie komme ich auf aufgebrochen?, dachte Laura. Wild bricht man auf. Aber es stimmte irgendwie. Obduktionen waren ihr schon immer wie das Aufbrechen und Ausnehmen von Tieren vorgekommen.

Sutton war ein schöner Mann, schlank, kaum behaart, durchtrainiert, feingliedrige Hände und Füße. Noch immer trug sein Gesicht einen beinahe erstaunten Ausdruck, als hätte er im Tod die Augenbrauen angehoben, weil ihm etwas Unerwartetes zugestoßen war. Sein dunkelbraunes Haar fiel in einer lockigen Welle zur Seite und glänzte erschreckend lebendig.

Der Arzt hatte ihn mit groben Stichen wieder zugenäht und auf diese Weise ein rotes großes Kreuz auf Suttons Körper hinterlassen.

«Ihre Patienten sehen immer aus wie gekreuzigt», murmelte Laura, «als hätten Sie ihnen ein Kreuz aus dem Körper geschnitten, das sie immer schon mit sich herumgetragen haben.»

Der Pathologe schob seine Brille bis auf die Nasenspitze und musterte Laura aus leicht zusammengekniffenen Augen.

«Ein origineller Gedanke, Laura. Da könnte etwas dran sein. Allerdings weiß ich nur selten, welches Kreuz es ist.»

«Das ist dann auch mehr meine Aufgabe, oder?»

«So ist es.»

«Sie sagten vorhin, dass er die interessanteste Leiche sei, die Sie heute zu begutachten haben. Was ist so interessant an Sutton?»

«Er hatte keine äußeren Verletzungen, und er war kerngesund. Ich konnte keinerlei Ursachen für einen natürlichen Tod feststellen. Absolut nichts. Aber er hat eine Menge K.-o.-Tropfen geschluckt, das konnten wir schon nachweisen. So was nimmt man nicht freiwillig. Irgendwer hat ihm diese Tropfen in seinen Whisky gemischt, nehme ich jedenfalls an. Mal sehen, was eure Spurensicherung rausfindet.»

«Nichts», erwiderte Laura. «Glas, Flasche, Flascheninhalt ... alles Fehlanzeige. Auch sonst alles negativ.»

Der Arzt gab beim Ausatmen einen zischenden Laut von sich und schüttelte den Kopf. «Es muss was geben. An K.-o.-Tropfen stirbt man nicht. Ich werde ihn mir nochmal ganz genau ansehen und verschiedene andere Bluttests machen lassen.»

«Was denken Sie also, Doktor?»

Der Gerichtsmediziner verschränkte die Arme vor der Brust, musterte stirnrunzelnd den Toten und zuckte dann die Achseln.

«Schwer zu sagen. Aber ich denke, dass jemand nachgeholfen hat. Jemand, der ziemlich ausgebufft ist, Laura. Eine eiskalte Person, die sich verdammt gut mit medizinischen Fakten auskennt.»

«Ein Arzt?»

«Eine Ärztin oder Krankenschwester ... denken Sie mal mehr in die weibliche Richtung.»

«Weshalb?»

«Nur so ein Gefühl.»

«Er war ein Gigolo, glaub ich jedenfalls.»

«Hatte ja alles, was man dazu braucht.»

«Vermutlich hat er Frauen um Geld betrogen.»

«Das haben Gigolos so an sich, nicht wahr? Es gibt ja auch jede Menge Frauen, die Männer um ihr Geld erleichtern.»

«Sind Sie heute in der Stimmung für ausgleichende Gerechtigkeit?»

«Ach, wissen Sie, Laura, je mehr ich sehe und höre, desto häufiger komme ich in genau diese Stimmung.» Sorgsam bedeckte Doktor Reiss den Toten wieder mit dem dünnen Leichentuch. «Wie oft waren die Opfer auch gleichzeitig Täter? In erschreckend vielen Fällen. Sie wissen doch genauso gut wie ich, dass es unendlich viele Möglichkeiten gibt, Menschen zum Äußersten zu reizen. Vielleicht hat er genau das getan, dieser Sir Benjamin Sutton.»

«Wir haben Gedichte bei ihm gefunden.»

«Gedichte?» Wieder sah der Arzt sie über den Brillenrand hinweg an. Er hatte sehr hellblaue Augen, die sich ein bisschen aus ihren Höhlen vorwölbten, seine Wimpern waren kurz und farblos.

«Ja, Gedichte. Liebesgedichte, Abschiedsgedichte an seine Liebsten oder Opfer, wenn Sie so wollen. Sie gehörten wohl zu seinem Werkzeug, oder sollte ich sie besser als Produktionsmittel bezeichnen?»

«Was stört Sie daran, Laura? Er war ein Gigolo.»

«Der Missbrauch von Gefühlen stört mich.»

«Ist das nicht der Beruf eines Gigolos? Missbrauch von Gefühlen?»

«Ja, natürlich», murmelte sie. «Ich danke Ihnen, bin gespannt auf die Ergebnisse der weiteren Untersuchungen.»

«Stimmt etwas nicht?» Doktor Reiss musterte Laura nachdenklich.

«Nein, nein, alles in Ordnung. Ich geh zurück an die Arbeit. Machen Sie's gut.»

«Sie auch, Laura. Ich ruf Sie an, sobald wir die Ergebnisse der erweiterten Blutanalysen haben.»

Von der Tür her warf sie einen letzten Blick auf den Seziertisch und Suttons Leiche unter dem Tuch. Jetzt waren sie wieder quitt. Sutton war in ihr Leben eingedrungen und sie in seines, in seinen nackten, ausgelieferten Tod. Trotzdem zog sie draußen, vor der Tür, das Gedicht des Römers Petronius aus ihrem Rucksack und riss es in kleine Stücke. Doch sie schaffte es nicht, die Fetzen in den Müllbehälter zu werfen, den sie in einer Ecke des Gerichtsmedizinischen Instituts entdeckte, stopfte sie stattdessen in die Tasche ihrer Lederjacke.

Sie war sich nicht sicher, ob sie Guerrini davon erzählen würde. Er konnte ja nichts dafür. Es sei denn … vielleicht gab es einen Gedichtband mit dem Titel: *Hundert Verse, um Frauen glücklich zu machen.* Vielleicht hatten Guerrini und Sutton aus einer ähnlichen Quelle geschöpft. Das wäre dann eher zum Lachen, doch nach Lachen war ihr im Augenblick überhaupt nicht zumute.

Sie verfluchte sich selbst dafür, dass sie sich auf Donatella Cipriani eingelassen hatte. Vielleicht wäre der Fall Sutton anders verlaufen, wenn sie nicht Dienst gehabt oder wenn sie die Dame an Kollegen verwiesen hätte. Vielleicht hätte sie dieses Gedicht anders gelesen, vielleicht auch gar nicht, weil ein Kollege den Fall übernommen hätte. Obwohl das unwahrscheinlich war. Immerhin hatte sie gestern Dienst gehabt, und es handelte sich um eine ungeklärte Todesursache.

Plötzlich war ihr dieser Fall zutiefst zuwider, ihre Neugierde, die gerade erst in ihr erwacht war, wich einem Gefühl des Ekels, und sie empfand ein gewisses Verständnis dafür, dass Peter Baumann sich gestern Abend betrunken hatte.

«Keine besonders schöne Leiche!» Dottor Salvia verzog das Gesicht. Neben Commissario Guerrini stehend, betrachtete er geradezu missbilligend den massigen Körper, der auf seinem Seziertisch lag.

«Sie hatten ihm die Geldscheine so tief in den Hals gestopft, dass der arme Teufel sie teilweise verschluckt hat. Allein daran wäre er wahrscheinlich schon erstickt. Aber zusätzlich haben sie ihm noch eine Schlinge um den Hals gelegt, die sich immer mehr zuzog, wenn er sich bewegte. Er muss wie wild gekämpft haben. Kein Unschuldslamm, vermutlich.»

Mit der unangenehmen Vorstellung von verzweifelt strampelnden Beinen, schabenden Füßen und gebundenen

Armen beugte Guerrini sich über das Gesicht des Toten. Es wirkte angeschwollen, teigig, wies dunkle Flecken auf, um die Augen, auf der Stirn. Sein Haar war sehr kurz rasiert, die halbgeschlossenen Augen erschienen Guerrini zu klein für diesen Kopf, das Kinn zu kräftig. Eine rote Linie lief deutlich sichtbar um den Hals. Guerrini ließ seinen Blick weiterwandern über die breite Brust, mit schwarzen Büscheln behaart, die wie Unkraut auf einem ungepflegten Acker wuchsen, die Haut darunter sehr weiß. Über den schwammigen hellen Bauch, das Obduktionskreuz, die dicken Oberschenkel, Leichenflecke. Nein, kein schöner Toter.

«Keine Ahnung, wer er sein könnte», murmelte Guerrini. «Aber Sie könnten recht haben, Salvia. Wie ein zufälliges Opfer sieht er nicht aus.»

«Mafia?»

«Weshalb?»

«Weil er Geld im Mund hatte. Beinahe hundert Euro in Scheinen. Außerdem der Draht um den Hals. Eine beliebte Methode unserer Freunde vom organisierten Verbrechen. Vielleicht die Bestrafung für einen, der in die eigene Tasche gearbeitet hat.» Der junge Gerichtsmediziner streifte seine Latexhandschuhe ab und öffnete ein Fenster. Tief atmete er die kalte Winterluft ein und stieß sie wieder aus, als schicke er Rauchzeichen über die Dächer von Siena.

«Manchmal kann ich den Geruch in diesem Raum nicht besonders gut aushalten. Eine meiner Tanten wohnte in der Nähe eines Schlachthauses. Wenn wir dort zu Besuch waren, dann hab ich mich mit meinem Bruder davongeschlichen, und wir haben uns die Schreie der Schweine angehört, das Blut in den Abflusskanälen gesehen, die abgeschabten Borsten, die schlaffen Körper, die an Haken aufgehängt waren. Am intensivsten habe ich den Geruch wahrgenommen, diesen süßlichen, tödlichen Geruch nach Pisse, Blut, abgebrühten Körpern.» Salvia blies die Backen auf und schickte noch eine Rauchfahne hinaus.

«Warum sind Sie Pathologe geworden, Salvia?»

«Ich weiß es wirklich nicht, Guerrini.» Dottor Salvia warf seine Handschuhe in einen Eimer. «Lassen Sie uns rausgehen und irgendwas trinken.»

Guerrini nickte und warf einen fragenden Blick auf den Toten. «Lassen Sie ihn so liegen?»

«Mein Assistent wird ihm gleich noch Finger- und Handabdrücke abnehmen, dann kommt er wieder in die Kühlung.»

Mit einem Anflug leichter Übelkeit wandte Guerrini sich zur Tür. Aufatmend wartete er in dem hohen Vorraum auf den Gerichtsmediziner.

«Sie vertragen die Luft da drin auch nicht, wie?», murmelte Salvia, während er in seinen Mantel schlüpfte. «Dabei war das noch nicht mal eine stinkende Leiche.»

«Wie geht es dem alten Professor Granelli?», fragte Guerrini, um Salvia von seinem Geruchsthema abzulenken. «Ich hab ihn schon lange nicht mehr gesehen.»

«Ah, dem geht es gut. Er ist gerade auf Vortragsreise in den USA.»

«Das schafft er immer noch? Er muss doch mindestens Ende siebzig sein.»

«Locker schafft er das. Er redet nur noch über das Geheimnis der Leichen, hat sich zum Philosophen der Gerichtsmedizin entwickelt. Vielleicht schaffe ich das auch mal, falls ich so lange lebe.»

Sie traten auf die graue Straße hinaus. Das Kopfsteinpflaster glänzte im Nieselregen, der fast schon in Schnee überging, die hohen Häuserzeilen schienen mit ihren Dächern an die tiefhängenden Nebelwolken zu stoßen, Durchgänge glichen schwarzen Löchern, in denen man verschwinden könnte, um nie wiederaufzutauchen. Siena wirkte auf Guerrini wie ein trübes verblichenes Foto. Einzige Farbtupfer waren die bunten Regenschirme fröstelnder Bewohner, die sich schneller als üblich bewegten. Wie auf der Flucht, dachte er und beschleunigte ebenfalls seinen Schritt. Er hasste den Winter.

«Hehe! Wir sind ja schon da! Meine Stammbar, garantiert ohne Formaldehyd und Desinfektionsmittel!» Salvia war stehen geblieben und winkte Guerrini zurück. «Dove va, Commissario?»

«Beh, ich war ganz in Gedanken, Dottore.»

Salvia hielt die Tür auf, und hintereinander betraten sie die kleine Bar, in der geradezu tropische Hitze herrschte. Es duftete nach frischem Kaffee und süßem Gebäck. Der junge Mann hinter dem Tresen begrüßte Salvia geradezu überschwänglich, schimpfte dann über das Wetter, das allerdings gut fürs Geschäft sei, denn fast jeder, der vorbeilaufe, trinke schnell einen heißen Caffè, Tee oder vin brulé bei ihm.

«Aber der Regen», jammerte er, «der Regen hört ja nicht mehr auf. Den ganzen November regnet es schon, als hätten sich Gott und die Welt gegen uns verschworen. Bei Pisa und Lucca steht alles unter Wasser, wie bei der Sintflut. Die brauchen bald eine Arche da unten. Vielleicht hat es etwas mit unserer Regierung zu tun, was meinen Sie, Dottor Salvia?»

«Wer weiß, Luciano, wer weiß! Einen Caffè corretto für mich und ein Stück Spinatpizza … und Sie, Commissario?»

«Das nehme ich auch.»

Sie setzten sich an einen kleinen Tisch unterm Fenster, nahe an der Heizung.

«Also, was denken Sie, Commissario? Ist das ein Mafiamord? Es wäre mein erster. Quasi eine Initiation, nicht wahr!»

«Ich bin mir nicht sicher. Das könnte auch eine falsche Spur sein, auf die man uns führen will. Solange wir nicht wissen, wer der Tote ist, lasse ich solche Spekulationen. Es könnte auch ganz anders sein. Ich habe da eine vage Ahnung, über die ich noch nicht sprechen kann.»

«Lassen Sie mich raten, Commissario: Rache an einem Bankmanager? So sieht der Typ allerdings nicht aus. Obwohl … einige unserer Minister könnten durchaus seine Brüder sein. Warten Sie, vielleicht ist er ein korrupter Politiker?»

«Liegt alles durchaus nahe, Salvia. Sie sind wirklich nicht schlecht. Aber sagen Sie solche Dinge niemals gegenüber meinem Stellvertreter Lana. Der ist so stramm auf Regierungskurs, dass er alle Hebel in Bewegung setzen würde, um Sie nach Sizilien zu verfrachten oder als Lagerarzt nach Lampedusa.»

Salvia verzog das Gesicht. «Und warum macht er das nicht mit Ihnen? Ich meine, jeder kennt doch Ihre politische Meinung …»

«Weil ich noch immer sein Vorgesetzter bin und der Questore nicht unbedingt anderer Meinung ist als ich. Wie lange er das durchhält, weiß allerdings niemand. Ah, grazie!»

Luciano stellte Caffè und Pizze auf den Tisch, wünschte guten Appetit und eilte zur Kaffeemaschine zurück, weil immer mehr durchfrorene Sieneser in die kleine Bar drängten.

Guerrini und Salvia prosteten sich mit den kleinen Kaffeetassen zu, stellten grinsend fest, dass sie mehr Grappa als Caffè enthielten, und machten sich über die warmen Pizzastücke her.

«Manchmal», murmelte der Arzt mit vollem Mund, «manchmal glaube ich einfach nicht, dass wirklich geschieht, was geschieht.»

Als Guerrini eine halbe Stunde später die Questura betrat, grüßte D'Annunzio auf so verschwörerische Weise, dass er höchst beunruhigt war.

«Sag schon was los ist, D'Annunzio!»

«Eine Signora sitzt in Ihrem Zimmer, Commissario. Ich wollte sie erst hier warten lassen, aber dann kam Tommasini und hat sie einfach mitgenommen. Er kannte die Signora und hat gesagt, dass die Sache in Ordnung wäre und sie im Zimmer des Commissario warten könnte.»

«Wenn Tommasini das gesagt hat, dann wird es schon stimmen», murmelte Guerrini. «Hat die Signora einen Namen genannt?»

«Nein, Commissario. Ich kannte sie auch nicht. Keine Ahnung, wirklich.»

Immerhin, dachte Guerrini. Wenigstens kennt D'Annunzio meine Exfrau nicht. Hoffentlich hält Tommasini den Mund. Wieso kommt sie eigentlich hierher, was denkt sie sich dabei? Er nickte dem jungen Polizisten zu und machte sich auf den Weg in sein Büro, ging erst langsam, dann immer schneller. Das durfte Carlotta nicht machen! Nicht an seinem Arbeitsplatz, das war schlechter Stil! Ärgerlich stieß er die Tür zu seinem Zimmer auf, sie entglitt seiner Hand und knallte mit Schwung gegen die Wand.

«Madonna mia!» Die Frau hatte mit dem Rücken zu ihm am Fenster gestanden, jetzt fuhr sie herum und bekreuzigte sich.

«Signora Piselli!»

Guerrini stand wie vom Donner gerührt. Er war so überzeugt gewesen, auf seine Exfrau Carlotta zu treffen, dass er den Anblick der ehemaligen Haushälterin des verstorbenen deutschen Schriftstellers Giorgio Altlander für eine Erscheinung hielt.

«Sì, Commissario. Entschuldigen Sie, dass ich in Ihrem Büro bin, aber Ihr Kollege hat mich hier reingeführt. Ich kann nichts dafür, wirklich!»

«Ist ja schon in Ordnung. Ich hatte nur jemand anderen erwartet. Es ist eine Überraschung, Sie zu sehen.»

Die kleine rundliche Frau nickte bekümmert und steckte eine Haarsträhne zurück in den Knoten, den sie im Nacken trug. «Seit dem Tod von Signor Altlander haben wir uns nicht mehr gesehen. Das ist schon ein Jahr her, vero? Und Sie wissen immer noch nicht, wer ihn umgebracht hat, sonst hätte ich es in der Zeitung gelesen, vero?»

«Wahrscheinlich hat er sich selbst umgebracht», knurrte Guerrini, der keine Lust verspürte, mit der ehemaligen Haushälterin Altlanders diesen ungelösten Fall zu diskutieren.

«Ah, das glauben Sie doch selbst nicht, Commissario!» Angela Piselli hob das Kinn und verzog den Mund. «Aber deshalb bin ich nicht gekommen.»

Guerrini konnte es nicht ausstehen, wenn andere ihn zu Nachfragen zwangen, deshalb reagierte er nicht, schloss sanft die Tür hinter sich, zog seinen Mantel aus und hängte ihn sorgsam auf einen Kleiderbügel. Seine Taktik wirkte. Angela Piselli räusperte sich. Guerrini legte seinen roten Schal über den Mantel, schaute kurz in den Spiegel über dem Waschbecken und strich über sein Haar.

«Ich wollte mit Ihnen reden, Commissario. Es geht um meinen Mann.»

«Mhm.»

«Na ja, eigentlich geht es nicht nur um meinen Mann,

sondern um unseren Hof, unsere Werkstatt. Um alles. Und ich sage Ihnen, es wäre nie passiert, wenn Signor Altlander noch leben würde!»

Guerrini schob ein paar Akten auf seinem Schreibtisch zur Seite.

«Beh, warum sagen Sie denn nichts, Commissario? Hören Sie mir überhaupt zu? Also, ich kann Ihnen eins sagen, dass ich die Stelle bei Signor Altlander verloren habe, war ein großes Unglück. Ich hab seitdem keine so gute mehr gefunden. Der Herr hab ihn selig!»

Guerrini seufzte, Angela Piselli ebenfalls.

«Ja, so ist das eben. Sie brauchen nicht zufällig eine Haushälterin, Commissario?»

«Sind Sie deshalb hergekommen, Signora? Nein, ich brauche keine. Es tut mir leid: Ich habe eine, und die behalte ich auch!»

Angela Piselli hob beide Hände und schüttelte den Kopf. «Nein, deshalb bin ich nicht gekommen, obwohl ich gern bei Ihnen arbeiten würde, Commissario. Ich bin gekommen, weil wir ... wie soll ich sagen ... wir haben Schulden. Unsere Landwirtschaft ist einfach zu klein, und die Schreinerei hat kaum noch Aufträge. Das habe ich meinem Mann immer schon gesagt, aber er wollte ja nie hören! Er wollte so weitermachen wie sein Vater und sein Großvater: mit ein paar Schafen, Ziegen, ein bisschen Wein, ein paar Oliven, ein bisschen Gemüse, ein paar Eiern von den Hühnern und mit den paar Möbeln und Bilderrahmen, die er macht. Das geht nicht mehr, Commissario! Ich habe es ihm schon lange gesagt, dass es nicht geht! Und jetzt noch diese Krise, Commissario.»

«Ja, leider.» Guerrini rückte einen Stuhl für Signora Piselli zurecht, doch sie setzte sich nicht, sondern ging unruhig vor dem Fenster hin und her und rang die Hände.

«Was, leider, Commissario?»

«Leider geht es nicht mehr so, außer man ist Aussteiger und gibt einen Scheiß auf den Rest der Welt. Ich frage mich wirklich, warum die Leute früher überlebt haben und heute auf einmal nicht mehr!»

«Genau so ist es, Commissario, genau so! Aber ich bin keine Aussteigerin! Ich seh das gar nicht ein! Alle wollen immer mehr, vor allem die Politiker, und ich soll aussteigen, eh? Mach ich nicht!»

«Und?» Jetzt frage ich doch, dachte Guerrini, warum frage ich denn? Sie wird es sowieso erzählen!

«Wir sind zur Bank gegangen.» Plötzlich sprach sie ganz leise, senkte den Kopf. «Da war nichts zu machen, Commissario. Die haben uns nichts gegeben, obwohl wir den letzten Kredit zurückgezahlt haben. Jede Lira, jeden Cent! Dann haben wir noch eine Bank gefragt und noch eine. Es war ... wie soll ich sagen ... wir waren nichts wert. Das war ganz klar. Nichts wert.»

Guerrinis Mittelfinger klopfte schnell und leicht auf die Schreibtischplatte. Er bemerkte es kaum.

«Der Signor Altlander, der hätte uns einen Kredit gegeben. Sogar einen zinslosen, das kann ich Ihnen versprechen, Commissario. Der hatte ein Herz für uns kleine Leute.» Angela Piselli biss auf ihre Unterlippe und schniefte leise, schluckte dann vernehmlich und redete weiter: «Eines Abends hat Giuseppe, das ist mein Mann, gesagt, dass er doch einen Kredit bekommen hat. Ich hab nicht weiter gefragt, war einfach froh. Aber er war nicht froh, hat immer weniger geredet. Und vor einer Woche hat er plötzlich gesagt, dass wir ausziehen müssen. Ich hab das nicht begriffen, Commissario! Ich hab ihn angeschrien, ob er verrückt geworden sei! Aber dann hat er plötzlich zu weinen angefangen … Giuseppe hat noch nie geweint, seit ich ihn kenne, Commissario! Dann hat er den Tisch umgeworfen und einen Stuhl und noch einen!» Angela Piselli drehte sich weg und wühlte in ihrer Jackentasche. Sie zog ein Taschentuch hervor, tupfte über ihre Augen und knetete dann das Tuch mit den Händen.

Guerrini warf einen Blick auf ihre hängenden Schultern, legte den Kopf in den Nacken und studierte die feinen Risse an der Zimmerdecke. Von der fröhlichen geschwätzigen Haushälterin des deutschen Schriftstellers war nicht mehr viel übrig. Obwohl, geschwätzig war sie durchaus noch.

«Sie werden's uns wegnehmen, Commissario. Das Haus seines Vaters und des Großvaters und des Urgroßvaters und Ururgroßvaters! Er wird's nicht überleben, Commissario. Wissen Sie, was die an Zinsen verlangen? Zweihundert Prozent!»

«Wer sind die?»

«Ich weiß es nicht, Commissario. Giuseppe hat es mir nicht verraten! Zu gefährlich, hat er gesagt! Aber ich kann Ihnen eins versprechen: Die würd ich umbringen!»

«Wegen solcher Leute würden Sie ins Gefängnis gehen, Signora Piselli? Was die machen, ist in unserem Land ein Verbrechen. Es ist verboten! Zwar erst seit achtzehn Jahren, aber immerhin! Wucher ist verboten! Geld darf man nur verleihen, wenn man nicht mehr als fünfzig Prozent mehr Zinsen verlangt als die Kreditinstitute.»

«Beh, in unserem Land ist eine Menge verboten, und trotzdem passiert es andauernd! Die werden uns das Haus wegnehmen und die Werkstatt, auch wenn es verboten ist! Tallino, dem Automechaniker, gehört seine Werkstatt nicht mehr. Den hat's auch erwischt. Er arbeitet jetzt für den Geldverleiher und kriegt einen Hungerlohn. Er sagt es keinem, weil er sich schämt! Und da gibt es noch viele andere, Commissario. Aber die Polizei sieht und hört ja nichts!»

Guerrini sprang auf und breitete die Arme aus. «Wie soll die Polizei etwas hören, wenn keiner was sagt, eh? Ist Ihr Giuseppe zu mir gekommen, um Anzeige zu erstatten? Hat dieser Tallino mit den Carabinieri gesprochen? Oder einer der anderen?»

Angela Piselli senkte den Kopf, ihre Schultern sanken noch ein wenig tiefer. «Sie haben Angst, Commissario. Alle haben sie Angst … ich auch.»

«Jaja, es ist immer das alte Lied, nicht wahr? Aber solange alle Angst haben, ändert sich gar nichts, Signora. Ich werde heute Nachmittag zu Ihnen nach Asciano fahren und mit Ihrem Mann reden. Sorgen Sie dafür, dass er da ist. Vielleicht sagen Sie ihm besser nicht, dass ich komme. Ich meine, wenn Sie ihm helfen wollen, aus diesem Mist rauszukommen!»

Angela Piselli starrte Guerrini so angestrengt forschend an, dass er lächeln musste.

«Ihr Mann hat sich nicht strafbar gemacht, Signora. Sie müssen keine Angst um ihn haben. Ich finde, dass Sie sehr mutig sind … aber das fand ich schon bei unserer letzten Begegnung.»

All das Runde, Lockige an Angela Piselli war etwas Drahtigem, Hartem gewichen. Selbst der Händedruck, mit dem sie sich nach kurzem Zögern verabschiedete, war rau und hart. Guerrini brachte sie nach draußen, begleitete sie bis zum Ausgang der Questura. Als er wieder in sein Büro zurückkehrte, empfand er eine so intensive Welle von Trauer und Wut, dass er mit aller Kraft gegen seinen Papierkorb trat. Der flog in hohem Bogen durch das Zimmer und knallte gegen die Wand. Ein beinahe kreisrundes Stück abgeplatzter Farbe blieb dort zurück, wie eine kleine Wunde.

ALS LAURA ins Präsidium zurückkehrte, saßen Claudia und Peter Baumann dicht nebeneinander vor dem Bildschirm des Kommissars. Claudia trug einen grünen Schal um den Hals, und Laura musste lächeln. Die junge Frau hatte also ihren Rat befolgt und den Knutschfleck züchtig bedeckt.

«Na, was macht ihr da? Computerspiele?»

«Nä, Pornos!» Baumann sah kurz auf.

«Ach so. Dann will ich nicht stören!»

Claudia hob die Augen zur Decke und streckte die Zunge heraus. «Ich steh nicht auf Pornos!»

«Das ist aber schade», maulte Baumann. «Und ich dachte schon ... bei euch Frauen weiß man nie, woran man ist!»

«Total witzig!» Claudia stand auf und kehrte zu ihrem Schreibtisch zurück. «Wenn du's genau wissen willst, Laura, wir haben versucht, irgendwas über diesen Sutton/Tennison rauszukriegen. Es ist gar nicht so einfach. Vielleicht hat der noch andere Namen benutzt. Jedenfalls haben wir bisher nur zwei Fälle gefunden, in die er offensichtlich verwickelt war. Beide Frauen haben ihn vor ein paar Jahren wegen Erpressung angezeigt, doch es ist nie zur Anklage gekommen, weil sie ihre Anzeigen wieder zurückgezogen haben.»

«Habt ihr die Namen der Frauen?»

«Ja, aber es wird sicher nicht einfach, mit denen zu reden. Sie sind sehr reich, gehören zur besseren Gesellschaft und so. Ich nehme an, dass sie die Angelegenheit nicht bis zur Gerichtsverhandlung betrieben haben, weil sie kein Aufsehen wollten. Das ist ihnen auch gelungen, und so konnte Sutton/Tennison trotz einiger Unannehmlichkeiten weitermachen.»

«Ich werde versuchen, mit diesen Frauen Kontakt aufzunehmen. Schreibt ihr mir bitte alle Daten auf, ja? Außerdem interessiert mich diese Ehefrau. Um die werde ich mich kümmern!»

«Nicht nötig!» Peter Baumann stand auf und dehnte seine Arme. «Haben wir auch schon erledigt. Aber sie ist nicht zu erreichen. Vielleicht weiß sie noch gar nicht, dass ihr Mann tot ist.»

«Die Hamburger Kollegen sind aber benachrichtigt, oder?» Lauras Hand lag auf der Türklinke.

«Natürlich. Sag mal, wo willst du denn schon wieder hin? Können wir uns nicht mal in Ruhe über diesen Fall unterhalten und einen Kaffee trinken? Musst du unbedingt sofort in deinen Elfenbeinturm verschwinden?»

«Nein, muss ich nicht.» Laura nahm die Hand von der Türklinke.

«Na, also. Ich mach sogar selbst Kaffee. Echten italienischen. Und jetzt erzählst du erst mal, was der Doktor gesagt hat.»

Laura setzte sich auf Baumanns Schreibtisch und betrachtete ihre Beine, die in hohen Lederstiefeln steckten.

«Nichts hat er gesagt. Todesursache unklar. Sutton hatte K.-o.-Tropfen genommen.»

«Na, sicher nicht freiwillig, oder?»

«Vermutlich nicht. Hast du Kopfweh?»

«Nein, der Whisky war sauber. Ich hab nur verschlafen. Danke übrigens, dass du mich nach Hause gefahren hast.»

Laura nickte abwesend. Ihre Hand steckte in der rechten Tasche ihrer Lederjacke, mitten in den Papierfetzen, die von Guerrinis Gedicht übrig geblieben waren. Sie redeten über Sutton/Tennison, Donatella Cipriani, einen Flug nach Hamburg zu Suttons Frau, Ermittlungshilfe von Scotland Yard, und die ganze Zeit hielt Laura die Papierschnipsel fest umschlossen. Die Kaffeetasse, die Kommissar Baumann ihr reichte, nahm sie mit der Linken entgegen.

Später, in ihrem Büro, verriegelte sie wieder die Tür, warf die Papierstücke auf ihren Schreibtisch und betrachtete lange das Buchstaben- und Silbengewirr. Irgendwie passte es zu ihrer Situation. Sorgsam sammelte sie alle Fetzen wieder ein, steckte sie erneut in die Tasche, legte die Beine auf den Schreibtisch und wählte die erste Nummer, die Claudia aufgeschrieben hatte.

‹Helene von Gaspari› stand daneben. Klingt wie aus einem Kitschroman, dachte Laura. Unglaublich, dass es so etwas wirklich gibt. Natürlich meldete sich die Dame nicht selbst, sondern ihre Sekretärin. Laura fragte nach einem Termin. Es sei dringend. Kriminalpolizei, aber nichts, was Frau von Gaspari beunruhigen müsste, und trotzdem sehr wichtig für die Ermittlungen der Polizei. Eine vertrauliche Sache, über die sie nicht sprechen könne, nur mit Frau von Gaspari selbst. Man werde es weiterleiten und zurückrufen, war die kühle Antwort.

Die zweite Dame, mit dem eher prosaischen Namen Ingrid Seebauer, befand sich gerade in der Karibik, und auch hier versprach man Laura, die Angelegenheit vorzutragen. Allerdings sei ein Treffen in naher Zukunft unwahrscheinlich, denn Frau Seebauer verbringe meist den gesamten Winter auf ihrem Anwesen auf Antigua.

Auch nicht schlecht, dachte Laura. Und sie fragte sich,

wie Sutton wohl an die Damen herangekommen war. Ob er Klatschzeitschriften studiert hatte oder die Listen der reichsten Personen Deutschlands? Vielleicht bewegte er sich auch in diesen Kreisen – als Sir Benjamin erfüllte er dafür alle Voraussetzungen.

Ich hasse solche Ermittlungen, dachte Laura. Es läuft mir total zuwider. Luxusprobleme. Wieso muss ausgerechnet ich an diese Geschichte geraten? Plötzlich hatte sie Sehnsucht nach der Stimme ihres Vaters. Ihm könnte sie die Sache mit dem zerrissenen Gedicht erzählen. Er würde es verstehen und sie zum Lachen bringen. Das schaffte er meistens. Sie wählte die Nummer des alten Emilio Gottberg, wartete beinahe ängstlich, zählte wie so oft die Klingeltöne … drei, vier, fünf, sechs …

«Wer da?»

«Ich bin's, Babbo!»

«Wie schön!»

«Was machst du?»

«Ich habe gerade die Zeitung zur Seite gelegt und überlegt, ob ich eventuell Hunger haben könnte.»

«Hast du gefrühstückt?»

«Warte mal … jaja, eine Tasse Milchkaffee und ein ungetoastetes Toastbrot mit Butter und Honig. Ich kann zurzeit nicht so gut beißen.»

«Zahnschmerzen?»

«Eine Druckstelle.»

«Gehst du zum Zahnarzt?»

«Na, ich warte noch ein bisschen damit.»

«Möchtest du Weißwürste zu Mittag? Die sind auch weich. Weißwürste, ungetoastetes Toastbrot und ein Weißbier.»

«Und woher krieg ich das?»

«Ich bring's dir, Babbo.»

«Beeil dich, Laura. Ich hab dich fast eine Woche lang nicht gesehen! Und … ich hätte gern zwei Paar Weißwürscht, vergiss den süßen Senf nicht. Meiner ist ausgegangen! Und dunkles Weißbier, das passt besser zum Winter!»

Emilio Gottberg öffnete seine Wohnungstür beinahe gleichzeitig mit Lauras Druck auf den Klingelknopf. Leicht gebeugt lächelte er seiner Tochter entgegen. Das etwas dünne weiße Haar hatte er wohl erst vor ein paar Minuten so sorgfältig gekämmt, dass Laura noch die Spuren der breiten Zinken sehen konnte. Sie kannte seinen großen Kamm. Er lag immer auf der schmalen Konsole im Flur unter dem Spiegel mit dem goldenen Barockrahmen.

«Lass dich anschaun. Warte …» Der alte Gottberg fasste seine Tochter an den Schultern, drehte sie ins Licht und musterte sie aufmerksam. «Du siehst ernst aus. Ist was passiert?»

Laura küsste ihren Vater auf beide Wangen, spürte die trockene gefurchte Haut unter ihren Lippen, nahm den Geruch seines Rasierwassers wahr, den sie schon seit ihrer Kindheit kannte. Er hatte nie die Marke gewechselt.

«Nein, es ist nichts passiert», erwiderte sie. «Ich bin eben gerade in einer ernsthaften Stimmung. Und du?»

«Ich bin eher grantig. Die Aussicht auf vier Monate Winter ist deprimierend, findest du nicht? Deine Mutter mochte den Winter auch nicht. Erinnerst du dich daran, wie sehnsüchtig sie auf jedes Anzeichen von Frühling gewartet hat? So geht es mir inzwischen auch. Dabei haben wir noch nicht einmal Weihnachten.» Er half Laura aus ihrer Lederjacke, hängte sie an die Garderobe und richtete seinen Oberkörper auf einmal sehr gerade auf. «Außerdem weiß man in meinem

Alter nie, ob man den nächsten Frühling noch erlebt. Das kann zwar niemand wissen, aber wenn du über achtzig bist, ist die Wahrscheinlichkeit wesentlich geringer als bei anderen Leuten.» Er lachte, bückte sich und griff nach der Plastiktasche, die Laura auf den Boden gelegt hatte. «Sind das die Weißwürscht? Du hast übrigens vorhin Weißwürste gesagt. Das ist eine Schande für eine Münchnerin, Laura.»

«Entschuldige, Babbo. Vielleicht liegt es daran, dass ich eine italienische Mutter habe?»

«Blödsinn. Deine Mutter hätte nie Weißwürste gesagt. Es liegt daran, dass es in dieser Stadt kaum noch Münchner gibt.»

Laura folgte ihrem Vater in die Küche. Das siedende Wasser für die Würste stand schon auf dem Herd bereit, er hatte den kleinen Tisch gedeckt, mit Tellern, Weißbiergläsern, Servietten und einem Brotkorb voller ungetoastetem Toastbrot.

«Was machst du mit deinem Essen auf Rädern?»

«Das ess ich heute Abend. War eh nur Linsensuppe. Die kann ich aufwärmen.» Er wickelte sorgsam die Weißwürste aus dem Papier und ließ sie behutsam ins heiße Wasser gleiten. «Meine ersten Weißwürscht als selbständiger Mensch habe ich gekocht!», kicherte er. «Vier Paar. Sie sind alle geplatzt und haben sich in ihre Bestandteile aufgelöst. Dabei wollte ich eine Studienkollegin beeindrucken. Es war eine Katastrophe.» Er schob den Topf von der heißen Platte, deckte ihn zu und drehte sich dann zu Laura um.

«So, und jetzt möchte ich wissen, was los ist.»

«Nichts Besonderes. Ich hab nur einen ganz blöden Fall. Tod eines Gigolos und lauter reiche Ladys.»

«Klingt doch ganz lustig. Aus so was machen die ständig Fernsehfilme.»

«Ich find's nicht so lustig.»

«Dann ist noch was anderes los!»

«Luca will zu Ronald ziehen.»

«Habt ihr euch gestritten?»

«Nein, Babbo. Es hat mich aus heiterm Himmel getroffen.»

«Wann macht er Abitur?»

«Übernächstes Jahr.»

Emilio Gottberg setzte sich langsam auf den weißen Holzstuhl gegenüber von Laura, rückte Messer und Gabel zurecht, den Teller, sah dann auf. «Hat er gesagt, warum?»

«Er will mehr über seinen Vater wissen.»

«Da hat er doch auch recht, oder? Willst du etwa einen mammone? Einen, der nie auszieht und dem du noch mit dreißig die Wäsche waschen musst?»

«Würd ich eh nicht tun. Spätestens nach dem Abi hätte ich ihn rausbugsiert», murmelte Laura.

Der alte Gottberg lachte los, hustete und lachte weiter. «Du warst genauso alt wie Luca, als du zum ersten Mal vom Ausziehen geredet hast. Immerhin hast du uns dann noch eine Frist bis zum zweiten Semester deines Studiums gelassen. Es geschieht dir ganz recht, wenn Luca dir nachfolgt!»

«Sofia wollte auch gleich mit. Ich kam mir vor wie ausgemustert.»

«So kamen wir uns damals auch vor, deine Mutter und ich.»

«Glaubst du, dass das normal ist?»

«Ja, das glaub ich, Laura. Völlig normal. Es geht auch vorbei … irgendwann.»

«Danke für die Ermutigung.» Laura stand auf, nahm den Topf mit Weißwürsten vom Herd und stellte ihn auf den Tisch. «Ich kann höchstens zwei essen, sonst wird mir schlecht. Das war immer schon so. Ich liebe sie, aber ich kann höchstens zwei essen. Mit viel Senf, sonst geht's überhaupt nicht!» Sie angelte ein Paar der prallen Würste für ihren Vater und eins für sich aus dem dampfenden Wasser. Dann aßen sie schweigend. Nachdem er die dünne Haut der ersten Wurst an den Tellerrand gelegt hatte, schaute Emilio Gottberg auf und betrachtete Laura nachdenklich.

«Das ist immer noch nicht alles, oder?»

«An Würsten?»

«Blödsinn! Du weißt genau, was ich meine!»

«Nein, weiß ich nicht.»

«Da arbeitet noch mehr in dir, nicht nur Luca und dieser neue Fall. War irgendwas mit Guerrini?»

«Nein.» Laura wich dem Blick ihres Vaters aus, schnitt ihre zweite Weißwurst schräg an, schlitzte sie dann der Länge nach auf und zog die Haut ab.

«Also gut, dann eben nicht.» Der alte Gottberg nahm eine halbe Wurst in die Hand und begann daran zu saugen. «Erinnerst du dich noch, wie wütend deine Mutter wurde, wenn wir beide die Weißwürscht aus'zuzelt haben? Eigentlich zuzeln echte Münchner sie immer aus! Aber sie fand, dass nur Neandertaler und Barbaren so essen!»

Laura ließ ein Stückchen Wurst, getränkt mit süßem Senf, auf der Zunge zergehen, trank dann einen Schluck alkoholfreies Weißbier.

«Mir ist etwas Merkwürdiges zugestoßen. Ich habe ein Gedicht, das Angelo für mich ausgesucht hat, bei dem toten Gigolo gefunden.»

«Ja, und?» Emilio Gottberg sprach undeutlich, denn er hatte noch immer die halbe Weißwurst im Mund.

«Ich hab das Gedicht zerrissen.»

«Du hast was?» Er legte die Wurst auf den Teller und starrte Laura an.

«Ich habe es zerrissen.»

«Warum denn?»

«Weil ich das Gefühl hatte, dass es mir weggenommen worden ist, dass es irgendwie kaputt gemacht wurde.»

«Von wem war denn das Gedicht? Sicher nicht von Guerrini, oder?»

«Es war von Petronius.»

«*Welch eine Nacht! Ihr Götter und Göttinnen!* War es das?»

Laura zog eine Grimasse. «Natürlich kennst du es. Als begeisterter Anhänger der römischen Kultur.»

«Soll ich dir mal was sagen, Laura! Dieses Gedicht habe ich einmal für deine Mutter aufgeschrieben. Sie hat es ewig mit sich herumgetragen. Dichtung gehört allen. Liebesgedichte großer Dichter gehören allen Liebenden, nicht nur einem allein.»

«Aber der Tote war kein Liebender. Er hat das Gedicht benutzt, um die Gefühle anderer zu missbrauchen.»

«Zumindest hatte er eine gewisse Bildung. Wieso also zerreißt du Angelos Gedicht? Weil es nicht exklusiv seit zweitausend Jahren für dich reserviert wurde?»

«Nein», murmelte Laura, «ich hatte nur plötzlich Angst, dass auch meine Gefühle missbraucht werden könnten.»

Emilio Gottberg schüttelte den Kopf, stocherte dann grimmig mit der Gabel im Topf herum, auf der Suche nach seiner dritten Wurst.

«Die Trennung von Ronald hat also doch Wunden hinterlassen, was? Dabei bist du immer so souverän damit umgegangen. Ich hab dir das nie wirklich geglaubt, Laura. Na ja, jetzt ist es immerhin rausgekommen. Was raus ist, kann man von allen Seiten ansehen, und dann ist es nicht mehr so gefährlich.» Triumphierend spießte er eine Weißwurst auf und hob sie hoch.

Keines der weiblichen Opfer von Sir Benjamin Sutton hatte sich gemeldet, als Laura am Nachmittag in ihr Büro zurückkehrte. Auch vom Gerichtsmediziner gab es keine Neuigkeiten. Peter Baumann und Claudia suchten noch immer nach vergleichbaren Fällen – es schien ihnen Spaß zu machen, denn als Laura am Dezernatsbüro vorbeiging, hörte sie lautes Gelächter. Sie winkte den beiden durch die Glasscheibe zu, sah, wie Baumann aufsprang und zur Tür lief.

«He, willst du nicht reinkommen? Es ist ja unglaublich, mit welchen Tricks Männer arbeiten, um Frauen übers Ohr zu hauen. Da kann man wirklich was lernen!»

«Über Männer oder Frauen?»

«Über beide. Aber vor allem, wie man mühelos an Geld kommt!»

«Mühelos?»

«Na, ganz mühelos vermutlich nicht. Man muss wahrscheinlich schon was draufhaben. Jedenfalls die Nummer ‹Überzeugender Liebhaber›.»

«Mhm.»

«Wo willst du denn hin?»

«Ich bin auf dem Weg in die Technik. Wollte mir die Anrufe von Donatella Cipriani anhören. Macht ihr nur weiter. Ich komm dann gleich.»

«Soll ich mitkommen?»

«Wenn du Lust hast. Aber ich glaube, es ist nicht nötig. Eure Recherche bringt sicher mehr.»

«Bist du sicher?»

«Sicher.»

«Na, dann ...» Baumann nickte, hob grüßend eine Hand

und kehrte zu Claudia an den Bildschirm zurück. Langsam ging Laura weiter, nickte abwesend ein paar Kollegen zu, stieß beinahe mit ihrem Vorgesetzten Becker zusammen, der zu schnell aus seinem Zimmer in den Flur stürmte.

«Ah, Laura! Können wir uns nachher kurz über diese Geschichte im *Vier Jahreszeiten* unterhalten? In einer halben Stunde?»

Seine Krawatte sitzt zu eng, dachte Laura. Wie er das nur aushält ... sie sitzt immer zu eng. Und sie ist hässlich.

«Ja, ungefähr in einer halben Stunde», erwiderte sie und wich ihm aus, weil er ihr körperlich zu nahe war, sie ihn sogar riechen konnte. Und sie mochte seinen Geruch nicht besonders.

«Kommen Sie weiter, Laura?», rief er ihr nach.

«Wir haben gerade angefangen zu ermitteln. Es wird schon.» Sie ging rückwärts, winkte ihm zu. Kriminaloberrat Becker zuckte die Achseln und eilte davon.

Als Laura die Räume der Kriminaltechniker betrat, schaute Andreas Havel auf und schien sich zu freuen.

«Geht's gut?», fragte er.

«Geht schon.»

«Na ja ... also, Laura. Ich habe mir die Anrufe der Signora Cipriani ein paarmal angehört. Ich sag jetzt mal nichts dazu. Hör du sie an, und dann tauschen wir unsere Eindrücke aus, ja?»

«Okay.»

Havel hatte die Anrufe kopiert und spielte sie nun auf einem CD-Player ab. Der erste Anruf war, eine knappe Stunde nachdem Donatella das Polizeipräsidium verlassen hatte, aufgezeichnet worden. Laura lauschte der dunklen zärtlichen Stimme, die Sutton eine gute Nacht wünschte, fragte, ob er mit Geschäftsfreunden ausgegangen sei, und sagte, dass sie sich auf das Frühstück am nächsten Morgen freue.

«Spiel es bitte nochmal», sagte Laura.

Havel nickte, und wieder erklang diese beinahe drängende Stimme.

«Und jetzt weiter.»

«Anruf zehn nach elf am nächsten Tag.»

Diesmal bebte Donatellas Stimme, etwas wie Angst schwang mit oder auch Verletztheit, dieses «Wo bist du, warum tust du mir das an». Es war noch stärker im Anruf Nummer drei, etwa fünfzehn Minuten später. Und Nummer vier, kurz vor ihrem Abflug, klang atemlos, regelrecht panisch. «Wo bist du, warum meldest du dich nicht?»

«Nochmal, bitte. Ganz von Anfang an.»

Gemeinsam lauschten sie, dann wurde es still.

«Es könnte echt sein», sagte Laura nach einer Weile, «und es könnte auch eine Inszenierung sein. Vielleicht hat sie gewusst, dass er tot ist, und deshalb immer wieder angerufen. Vielleicht ist sie zu mir gekommen, um seinen Tod zu vertuschen. Es ist durchaus möglich. Ich habe ihr während unseres Gesprächs nicht wirklich getraut. Was ist denn dein Eindruck?»

«Ich finde, sie klingt unheimlich theatralisch. Wie eine Schauspielerin. Eine gute Schauspielerin. Auf solche Weise kann man sich ein Alibi verschaffen. Das ist schon manchen gelungen. Wo ist sie denn jetzt?»

«Sie ist in Mailand, aber sie hat versprochen, dass sie morgen zurückkommt. Sie will um jeden Preis vermeiden, dass irgendetwas an die Öffentlichkeit gelangt.»

«Warum hast du sie eigentlich wegfliegen lassen?» Havel warf Laura einen nachdenklichen Blick zu, rubbelte dann auf einem Fleck auf seiner Jeans herum.

«Ich hatte sie in der Hand. Wenn sie nicht zurückkommt, droht ihr die Öffentlichkeit. Und davor fürchtet sie sich wirklich. Da war noch etwas. Vielleicht hat sie tatsächlich nicht geglaubt, dass Sutton sie erpresst hat. Es könnte sein, dass sie sich daran klammert, dass ein Unbekannter sie ausspionierte. Oder dass sie die Erkenntnis der Wahrheit nicht zulassen konnte. Verstehst du, was ich meine?»

«Nein.» Havel lächelte. «Aber es reicht ja, wenn du es verstehst.»

Als Laura ins gläserne Großraumbüro zurückkehrte, saßen Claudia und Baumann noch immer vor dem PC und gingen mit grimmigem Vergnügen die Listen betrogener Frauen durch. Sie nahmen Laura kaum zur Kenntnis, so vertieft waren sie.

«Habt ihr noch mehr gefunden? Ich meine, über Sutton?», fragte Laura.

Peter Baumann schaute nicht auf, schüttelte nur den Kopf. «Nein, nicht direkt. Aber es ist total spannend, was da so alles läuft. Ich glaube, ich lass mich in das zuständige Dezernat versetzen. Ach, übrigens: Suttons Frau ist auf dem Weg nach München. Sie landet in einer Stunde und kommt vom Flughafen direkt hierher.»

Laura sah auf die Uhr. Halb vier, vor halb sechs würde Suttons Frau nicht im Präsidium auftauchen. Wahrscheinlich eher später. Sie musste Sofia und Luca Bescheid sagen, dass es wieder einmal später werden würde. Gerade als sie nach Claudias Telefon greifen wollte, fiel ihr ein, dass die beiden sich an diesem Abend mit ihrem Vater treffen wollten. Was sie sonst mit Erleichterung erfüllt hätte, beunruhigte sie diesmal.

DER KALTE REGEN hatte die rötliche Erde auf den Hügeln der Crete in schokoladenbraune Klumpen verwandelt, über denen der kaum merkliche grüne Schimmer des keimenden Winterweizens lag. Nebelschwaden stiegen aus den Tälern auf, als brodelten auf ihrem Grund heiße Quellen. Auf dem Weg nach Asciano hielt Commissario Guerrini den Dienstwagen an, stieg aus und ging ein paar Meter in eine alte Zypressenallee hinein. Der Nebel umhüllte die Bäume, setzte sich in winzigen Tropfen auf allen Zweigen, Nadeln, Grashalmen ab. Guerrini spürte die Feuchtigkeit auf seinem Gesicht, seinem Haar. Der Nebel war kalt, und nach kurzer Zeit begann Guerrini zu frösteln. Er schlug seinen Jackenkragen hoch und blieb stehen. Kein Vogel schrie, kein Auto fuhr unten auf der Straße vorbei, kein Hund bellte in einem der vom Nebel verschluckten Bauernhäuser. An stacheligen Ranken hingen noch ein paar vergessene Brombeeren.

Guerrini stand ganz ruhig, ließ auch sich selbst vom Nebel umschließen, der aus den Zypressen graue Schemen machte und aus dem Nachmittag beinahe Nacht. Als endlich das hauchzarte Zirpen eines Zaunkönigs die Stille durchbrach, war es wie ein Lichtstrahl. Ein Lebenszeichen, das die angehaltene Zeit wieder in Gang brachte.

Die Geschichte der jahrhundertelangen Ausbeutung in diesem Land ging Guerrini durch den Sinn. Die Geschichte der Armut, der rechtlosen Bauern, denen ihr Land nie gehört hatte. Der Bohnenfresser, wie die Toskaner genannt wurden, weil sie arm waren und Bohnen ein billiges Nahrungsmittel. Nun öffnete sich also ein neues Kapitel, das eigentlich eine Fortsetzung der vielen alten war.

Wucher hatte es immer gegeben in diesem Land. Manchmal mehr, manchmal weniger. Es kam auf die wirtschaftliche Situation an. Durch die weltweite Krise hatten die Geier und die Vorposten der Mafia wieder einmal Hochkonjunktur. Vermutlich waren Mafiafamilien derzeit die einzigen in diesem Land, die noch über genügend Kapital verfügten.

Guerrini spuckte aus. Er hatte sie so satt, diese ewige Wiederholung alter Kreisläufe. Sklaven gab es ja auch wieder, die illegalen Einwanderer aus Afrika und anderswo. Auch das war einer der ewigen Kreisläufe der Geschichte.

Der Zaunkönig schwirrte genau vor Guerrinis Füßen über den zugewachsenen Pfad. Flink wie eine Maus und so winzig, dass der Commissario ihm erstaunt nachsah. Lang hatte er keinen Zaunkönig mehr gesehen und vergessen, wie klein diese Vögelchen waren. Er empfand es als tröstlich, dass es noch Zaunkönige gab. Na ja, wenigstens diesen einen. Man konnte ja nie wissen.

Geier und Zaunkönige, dachte Guerrini, und je länger er nachdachte, desto mehr stimmte er Dottor Salvia zu, der, wie der Bauer Bellagamba, in dem Toten der letzten Nacht einen Geldeintreiber vermutete. Langsam kehrte er zum Wagen zurück und machte sich auf den Weg zum Hof der Pisellis.

Kurz vor Asciano kämpfte sich die Sonne durch den Nebel, warf grelle Lichter hierhin und dorthin, wie Scheinwerfer aus einem Hubschrauber. Ließ ein Stück Acker aufleuchten, eine Baumgruppe, ein einsames Haus, die glänzenden Dächer der kleinen Stadt.

Als Guerrini den Wagen durch Asciano steuerte, dachte er daran, dass er diesen Weg auch mit Laura genommen hatte. Gemeinsam hatten sie Angela Piselli besucht, danach Kartoffelpizza gegessen und eine Siesta unter Zypressen gehalten. Eine Siesta, die brutal unterbrochen worden war, durch Schüsse aus einem schwarzen Geländewagen.

Guerrini erinnerte sich an Lauras Worte, als er sie ins Krankenhaus gefahren hatte. «Ich glaube, ich stehe unter Schock», hatte sie gesagt und dann ihre Strategien erklärt, mit denen sie ihre Angst in den Griff zu bekommen versuchte: rennen oder etwas demolieren. Guerrini lächelte grimmig, wünschte, Laura säße neben ihm im Wagen und spräche davon, etwas zu demolieren, oder würde sich über die faschistische Architektur des Carabinieri-Reviers aufregen oder darüber, dass es in der Via degli Alberi keine Bäume mehr gab.

Er erinnerte sich noch genau an den Weg zum Anwesen der Pisellis und dachte, dass ihr Name ganz gut in die Geschichte der Bohnenfresser passte, Erbsenfresser eben. Waren ja auch Hülsenfrüchte. Als er den Wagen auf den Hof lenkte, war auch der Hund noch da, dessen Kette entlang eines Metallkabels lief, der Hund mit Oberleitung, wie Laura ihn genannt hatte. In Gesellschaft von Laura war das Leben erheblich unterhaltsamer als allein.

Gerade wollte Guerrini aussteigen, hatte bereits die Wagentür geöffnet, da entdeckte er dieses Ding, das aus einem Fenster im Parterre ragte. Erst hielt er es für einen Stock oder so etwas, doch dann erinnerte es ihn sehr an den Lauf eines Gewehrs, deshalb zog Guerrini die Wagentür wieder zu und wartete. Der Hund bellte wie verrückt, rannte an seiner Oberleitung hin und her, drehte sich immer wieder um sich selbst und schnappte geifernd in die Luft.

Nach ein paar Minuten verschwand der Gewehrlauf,

dann ging die Tür über den fünf ausgetretenen Steinstufen auf. Erst nur einen Spaltbreit, dann Stück für Stück weiter, bis Guerrini die verschwommenen Umrisse eines Mannes erkennen konnte, der sich kaum vom dunklen Hintergrund abhob. Das Gewehr hatte er noch immer dabei, er trug es im Anschlag. Jetzt brüllte er: «Komm raus! Komm ganz langsam raus! Mach ja keine Faxen! Und halt die Hände hoch! Keine Faxen! Hast du mich verstanden!»

Jaja, dachte Guerrini, klar hab ich dich verstanden. Kurz überlegte er, ob er Verstärkung rufen sollte, ließ es aber angesichts des verzweifelten Giuseppe Piselli, der offensichtlich einen Teil seines Verstandes verloren hatte. Es musste eine andere Lösung geben als die staatliche Streitmacht.

Guerrini kramte seine Dienstwaffe aus dem Handschuhfach, wo er sie meistens aufbewahrte, da er Schusswaffen nicht besonders schätzte. Er ließ die Pistole in seine Jackentasche gleiten, schob dann langsam die Wagentür auf, setzte erst einen, dann den zweiten Fuß auf den Boden und streckte beide Arme nach oben.

«Ich bin Commissario Guerrini. Was ist denn los, Piselli? Ich will nur mit dir reden.»

«Ich rede mit keinem mehr! Verschwinde!»

«Ich muss aber mit dir reden. Es geht um dich, Piselli! Deine Frau hat mich gerufen.»

«Verdammte Lügen! Verschwinde!» Der Gewehrlauf senkte sich und zeigte genau in Guerrinis Richtung. Noch immer hatte Guerrini die Wagentür zwischen sich und Pisellis Gewehr. Ganz langsam rutschte er vom Fahrersitz und stand mit erhobenen Händen auf.

Der Schuss erschütterte den kleinen Innenhof des Anwesens wie eine Explosion, aufjaulend verschwand der Hund in seiner Hütte, Tauben flüchteten mit knatternden Flügelschlägen, Hühner stoben gackernd ins Gebüsch. Kurz vor der Wagentür spritzte der harte Lehmboden auf, dann überschlugen sich die Ereignisse, denn im nächsten Augenblick stürzte sich Angela Piselli von hinten auf ihren Mann, beide fielen zu Boden, ein zweiter Schuss löste sich, traf irgendwas, dann stürmte Guerrini die fünf Steinstufen hinauf, packte Piselli am Genick, drehte seinen rechten Arm nach hinten, während die Signora noch halb auf ihm lag und das Gewehr umklammerte.

«Sei matto, sei matto!», schrie sie immer wieder, und ein dritter Schuss löste sich, als sie das Gewehr endlich an sich riss. Das Geschoss flog knapp an Guerrinis Ohr vorbei, traf die massive Steinwand, prallte zurück und zog eine rote Furche quer über Giuseppe Pisellis Stirn und Wange. Blut spritzte auf, Giuseppe schrie, Angela kreischte vor Entsetzen. «L'ho ucciso! L'ho ucciso!», wiederholte sie immer wieder und warf das Gewehr in hohem Bogen in den Hof hinunter. «Ich habe ihn umgebracht!»

«Blödsinn!», brüllte Guerrini und zog Giuseppe Piselli auf die Beine. «Holen Sie ein Handtuch, Angela, und halten Sie den Mund!»

Sie starrte den Commissario mit offenem Mund an, stützte sich haltsuchend an die Wand.

«Holen Sie ein Handtuch, verdammt nochmal!»

Endlich löste sich ihre Erstarrung, sie schluckte, griff sich an die Kehle, drehte sich langsam um und verschwand im Haus. Pisellis Blut rann in dicken Tropfen, die hart auf die Steinfliesen fielen. Er selbst stand da und schaute mit aufgerissenen Augen den Tropfen nach, fasste sich nicht mal an die Wange. Sein Gesicht hatte etwas Ausgemergeltes, und Guerrini empfand einen unbestimmten Schmerz, musste wegschauen.

Endlich kehrte Angela mit sauberen Tüchern zurück, die sie um Giuseppes Gesicht wickelte. Dann führten sie ihn in die Küche und setzten ihn auf einen Stuhl.

«Hol ihm einen Grappa!», sagte Guerrini. «Hast du irgendwas zum Desinfizieren da?» Er war, ohne es zu bemerken, zum Du übergegangen. Angela nickte, nahm eine große Flasche aus dem Küchenschrank, drei Gläser und füllte sie mit dem gelblichen Treberschnaps, der beinahe zähflüssig wirkte. Sie tranken schweigend, und Guerrini schaute kurz zu der Plastikmadonna hinauf, die aus einem Kranz von künstlichen Blumen auf ihn herabblickte.

«Wir sollten seine Wunde versorgen», sagte er dann. «Wir brauchen Desinfektionsmittel, Pflaster und Verbandszeug.»

Angela Piselli leerte ihr Grappaglas, nickte und verschwand. Die Tücher um Pisellis Kopf hatten sich inzwischen rot gefärbt, doch es tropfte nichts mehr auf den Boden.

«Wie kommst du auf die verrückte Idee, einen Commissario mit dem Gewehr zu bedrohen, eh?»

Giuseppe Piselli antwortete nicht. Der Verband rutschte über seinen Mund, er schob ihn nach oben, hielt ihn fest.

«Du kannst von Glück sagen, dass ich es war und nicht die Kollegen aus Asciano. Und ich kann dir eines sagen: Angela hat mir die Geschichte von dem Geldverleiher erzählt. Ich weiß also Bescheid.»

Piselli stöhnte auf.

«Hast du mich für den Kerl gehalten?»

Piselli hielt seinen Kopf samt Verband mit beiden Händen, machte eine unklare Bewegung.

«Es wäre nicht klug, wenn du auf ihn schießt. Falls du ihn triffst, dann ist es Mord, und du landest in einem unserer wunderbaren Gefängnisse. Nein, das würde ich dir nicht empfehlen, Giuseppe.»

Guerrini bekam nur einen undeutlichen Fluch als Antwort. Ehe er weitersprechen konnte, kehrte Angela zurück und breitete ihre Hausapotheke auf dem Küchentisch aus.

«Bene», murmelte Guerrini, «dann spielen wir mal Notarzt!»

Vorsichtig lösten sie die Tücher von Giuseppes Gesicht und betupften die lange Schramme mit Desinfektionsmittel. Obwohl das sicher höllisch schmerzte, zuckte der Schreiner nur kaum merklich. Auch als Guerrini die Wundränder zusammenpresste und Angela sie mit Pflaster zusammenklebte, atmete er nur ein bisschen schwerer. Endlich hatten sie den neuen Verband angelegt, Angela räumte die blutigen Tücher fort, und Guerrini war wieder mit Piselli allein.

«Besser?», fragte er.

«Was?» Zum ersten Mal antwortete Piselli, allerdings mit einer Frage.

«Na, die Wunde.»

«Sie brennt.»

«Wir mussten sie desinfizieren.»

«Ich bin ja nicht blöd.»

«Warum hast du dann auf mich geschossen?»

«Ich hab nicht auf Sie geschossen.»

«Was dann?»

«Ich hab auf den Boden geschossen.»

«Man schießt nicht auf den Boden, wenn ein Commissario im Wagen sitzt.»

«Woher sollte ich wissen, dass Sie ein Commissario sind?»

«Ich habe es laut genug gesagt!»

«Ah, lassen Sie mich in Ruhe.»

«Mach ich aber nicht, Giuseppe! Ich möchte wissen, von wem du Geld geliehen hast!»

«Lassen Sie mich in Ruhe, haben Sie nicht gehört?»

«Doch, ich will es aber trotzdem wissen.»

«Angela, Angela, Angela … die redet und redet, erzählt alles herum, als wäre sie eins von diesen verfluchten Klatschblättern …» Pisellis Stimme wurde plötzlich heiser, er senkte den Kopf und schloss die Augen.

«Ist dir nicht gut?» Guerrini legte seine Hand auf Pisellis Arm.

«Blöde Frage. Wie soll mir denn gut sein, eh? Sie wissen es ja schon, was soll ich denn noch erzählen?»

«Na ja, den Namen des Geldverleihers, der dir dein Haus und deine Werkstatt wegnehmen will. Es ist strafbar, so hohe Zinsen zu verlangen, Piselli. Wir können den Kerl ins Gefängnis stecken, und du kannst dein Haus behalten.»

Piselli hob den Kopf und sah Guerrini an. Der dicke Verband bedeckte sein halbes Gesicht. Seine Augen lagen tief in den Höhlen unter der knochigen Stirn mit den buschigen dunklen Augenbrauen. Es waren zurückgenommene Augen, als hätten sie etwas sehen müssen, das sie niemals sehen wollten. Verletzte Augen, die einen forschenden, misstrauischen Ausdruck hatten.

«Das glauben Sie doch selbst nicht, Commissario.» Er sprach diese Worte leise, mit einer so entwaffnenden Hoffnungslosigkeit, dass Guerrini nicht antworten konnte. Ihm kam es vor, als spräche eine ganz alte Geschichte aus Piselli, genau die, über die er vorhin im Nebel nachgedacht hatte.

Inmitten dieser alten Bauernküche mit den hässlichen Plastikmöbeln und der Plastikmadonna schien wieder die Zeit stehenzubleiben.

Diesmal war es kein Zaunkönig, der sie wieder anschob, sondern Angela Piselli.

«Madre mia! Warum seid ihr so still?», fragte sie laut.

«Ich mache jetzt Kaffee, und dann reden wir über diesen Mist!»

Sie hatten lange geredet, zwischendurch viel Kaffee getrunken und noch ein paar Gläser Grappa. Giuseppe Piselli war allmählich ein bisschen gesprächiger geworden, nicht viel, aber immerhin. Den Geldverleiher beschrieb er als jungen Mann in Jeans und Lederjacke. Einer von der Bank hätte ihn empfohlen. Mehr könne er wirklich nicht sagen. Nicht welche Bank, nicht welcher Bankangestellter und auch nicht, wer dieser Geldverleiher sei. Eigentlich wisse er das ja selbst nicht. Und außerdem sei er nicht lebensmüde. Noch nicht, fügte er nach einer Pause hinzu.

Ah, Guerrini hasste diese vagen Aussagen von Leuten, denen die Angst aus den Augen schaute. Er hasste diese schleichende Bedrohung, die immer mehr um sich griff. Er wusste selbst nicht mehr, wie er damit umgehen sollte. Voll Mitgefühl oder voll Wut? Er empfand beides, das machte es besonders schwer.

Irgendwann erzählte er den beiden von der Leiche mit den Geldscheinen im Mund und dass es ein fetter Mann mittleren Alters gewesen sei, kein junger in Jeans und Lederjacke. Und er nahm die schnelle zitternde Bewegung von Pisellis Adamsapfel wahr, der mehrmals auf und ab zuckte. Das war eigentlich alles.

Als er endlich aufstand, fühlte er sich steif, und draußen war es dunkel.

«Du solltest deinen Mann zum Arzt fahren, Angela», sagte er. «Die Wunde muss wohl genäht werden.»

«Jaja», murmelte sie und: «Wenn ich wüsste, wer dieser Verbrecher ist, dann würd ich es sagen, Commissario.»

Erst als Guerrini die fünf Steinstufen zum Hof hinabging, fiel ihm Pisellis Gewehr wieder ein, das Angela wild von sich geschleudert hatte. Suchend schaute er sich um. Vor dem Haus gab es nur eine einzige Lampe, die kaum Licht ausstrahlte und doch gerade genug, um Guerrini die Waffe in der Mitte des Hofs zu zeigen. Sie lag genau unter der Oberleitung des Hundes, von dem allerdings nichts zu sehen war.

Vorsichtig näherte Guerrini sich dem Gewehr, wollte es gerade aufheben, als ein schwarzes, zähnebleckendes, gurgelndes Geschoss auf ihn zuraste. Er taumelte zurück, prallte mit dem Rücken gegen die Hauswand, hörte das Aufeinanderschlagen von Zähnen.

«Angela!», brüllte er. «Angela Piselli! Hol das Gewehr aus den Klauen dieser Bestie! Es ist beschlagnahmt!»

Sie tat es, gab ihm das Gewehr, entschuldigte sich mit bebender Stimme. Für den Hund und für alles andere. Trotzdem kam sich Guerrini ein bisschen lächerlich vor. Wie der Vertreter einer ein bisschen lächerlichen Staatsmacht. Und er überlegte, ob es ihm gelingen würde, dieses Gefühl Laura zu erklären.

Sehr langsam fuhr er nach Siena zurück. Dort angekommen, fragte er in der Questura nach, ob der Tote inzwischen identifiziert sei. Er war es natürlich nicht. Danach rief er Dottor Salvia an und verabredete sich mit ihm im *Aglio e Olio* zum Abendessen, denn er hatte keine Lust, nach Hause zu gehen und möglicherweise seiner Exfrau Carlotta in die Arme zu laufen. Auch lächerlich, dachte er. Aber so war es nun mal. Jedenfalls an diesem Abend.

Die Ehefrau von Sutton/Tennison traf erst gegen halb sechs im Polizeipräsidium ein. Kommissar Baumann hatte sich geweigert, nach Hause zu gehen, obwohl Laura ihm freigeben wollte. Er war neugierig auf die Frau eines Gigolos, besonders nach der Computerrecherche am Nachmittag.

«Entweder ist sie eiskalt, oder sie hat keinen Schimmer von den beruflichen Aktivitäten ihres Mannes!», hatte er gesagt und nachdenklich seine Nase gerieben. «Ich meine, ich kann mir einfach nicht vorstellen, wie so was funktioniert!» Dann war er in die Kantine verschwunden. Laura dagegen wartete in ihrem Büro, hoffte auf eine Nachricht von Guerrini und ein paar Informationen über die Familie Cipriani. Aber es kam nichts. Sie beschloss, nicht noch einmal nachzufragen, obwohl es ihr schwerfiel ... wieso fand er nicht die paar Minuten? Sie aß einen Apfel und schrieb in Stichworten auf, was ihr im Fall Sutton/Cipriani aufgefallen war. Aber sie war unkonzentriert, dachte zwischendurch immer wieder an Luca, Sofia und Angelo.

Als der Beamte an der Pforte endlich die Ankunft von Monica Sutton meldete, sprang sie erleichtert auf und beschloss, Baumann erst später aus der Kantine zu rufen. Erst wollte sie sich selbst ein Bild machen – ohne seine kommentierenden Blicke, seine überdeutliche Körpersprache.

Als Laura den Lift verließ, konnte sie die Besucherin eine Minute lang ungestört beobachten, denn sie schien die Fahndungsplakate zu studieren und achtete nicht auf ihre Umgebung.

Frau Sutton trug keinen Schal vor dem Gesicht wie Donatella Cipriani. Sie war ein vollkommen anderer Typ, eher Hausfrau mit biederer dunkelblonder Kurzhaarfrisur und mäßig eleganter Kleidung: praktischen halbhohen Stiefeln, einem dieser wattierten Steppmäntel, die inzwischen jede zweite Frau trug, all das in Mittelbraun. Die hohen Wangenknochen fielen Laura auf und sehr volle Lippen, die braunrot geschminkt waren. Die Augen waren groß und blau, mit sehr dichten langen Wimpern. Jetzt senkte sie den Kopf, stand bewegungslos neben der Pforte, eine Hand in ihrer Manteltasche, die andere am Griff ihres kleinen schwarzen Rollkoffers. Sie wirkte ganz verloren.

Laura ließ dieses Bild auf sich wirken, ehe sie endlich auf die junge Frau zuging. Monica Sutton war tatsächlich sehr jung, viel jünger als die Cipriani. Fünfundzwanzig vielleicht, höchstens achtundzwanzig.

«Frau Sutton?»

Die junge Frau fuhr auf. «Ja?»

«Laura Gottberg. Ich leite die Ermittlungen zum Tod Ihres Mannes und möchte Ihnen mein Beileid ausdrücken.»

«Danke.» Suttons Frau presste kurz die Lippen aufeinander, streifte mit ihrem Blick flüchtig Lauras Gesicht. «Was ist denn eigentlich passiert? Die Hamburger Polizisten haben mir nur gesagt, dass Benjamin tot aufgefunden wurde. Ich habe dann gleich einen Flug gebucht ... es ist so unwirklich ... ich weiß ja gar nichts ...» Ihre Stimme klang gehetzt und anklagend.

«Kommen Sie mit in mein Büro, dann können wir uns in Ruhe unterhalten. Das hier ist kein guter Platz dafür.»

Laura geleitete Suttons Frau in den Lift. Auf dem Weg nach oben schwiegen sie, und Laura dachte, dass dies eine seltsame Wiederholung zu sein schien. Anders als Donatella Cipriani ging Suttons Frau nicht nervös in Lauras Büro herum, sondern setzte sich, knöpfte ihren Mantel auf und wartete.

«Wollen Sie nicht ablegen?»

Monica Sutton schüttelte den Kopf. Sie wollte auch keinen Kaffee, kein Wasser, saß nur da und schaute auf den Boden.

So behutsam wie möglich beschrieb Laura Suttons Ende.

Die junge Frau rührte sich kaum, betrachtete ihre Hände, strich mit dem Daumen der rechten Hand über die Finger der linken, massierte mit kreisenden Bewegungen jedes einzelne Gelenk. Als Laura aufhörte zu sprechen, nickte sie und räusperte sich. «Kann ich ihn sehen?»

«Natürlich. Nicht heute Abend, aber morgen. Ich werde Sie begleiten. Es ist auch notwendig, dass Sie Ihren Mann identifizieren.»

Wieder nickte Suttons Frau. «Natürlich», flüsterte sie.

«Ihr Mann war ein Stück älter als Sie, nicht wahr?»

«Fünfzehn Jahre.»

«Haben Sie Kinder?»

Sie schüttelte den Kopf.

«Ist Ihr Mann aus beruflichen Gründen in München gewesen?»

Sie nickte.

«Was genau hat er eigentlich gemacht? Ich meine beruflich.»

«Er hatte die Generalvertretung für irischen Whisky. Deshalb war er viel unterwegs.»

«Ach, damit hatte er wahrscheinlich viel Erfolg, oder? Ein Sir Benjamin hat es da sicher leicht.»

Die junge Frau hob den Kopf und warf Laura einen unsicheren Blick zu. «Ja … vielleicht … ich weiß es nicht.»

«Ging es Ihnen denn gut? Ich meine finanziell … hat Ihr Mann gut verdient?»

«Es hat gereicht. Warum wollen Sie das wissen?» Ihr Gesicht verschloss sich.

«Ich versuche mir ein Bild zu machen, Frau Sutton. Ihr Mann hatte zwei Pässe mit verschiedenen Namen bei sich. Einen auf Sir Benjamin Sutton, den anderen auf Henry Tenison. Wussten Sie davon?»

Sie senkte den Kopf, verschlang die Finger ineinander. «Nein», antwortete sie kaum hörbar. Nach einer Weile fügte sie leise hinzu: «Er ist also gar nicht einfach so gestorben …»

«Wie meinen Sie das?»

«Sie glauben, dass er ermordet wurde, nicht wahr?» Monica Sutton schien mit angehaltenem Atem zu sprechen.

«Es wäre möglich», erwiderte Laura.

Suttons Frau beugte sich vor und sah Laura ernst und forschend an. «Warum?»

«Ich weiß es nicht. Deshalb hoffe ich, dass Sie mir weiterhelfen können.»

«Ich weiß es auch nicht.» Monica Sutton schloss die Augen.

«Wäre es möglich, dass Sie mir ein bisschen über Ihren Mann erzählen? Was war er für ein Mensch?»

Die junge Frau atmete schwer, dann sprach sie heftig, mit noch immer geschlossenen Augen. «Benjamin war ein wunderbarer Mensch. Er war zärtlich, witzig, zuverlässig. Ich war sicher, dass wir es schaffen würden, den Landsitz seiner Familie in Wales zurückzubekommen. Wir haben beide wie verrückt daran gearbeitet. Er mit der Whiskyvertretung und ich in meinem Job bei einer Hamburger Handelsfirma.»

«Welchen Landsitz?»

«Ich hab ihn nie gesehen. Benjamin hat immer nur davon erzählt. Er muss auf einem Berghang über dem Meer liegen, mit Blick auf die Küste. Benjamin ist dort aufgewachsen.» Plötzlich begannen kleine Schluchzer ihren Körper zu erschüttern, als leide sie an Schluckauf. «Jetzt ist alles verloren», stieß sie hervor. «All die grünen Wiesen, die Schafe, die Pferde, das graue Haus über dem Meer …»

Ungläubig betrachtete Laura die junge Frau. Sie hatte das

unwirkliche Gefühl, unversehens in eine jener Geschichten von Rosamunde Pilcher oder Inga Lindström geraten zu sein, die der alte Gottberg mit geradezu teuflischem Vergnügen im Fernsehen sah.

«Hat er Ihnen das erzählt? Das von den grünen Wiesen und so weiter …?»

«Immerzu, es war sein Leben – und meines. Sein Vater hat das Anwesen verspielt.» Plötzlich öffnete sie ihre Augen, beugte sich ein wenig vor und begann leise und doch sehr klar zu sprechen:

«Wo sind jene sternenhellen Wälder? Oh könnt ich
dort wandern und wohnen
unter Blumen, die in den himmlischen Zonen
blühen jahrelang.
Nein, öde sind jene Berge, die Ströme versiegt …»

Ja, dachte Laura. Sutton hatte offensichtlich stets das richtige Gedicht für den richtigen Augenblick.

«Wie lange waren Sie verheiratet?»

«Viereinhalb Jahre.» Jetzt weinte sie.

Laura füllte ein Glas mit Wasser und reichte der jungen Frau ein Papiertaschentuch.

«Sie haben sehr jung geheiratet, nicht wahr?»

«An meinem zwanzigsten Geburtstag. Ich begreife das alles nicht! Wer sollte denn ein Interesse daran haben, Benjamin umzubringen?»

«Ich weiß es nicht, Frau Sutton. Aber vielleicht sollten Sie in Ruhe darüber nachdenken und sich bis morgen ausruhen. Dann können wir uns weiter unterhalten.»

Laura rief Peter Baumann in der Kantine an und erteilte ihm den Auftrag, Suttons Frau in ein Hotel zu bringen und dafür zu sorgen, dass es ihr gutging. Sie war sicher, dass er diesen Auftrag zu ihrer Zufriedenheit ausführen würde.

Als Laura an diesem Abend endlich nach Hause kam, lag die Wohnung dunkel und verlassen vor ihr. Auf dem Küchentisch fand sie einen Zettel: *Übernachten wahrscheinlich bei Papa. Mach Dir einen schönen Abend! Bussi Sofia und Luca*

Zwei Herzen und zwei Smileys waren daneben gezeichnet.

Laura hatte keinen Hunger, trank nur eine Tasse Tee und ließ sich dann ein Bad einlaufen. Sie würde sich einen schönen Abend machen! Und sie würde nicht über ihre Kinder grübeln, sondern nach vorn denken. An ihre Arbeit zum Beispiel: Sie hielt es für möglich, dass die junge Frau Sutton keinen blassen Schimmer vom Doppelleben ihres Mannes hatte. Und sie war ziemlich sicher, dass der Familiensitz in Wales nicht existierte. Benjamin Sutton/Henry Tennison schien so etwas wie ein Erfinder von Träumen für Menschen zu sein, die Träume brauchten. Das war vermutlich sein Hauptberuf, und Laura zweifelte nicht an seinem Erfolg.

Aber irgendetwas passte noch nicht ganz ins Bild. Wenn er tatsächlich so viel Geld mit seinen Träumen erpresste und erschwindelte, warum lebte er dann mit einer so einfachen jungen Frau? Oder spielte sie nur Theater? Falls sie das tat, war sie außerordentlich gut. Mindestens so gut wie Donatella Cipriani.

Laura stellte die große Teetasse auf den Wannenrand und glitt langsam ins Wasser. Es war eine Spur zu heiß, doch genau das brauchte sie an diesem Abend, um ihr inneres Frösteln zu kurieren. Ich werde jetzt nicht mehr darüber nachdenken, auch nicht über das Gedicht von Angelo und nicht über Luca oder Sofia, dachte sie. Ich werde jetzt einfach nur im warmen Wasser liegen.

DONATELLA CIPRIANI war es gelungen, einen Hin- und Rückflug nach München zu buchen. Sie würde das Haus um halb sieben Uhr morgens verlassen und am Abend um kurz vor sechs wieder in Mailand ankommen. Ricardo hatte in Rom zu tun und würde ebenfalls erst am Abend zurückkommen, falls überhaupt. Er hatte sich nicht festgelegt. Das tat er in solchen Fällen fast nie. Offensichtlich beschleunigte er gerade seine politische Karriere.

Donatella hatte also die Chance, dass niemand von ihrem kurzen Ausflug nach München erfahren würde. Sohn und Tochter sah sie ohnehin selten. Ständig waren sie mit Freunden unterwegs, blieben meist über Nacht fort, wohnten eigentlich längst woanders, wer weiß, wo.

Der Haushälterin würde sicher nichts Ungewöhnliches auffallen. Donatella verließ häufig schon am Morgen das Haus und kam erst abends zurück. Sie hatte ein Büro in der Innenstadt, dort entwarf sie ihre Möbel und lebte ihr Leben. Unabhängig von Ricardo. Lebte sie es? Jedenfalls hatte sie sich bisher vorgemacht, dass sie es lebte. Jetzt erschien ihr all das unreif, feige, lächerlich.

Längst hätte sie sich scheiden lassen sollen. Warum hatte sie nie den Mut dazu gefunden? Der Kinder wegen? Armselige Ausrede. Ihre Kinder verachteten sie für ihre Unklarheit und ihre Unterordnung unter das «Prinzip Ricardo», wie sie es nannten. Beide hatten sich linken Gruppen angeschlossen und lebten dort die unterdrückten Gefühle ihrer Mutter aus. So jedenfalls deutete Donatella ihr Verhalten.

Ricardo nahm diese Entgleisung seiner Kinder nicht zur Kenntnis. Jedenfalls meistens. Wenn er sich damit auseinandersetzen musste, weil sie ihn hin und wieder damit konfrontierten, spielte er es als revolutionäre Phase herunter, die jeder in seiner Jugend durchmache. Die einen bei den Rechten, die anderen bei den Linken. Die Rechten wären ihm lieber gewesen, aber man konnte eben nicht alles beeinflussen.

Es gab politische Mitstreiter, deren Kinder ähnlich aus dem Ruder liefen. Das erleichterte die Sache für ihn. Solange die Jungen nicht in einer linken Terrorgruppe Bomben legten, konnte man sich darauf hinausreden, dass die Jugend eben so sei. Es hatte nicht nur negative Aspekte, nein, er, Ricardo Cipriani, stand auch als toleranter Vater da, vereinte die Gegensätze des Landes in seiner Familie und führte sie in Liebe zusammen. Erfolgreicher noch als der Premier, denn dessen Frau hatte die Scheidung eingereicht, und seine Kinder machten genau, was der Vater schon immer gemacht hatte: Geld.

Donatella bereitete es Mühe, nicht loszuschreien, wenn sie daran dachte, und in diesem Augenblick wusste sie nicht mehr, warum sie sich diesen komplizierten Plan ausgedacht hatte, um die Erpressung zu verbergen. Warum hatte sie nicht den Mut, all das hochgehen zu lassen? Wie eine Bombe. Peng!

Sie saß im Speisezimmer dieses viel zu großen Hauses und schaute verwirrt auf den leeren Teller, der vor ihr auf dem Tisch stand. Offensichtlich hatte sie etwas gegessen, erinnerte sich aber nicht mehr daran, was. Mit der Zungenspitze tastete sie ihre Lippen ab, schmeckte Salziges, eine

Spur von Curry. Ja, natürlich, Sara, die Haushälterin, hatte ihr Fettuccine in einer indischen Soße serviert. Jetzt erinnerte sie sich, trotzdem erschrak sie heftig darüber, dass der Vorgang des Essens so vollkommen aus ihrem Bewusstsein verschwunden war.

Donatella griff nach dem Weinglas und trank sehr bewusst einen Schluck des herben Roten. Sie durfte ihre Struktur nicht verlieren, musste diese Nacht überstehen, wie viele andere Nächte zuvor. Ricardo war bereits in Rom, und das war gut so. Es gab ihr Raum. Die Hunde bellten im Garten. Sara würde mit ihnen spazieren gehen. Sie selbst würde jetzt eine kleine Tasche packen, so klein, dass auch Sara nichts auffallen würde. Danach könnte sie noch ein bisschen an ihrem Entwurf für einen Schrank aus Olivenholz arbeiten, der für die nächste Möbelmesse fertig werden musste. Oder aufschreiben, was sie morgen der Commissaria sagen würde. Alles in Ruhe durchgehen, sich bereit machen. Ganz klare Bedingungen stellen. Sie würde nicht noch einmal das Polizeipräsidium betreten. Das Treffen musste an einem neutralen Ort stattfinden, in einem Restaurant oder in einer Galerie, einem Museum. Sie musste Benjamin noch einmal sehen! Musste! Auch das war eine Bedingung! Vielleicht könnte sie später schlafen, wenn sie den Fernseher laufen ließ. Sie musste schlafen, um den nächsten Tag zu überstehen.

Donatella schaute auf ihre rechte Hand. Die Nagelhaut an Daumen und Zeigefinger war blutig gekaut. Sie stand so schnell auf, dass ihr Stuhl umkippte und mit lautem Knall auf dem Parkettboden landete.

«Che cos' sè successo, Signora?», rief Sara aus der Küche.

«Niente, è niente!», antwortete Donatella, hob den Stuhl auf und flüchtete in ihr Arbeitszimmer.

Später an diesem Abend verabschiedete sich Commissario Guerrini vor dem *Aglio e Olio* von Dottor Salvia. Er fühlte sich gut, gesättigt von interessanten Gesprächen und einem köstlichen und ausgiebigen Mahl. Tommasinis Bruder, der die Osteria seit einem Jahr betrieb, hatte sich selbst übertroffen mit seinen knusprigen Crostini con i fegatini und der Minestrone aus Borlotti-Bohnen, Steinpilzen und Salbeiblättern. Nach einer halbstündigen Pause hatte Guerrini sich dann für Lesso rifatto entschieden, gedünstetes Rindfleisch mit Tomaten und weißen Zwiebeln, während der Pathologe Kutteln in Weißwein wählte, Trippa bollita nel vin bianco. Danach tranken sie einen Digestivo, dann einen Espresso, und endlich stellten sie fest, dass sich ihre Freundschaft an diesem Tag gefestigt hatte.

Als sie sich gegen elf Uhr trennten, schlenderte Guerrini über den dunklen Campo, auf dessen feuchten Pflastersteinen sich die Lichter der Laternen spiegelten. Er war allein, die kalte Novembernacht hatte offensichtlich selbst hartgesottene Touristen vertrieben.

In der Mitte des Campo blieb Guerrini stehen und drehte sich ganz langsam um sich selbst, ließ die hohen Häuser mit ihren Zinnen an sich vorüberziehen, deren Form noch immer die Herrschaft wechselnder Machthaber dokumentierte. Guelfen oder Ghibellinen.

Aufgrund seines leichten Schwipses brachte Guerrini die Zinnen und ihre Erbauer in dieser Nacht durcheinander. Das erheiterte ihn, und er drehte sich weiter. Wie eine Wehrmauer umschlossen die Gebäude den Platz und ihn selbst … jetzt kam der Palazzo Pubblico, die Torre del Mangia. Guerrini drehte sich ein zweites Mal und hatte dabei den Eindruck, als rückten die Gebäude ein Stück näher.

Er schüttelte den Kopf und drehte sich in die entgegengesetzte Richtung, um seinen Schwindel zu mildern. Jetzt kehrten die Häuser wieder an ihren Platz zurück. Guerrini beobachtete sie ein paar Minuten lang scharf, denn er wollte sicher sein, dass sie sich nicht wieder in Bewegung setzten. Erst dann schlenderte er weiter und genoss es, der Einzige auf dem Campo zu sein.

Zwar mochte Guerrini den Winter nicht besonders, doch die Rückeroberung der Stadt durch die Einheimischen schätzte er durchaus. Diese Rückeroberung war nur im Winter möglich, im Sommer belagerten Heerscharen aus aller Welt den Campo, Tag und Nacht.

Langsam ging Guerrini weiter, dachte an den verrückten Tag, der hinter ihm lag, und war sicher, dass auf seinem Anrufbeantworter Angela Piselli zu hören sein würde, vermutlich auch sein Vater und seine Exfrau Carlotta. Vielleicht sogar Laura, die sich nach seiner Recherche über die Cipriani erkundigte, die er nicht an sie geschickt hatte.

Während er an all das dachte, veränderte sich seine Verfassung, und aus seiner Zufriedenheit wurde leichter Ärger. Er war nicht in der Stimmung zu funktionieren und fühlte sich noch immer wohlig beschwipst. Deshalb beschloss er, den Anrufbeantworter nicht zu beachten und sofort ins Bett zu gehen.

Erleichtert über diese Entscheidung, lief er schneller, erreichte kurz darauf den Eingang seines Hauses, zog den Schlüssel aus der Jackentasche und nahm gleichzeitig eine Gestalt wahr, die durch die schmale, dunkle Gasse auf ihn zukam. Er fühlte sich jedoch nicht gemeint und schrak deshalb heftig zusammen, als eine ziemlich vertraute Stimme «Angelo», sagte und «che sorpresa!».

Es war keine wirkliche Überraschung und das Letzte, was er sich an diesem Abend gewünscht hätte. Wie hatte Carlotta es nur geschafft, genau in dem Augenblick aufzutauchen, in dem er nach Hause kam? Unmöglich konnte sie in dieser Kälte in irgendeinem Hauseingang gewartet haben. Nur mühsam brachte er es fertig, sich umzudrehen und so etwas Ähnliches zu murmeln wie: «Carlotta, wo kommst du denn her? Mitten in der Nacht? Ich dachte, du wärst in Rom?»

«Erzähl mir doch nicht, dass dein Vater dich nicht vorgewarnt hat! Siena ist nicht so groß, wir mussten uns ja über den Weg laufen!»

«Aber nicht unbedingt um zwanzig nach elf vor meiner Haustür!»

«Wieso denn nicht? Ich komme vom Abendessen mit einer Freundin und du?»

«Ich komme vom Abendessen mit einem Freund und Kollegen.»

«Na, siehst du! Buona sera übrigens.»

«Buona sera, Carlotta.»

«Come stai?»

«Es geht. Und du?» Er wollte das nicht, er wollte nicht einmal wissen, wie es ihr ging. Das war nicht nett von ihm, und das wusste er auch, doch er war müde und innerlich meilenweit von Carlotta entfernt.

«Wie wäre es, wenn du mich auf einen Caffè oder so was einladen würdest, Angelo? Ich habe deine Wohnung noch nie gesehen.»

«Ich hatte einen langen Tag, Carlotta, und ich bin müde. Können wir das nicht auf morgen verschieben? Wie lange bist du denn in Siena?»

«Ich weiß es noch nicht. Ehrlich gesagt, ich finde, dass es noch nicht sehr spät ist. Du bist doch früher selten vor eins oder zwei ins Bett gegangen. Wirst du alt?»

Diesen Ton kannte Guerrini, diesen fordernden und provozierenden Ton, der ihn durch lange Ehejahre begleitet hatte. Er empfand keinerlei Bedürfnis, diesen Ton erneut zu hören, schon gar nicht nach diesem angenehmen Abend.

«Ja, vielleicht werde ich alt», erwiderte er deshalb, «und alte Leute brauchen ihren Schlaf, vor allem, wenn sie noch nicht pensioniert sind. Es tut mir leid, Carlotta, heute Abend geht es nicht.»

Sie antwortete nicht sofort, machte aber einen Schritt auf Guerrini zu. Er wich instinktiv zurück. Das Licht einer Straßenlaterne fiel kurz auf ihr Gesicht und ihr Haar. Carlotta hatte sich offensichtlich blond färben lassen und trug eine wildgelockte Langhaarfrisur. Wie alt war sie jetzt? Zweiundvierzig oder dreiundvierzig? Guerrini wusste es nicht genau. Sie hatte das Parfüm gewechselt. Das neue fand er zu kräftig, zu süß. Es nahm ihm den Atem, deshalb drehte er den Kopf zur Seite.

«Ich würde dich gern im Licht sehen», sagte sie plötzlich. «Ich möchte sehen, ob du grau geworden bist.»

«Das wirst du auch morgen noch sehen. Ich werde mir heute Nacht die Haare nicht färben, das verspreche ich dir.»

«Hast du eine Freundin oben?»

«Carlotta, was ist los mit dir? Ich verstehe nicht, was du von mir willst! Du tauchst nach vier oder fünf Jahren wieder auf und stellst mir Fragen, die dir nicht zustehen!»

«Findest du, dass sie mir nicht zustehen?»

«Das finde ich allerdings. Buona notte, Carlotta. Ci vediamo domani, falls ich nicht zu viel zu tun habe.» Guerrini drehte sich um und schloss die Haustür auf. Er wartete nicht auf ihre Erwiderung, drückte schnell und sorgfältig die Tür hinter sich zu, knipste erst dann das Licht an und begann den Aufstieg in den fünften Stock. Zweimal schaute er sich um, ob sie ihm nicht doch folgte, fand es ein bisschen albern, aber man konnte nie wissen …

Im Treppenhaus roch es wie immer ein bisschen nach Katzenpisse, vermischt mit diversen Düften, die vom Abendessen hängengeblieben waren. Sie veränderten sich von Stockwerk zu Stockwerk, wobei die Katzengerüche allmählich verblassten. Die Begegnung mit Carlotta war kein besonders guter Abschluss dieses Tages gewesen. Guerrini fragte sich, ob sein Vater mit seiner Befürchtung recht haben könnte, dass Carlotta ihre Beziehung zu ihm auffrischen wollte. Wenn es so wäre, dann hatte sie es nicht besonders geschickt angestellt. Aber diese Art von Talent war ihr noch nie gegeben gewesen.

Im fünften Stock, vor Guerrinis Wohnungstür, schienen sich plötzlich sämtliche Gerüche zu ballen. Mit angehaltenem Atem tauchte er hindurch und knallte die Tür hinter sich zu.

Natürlich blinkte der Anrufbeantworter. Das Wasser im Badezimmer war inzwischen nicht mehr lauwarm, sondern kalt, und die Heizung schien auch nicht richtig zu funktionieren. Als Guerrini endlich in seinem Bett lag, konnte er trotz seiner Müdigkeit nicht einschlafen. Nachdem er sich eine halbe Stunde lang herumgewälzt hatte, stand er wieder auf, trank ein Glas Wasser und hörte doch den Anrufbeantworter ab. Die erste Nachricht war tatsächlich von Angela Piselli. Sie flehte ihn an, den Vorfall vom Nachmittag nicht anzuzeigen. Ihr Mann würde alles erzählen, alles. Wenn sie nur ihr Haus behalten könnten und die Schreinerei.

Guerrini schlüpfte in seinen Morgenmantel, öffnete die Tür zur kleinen Dachterrasse und schaute hinaus. Ganz schwarz lag die Stadt vor ihm, mit mattem Glanz auf einigen Dächern, wenigen Lichtern, deren Quellen nicht zu erkennen waren. Es war so still, als bereiteten sich die Einwohner auf den Angriff von Invasoren vor, die irgendwo draußen hinter den Hügeln lauerten. In diesem Augenblick schien Siena ins Mittelalter zurückversetzt.

Ein kalter Windstoß ließ Guerrini erschauern, und er kehrte in die Wohnung zurück. Invasoren, dachte er, Wucherer sind auch Invasoren, und Wucherer gab es schon im Mittelalter. Es hat sich also nicht viel geändert.

Seufzend drückte er die Taste auf seinem Telefon, um auch die anderen Anrufe abzuhören. Er warf einen Blick auf sein Handy, das den ganzen Abend über abgeschaltet gewesen war. Immerhin hatte er D'Annunzio gesagt, wo er im Notfall zu finden gewesen wäre. Der zweite Anrufer war Tommasini, der nach langem Nachdenken ein vages Gefühl hatte, den Toten mit den Geldscheinen im Mund schon einmal gesehen zu haben. Er würde weiter darüber nachdenken.

«Viel Erfolg», murmelte Guerrini. Anrufer Nummer drei war sein Vater, der wissen wollte, ob sich Carlotta schon gemeldet hätte. «Sieh dich vor, Angelo. Sie führt was im Schilde! Ich täusche mich selten in Frauen! Pass bloß auf und mach keine Dummheiten. Wo bist du denn schon wieder, eh?»

«Nein, ich mache keine Dummheiten, mach nur du keine und vor allem keine krummen Geschäfte, Fernando Guerrini, dormi bene!», antwortete Guerrini laut. Das war alles. Laura hatte nicht angerufen. Wieso eigentlich nicht, sie wartete doch auf Informationen über die Cipriani.

Er fing an, ihre Nummer einzugeben, ließ es aber nach kurzer Überlegung bleiben. Es war zu spät, und was sollte er sagen? Dass er im Augenblick nicht funktioniere, dass er lieber mit Salvia zum Essen gegangen war, als am Computer für sie zu recherchieren? Dass er sie trotzdem liebe, aber heute Abend nicht ganz so intensiv wie sonst? Dass er Wucherer hasse und gerade jetzt eine geradezu schmerzhafte Liebe für kleine Leute empfinde, die in diesem Land immer beschissen wurden?

Guerrini trank schnell ein zweites Glas Wasser, warf sich auf sein Bett und starrte an die Decke. In einem der Häuser gegenüber hatte offensichtlich jemand Licht eingeschaltet und damit den Schattenriss seines Oleanderbaums auf seine Zimmerdecke gezaubert. Zweige und Blätter schwankten im Wind, wie ein bewegter Scherenschnitt.

Guerrini zog die Decke über sich. Ihm war kalt, und er wusste, dass der Schlaf noch weit entfernt war. Er hatte ein seltsames Gefühl von Beklemmung, als stecke er irgendwie fest. Etwas musste sich ändern in seinem Leben. Aber er wusste nicht genau, was.

Als Laura gegen halb zwölf völlig aufgeweicht aus der Wanne stieg, dachte sie kurz daran, Guerrini anzurufen, entschied sich aber anders. Sie erwärmte etwas Milch, rührte Honig hinein, trank in kleinen Schlucken und wusste genau, warum sie an diesem Abend dieses Getränk brauchte. Ihre Mutter hatte ihr stets warme Milch mit Honig ans Bett gebracht, wenn sie nicht schlafen konnte oder traurig war.

Das süße Getränk hatte für Laura etwas Tröstliches und Schmerzliches zugleich. Sie dachte nicht gern an den Tod ihrer Mutter, hatte die Trauer darüber an irgendeiner Stelle in ihrem Inneren untergebracht, wo sie zu ruhen schien. Hin und wieder versuchte sie herauszufinden, wie es möglich war, dass Menschen Unerträgliches letztlich doch ertragen konnten. Sogar ihr Vater Emilio ertrug den Verlust seiner Frau inzwischen, obwohl sein Schmerz deutlicher zu spüren war, wie ein zartes, dunkles Muster, das seit vier Jahren über seinem Leben lag.

An diesem ersten Abend, den Laura allein verbrachte, nachdem Luca seine Pläne offenbart hatte, sehnte sie sich nach ihrer Mutter. Hätte gern mit ihr darüber gesprochen, wie sie es empfunden hatte, als Laura damals ausgezogen war.

Doch trotz der warmen Milch mit Honig schaffte sie es nicht, eine Art lebendigen inneren Kontakt zu ihrer Mutter zu finden. Nur die Bilder ihres Sterbens stiegen in Laura auf. Bilder der Agonie, der Entstellung, röchelnde Atemzüge, dieses Greifen in die Luft, als befände sich dort, unsichtbar für alle anderen, etwas sehr Wichtiges, das sie im Augenblick ihres Sterbens unbedingt haben wollte.

Es waren Bilder, die Laura in sich eingeschlossen hatte und über die sie noch nie hatte sprechen können, sie, die als Kommissarin ständig mit dem Tod konfrontiert war.

Still trank Laura ihre süße Milch aus, stellte die Tasse in die Spüle, löschte das Licht, legte sich auf ihr Bett und betrachtete die hellen Muster auf der Zimmerdecke, die von draußen eindrangen. Nie herrschte wirkliche Dunkelheit in der Stadt.

Ich bin überhaupt nicht über den Tod meiner Mutter hinweg, dachte sie. Vielleicht habe ich sie gar nicht gekannt.

«ES KÖNNTE SEIN, dass Sutton an einer Injektion mit Kaliumchlorid gestorben ist! Das ist außerordentlich schwer nachzuweisen, aber ich halte es für wahrscheinlich.» Doktor Reiss machte eine Pause und fügte dann hinzu: «So ein Fall ist mir noch nie untergekommen … ich meine, wenn es sich tatsächlich um Kaliumchlorid handeln sollte.»

«Was bewirkt Kaliumchlorid?» Laura hatte gerade erst ihr Büro aufgeschlossen und noch nicht einmal ihre Jacke ausgezogen, als das Telefon geklingelt hatte.

«Es bewirkt einen Herzstillstand. Im gewissen Sinn ist es eine ähnliche Methode wie eine Luftembolie. Sie wird dadurch ausgelöst, dass dir jemand Luft in eine Arterie spritzt. Dann allerdings kann man einen Schlaganfall nachweisen. Bei einer Kaliumchloridinjektion dagegen gar nichts. Es ist wahrscheinlich eine der unverdächtigsten Mordvarianten.»

«Und wie kommen Sie auf Kaliumchlorid?»

«Ich habe mir Sutton nochmal ganz genau angesehen, weil es mir keine Ruhe gelassen hat. Und ich wurde belohnt: In der rechten Armbeuge habe ich eine winzige Einstichstelle gefunden. So klein, dass man sie leicht übersehen konnte. Da aber außer K.-o.-Tropfen in Suttons Blut nichts nachzuweisen war und er auch keinen Schlaganfall hatte, kann nur Kaliumchlorid seinen Tod verursacht haben. Ihr Mörder oder Ihre Mörderin muss sich wirklich ganz gut mit medizinischen Dingen auskennen, Laura.»

«Sie gehen also davon aus, dass es Mord war?»

«Allerdings. Ein sanfter Mord.»

«Kann er nicht einfach an den K.-o.-Tropfen gestorben sein? Kreislaufversagen oder so was?»

«Halte ich für unwahrscheinlich. Dazu war er einfach zu gesund. Das hätte er locker weggesteckt. Warum hängen Sie eigentlich so an einer natürlichen Todesursache, Laura? Scheuen Sie auf einmal Ermittlungen?» Doktor Reiss schickte ein leises, amüsiertes Lachen durchs Telefon.

«Es würde vieles erleichtern, Doktor. Zum Beispiel könnten wir die Medien außen vor lassen. Falls es Mord war, wird das schwierig, wenn nicht unmöglich, und die Ermittlungen noch schwieriger.»

«Warum wollen Sie denn die Medien außen vor lassen?»

«Weil es sich um einen sehr delikaten Fall handelt. Es scheint, dass Sutton Verhältnisse mit einigen reichen Damen unterhielt, die um keinen Preis mit ihm in Verbindung gebracht werden wollen.»

«Nehmen Sie darauf wirklich Rücksicht, Laura? Ich meine, die Damen mussten doch wissen, dass sie sich auf eine riskante Sache einlassen.»

«Vielleicht wussten sie es nicht. Vielleicht haben sie Sutton geglaubt. Ich denke, dass er seine Sache verdammt gut gemacht hat.»

«Haben Sie schon einmal darüber nachgedacht, dass vermeintliche Liebe eines der größten Risiken des Lebens darstellt? Mindestens sechzig Prozent der Leichen, die über meine Seziertische wandern, sind in irgendeiner Form Opfer von Beziehungskatastrophen. Wahrscheinlich ist sechzig Prozent noch zu niedrig gegriffen. Aber das muss ich Ihnen nicht erzählen, oder?»

«Nein, das müssen Sie mir nicht erzählen.»

«Na gut, dann wünsche ich viel Erfolg bei den Ermittlungen. Einen schönen Tag, Laura.»

«Danke, Doktor, ebenfalls.»

Kaliumchlorid, dachte Laura. Ein sanfter, intelligenter Mord. Donatella Cipriani war ohne jeden Zweifel äußerst intelligent. Laura fuhr ihren Computer hoch und wartete ungeduldig. Er wurde in letzter Zeit immer langsamer. Sie musste unbedingt der Technik Bescheid sagen, dass sich jemand darum kümmerte. Noch immer nichts von Angelo. Seltsam.

Dafür eine Nachricht von Helene von Gaspari, einer der ehemaligen Geliebten von Sutton. Sie wolle nichts mit dieser Angelegenheit zu tun haben. Das Verfahren sei eingestellt und sie habe keine Lust, sich noch einmal mit diesem Herrn zu befassen. Laura möge davon absehen, sie erneut zu kontaktieren.

Die zweite Nachricht kam von Donatella Cipriani. Sie gab ihre Ankunftszeit in München durch und forderte Laura zum Treffen an einem neutralen Ort ihrer Wahl auf. Nach ihrem Eintreffen würde sie sich telefonisch melden.

Suttons Geliebte waren durchaus selbstbewusst und gebärdeten sich keineswegs als Opfer. Ganz leise erwachte wieder Lauras Interesse. Sie schrieb eine kurze Nachricht an Guerrini: *Wie wäre es mit Delegieren? Lass es Tommasini oder D'Annunzio machen. Ich brauche die Informationen dringend! Una bella giornata! Laura*

Dann ging sie ins Aquarium hinüber, um sich einen Kaffee zu holen. Peter Baumann war offensichtlich eine Minute vor ihr angekommen, denn er trug noch seine gefütterte Lederjacke und beschäftigte sich so angelegentlich mit der Kaffeemaschine, dass er genauso gut ein Schild mit der Aufschrift *Ich bin nicht zu spät gekommen!* hätte hochhalten können. Laura warf einen kurzen Blick auf ihre Armbanduhr. Beinahe neun. Sie selbst war kurz vor acht im Büro gewesen.

Sie überlegte, ob der junge Kommissar jemals rechtzeitig zum Dienst erschienen war, doch ihr fiel kein Beispiel ein. Ihr war es egal, und Kriminaloberrat Becker hatte es noch nicht mitbekommen, denn sowohl sie selbst als auch Claudia fanden stets eine einleuchtende Erklärung für Baumanns Abwesenheit, wenn Becker nach ihm fragte.

«Bitte mach mir auch einen Kaffee, mit viel Milch und einem Löffel Zucker», sagte sie.

Er hob beide Hände, als hätte sie ihm den Lauf einer Pistole auf den Rücken gedrückt.

«Man spricht Leute nicht einfach so von hinten an! Das ist eine deiner schlechtesten Eigenschaften, Laura!»

«Es ist dir nur unangenehm, weil du noch deine Jacke anhast. Aber beruhige dich, ich heiße Gottberg und nicht Becker! Und jetzt zieh endlich deine Jacke aus!»

Claudia grinste und hielt Baumann ebenfalls eine Tasse hin.

«Vielleicht sollte ich mich als Ausbilder für Afghanistan bewerben», knurrte er. «Bei der afghanischen Polizei gibt es garantiert keine Frauen, die dauernd Kaffee wollen.»

Als weder Laura noch Claudia antworteten, drehte er sich um und betrachtete sie aus schmalen Augen. «Was soll das jetzt wieder? Warum sagt ihr nichts? Warum findet ihr es nicht wenigstens witzig?»

«Was sollen wir denn da sagen?» Claudia zuckte die Achseln. «Das Einzige, was mir dazu einfällt: Wenn du wirklich ohne Frauen leben willst, dann musst du zu den Taliban gehen!»

«Ein Punkt für Claudia!» Laura lachte in Baumanns verblüfftes Gesicht. «Erzähl mal, wie es gestern Abend mit Frau Sutton war.»

«Das ist einer der Gründe, warum ich nicht schon um halb acht hier auf der Matte stand. Ich habe gestern Abend Überstunden gemacht. Die Dame hatte noch nichts gegessen, deshalb hab ich sie ins *Franziskaner* ausgeführt, und dabei haben wir uns sehr gut unterhalten.» Baumann zog seine Jacke aus, hängte sie auf den Kleiderständer, kehrte zur Kaffeemaschine zurück, füllte sorgfältig die Tassen und reichte sie an Claudia und Laura weiter. Danach setzte er sich an seinen Schreibtisch und rührte nachdenklich in seiner Tasse.

«Worüber?», fragte Laura endlich, nachdem sie immerhin zweieinhalb Minuten gewartet hatte.

«Was?» Baumann trank einen Schluck.

«Worüber habt ihr euch unterhalten?»

«Über meine Arbeit, ihre Arbeit, über Whisky, über Wales. Ich war schon mal in Wales, es ist wunderschön ...»

«Peter, ich warne dich!»

«Wovor?»

«Vor einer Versetzung an die tschechische Grenze, da gibt es viel mehr Frauen als hier!»

Baumann zog den Kopf zwischen die Schultern. «Also pass auf, Laura! Frau Sutton war noch nie in Wales. Ihr Mann hat behauptet, dass er erst dann in seine Heimat zurückkehren könne, wenn der Besitz seines Vaters wieder in seine Hände übergehen würde. Vorher würde er den Anblick der geliebten Klippen, grünen Wiesen und so weiter und so weiter ... nicht ertragen. Erinnert dich das an etwas?»

«Pilcher!», antwortete Claudia an Lauras Stelle.

«Hervorragend, Claudia! Du hast da offensichtlich Erfahrung, nicht wahr?»

«Ach, ab und zu seh ich das ganz gern. Es ist ja auch schön, wenn zur Abwechslung mal was gut ausgeht. Kann man ja von unserm Leben nicht so unbedingt behaupten, oder?»

«Okay», murmelte Laura und pustete in ihre Kaffeetasse. «Hat sie dir auch verraten, warum sie Sutton diese Geschichte geglaubt hat?»

«Ich hab versucht, ein bisschen Zweifel zu säen, aber sie hat total gemauert. An ihm gab es keinen Zweifel, an seinem gebrochenen Herzen, den traurigen Kindheitserlebnissen, dem tragischen Schicksal seiner Vorfahren. Es waren sehr interessante Überstunden. Ich hab eine Menge über Frauen gelernt. Wahrscheinlich habe ich bisher alles falsch gemacht. Ich sollte vielleicht lernen, mich als Opfer eines harten, ungerechten Schicksals darzustellen. Eine verletzliche Seele mit Sinn für Poetik, die dringend der Erlösung und Heilung durch eine wunderbare Frau bedarf!»

«Versuch's ruhig.» Laura testete die Temperatur des Kaffees mit den Lippen. Er war noch immer zu heiß. «Hast du sie auch danach gefragt, wo das Geld ist, das sie angeblich für den Landsitz in Wales zusammengespart haben?»

«Nein, das habe ich nicht getan. Irgendwas muss ich ja dir überlassen.»

«Na gut, danke für die Vorarbeit. Hast du etwas mit ihr ausgemacht?»

«Sie wollte nach dem Frühstück einen Spaziergang machen und nachdenken. Ich hab gesagt, dass wir sie gegen elf im Hotel treffen und dann in die Gerichtsmedizin fahren.»

«Wo wohnt sie denn?»

«Du wirst es nicht glauben: im *Vier Jahreszeiten*. Sie hat da gebucht, weil sie einmal sehen wollte, wo ihr Mann sich auf seinen Geschäftsreisen aufhielt.»

«Und? Hat sie irgendwie reagiert? Ich meine, auf das Hotel und den Luxus?»

Peter Baumann blies die Backen auf und kratzte sich am Hinterkopf. «Nicht erkennbar. Sie wirkte ja die ganze Zeit so ein bisschen eingefroren und schockiert. Ist ja auch kein Wunder, schließlich hat sie ihren Mann verloren.»

«Soll ich dir mal was sagen, Peter? Für deine Beobachtungen bekommst du eine Auszeichnung und die Dame Sutton dazu. Ich hab nämlich um elf keine Zeit. Signora Cipriani fliegt aus Milano ein; um genau zu sein: Sie landet in einer halben Stunde. Deshalb möchte ich dich bitten, deine einfühlsamen Gespräche fortzusetzen, bis ich mit der anderen Dame fertig bin. Beide wollen Sutton sehen. Wir müssen uns also absprechen.»

«Kommt da vielleicht noch 'ne dritte Witwe?»

«Durchaus möglich.»

«Ich glaub, mir steht noch Resturlaub zu.»

«Ist gesperrt!» Laura prostete ihm mit ihrer Tasse zu und zog sich in ihre Gemächer zurück.

Obwohl er kaum geschlafen hatte, erwachte Commissario Guerrini an diesem Morgen sehr früh, wusch sich flüchtig und voller Widerwille mit kaltem Wasser und fischte das bittere Kaffeepulver wieder aus dem Mülleimer. Ohne einen Schluck Kaffee konnte er einfach nicht losfahren, bitter oder nicht. Er wollte noch einmal zum Bauern Bellagamba hinaus und sich ein bisschen mit ihm über die Nachbarn unterhalten, über die Schweine, über das harte, ungerechte Leben …

Mit der Kaffeetasse in der Hand öffnete er die Tür zur Dachterrasse, um die Temperatur zu erkunden. Guerrini liebte es, aus seiner Stadtwohnung hinauszutreten und dabei sofort Wind und Wetter zu spüren. An diesem Morgen flogen die Wolken schnell über den Himmel, der Sturm trieb die Tauben vor sich her, zwang sie zu unfreiwilligen

Sturzflügen. Ab und zu brach die Sonne durch und zauberte flüchtige Lichter auf die Dächer der Stadt, die dann hinaus auf die Hügel wanderten und der Landschaft etwas meerartig Wogendes verliehen. Der warme Wind aus Südwesten hatte die Stadt über Nacht verwandelt, das graue Frösteln fortgeblasen.

In den Nachrichten hatte Guerrini von Erdrutschen und Überschwemmungen im Süden des Landes gehört. Der warme Sturm passte dazu. Seit ein paar Jahren litt Italien unter extremen Wetterbedingungen, sie schienen die Lage der Menschen zu spiegeln, der Politik, der Bedrohung durch die Mafia, der Welle von Immigranten, der Umweltkatastrophen. Es schien, als wäre alles außer Kontrolle geraten. Und doch ging das Leben für die meisten Menschen so weiter wie bisher. Sogar für Guerrini selbst. Aber manchmal fragte er sich, wie lange noch.

Er kippte den Rest seines Kaffees in einen der leeren Blumenkästen und machte sich auf den Weg zu Bellagambas Hof.

Es dauerte nur ein paar Minuten, ehe er die Stadt hinter sich gelassen hatte. Siena lag noch im Halbschlaf, und Guerrini war froh darüber, dass er so früh aufgebrochen war. Flache Wolkenfetzen rasten über die Felder. Einige Sturmböen waren so heftig, dass sie an Guerrinis Lancia rüttelten.

Bellagambas Hof lag in den faltigen Ausläufern des Monte Amiata, etwa vierzig Minuten von Siena entfernt, in einer Gegend, die noch ein paar Kleinbauern beherbergte. Solche, die Chianina-Rinder für Luxusrestaurants züchteten oder spezielle Schweinerassen. Es gab auch einige Biobauern in der Gegend. Jeder versuchte, eine Marktlücke zu erwischen: Bio-Oliven, Bio-Gemüse, Bio-Fleisch, Ziegen- und Schafskäse, die gerade einen Boom erlebten.

Guerrini mochte diese Gegend, weil die Vielfalt der Landschaft und der Vegetation hier noch erhalten war: kleine Wälder, Wiesen unter Olivenbäumen, steile Hügel, kleine Bäche, Schilf- und Bambushaine, Hecken und sogar Trockenmauern zwischen den Äckern. Es war eine Gegend, in der die Bauern früher Dornengestrüpp aufhäuften, um ihre Schafe und Ziegen vor den Wölfen zu schützen.

Guerrini liebte auch die kleinen Gemüsegärten und Hühnerställe rund um die Dörfer. Plötzlich erinnerte er sich an ein hitziges Wortgefecht mit einem seiner politischen Gesinnungsgenossen. Der hatte heftig gegen jede Form von Subsistenzwirtschaft polemisiert und die Rückständigkeit Italiens beklagt, die sich in genau diesen Gemüsegärten und Hühnerställen zeige. Guerrini hatte erwidert, dass für ihn diese marxistische Sichtweise eine völlig hirnrissige Theorie sei und er diese Gemüsegärten und Hühnerställe für einen Ausdruck von Unabhängigkeit und Lebensfreude halte. Außerdem hätten Gemüsegärten und Hühnerställe eine Menge mit gutem Essen zu tun. Es hätte damals nicht viel gefehlt, und der Kollege hätte ihn den Rechten zugeordnet und zum Kleinbürger erklärt.

Guerrini lenkte seinen Wagen in den Feldweg, von dem er annahm, dass an seinem Ende der Hof von Bellagamba lag.

Absichtlich hatte er das Navigationsgerät nicht eingeschaltet, sondern sich auf seinen Orientierungssinn verlassen. Er war sehr erleichtert, als er wirklich Bellagambas Hof vor sich liegen sah.

Die Sonne schien genau in diesem Augenblick auf das kleine Anwesen, allerlei Geflügel flüchtete kreischend vor Guerrinis Wagen, Truthähne, Perlhühner, Enten, Hennen. Weiße Tauben flogen auf, Kaninchen schlugen Haken. Dann stürzte der Hund aus einem Schuppen, umkreiste knurrend und bellend den Lancia, mit gesträubtem Fell und hochgezogenen Lefzen.

Guerrini lehnte sich zurück und wartete. Hofhunde schienen dieser Tage sein Schicksal zu sein. Sein Blick wanderte über das Wohnhaus, den bröckelnden Putz, die Ansammlung von verrosteten und neuen Geräten in einer offenen Scheune und im Hof, über die Bretter und Ziegel, die den Eindruck einer verlassenen Baustelle erweckten.

Als sich nach vier Minuten, abgesehen vom sich steigernden Hundegebell, noch immer nichts rührte, drückte Guerrini auf die Hupe. Es dauerte noch einmal zwei Minuten, ehe Bellagamba zwischen Wohnhaus und Stall auftauchte und gleichzeitig eine Frau die Haustür öffnete. Der Bauer hob seinen rechten Arm und rief etwas, das Guerrini nicht verstand, die Frau schloss die Tür, der Hund klemmte den Schwanz ein und verschwand in der Scheune.

Bellagamba trug einen dunkelblauen, fleckigen Arbeitsanzug und Gummistiefel. Während er auf Guerrinis Wagen zuging, schaute er mehrmals zum Haus zurück. Guerrini ließ sein Seitenfenster herab, Bellagamba stützte sich mit einer Hand auf dem Wagendach ab und beugte sich ein bisschen vor.

«Buon giorno, Commissario, haben Sie ihn schon erwischt?» Bellagamba war unrasiert und wirkte unausgeschlafen, seine Aussprache war so undeutlich wie in der Nacht, als sie den Toten gesucht hatten. Ganz offensichtlich fehlten ihm ein paar entscheidende Zähne. Sein Alter zu schätzen war schwierig. Er mochte Ende fünfzig sein oder älter, vielleicht aber auch erheblich jünger.

«Buon giorno, Bellagamba. Nein, wir haben ihn noch nicht erwischt. Aber so was geht meistens nicht so schnell. Haben Sie Ihr Schwein schon erwischt?»

«Nein, Commissario.» Bellagamba schüttelte den Kopf. «Es hat sich irgendwo versteckt. Aber wenn es richtig Hunger kriegt, dann kommt es schon wieder.»

«Na hoffentlich. Ich würde mich ganz gern ein bisschen mit Ihnen unterhalten … aber nicht unbedingt durch ein Autofenster.»

«Ich bin gerade am Schweinefüttern, Sie können ja mitkommen, Commissario.»

«Gern. Allerdings nur unter der Bedingung, dass Ihr Hund friedlich bleibt.»

Bellagamba grinste, ging zur Scheune und schloss die schwere Holztür. Drinnen jaulte der Hund, als würde er verprügelt.

«Immer noch die falschen Schuhe», sagte der Bauer, als Guerrini ausstieg, und wies auf den matschigen Innenhof.

«Schon gut, Bellagamba. Sie werden es aushalten, die Schuhe.»

Der Bauer zuckte die Achseln und ging durch den Matsch voraus, Guerrini folgte. Hinter einem der Fenster des Wohnhauses erschien kurz die Frau und zog den Vorhang zu. Es roch nach Schweinen und Hühnermist, und der Schlamm war wirklich sehr tief.

«Sie sind da hinten», murmelte Bellagamba. «Ich halte sie drinnen und draußen, wie's ihnen gerade gefällt. Es sind robuste Schweine, nicht das überzüchtete Zeug, das vor Schreck tot umfällt, wenn man's nur anschaut.»

Hinterm Haus lagen ein offener Stall und ein großer, eingezäunter Auslauf, dessen Boden von unzähligen Rüsseln umgewühlt war. Riesige schwarzborstige Schweine drängten sich um halbgefüllte Tröge. Schmatzen, Grunzen und Quieken erfüllte die Luft.

«Schöne Schweine», sagte Guerrini.

«Schweine eben. Ich mag sie. Sind nicht so blöd wie die Hühner.» Bellagamba griff nach einem Eimer und verteilte etwas auf die Tröge, das wie zerkochte Kartoffeln aussah.

«Ja, ich weiß, Schweine sind ziemlich intelligent.»

«Woher denn? Züchtet die Polizei auch Schweine?»

«In gewisser Weise, ja», grinste Guerrini. «Aber davon abgesehen: Verwandte von mir haben auch Schweine gehalten. Deshalb weiß ich es.»

Bellagamba antwortete nicht, schüttete den Inhalt eines zweiten Eimers in die Tröge.

«Ich weiß auch, dass es verdammt hart ist, in der Landwirtschaft zu überleben», fügte Guerrini hinzu.

Bellagamba ging zum Brunnentrog und spülte die Eimer aus, dann wandte er sich zu Guerrini um. «Wenn Sie darauf hinauswollen, dass ich Geld von einem Geldverleiher genommen habe, dann sind Sie auf dem Holzweg, Commissario. Wir kommen mit unseren Schweinen zurecht. Wir brauchen nichts!»

«Deshalb bin ich nicht gekommen, Bellagamba. Ich brauche Ihre Hilfe. Könnte es sein, dass andere in der Gegend in Schwierigkeiten geraten sind?» Es war vollkommen schwachsinnig, diese Frage zu stellen, das wusste Guerrini selbst. Niemals würde Bellagamba einen Nachbarn verraten, es sei denn, der Nachbar wäre sein erklärter Feind. Doch die Antwort Bellagambas fiel völlig anders aus, als Guerrini erwartet hatte.

«Die sind so ziemlich alle in Schwierigkeiten», sagte der Bauer. «Und wahrscheinlich machen Sie sich viel zu viel Mühe rauszufinden, wer diesen Kerl umgebracht hat, den mein Hund gefunden hat, Commissario.»

«Es ist mein Job herauszufinden, wer andere umbringt, Bellagamba.»

«Ich züchte lieber Schweine.»

«Bene, ich suche eben Mörder.»

«Hier gibt's keinen. Das waren garantiert welche von draußen, die uns was unterschieben wollen. Wenn sie mich fragen: Das sah verflucht nach einem Mafiamord aus.»

«Aber vorgestern Nacht haben Sie gedacht, dass es Rache an einem Geldverleiher sein könnte, nicht wahr?»

Bellagamba zuckte die Achseln. «Was weiß ich … Sie haben doch auch an Geldverleiher gedacht, Commissario. Jedenfalls ist der Kerl einer, der den Hals nicht vollkriegt, und jetzt hat er ihn voll, basta!»

«Schlachten Sie Ihre Schweine selbst?»

«Ab und zu eins, nur für uns. Warum fragen Sie?»

«Nur so. Übrigens verleiht die Mafia auch Geld. Also passen Sie auf, Bellagamba. Auf diese Weise ist man seinen Hof schneller los, als man denken kann.»

«Ich bin doch nicht verrückt, Commissario! Und ich kann Ihnen eins sagen: Wenn ich irgendwas mit der Sache zu tun hätte, dann hätte ich den Kerl vergraben und nicht die Polizei gerufen. Aber genau das werde ich in Zukunft machen, wenn Sie mir noch mehr solche Fragen stellen!»

«Jaja, schon gut. Was ist das eigentlich für ein Anwesen da drüben auf dem nächsten Hügel, das mit den vielen Zypressen und Pinien?»

Bellagamba warf einen kurzen Blick in die Richtung, in die Guerrini mit der Hand wies, bückte sich nach seinen Eimern und stieß eine Art Knurren aus.

«Da sitzen welche, die keinen Geldverleiher brauchen. So eine Art Schönheitsfarm ist das, für reiche Weiber aus Rom und Mailand. Wahrscheinlich auch aus Deutschland und sonst woher. Meine Frau liefert denen Ziegenmilch und Schafskäse und Eier. Schweine mögen sie nicht.» Er lachte kurz auf. «Schweinefleisch macht Pickel, haben die zu meiner Frau gesagt. Ist eben eine von diesen verrückten modernen Sachen, mit denen man viel Geld machen kann. Nichts für unsereinen.»

«Wer führt denn diese Schönheitsfarm?»

«Un tedesco. Aber der ist mit einer Frau aus Viterbo verheiratet. Die machen das zusammen. Schon ein paar Jahre. Meine Frau sagt, es ist immer voll.»

«Hat das Ding auch einen Namen?»

«Natürlich: *Vita divina*! Nicht schlecht, was? Muss man erst mal drauf kommen.»

«Klingt nach Erfolg», erwiderte Guerrini. «Ich danke Ihnen, Bellagamba. Sie haben mir sehr geholfen.»

«Wie denn?» Der Bauer kratzte sich am Ohr und sah interessiert zu, wie Guerrini durch den Morast zu seinem Lancia zurückwatete.

Laura hatte Donatella Cipriani in das Bistro im Literaturhaus bestellt. In genau das Restaurant, in dem der letzte Brunch mit Benjamin Sutton stattfinden sollte. Seltsamerweise hatte sich die Signora sofort einverstanden erklärt und wartete bereits, als Laura eintrat und sich suchend umsah. Donatella Cipriani saß an einem Fenstertisch, saugte Latte macchiato aus einem Strohhalm und gab durch nichts zu erkennen, dass sie Laura gesehen hatte. Sie sah ihr einfach ruhig entgegen, als wäre sie irgendein Gast, der gleich an ihr vorübergehen würde.

Kurz überlegte Laura, ob sie nicht genau das machen sollte, einfach, um Donatellas Reaktion zu sehen. Nein, sie wollte keine Spielchen mit ihr veranstalten. Sie nickte ihr zu, setzte sich ihr gegenüber und dankte ihr, dass sie zurückgekommen war.

«Ich bin vor allem gekommen, um Benjamin noch einmal zu sehen. Ansonsten wüsste ich nicht, weshalb ich hier sein sollte.»

Laura antwortete nicht, denn der Kellner stand neben ihr und wartete auf ihre Bestellung.

«Cappuccino und Mineralwasser, bitte.»

Er nickte, wischte an der Tischkante entlang, entfernte ein paar Krümel, ging endlich.

«Wussten Sie, dass er verheiratet war?»

Donatellas rechtes Augenlid zuckte. Sie presste einen Finger darauf.

«Natürlich wusste ich es. Das habe ich Ihnen doch schon gesagt! Ich sagte, dass wir uns in einer ähnlich schwierigen Lage befanden! Oder haben Sie das vergessen? Er hatte seine Familie in England und ich meine in Italien. Wir trafen uns auf einer Ebene!»

«Er hatte keine Familie in England, Signora Cipriani», erwiderte Laura leise. «Er lebte in Hamburg, und seine Frau ist sehr jung. Sie hatten keine Kinder.»

Noch immer presste Donatella einen Finger auf das zuckende Augenlid, und Laura sah, dass die Nagelhaut an diesem Finger abgekaut und blutig eingerissen war.

«Es spielt doch keine Rolle mehr … jetzt nicht mehr, oder?» Ihre Stimme klang brüchig, mühsam um Festigkeit bemüht.

«Für ihn nicht, für die Überlebenden durchaus, Signora Cipriani.»

«Ich verstehe Sie nicht.»

«Benjamin Sutton hatte noch einen Namen: Henry Tennison. Und er hatte auch noch andere Geliebte, die offensichtlich eine Menge Geld an ihn weitergereicht haben.»

Donatella sprang auf und stieß dabei das hohe Glas mit

dem Rest des Milchkaffees um, setzte sich aber sofort wieder, als die Gäste an den umliegenden Tischen zu ihr herüberschauten.

«Hören Sie auf!», flüsterte sie. «Lassen Sie mich mit diesen dreckigen Geschichten in Ruhe! Benjamin und ich wurden von Verbrechern erpresst, die uns beschatten ließen. Und diese Verbrecher haben ihn vermutlich umgebracht, weil ich diesmal nicht bezahlt habe!»

«Ihr Koffer wurde nicht abgeholt, Signora.»

Der Kellner brachte Lauras Cappuccino und ein Glas Mineralwasser, betrachtete kurz die Kaffeelache auf dem Tisch und eilte davon, um einen Lappen zu holen.

«Was wollen Sie damit sagen?»

«Ich will damit sagen, dass die Verbrecher gar nicht wissen konnten, dass Sie nicht bezahlt haben, Signora. Für mich liegt deshalb der Verdacht nahe, dass es immer Benjamin Sutton war, der Ihre Zahlungen aus den Schließfächern abholte. Nur letztes Mal nicht, denn er war ja tot.»

Donatella Cipriani krümmte sich zusammen und senkte den Kopf. Das blonde Haar fiel über ihre Stirn und verbarg ihre Augen.

«Ich glaube das nicht», flüsterte sie kaum hörbar. «Wir haben uns geliebt, Commissaria. Niemand kann andere so täuschen. Was Sie sagen, ist einfach nicht fair. Ich möchte mich nicht länger mit Ihnen auseinandersetzen. Ich will Benjamin noch einmal sehen, dann fliege ich nach Mailand zurück.»

Eine Weile saßen Laura und Donatella schweigend. Der Kellner wischte die hellbraune Lache vom Tisch und fragte, ob er einen neuen Latte macchiato bringen solle. Als er keine Antwort erhielt, zuckte er die Achseln und ging.

Laura hätte Donatella gern nach dem Gedicht von Petronius gefragt, doch es erschien ihr in dieser Situation zu vertraulich. Sie waren sich nicht nahe, Donatellas Feindseligkeit war deutlich zu spüren.

«Bene, fahren wir. Mein Wagen steht draußen, ich muss nur kurz telefonieren.» Laura stand auf, ging bis ans Ende des Restaurants und wählte Baumanns Nummer erst, als sie außer Hörweite war. Er meldete sich sofort.

«Ich fahre jetzt zur Gerichtsmedizin», sagte sie. «Gib uns eine Stunde, ehe du mit Suttons Frau kommst.»

«Okay, eine Stunde.»

«Wie läuft's?»

«Bisschen mühsam. Mehr als eine Stunde bring ich nicht mehr.»

«Frag sie mal, ob sie Italien mag.»

«Wieso denn das?»

«Einfach so. Ist mir gerade eingefallen.»

«Ich bin sicher, dass es auch Menschen gibt, die Italien nicht mögen!»

«Ich auch. Ciao!»

Obwohl Laura nicht besonders guter Laune war, musste sie lächeln. Sie liebte absurde Dialoge und Menschen, mit denen man solche führen konnte.

Kommissar Baumann gehörte dazu, Angelo Guerrini, Lauras Vater … sogar Luca und Sofia hatten ein Talent dazu.

«Ich habe nur unseren Besuch angekündigt», sagte sie, als sie zu Donatella Cipriani zurückkehrte.

NACHDEM ER dreimal in den falschen Feldweg eingebogen war, fand Commissario Guerrini zu seinem eigenen Erstaunen und ganz ohne Navigationsgerät die Stelle, an der vor zwei Tagen der Tote gelegen hatte. Nur ein paar zerrissene, weißrote Absperrbänder, die im Wind flatterten, und Stiefelabdrücke auf der feuchten Erde erinnerten daran, dass hier etwas Ungewöhnliches geschehen war.

Guerrini stieg aus dem Wagen, kletterte und rutschte zwischen den alten Steineichen den Hang hinunter. Es war ein merkwürdiger Ort. Eine ganze Reihe alter Eichen reckte wie verzweifelt dicke und dünne Wurzeln in die Luft, weil der Hang unter ihnen weggebröckelt war. Auf diese Weise hatte sich, parallel zum Hang, ein langer Hohlraum gebildet. Langsam ging Guerrini an dieser Höhlung entlang, bückte sich hin und wieder, hob zwei dicke Walnüsse auf, die offensichtlich von einem Nussbaum oben an der Straße herabgerollt waren, und schaute hinaus auf die sanften Hügel und die silbernen Olivenhaine. Unter sich konnte er das Dach von Bellagambas Hof sehen; er hörte sogar den Hund bellen.

Dann wandte er sich nach links und betrachtete den langgestreckten Hang, auf dessen Kuppe die herrschaftlichen Gebäude des Anwesens mit dem seltsamen Namen *Vita divina* aufragten. Ein breiter, milchiger Sonnenstrahl fiel genau in diesem Augenblick auf die Gebäude. Und genau dieser Sonnenstrahl brachte Guerrini auf die Idee, den Besitzern der Schönheitsfarm einen Besuch abzustatten.

Er steckte die beiden Nüsse in seine Jackentasche und kletterte wieder zum Wagen hinauf. Langsam fuhr er Richtung *Vita divina*, ein paar Ziegen rannten vor ihm über den Feldweg, große Ringeltauben flogen auf, und einmal stob polternd ein Fasanenhahn davon. Immer wieder brachen diese breiten Strahlenbündel aus den Wolken, und anders als die klaren, wandernden Lichter über Siena stellten sie eine Verbindung zwischen Himmel und Erde her.

Guerrini genoss die langsame Fahrt über Feldwege und wusste, dass er Laura davon erzählen würde. Er dachte, dass es schön wäre, wenn sie jetzt neben ihm säße … doch es war auch so schön, ganz für sich. Er musste eine Weile suchen, ehe er die Einfahrt zum «Göttlichen Leben» fand, und auch das genoss er. Wieder einmal empfand er es als Privileg, einen Beruf zu haben, der ihm diese Freiheiten eröffnete.

Die Pforte war breit, hoch, schmiedeeisern, und sie war geschlossen. Diskret stand in goldenen Lettern *Vita divina* auf dem rechten Seitenpfosten. Es gab einen Klingelknopf, eine Gegensprechanlage, eine Sicherheitskamera.

Guerrini sah auf seine Armbanduhr, beinahe elf. Eigentlich sollte er nach Siena zurückfahren und endlich die Recherche über die Familie Cipriani für Laura zusammenstellen. Aber seine Neugier siegte, er stieg aus und drückte auf die Klingel. Die Antwort kam erstaunlich schnell und unglaublich höflich. «Buon giorno, was können wir für Sie tun?» Es war die Stimme einer Frau.

Guerrini räusperte sich, fühlte sich ein bisschen überrumpelt. «Buon giorno», antwortete auch er. «Commissario Guerrini von der Questura in Siena. Ich wollte Ihnen einen kurzen Besuch abstatten.»

«Aus welchem Anlass?»

«Aus Neugier.»

«Oh, dann lasse ich Sie wohl besser herein.»

Mit leisem Knarren glitt das große Tor zur Seite, Guerrini fuhr hindurch und folgte der schmalen Teerstraße, die in engen Kurven zwischen alten Olivenbäumen den Hügel hinaufführte.

Am Anfang unterschied sich die Landschaft in nur kaum merklichen Nuancen vom Land draußen. Trockenmauern stützten grasbewachsene Terrassen, die Olivenbäume waren uralt und knorrig, dann wechselten Rosenbeete mit bunten Dahlien, die vom Regen ein wenig angeschlagen wirkten. Dazwischen wuchsen Hecken von Oleander, Zypressengruppen, es gab Brunnen und Skulpturen, Marmorbänke. Der ganze Hügel wandelte sich in einen Park, dessen Architekt kluge Akzente gesetzt hatte, die sich verdichteten, je höher man gelangte. Kurz vor den Gebäuden säumte eine Allee wunderbarer hoher Pinien die Straße, an ihrem Ende öffnete sich ein weiter gepflasterter Hof, der an drei Seiten von palastartigen Natursteinhäusern eingefasst wurde.

Ein Schild verwies auf einen Parkplatz irgendwo hinter dem Komplex, doch Guerrini hielt vor der Freitreppe des Hauptgebäudes.

Als er ausstieg, wurde er bereits erwartet. Am Ende der Treppe stand eine Frau und lächelte ihm entgegen. Während er langsam zu ihr hinaufstieg, hatte er Gelegenheit, sie genau zu betrachten. Sie war groß, schlank, trug das dunkle, glatte Haar lang und in der Mitte gescheitelt. Ihr Gesicht erschien ihm zu perfekt, die ausgeprägten Brauen, die großen Augen, der volle Mund. Ihr Alter war schwer zu schätzen, lag vermutlich irgendwo zwischen fünfunddreißig und fünfundvierzig. Sie trug einen kurzen Rock, hohe Stiefel, eine

Art Reitjacke und lächelte beständig, bis er sie erreicht hatte. Dann wurde sie plötzlich ernst, streckte ihm die Hand entgegen und fragte mit sanfter, dunkler Stimme: «Ich hoffe, bei Ihrem Besuch handelt es sich wirklich nur um Neugier, Commissario. Es hatte doch keine unserer Klientinnen einen Unfall oder so etwas? Oh, ich habe mich noch gar nicht vorgestellt … Lara Salino-Remus.»

«Angelo Guerrini … nein, niemand hatte einen Unfall, Signora. Es war wirklich nur reine Neugier. Ich komme nicht so oft in diese Gegend und wusste bisher nichts von Ihrem Institut. Allerdings hat es hier in der Nähe diesen unerfreulichen Leichenfund gegeben. Wahrscheinlich haben Sie bereits davon gehört?»

Die dunklen Augen der Frau weiteten sich ein wenig. «Leichenfund? Ich weiß nichts von einem Leichenfund …»

«Ich dachte, auf dem Land würden sich solche Dinge schnell herumsprechen, zumal die Frau des Bauern Bellagamba Sie mit Käse, Milch und Eiern beliefert.»

Sie warf ihm einen prüfenden Blick zu. «Woher wissen Sie denn das?»

«Von Bellagamba. Auf seinem Grund wurde die Leiche gefunden, deshalb habe ich mich mit ihm unterhalten.»

«Ach so, natürlich. Signora Bellagamba kommt nur einmal die Woche. Ich habe sie seit vier Tagen nicht mehr gesehen. Wann … wann wurde denn diese Leiche gefunden? Und wo?»

Guerrinis Nachrichten hatten Lara Salino-Remus offensichtlich so verwirrt, dass sie vergaß, ihn ins Haus zu bitten.

«Es war nicht weit von hier. Zehn Minuten mit dem Auto.»

«Und wer ist der Tote?» Ihre Stimme zitterte kaum merklich.

«Wir wissen es noch nicht, Signora. Es handelt sich um einen kräftigen Mann mit sehr kurzen Haaren, ungefähr vierzig, vielleicht ein bisschen älter. Er hatte sich selbst erwürgt, obwohl das sicher nicht seine Absicht war. Besser gesagt: Er musste sich selbst erwürgen. Außerdem hatte ihm jemand Geldscheine in den Mund gestopft.»

Sie wich vor ihm zurück, ihr Blick drückte Entsetzen aus. «Wie grauenvoll», flüsterte sie. «Wer fügt denn anderen so etwas zu? Das hier ist ein Ort, an dem Menschen innere Ruhe finden, sich von den Härten des Lebens erholen können. Solche Orte sind wichtig in dieser Welt.»

«Durchaus», pflichtete Guerrini ihr bei. «Selbst Polizisten benötigen hin und wieder solche Orte. Aber ich dachte, es wäre gut, wenn Sie von der Sache wüssten. Und es ist sicher nicht schlecht, wenn Sie Ihr Tor geschlossen halten.»

«Stand es schon in den Zeitungen?» Die Signora schien sich wieder gefangen zu haben.

«Nein, wir haben es bisher zurückgehalten. Der Tote ist noch nicht identifiziert. Aber ich nehme an, dass es morgen in den Zeitungen stehen wird und dass auch das Fernsehen nicht mehr weit ist. Sie kennen das ja ... wenn die hier auftauchen, dann wird Ihr Institut vermutlich auch ins Bild kommen. Ich wollte Sie nur warnen.»

Sie wirkte jetzt fast aufgelöst. «Ich muss meinen Mann rufen, er wird mit Ihnen sprechen wollen. Sehen Sie, das hier ist eine Oase der Ruhe für exklusive Kunden, vor allem Kundinnen. Es wäre eine Katastrophe ...»

Endlich bat sie Guerrini ins Haus, ließ ihn aber sogleich stehen und verschwand, auf der Suche nach ihrem Mann.

Guerrini ließ die Eingangshalle auf sich wirken, die rohen Wände aus Travertinsteinen, die alten Möbelstücke, die Leuchter aus buntem Muranoglas. Glasierte Ziegel bedeckten den Boden, auf dem dunkelrote und blaue Teppiche lagen; es roch nach Orangenblüten oder so was Ähnlichem.

Auf seltsame Weise erinnerte ihn dieser Raum an das Anwesen des Conte Colalto. Das Wiedersehen mit Colalto und seiner Schwester hätte beinahe seine ersten Ferien mit Laura ruiniert. Die Erinnerung daran machte ihn ärgerlich, zumal er inzwischen davon ausgehen musste, dass die Colaltos samt ihrem illegalen Kunsthandel halbwegs ungeschoren davonkommen würden. Sie hatten zu viele einflussreiche Freunde.

Außerdem konnte Guerrini den Konflikt mit seinem Vater Fernando noch nicht wirklich austragen. Fernando Guerrini war offensichtlich in schräge Geschäfte mit den Coltaltos verwickelt, die er nachdrücklich leugnete. Für Guerrini rankte sich um diese Verbindung seiner Eltern mit den Colaltos eine Art Kindheitstrauma.

Seine Gedanken wurden vom Auftritt eines großen, sehr schlanken Mannes unterbrochen. ‹Auftritt› erschien Guerrini das richtige Wort, denn der Mann betrat den Raum wie ein Schauspieler die Bühne, mit ausgebreiteten Armen und dramatischem Gesichtsausdruck.

«Commissario», flüsterte er heiser, «kommen Sie in mein Büro. Dort können wir in Ruhe reden.»

Laura lehnte an der Wand des Kühlraums im gerichtsmedizinischen Institut. Sie hatte das Bedürfnis, sich anzulehnen, irgendwie ging es ihr heute an die Nieren, in diesem kalten Raum zu stehen und Donatella Ciprianis Reaktion zu beobachten. Mühsam konzentrierte sie sich auf das, was vor ihr ablief, eine Szene, die sie bereits unendlich oft gesehen hatte. Die Klappe, hinter der Benjamin Sutton gekühlt wurde, öffnete sich, die Bahre wurde herausgefahren, das Tuch vom Gesicht entfernt. Und da lag er nun, gelblich weiß, längst fort und doch noch immer die irdische Hülle von Benjamin Sutton, transformiert allerdings in etwas Überirdisches.

Donatella Cipriani stand völlig reglos vor der Bahre, atmete kaum. Nach langen Minuten nahm sie eine kleine weiße Rose aus ihrer Tasche und legte sie behutsam auf die Brust des Toten, zog sich dann rasch zurück, sah sich suchend nach Laura um und war schon aus der Tür.

«Er sieht so anders aus», flüsterte Donatella, als sie neben Laura zum Ausgang ging. «Ich kann einfach nicht begreifen, dass er tot ist. Ich habe das Gefühl, mich in einem Film zu bewegen.»

Auch diesen Satz hatte Laura schon sehr oft gehört. Der Film als Ausdruck für die Abwesenheit der Wirklichkeit. Aber dieser Satz war auch ein Klischee, hinter dem Menschen die eigene Befindlichkeit verstecken konnten.

«Warum eine weiße Rose?», fragte Laura.

«Wir haben uns immer weiße Rosen geschenkt.»

«Nie rote?»

«Rote sind alltäglich. Mein Mann schenkt mir rote zum Hochzeitstag und an meinem Geburtstag. Es hat überhaupt nichts zu bedeuten.»

«Und weiße?»

«Weiße sind rein und unschuldig. Sie existieren außerhalb des Klischees.»

«Weshalb, glauben Sie, wurde der Geldkoffer nicht abgeholt?»

«Ist das ein Versuch, mich zu überrumpeln?»

«Nein, der Versuch, eine Antwort zu bekommen, die Sie mir schulden.»

Sie hatten den Ausgang des Instituts erreicht, und Donatella Cipriani sog tief die frische, kalte Luft ein, dann wandte sie sich zu Laura um, den Kopf leicht in den Nacken gelegt, die Augen schmal und wachsam.

«Ich habe eine Nachricht bekommen, dass ich mir die Mühe sparen könne. Man würde den Koffer nicht abholen und die Übergabe der Spende verschieben. Außerdem riet man mir, nicht zur Polizei zu gehen.»

«Und das haben Sie mir nicht erzählt, sondern meine Kollegen und mich am Bahnhof herumstehen lassen, obwohl Sie genau wussten, dass niemand erscheinen würde, um den Schlüssel für das Schließfach abzuholen?»

«Ich habe diese Nachricht erst spät bekommen. Kurz vor meinem Abflug.»

Laura glaubte ihr nicht. Was bildete sich diese Frau eigentlich ein?

«Warum haben Sie mir nichts von dieser Nachricht gesagt? Wir haben seitdem mehrmals miteinander telefoniert!»

«Ich wollte am Telefon nicht darüber reden. Ich habe keine Ahnung, wer da mithört. In Italien muss man stets damit rechnen, dass jemand mithört!»

Sie findet immer ein Argument, das kaum von der Hand zu weisen ist, dachte Laura. Und schon wirkt sie wieder beinahe überzeugend. Sie ist wirklich ziemlich gut.

«Haben Sie inzwischen noch eine Nachricht bekommen? Zum Beispiel einen neuen Übergabetermin?»

«Nein.»

Sie standen nebeneinander vor Lauras Dienstwagen. Eine Taube trippelte über den Bürgersteig, verfolgt von einem nickenden gurrenden Täuberich. Donatella stampfte mit dem Fuß auf, mit klatschenden Flügelschlägen flatterten die Vögel davon.

«Mögen Sie keine Tauben?» Laura musterte Donatella interessiert.

«Nein, ich mag sie nicht. Es ist Ende November, es ist kalt, und trotzdem balzen sie. Finden Sie nicht, dass diese Vögel obszön sind?»

«Ich weiß nicht … nein, ich finde eher, dass ihr Gurren die Hoffnung auf den Frühling weckt. Ich wohne im vierten Stock, da oben gibt es viele Tauben. Ich höre es ganz gern, wenn sie turteln.»

«Es gibt zu viele von ihnen, und sie übertragen Krankheiten. Sie besetzen die schönsten Plätze und Gebäude Europas und verdrecken sie mit ihrem Mist! Sie sind ekelhaft!» Donatella hatte diese Worte heftig hervorgestoßen, verstummte dann plötzlich und kaute an der Nagelhaut ihres rechten Zeigefingers.

Laura entriegelte die Wagentüren und stieg ein. Es schien, als müsse Donatella sich von ihrem Gefühlsausbruch erholen, denn sie ließ sich eine Minute lang Zeit, ehe sie sich neben Laura setzte.

«Wo haben Sie Benjamin Sutton eigentlich kennengelernt, Signora Cipriani?»

«Ich möchte jetzt nicht über Benjamin reden.»

«Signora Cipriani, Sie wollen noch am Nachmittag zurückfliegen. Es bleibt nicht viel Zeit für ein Gespräch, und ich weiß nicht, ob Ihnen klar ist, dass Sie tatsächlich unter Verdacht stehen. Es sieht so aus, als wäre Benjamin Sutton ermordet worden. Sie selbst haben in einem unserer Telefongespräche gesagt: ‹Sie verdächtigen mich, nicht wahr?› Ich erinnere mich genau an diesen Satz.»

«Es liegt doch auf der Hand, oder? Ich bin doch nicht dumm. Ich weiß doch, wie Polizisten denken!»

«Wissen Sie das?»

«Natürlich: Eifersüchtige Geliebte plant heimtückischen Mord! Das ist doch die einfachste Lösung.»

«In diesem Fall hätte die Ehefrau wohl mehr Grund zur Eifersucht. Außerdem wollten Sie sich doch einvernehmlich trennen, um diese Erpressungsgeschichte zu beenden, oder?»

Donatella lehnte mit geschlossenen Augen im Beifahrersitz, beide Hände lagen, zu Fäusten geballt, in ihrem Schoß.

«Warum haben Sie mich belogen?», fragte Laura leise. «Sutton ist nicht zum letzten Brunch erschienen, und ich glaube, dass Sie von seinem Tod wussten.»

«Nein, ich habe es nicht gewusst. Ich hoffte, er hätte es nicht ausgehalten, mich noch einmal zu sehen. Dass es zu schmerzhaft für ihn gewesen sein könnte. Aber ich fürchtete, dass er einfach feige sein könnte … oder herzlos.» Den letzten Satz flüsterte sie, als ertrage sie es nicht, ihn auszusprechen.

«Ja, das kann ich verstehen, aber was hat das damit zu tun, dass Sie mich belogen haben?»

Donatella ballte ihre Fäuste so sehr, dass die Knöchel ihrer Hände weiß hervortraten.

«Ich wollte nicht, dass Sie meine Niederlage miterleben. Ich bin in meinem Leben nicht nur einmal betrogen worden!»

Ich auch nicht, dachte Laura und gab sich einen Ruck. «Ich habe die Gedichte gelesen, die wir bei Sutton gefunden haben.»

Ein paar Schneeflocken wirbelten über die Frontscheibe des BMW, blieben liegen, wie winzige Sterne, dann schmolzen sie.

«Ich möchte nicht darüber sprechen. Vor allem nicht über die Gedichte. Bitte! Es ist zu intim.»

«Ja, vielleicht. Aber Sie wissen inzwischen, dass Sie nicht die Einzige waren, nicht wahr?»

«Es ist mir egal, und ich werde mich nicht damit auseinandersetzen. Das ist Benjamins Geschichte. Meine Geschichte ist anders, und sie ist vorbei.»

Weinte Donatella? Laura konnte es nicht genau erkennen.

«Ich glaube nicht, dass Sie das so einfach trennen können, Signora – Benjamins und Ihre Geschichte. Sie haben immerhin auch eine gemeinsame, und die hat eine Menge zu tun mit den anderen Geschichten.»

«Nein.»

«Ich denke doch, Signora Cipriani. Und deshalb wüsste ich gern, wo Sie Benjamin kennengelernt haben.»

Donatellas geballte Fäuste waren inzwischen zu ihrer Brust hinaufgewandert, als müsste sie ihr Herz festhalten.

«In Siena», flüsterte sie. «Wir haben uns in Siena kennengelernt.»

«In Siena?»

Es hat nichts mit mir zu tun, dachte Laura. Es ist ein dummer Zufall. Ein völlig verrückter Zufall.

«Ja, in Siena. Ich habe damals Urlaub in der Nähe von Siena gemacht. Ich war nahe an einem Burn-out. Wissen Sie, was das ist?»

Laura nickte.

«Hatten Sie schon mal einen?» Donatellas Stimme klang beinahe schrill.

«Nein, aber knapp daran vorbei wahrscheinlich.»

«Dann wissen Sie ja, wie es ist.»

«Vermutlich. Was haben Sie in Siena gemacht?»

«Einen Stadtbummel, Besichtigungen, Einkäufe, Caffè auf dem Campo … was man eben so macht.»

«Wo haben Sie ihn getroffen?»

«Er hat mich angesprochen. Nein, stimmt gar nicht. Ich glaube, ich habe ihn angesprochen. Er hat mir zugelächelt, immer wieder. Hielt sich in meiner Nähe. Es war ein dezenter Flirt, der mir unendlich gutgetan hat ... Ich kann jetzt nicht daran denken oder darüber reden. Es macht mich so hilflos ...»

«Und wütend?»

«Ja, vielleicht auch wütend ... obwohl, ich weiß nicht.»

«Was hat er in Siena gemacht?»

«Auch Urlaub. Aber mehr kann ich nicht mehr aushalten. Bitte, lassen Sie uns über etwas anderes reden. Oder besser gar nicht.»

«Wann geht Ihr Flug?»

«In zweieinhalb Stunden.»

«Glauben Sie, dass ich Sie fliegen lasse?»

«Ich weiß es nicht. Aber ich bitte Sie darum, Commissaria. Mein Mann kommt heute Abend aus Rom zurück. Er hat keine Ahnung von der ganzen Geschichte. Ich bin im Augenblick nicht in der Lage, diese Auseinandersetzung mit ihm zu führen. Niemand weiß von meinem Flug nach München. Ich muss heute Abend zu Hause sein. Ich muss einfach!»

Immer mehr Schneeflocken wurden vom Wind umhergeblasen. Laura versuchte sich auf den Verkehr zu konzentrieren, während sie gleichzeitig den Campo von Siena vor sich sah, Donatella und Sir Benjamin, der diese Frau aus irgendeinem Grund ausgewählt hatte. Ganz sicher nicht zufällig.

Woher konnte er wissen, dass Donatella Cipriani, die reiche Mailänderin, in Siena Urlaub machte? Dass sie auf dem Campo spazieren ging, wann sie auf dem Campo spazieren ging? Oder hatte er sich doch ganz spontan an sie herangemacht, weil er sich auf seinen Instinkt verlassen konnte? Weil er Frauen aus der Oberschicht sofort herausfilterte? Wenn sie nicht zufällig Donatella Cipriani gewesen wäre, dann hätte er sie vielleicht nie wiedergesehen?

«Fliegen Sie nach Hause», sagte Laura.

«Michael Remus», sagte der große, schlanke Mann mit den grauen, halblangen Haaren und streckte Guerrini seine rechte Hand entgegen. «Was kann ich für Sie tun, Commissario?»

«Eigentlich gar nichts», lächelte Guerrini und drückte kurz die schmale, kräftige Hand. «Ich bin nur gekommen, um Sie über den Mordfall in Ihrer Nähe zu informieren. Und bei dieser Gelegenheit die Frage zu stellen, ob Sie in den letzten Tagen etwas Ungewöhnliches beobachtet haben.»

Remus hatte sehr helle blaue Augen, er wirkte asketisch und ganz sicher wie jemand, der Erfolg hatte. Nicht unsympathisch, nur vielleicht eine Spur zu selbstsicher.

«Meine Frau hat mir kurz von diesem entsetzlichen Fund erzählt, den Sie offenbar gemacht haben, Commissario. Nein, ich habe nichts beobachtet.»

Guerrini nickte.

«Sie haben ein wunderbares Büro!» Er schaute sich in dem hohen Raum um, dessen Decke aus alten Holzbalken bestand, die Seitenwände aus riesigen Fenstern, die den Blick auf die Landschaft frei gaben.

Remus lächelte. «Ich arbeite gern hier. Es gibt mir immer ein Gefühl von Freiheit, auch wenn ich Rechnungen schreiben muss und all so was.»

«Sie sind Deutscher, nicht wahr?»

«Ja, aber eigentlich schon lange nicht mehr. Ich meine,

mental. Italien ist schon vor Jahrzehnten meine Heimat geworden.»

«Ich habe bisher noch nie von Ihrem Institut gehört.»

«Wir wollen nicht auffallen.» Remus lachte kurz auf. «Unsere Gäste legen Wert auf Diskretion. Unauffälligkeit ist besonders wichtig für unser Unternehmen. Sobald hier irgendwelche Paparazzi auftauchen, können wir schließen.»

Wieder nickte Guerrini. Er fuhr mit der Hand über die glatte Lehne eines Ledersessels.

«Bitte setzen Sie sich, Commissario. Möchten Sie einen Caffè oder ein anderes Getränk?»

«Nein, nein. Ich möchte mich auch nicht setzen. Meine Zeit ist etwas knapp. Ich wollte Sie, wie gesagt, nur informieren.»

«Danke, eine unangenehme Sache.»

«Ja, das ist es. Und besonders grausam.»

Remus massierte mit seiner linken Hand den rechten Oberarm und schaute auf die Landschaft hinaus.

«Hat Ihre Frau erzählt, worum es sich handelt?»

«Nein.»

«Interessiert es Sie nicht?»

«Nein, ich hasse Grausamkeiten.»

«Ich schätze sie auch nicht besonders, aber es gibt sie.»

«Leider. Dieser Ort ist ein Ort des Friedens, der Ruhe und der Erholung von der Welt da draußen.»

«Wie schön.»

«Ja, es ist schön. Alle, die sich hier erholen, sind vollkommen glücklich. Wir ermöglichen eine Zeit in einer Art paradiesischem Zustand. Unseren Gästen wird jeder Wunsch erfüllt.»

«Jeder?»

«Eigentlich jeder.» Jetzt massierte Remus mit der rechten

Hand den linken Oberarm. Plötzlich entschuldigte er sich für sein Verhalten. «Ich habe heute Morgen zu heftig trainiert. Meine Muskeln rebellieren.»

«Ach so. Wenn ich zu lange mit dem Rad fahre, dann muss ich auch meine Beine massieren. Ich übertreibe es manchmal, genau wie Sie.» Guerrini redete absichtlich so harmlos vor sich hin, lächelte harmlos und fügte hinzu: «Ich kann mir vorstellen, dass es ganz schön teuer ist, wenn man jeden Wunsch erfüllt bekommt.»

«Es ist nicht billig, aber angemessen.»

«Wahrscheinlich. Bene, Sie wissen jetzt Bescheid. Falls Sie irgendetwas hören oder Ihnen etwas auffällt, dann rufen Sie mich doch bitte an.» Guerrini reichte Michael Remus seine Karte.

«Ich glaube zwar nicht, dass ich etwas hören werde … aber danke.» Remus legte die Karte auf seinen Schreibtisch.

«Ja, dann werde ich jetzt gehen. Der oder die Mörder hatten dem Toten übrigens Geldscheine in den Hals gestopft. Es muss also in irgendeiner Weise um Geld gegangen sein. Ich meine, bei dem Motiv.»

Remus verzog das Gesicht zu einer schmerzerfüllten Grimasse. «Genau das wollte ich vermeiden», flüsterte er. «Ich kann solche Schilderungen nicht ertragen. Es erschüttert mich zu sehr.»

«Tja, ich kann das verstehen. Mir wird es auch oft zu viel. Was glauben Sie, was ich alles sehen muss …»

«Sie sollten den Beruf wechseln, Commissario. Es ist nicht gut für die geistige Gesundheit, wenn man sich ständig mit den Abgründen der Menschheit befassen muss.» Remus strich sein halblanges, sehr gepflegtes graues Haar zurück und lächelte kaum merklich – wieder mit einem Ausdruck, als litte er Schmerzen.

Als Guerrini kurz darauf seinen Wagen die schmale Straße den Hügel hinab lenkte, dachte er, dass die Besitzer von *Vita divina* entweder sehr seltsam oder sehr zwielichtig waren. Aber dieser Eindruck konnte auch mit ihm selbst zu tun haben, mit seinen Schwierigkeiten mit Vertretern der Oberklasse in diesem Land … und möglicherweise im Allgemeinen. Immerhin war Michael Remus Deutscher. Außerdem diente er ausschließlich der Oberklasse und war vermutlich ein Aufsteiger. Dass er keine Fragen gestellt hatte, war ebenfalls auffällig. Ein Ausdruck der Verachtung alles Niederen? Schwer einzuschätzen, fand der Commissario.

Er fuhr jetzt auf das große Tor zu, und es öffnete sich vor ihm, als hätte er magische Fähigkeiten. Auch etwas, das er nicht mochte: Tore, die sich automatisch öffneten und schlossen.

Diesmal fand er die Teerstraße, die das Institut *Vita divina* mit der Hauptstraße verband. Es war eine schöne Straße, sie führte durch einen Zypressenwald, durchquerte sanfte Wiesen, auf denen einzelne alte Olivenbäume standen, und tauchte endlich in ein Gemisch aus Macchia und halbhohen Eichen ein.

Als Guerrini um eine scharfe Kurve bog, brach von rechts etwas Schwarzes aus dem Gebüsch und überquerte knapp vor ihm die Straße. Guerrini bremste scharf, der Lancia schleuderte und stand quer. Genau neben Guerrinis Seitenfenster landete auch das dunkle Etwas und starrte ihn an: ein schwarzbehaartes, stämmiges Schwein. Es stand fünf Sekunden lang bewegungslos, stieß dann ein schrilles Quieken aus, das einem Schrei ähnelte, und raste davon.

Bellagambas Schwein, dachte Guerrini und war froh, dass er es nicht überfahren hatte. Froh auch für seinen Lancia. Langsam stellte er den Wagen wieder in Fahrtrichtung und empfand eine Art lustvoller Neugier, wenn er an diesen neuen Fall dachte. Es könnte einer von diesen Fällen werden, die allumfassend sind, dachte er und machte sich auf den Weg nach Siena – ungern, denn er dachte an die bevorstehende Begegnung mit Carlotta.

LAURA HATTE Donatella Cipriani zur S-Bahn Richtung Flughafen gebracht und war dann zum Gerichtsmedizinischen Institut zurückgekehrt. Sie kam zu spät. Baumann und Suttons Witwe standen bereits in der Eingangshalle und warteten auf sie. Monica Sutton war sehr blass, und Peter Baumann wirkte ebenfalls etwas mitgenommen.

«Wir waren schon drinnen», sagte er und räusperte sich zweimal.

«Wer hat ihm die weiße Rose auf die Brust gelegt?» Monica Suttons Augen zeigten einen wilden, fast drohenden Ausdruck. Jetzt erst fiel Laura auf, dass sie eine zerknickte rote Rose in der Hand hielt.

«Es war eine Frau, die in einer nahen Beziehung zu Ihrem Mann stand.»

«Wer ist diese Frau?»

«Eine Geschäftspartnerin.»

«Warum eine weiße Rose?»

«Ich habe keine Ahnung», log Laura, um ihr den Schmerz zu ersparen. «Möglicherweise ein Zeichen der Freundschaft.» Blödsinn, dachte sie. Sie wird es ja doch erfahren. Ich muss in Ruhe mit ihr reden. Sie schaute auf ihre Armbanduhr. Schon fast ein Uhr.

«Kommen Sie, Frau Sutton. Lassen Sie uns irgendwo eine Kleinigkeit essen. Dann können wir uns in Ruhe unterhalten.»

«Ich möchte mich aber nicht unterhalten, und ich habe auch keinen Hunger! Ich möchte nur nach Hause! Das hier hat nichts mit Benjamin zu tun!»

Sie ließ Laura stehen und riss die Ausgangstür auf. Baumann zuckte die Achseln und lief Monica Sutton nach, während Laura unverhofft die Erinnerung an eine Freundin ihres Exmannes heimsuchte, die sie angeschrien hatte: «Ihr lasst mich im Regen stehen und macht euch einfach davon!» Das war, als Ronald und Laura es noch einmal miteinander versuchen wollten. Lange her.

Seufzend wandte Laura sich um und folgte ihrem Kollegen und Monica Sutton. Noch immer wirbelten Schneeflocken umher, blieben aber nicht liegen. Auf der Treppe vor dem Institut fand Laura die zerknickte Rose, die Monica Sutton ihrem Mann mitgebracht hatte. Sie selbst saß bereits in Baumanns Dienstwagen.

«Ich bringe sie ins Hotel zurück», sagte Baumann. «Es war ziemlich schlimm für sie. Vielleicht will sie ja später mit dir reden. Wie war's mit der Cipriani?»

«Ein großes Mysterium!»

«Ziemlich erfolgreicher Typ, dieser Sutton, was?»

«Eingeschränkt erfolgreich. Immerhin ist er tot. Ich würde ihn nicht zum Vorbild nehmen, Peter.»

Wie wäre es mit Delegieren? Lass es Tommasini oder D'Annunzio machen. Ich brauche die Informationen dringend! Una bella giornata! Laura

Commissario Guerrini las diese E-Mail zweimal, dann stand er auf und rief nach Tommasini. Als der kurz darauf erschien, fragte er ihn zunächst nach dem Ergebnis seines Nachdenkens über den unbekannten Toten aus. Doch Tommasini schüttelte den Kopf und erklärte, dass er noch nicht weitergekommen sei. Daraufhin gab Guerrini ihm den Auftrag, alles über eine gewisse Familie Cipriani in Mailand herauszufinden. Jedenfalls alles, was die Datenbank der Polizei hergab oder die Abhörprotokolle der letzten Zeit.

«Und warum?», fragte Tommasini. «Haben die Ciprianis etwas mit unserem Fall zu tun?»

«Möglicherweise», antwortete Guerrini. «Ich hatte heute Vormittag ganz neue Erkenntnisse.»

«Und welche, Commissario?»

«Das sage ich dir später. Ich muss eine eigene Recherche durchführen.»

Mit höchst zweifelndem Gesichtsausdruck zog sich Tommasini zurück, während Guerrini sich wieder an seinem Schreibtisch niederließ und zunächst bei Google das Stichwort *Vita divina* eingab. Er fand ungefähr zehn Seiten mit unzähligen Eintragungen, doch auf Seite drei entdeckte er – so unauffällig, dass er es beinahe übersehen hätte –: Vita divina, *exklusives Erholungsresort in der Toskana. Absolute Diskretion, Informationen nur nach persönlichem Kontakt. Wenn Sie das Paradies auf Erden suchen, dann werden Sie es hier finden.*

Darunter eine E-Mail-Adresse. Es gab keine Website, nichts weiter. Interessant, dachte Guerrini und wusste, dass er keine E-Mail schreiben konnte, um Genaueres herauszufinden. Dazu benötigte er die Hilfe von jemand anderem, möglichst einer Frau.

Im Geiste ging er alle seine Bekannten durch, doch keine schien ihm wirklich geeignet, eine Anfrage an *Vita divina* zu richten. Höchstens Laura und die sehr unkonventionelle Exfrau eines Staatsanwalts, mit dem er einst während seiner Dienstzeit in Florenz befreundet war. Sie war sogar adelig, außerdem reich, und Guerrini konnte sich vorstellen, dass sie Freude an einem kleinen Undercover-Abenteuer haben würde. Zumal sie die meisten Vertreterinnen ihrer eigenen Klasse nicht besonders gut leiden konnte.

Ja, wahrscheinlich wäre es klüger und überzeugender, wenn Isabella di Tremonti diese Aufgabe übernehmen würde. Oder vielleicht beide Frauen? Laura und Isabella? Guerrini beschloss, beide um Hilfe zu bitten. Wunderbarerweise fand er Isabella di Tremontis E-Mail-Adresse in seinem Notizbuch und machte sich sofort daran, ihr zu schreiben.

So vertieft war er in seine Bemühung, Isabella zu überzeugen, dass er nur unwillig knurrte, als irgendwer die Tür zu seinem Büro öffnete und offensichtlich eintrat, ohne auf seine Einwilligung zu warten. Guerrini schrieb den Satz zu Ende, drehte sich dann halb auf seinem Ledersessel und erstarrte. Hinter ihm, halb über den Bildschirm gebeugt, stand Carlotta.

«Was willst du denn von Isabella di Tremonti?», sagte sie und verzog das Gesicht. «Ist die inzwischen deine Freundin?»

«Wie kommst du dazu, meine E-Mail zu lesen? Was machst du überhaupt in meinem Büro? Wer hat dich hereingelassen?» Guerrini schaltete den Bildschirm aus und sprang auf.

«Euer kleiner Wächter D'Annunzio hat mich hereingelassen, nachdem ich ihn und zwei deiner Kollegen dabei erwischt habe, dass sie irgendein Kartenspiel auf dem Computer spielten, statt den Eingang zur Questura zu bewachen. Außerdem habe ich ihm erklärt, dass ich deine Frau bin.»

«*Was* hast du, Carlotta?»

«Ich habe ihm erklärt, dass ich deine Frau bin, Angelo. Und das ist ja auch eine Tatsache!»

«Wir sind geschieden, Carlotta.»

«Nein, das sind wir nicht, Angelo Guerrini. Oder hast du die Scheidungspapiere zufällig bei dir?»

«Wer trägt denn so was mit sich rum? Was willst du denn von mir?»

Sie stand jetzt neben der Tür und stützte sich mit einem Arm an der Wand ab. Die blondierten Haare fielen ihr bis auf die Schultern. Carlotta trug ein Kostüm mit langer Jacke und schmalem Rock und Stiefel mit hohen Absätzen. Das Dunkelbraun des Stoffs passte zu ihren Augen. Jetzt lächelte sie.

«Ich will gar nichts von dir, Angelo. Nein, das ist vielleicht nicht ganz richtig ...», sie lachte auf. «Ich möchte mich nur irgendwann dieser Tage mit dir darüber unterhalten, was wir mit unserer Ehe anfangen sollen.»

«Mit unserer Ehe?» Guerrini starrte sie an. «Wie meinst du das, Carlotta?»

«Dio mio, Angelo! Ist dir eigentlich nicht aufgefallen, dass wir niemals unsere Scheidungsunterlagen bekommen haben? Da ist irgendwas schiefgelaufen, ist ja nicht verwunderlich in diesem Land! Ich habe jedenfalls keine Scheidungsurkunde. Hast du eine?»

«Carlotta, ich arbeite! Ich habe keine Zeit, mir Gedanken über irgendwelche Scheidungsurkunden zu machen. Aber ich bin ziemlich sicher, dass ich eine habe! Wir klären das später, bene?» Er bemühte sich, ganz ruhig zu bleiben und die langsam aufsteigende Ahnung wegzuschieben.

«Wann später?» Sie setzte sich halb auf die Ecke seines Schreibtischs und wippte mit einem Bein.

«Meinetwegen heute Abend.»

«Und wo?»

«Komm um sieben zur Questura, dann gehen wir essen.»

«Aber dann weißt du noch immer nicht, ob du eine Scheidungsurkunde hast! Oder bewahrst du deine Dokumente in der Questura auf?»

«Es spielt doch gar keine Rolle, ob ich eine habe oder nicht! Wir sind geschieden, wir waren beide im Gerichtssaal. Das habe ich doch nicht geträumt, oder?»

Carlotta wippte noch immer mit ihrem Bein, das bis knapp unterm Knie in einem eng anliegenden braunen Lederstiefel mit sehr hohen Absätzen steckte.

«Ich weiß es nicht», murmelte sie und lächelte auf eine Weise, die Guerrini nicht deuten konnte. «Ich kann mich nur dunkel an diese Gerichtsverhandlung erinnern. Sie ist immerhin beinahe fünf Jahre her.»

«Wir besprechen das heute Abend. Geh jetzt bitte, ich habe wirklich viel zu tun! Und es eilt!»

«Du hast dich nicht verändert, was?» Mit einer geschmeidigen Bewegung glitt Carlotta vom Schreibtisch.

«Ich glaube nicht, dass du das beurteilen kannst!»

Warum gehe ich auf sie ein?, dachte er. Warum antworte ich, warum verteidige ich mich? Warum treffe ich mich um sieben mit ihr? Warum sage ich nicht: Tut mir leid, Carlotta, ich habe keine Zeit, und ich sehe auch keinen Grund, warum wir uns treffen sollten! Warum? Guerrini konnte sich keine Antwort geben. Höchstens vielleicht diese unklare Ahnung, dass etwas mit den Scheidungspapieren nicht in Ordnung sein könnte. Und vielleicht, dass man sich unter halbwegs zivilisierten Menschen auch mit der Exgattin zum Abendessen treffen konnte. Wenn man wollte. Aber eigentlich wollte er nicht!

Jetzt wandte sich Carlotta tatsächlich zur Tür und legte die Hand auf die Klinke. «Ci vediamo alle sette», sagte sie und ging.

«Ci vediamo», murmelte Guerrini und wandte sich wieder seinem Computer zu. Während er den Brief an Isabella di Tremonti beendete, dachte er immer wieder an seine Scheidungsurkunde und stellte fest, dass er keinen blassen Schimmer hatte, wo sie sein könnte oder ob er sie überhaupt jemals gesehen hatte.

Zerstreut fing er an, eine Nachricht an Laura zu tippen: *Entschuldige, dass es so lange dauert, aber Tommasini ist mit seiner Recherche über die Ciprianis noch nicht fertig. Dafür habe ich eine Aufgabe für Dich! Würdest Du bitte eine Anfrage zwecks Erholungsurlaub an folgende Mail-Adresse schreiben? Es ist alles sehr exklusiv, bitte verhalte Dich deshalb ebenfalls exklusiv! Benutze nicht Deine Dienstadresse! Es handelt sich ebenfalls um Ermittlungshilfe. In diesem* Vita divina *ist irgendwas faul, falls ich mich nicht täusche. Und bitte delegiere das nicht an Baumann! Männer sind da nicht so willkommen.*

Ciao Angelo

Nachdem er die Nachricht abgeschickt hatte, machte er sich seufzend an die Überprüfung der Familie Cipriani. Er war erstaunt über die Fülle des Materials.

Laura hatte eigentlich vorgehabt, ins Präsidium zu fahren, sie war schon fast angekommen, als sie ihre Meinung änderte und zum Altstadtring abbog. Kurz nach Baumann erreichte sie das *Vier Jahreszeiten*. Sie hatte keine Lust auf die Verzögerungstaktik einer durchaus Verdächtigen. Genau jetzt wollte sie mit Suttons Frau reden und nicht erst später, wenn die Erschütterung abgeklungen war und sie lange genug nachgedacht hatte, um überzeugend zu wirken.

Den Wagen ließ Laura in der Anfahrtszone am Rand der Maximilianstraße stehen und steckte ihr Einsatzzeichen hinter die Windschutzscheibe. Den Protest des Portiers tat sie mit einer Handbewegung ab. Im Foyer kam ihr Peter Baumann entgegen und runzelte fragend die Stirn.

«Neue Entwicklung? Oder was machst du hier?»

«Meinungsänderung. Ich möchte jetzt mit ihr sprechen. Sie erscheint mir einfach zu unbedarft, um glaubwürdig zu sein.»

«Es gibt Menschen, die bedingungslos an das Gute, Wahre und Schöne glauben, Laura.»

«Und du glaubst, dass Monica Sutton so ein Mensch ist?»

«Könnte doch sein, oder? Ich meine, die Sache mit den grünen Weiden und den Schafen und so, das klang doch ganz überzeugend.»

«Wir haben alle spontan an Pilcher-Filme gedacht. Du auch, Peter.»

«Und was beweist das?»

«Dass wir alle gemerkt haben, dass etwas nicht stimmt!»

«Nein, Laura: Es beweist erstens, dass wir alle schon Pilcher-Filme gesehen haben, zweitens, dass wir nicht sofort ausgeschaltet haben, und drittens, dass es schön ist, wenn etwas gut ausgeht ... auch wenn wir uns hinterher darüber lustig machen. Claudia hat das ganz richtig erkannt.»

«Und was bedeutet es für unseren Fall, nachdem du heute so gut im Analysieren bist?»

Baumann klappte den Kragen seiner Lederjacke hoch und grinste. «Ich weiß es nicht, Laura. Ich habe keine Ahnung. Aber ich kann mir vorstellen, dass dieser Sutton so überzeugend wirkte, dass Monica ihm geglaubt hat. Schließlich haben die anderen Frauen ihm auch geglaubt. Und die Masche mit den Gedichten scheint ganz gut zu funktionieren. Magst du Gedichte, Laura?»

«Wie kommst du denn darauf?»

«Nur so ... ich glaube, dass du ein Frauentyp bist, der Gedichte mag.»

«Und weshalb glaubst du das?»

«Rein instinktiv, weil du tough und gleichzeitig sensibel bist!»

«Heiliger Bimbam. Noch mehr solcher Einsichten?» Laura blies ihre Backen auf und stieß kräftig die Luft aus.

«Du hast doch eben gesagt, dass ich heute gut im Analysieren bin. Und du hast mich gefragt.»

«Okay, lassen wir das! Welche Zimmernummer hat Monica Sutton?»

«135. Willst du wirklich jetzt mit ihr reden?»

«Natürlich. Warum, glaubst du, bin ich gekommen?»

«Sie wird nichts sagen.»

«Wir werden ja sehen.»

«Soll ich mitkommen oder auf dich warten?»

«Du kannst ins Präsidium fahren. Da gibt es immer irgendwas zu tun. Zum Beispiel kannst du herausfinden, ob es diesen geheimnisvollen Familiensitz der Suttons vielleicht doch gibt.»

Baumann zuckte die Achseln und ließ Laura stehen. Sie drehte sich ebenfalls um und hatte ein bisschen Mühe, Baumanns Vermutung, dass sie ein Typ für Gedichte sei, zu verarbeiten. Sie war schon immer ein Typ für Gedichte gewesen, für gute jedenfalls. Nur für gute. Sentimentalen Quatsch hasste sie! Aber woher wusste er das? Sie hatte mit Baumann nie über Gedichte gesprochen. Wahrscheinlich wollte er sie nur provozieren, wie er das gern tat. Nachdem er ihr keine direkten Avancen mehr machte, hatte er sich auf intelligente Provokationen verlegt. Mochte sie Baumann? Ja, sie mochte ihn. Sogar seine Provokationen. Nicht immer, aber ziemlich oft.

Entschlossen wandte sie sich zum Treppenhaus und machte sich auf den Weg zum Zimmer 135. Während sie langsam über die weichen Teppiche nach oben ging, versuchte sie zu verstehen, warum Monica Sutton in diesem Hotel abgestiegen war.

Wollte sie Sutton tatsächlich nahe sein, ein letztes Stück des Lebens erspüren, das er vor ihr geheim gehalten hatte? Oder war es eher ein Akt der Aggression, des Trotzes? Begriff sie langsam, dass er sie benutzt und belogen hatte? Oder wollte sie davon ablenken, dass sie schon einmal hier war?

Weiche Teppiche auch im langen Flur, kein Laut, kein Mensch. Ideale Voraussetzungen für alle, die nicht gesehen werden wollen, für Geheimtreffen aller Art, für Geschäftsleute, Liebespaare oder Mörder, dachte Laura und nahm sehr bewusst die absolute Lautlosigkeit ihrer Schritte wahr. Niemand hatte sie gefragt, ob sie ein Hotelgast sei, ungehindert war sie in den ersten Stock gelangt. Nun stand sie vor Zimmer 135, und noch immer war sie keinem Menschen begegnet.

Sie klopfte, wartete. Niemand antwortete. Laura klopfte erneut, kräftiger diesmal. Noch immer keine Antwort.

Vielleicht steht sie unter der Dusche und hört nichts, dachte Laura, oder sie will nicht aufmachen. Vielleicht liegt sie auf dem Bett und starrt an die Decke. Laura wartete, klopfte wieder und wieder.

Kein Laut von drinnen, keiner auf dem langen Flur. Nach zehn Minuten gab Laura auf und kehrte in die Eingangshalle zurück. An der Rezeption bat sie darum, Monica Sutton in ihrem Zimmer anzurufen. Sie sei mit ihr verabredet. Doch Monica Sutton ging auch nicht ans Telefon.

Als Laura wieder an ihrem Schreibtisch saß und ihren Computer konsultierte, fand sie nicht nur eine Nachricht von Commissario Guerrini, sondern zwei. Mehrmals las sie die erste und seine Bitte, eine Anfrage an das Institut *Vita divina* zu senden. Doch sie beschloss, nicht nur bei *Vita divina*, sondern auch bei Donatella Cipriani anzufragen.

Danach vertiefte sie sich in Guerrinis Recherche über die Familie Cipriani.

Donatella stammte aus der Möbelbranche, allerdings war ihr Vater in den achtziger Jahren pleitegegangen. Donatella hatte kurz danach Ricardo Cipriani geheiratet, einen reichen Mailänder Bauunternehmer, der daraufhin einen Teil der Möbelproduktion gerettet hatte. Donatella brachte als Designerin das Geschäft wieder in Schwung, bekam zwei Kinder und fiel nicht weiter auf.

Ricardo dagegen machte nicht nur eine grandiose Karriere als Bauunternehmer, er arbeitete auch erfolgreich als Politiker. Sein Vater war überzeugter Neofaschist, Ricardo gab sich etwas gemäßigter, trat aber seit Jahren für die Abspaltung der nördlichen Regionen Italiens, die seine Partei «Padanien» nannte, vom Süden des Landes ein. Er sei strikt gegen jede Zuwanderung von Immigranten jeglicher Art und mitverantwortlich für den Einsatz von Bürgerwehren, wettere gegen Globalisierung – baue allerdings auch in China und Indien.

Alles in allem eine höchst erfolgreiche und sehr typische Familie des norditalienischen Unternehmertums, schrieb Guerrini zuletzt.

Trotz seiner wilden Attacken gegen den nichtsnutzigen Süden unseres Landes baut er auch dort, der feine Signor Cipriani. In den Recherchen der Antimafia gibt es Hinweise, dass er eine Zusammenarbeit mit dem organisierten Verbrechen nicht scheut, wenn es seinen Geschäften nützt. Genaueres kann ich leider nicht melden, doch allein dieser Hinweis erscheint mir überzeugend. Bei Donatella handelt es sich vermutlich um eine emotional vernachlässigte und betrogene Ehefrau, die vor allem finanziellen Gewinn aus ihrer Ehe schöpft. Der Sohn ist übrigens bei einer radikalen linken Gruppe aktiv, die Tochter ebenfalls. Viel Erfolg bei Deiner Arbeit.

Ciao! Angelo

Nachdenklich lehnte Laura sich in ihren Sessel zurück und wippte ungeduldig mit der Rückenlehne.

Dann antwortete sie betont sachlich:

Sehr geehrter Commissario Guerrini,

danke für die gute Zusammenarbeit!

Mit freundlichen Grüßen

Laura Gottberg, Kriminalhauptkommissarin

Danach schrieb sie eine E-Mail an Donatella Cipriani und fragte, ob sie sich jemals zur Erholung im *Vita divina* aufgehalten habe und ob sie es empfehlen könne.

Die dritte Nachricht ging an das *Vita divina* mit der Bitte um genauere Informationen. Sie sei an einer Kur interessiert und leide unter deutlichen Zeichen von Überarbeitung. Diese E-Mail sandte sie unter einer Deckadresse. Auf diese Weise konnte der Empfänger nicht herausfinden, dass der Absender im Polizeipräsidium München saß.

Gleich darauf erschien Peter Baumann und meldete, dass er eine Anfrage an die Kollegen von New Scotland Yard geschickt hätte, Informationen über Sir Benjamin Sutton, Henry Tennison und den Landsitz in Wales zusammenzutragen.

«Du hast nichts rausgefunden, oder?» Laura sah Baumann fragend an.

«Nein, hab ich nicht. Vielleicht hat er ja in England einen ganz anderen Namen. Vielleicht ist er gar kein Engländer oder Waliser. Vielleicht ist er Holländer oder Amerikaner oder Australier! Was hat denn seine Frau erzählt?»

«Gar nichts. Sie hat die Tür nicht aufgemacht.»

«Ich hab dir doch gesagt, dass sie ihre Ruhe will!»

«Sie ist auch nicht ans Telefon gegangen. Deshalb möchte ich, dass du jetzt nochmal im Hotel anrufst und dich zu ihr durchstellen lässt.»

«Ist das alles?»

«Ja, das ist alles für heute.»

«Und was ist, wenn sie wieder nicht abnimmt?»

«Dann müssen wir überlegen, warum nicht. Oder wir warten bis morgen.»

«Soll ich nicht lieber hinfahren? Vielleicht macht sie mir auf.»

«Wenn du gern Überstunden machst, dann fahr hin.»

«Du bist mal wieder in einer entzückenden Laune, Laura. Ich mache nicht gern Überstunden, aber ich mache mir Sorgen um Monica Sutton. Deshalb fahre ich jetzt hin.» Der junge Kommissar drehte sich um und verließ grußlos Lauras Büro.

SEIT EINER STUNDE war Donatella Cipriani wieder zu Hause. Sie hatte diesen Tag überlebt. Wie verrückt vor Freude hatten die beiden Hunde sie begrüßt. So war es meistens, wenn sie nach Hause kam. Nur die Hunde waren da, die Hunde und Sara, die Haushälterin. Wenn Donatella darüber nachdachte, war es ihr eigentlich lieber so. Sie fühlte sich jedes Mal erleichtert, wenn Ricardo nicht anwesend war. Und da er seine Aktivitäten immer mehr nach Rom verlagerte, sahen sie sich nur noch selten.

Die Kinder, ja, manchmal vermisste Donatella die beiden, und es tat weh, doch es war eher ihre Kleinkinderzeit, der sie nachtrauerte, nicht die Pubertät und nicht ihr derzeitiger Zustand. Sie hatte die Verbindung zu ihnen verloren. Auf andere Weise als zu Ricardo, aber ebenso gründlich.

Es verwunderte sie nicht. Sie war es gewohnt, Menschen zu verlieren, sie nicht zu erreichen. Sie gab schnell auf, wenn sie keine Antwort bekam, vielleicht zu schnell? Aber sie konnte nicht anders. Manchmal war sie in einer inneren Taubheit gefangen, die sich anfühlte wie ein eingeschlafener Arm oder ein Bein, das aufgrund mangelnder Durchblutung nicht mehr zum Körper zu gehören scheint, das man nur noch ahnt. Was spürte sie eigentlich noch, was sollte sie eigentlich spüren, was andere möglicherweise spürten?

Deshalb waren klare Strukturen und Abläufe so wichtig für sie. In den Abläufen fühlte sie sich sicherer, konnte sogar kreativ sein. Ihre Möbelentwürfe fanden großen Anklang. Sie konnte auch mit Kunden und Mitarbeitern einigermaßen umgehen. Es strengte sie an, aber es ging. Wie, das konnte sie sich selbst nicht erklären. Es funktionierte ganz ähnlich wie ihre Fähigkeit, sich schnell in eine strahlende Frau zu verwandeln – jünger und schöner zu erscheinen, als sie in Wirklichkeit war. Kurz betrachtete sie ihre blutig gekauten Finger, versteckte sie dann vor sich selbst auf dem Rücken und gab Sara den Abend frei.

«Aber wollen Sie denn nichts essen, Signora?»

«Ich habe keinen Hunger.»

«Soll ich noch mit den Hunden raus?»

«Ich gehe selbst mit ihnen.»

Sara warf ihrer Chefin einen besorgten Blick zu und zog sich dann in ihr kleines Apartment im Gästehaus zurück. Wenn Signora Cipriani ihr unerwartet freigab, dann hieß es, dass sie schnell verschwinden musste. Sara kannte das.

Ein paar Minuten wartete Donatella, wartete darauf, Sara durch den Garten gehen zu sehen, wartete auf Licht hinter Saras Fenstern. Dann erst öffnete sie den Kühlschrank, nahm eine Flasche Prosecco heraus, entkorkte sie mit Mühe, schenkte sich ein Glas ein und aß gierig ein paar Scheiben Salami. Danach riss sie einen Zettel vom Einkaufslisten-Block und machte sich daran, die Struktur des Abends zu entwerfen.

Sie musste unbedingt an dem Schrank aus Olivenholz arbeiten. Mit dem ersten Entwurf war sie nicht zufrieden. Danach eine halbe Stunde im Fitness-Raum, duschen und anschließend ein Film. Irgendwas Leichtes. Oder vielleicht eine späte Talkshow im Fernsehen. «Porta a porta» zum Beispiel. Das lenkte auch gut ab.

Bisher war es ihr gelungen, nicht an Benjamin Sutton zu

denken. Weder an den toten noch an den lebenden Benjamin. Während des gesamten Rückflugs aus München hatte sich die vertraute Taubheit in ihr ausgebreitet, und sie hatte nichts empfunden – höchstens, ganz entfernt, eine unbestimmte Angst, die in Wellen aus der Magengegend aufstieg und die sie weggeatmet hatte.

Sie ließ die Hunde in den Park hinaus, warf ihnen ein paar Bälle in den Schnee. Dann kehrte sie ins Haus zurück, nahm das Glas Prosecco mit in ihr Arbeitszimmer und kontrollierte ihre E-Mails. Die ersten fünf betrafen Geschäftliches, Ricardo teilte mit, dass er auf unbestimmte Zeit in Rom bleiben würde, die letzte Nachricht kam von Laura Gottberg. Donatellas Herz raste, noch ehe sie den ersten Satz gelesen hatte.

Nur eine kurze Anfrage, Signora Cipriani. Waren Sie zufällig schon mal zur Erholung im Institut Vita divina*? Können Sie es empfehlen? Ich hoffe, Sie hatten einen guten Flug.*

Laura Gottberg

Plötzlich fiel Donatella das Atmen schwer. Die Angst, die sie während des Fluges weggedrängt hatte, überkam sie nun so heftig, dass ihr schwarz vor Augen wurde. Sie griff nach dem Glas, trank es leer, verschluckte sich, hustete. Ihre Luftröhre brannte, sogar ihre Lungen. Wie war es möglich, dass diese Kommissarin etwas über ihren Aufenthalt im *Vita divina* wusste? Niemand wusste davon! Nicht einmal Ricardo oder ihre Kinder. Auch Benjamin hatte sie nie davon erzählt, ihrer Familie eine Geschäftsreise vorgetäuscht. Es hätte sich ohnehin niemand dafür interessiert, was sie tatsächlich in diesen drei Wochen vorhatte, oder dass sie kurz vor einem Zusammenbruch stand.

Das Institut selbst garantierte absolute Diskretion, und selbst die Klientinnen mussten eine Verpflichtung zum Stillschweigen über andere Erholungsuchende unterschreiben. Deshalb war es völlig ausgeschlossen, dass Laura Gottberg etwas wissen konnte. Was hatte sie gefragt? «Wo haben Sie Benjamin Sutton eigentlich kennengelernt?» Und sie, Donatella, hatte geantwortet: «In Siena.»

Es war ein Fehler gewesen! Warum hatte sie nicht München gesagt oder London, Paris, irgendwas, nur nicht Siena! Warum hatte sie erzählt, dass sie einen Urlaub in der Nähe von Siena verbracht hatte, damals. Was hatte sie noch gesagt? Dass er ihr zugelächelt hatte, ihr gefolgt war, aber dass sie ihn angesprochen hätte. Warum hatte sie das erzählt?

Es stimmte nicht.

Warum hatte sie überhaupt etwas erzählt?

Langsam stand Donatella auf, ging die breite Treppe hinunter, hielt sich am Geländer fest, weil sie ihren Beinen misstraute. In der großen Küche, deren granitgraue Fliesen und dunkelrote Schränke sie plötzlich erschreckten, füllte sie ein Wasserglas mit Prosecco und setzte sich auf einen Hocker, den Sara bei der Arbeit benutzte. Sie trank mit kleinen Schlucken, erinnerte sich genau an den Frühsommertag auf dem Campo von Siena, an die Struktur, die sie jenen Stunden gegeben hatte: Einkäufe nach Liste, Besichtigung des Doms, des Dommuseums und dann zum Palazzo Pubblico und zu den berühmten Wandbildern von der guten und der schlechten Regierung aus der Blütezeit Sienas.

Auf dem Campo hatte sie jedoch ihr Programm unterbrochen, um einen Latte macchiato zu trinken. Sie hatte eine Zeitung dabei, mit deren Lektüre sie diese Unterbrechung füllen wollte. Deshalb achtete sie nicht auf ihre Umgebung, doch irgendetwas störte sie nach einer Weile, und als sie aufsah, fiel ihr Blick auf einen eleganten Mann, der sie ganz offensichtlich beobachtete. In seinen Händen hielt er eine

Sonnenbrille, die er wohl gerade abgesetzt hatte, sein Gesicht schien ernst, doch unvermutet lächelte er kaum merklich, schloss die Augen und lehnte sich entspannt zurück – mit einem unhörbaren Seufzer vielleicht?

Er war ein schöner Mann mit dichten dunkelbraunen Haaren, leicht gebräunter Haut, beinahe aristokratischen Zügen. Die Art seines Lächelns, wie er die Augen schloss und sich zurücklehnte – Donatella meinte den Seufzer zu hören –, löste in ihr etwas völlig Unerwartetes aus. Sie empfand eine so plötzliche und heftige sexuelle Erregung, dass es ihr wie ein Überfall vorkam. Mit klopfendem Herzen hatte sie versucht weiterzulesen, doch es war ihr nicht gelungen. Deshalb bezahlte sie, trank schnell den schaumigen Milchkaffee aus und ging, ohne ein zweites Mal zu dem Unbekannten hinzusehen.

Am Gaia-Brunnen war sie verwirrt stehen geblieben und hatte versucht, sich zu sammeln.

Tauben tranken Wasser aus dem Maul einer Wölfin. Wie seltsam, hatte sie gedacht. Damals hatte sie Tauben noch nicht gehasst. Und gleichzeitig wusste sie, dass er in ihrer Nähe war, entdeckte ihn gleich darauf neben anderen Touristen. Auch er schien den Brunnen zu betrachten, warf ihr nur einen kurzen, tiefen Blick zu, der sie erneut wie ein Blitz traf.

Donatella flüchtete in den Palazzo Pubblico, drängte sich durch eine Reisegruppe, löste die Eintrittskarte und rannte beinahe zur Sala della Pace, dem Friedenssaal, hinauf, stand endlich vor den berühmten Fresken von Ambrogio Lorenzetti, ohne sie wirklich zu sehen. Schon nach wenigen Minuten ahnte sie, dass auch er im Raum sein musste, irgendwo hinter ihr, denn sie spürte seine körperliche Anwesenheit, die genau wie zuvor ein geradezu schmerzhaftes Ziehen in ihrem

Körper auslöste. Jahrelang hatte sie diese Art von Lust nicht mehr empfunden, hatte sie aus ihrem Leben ausgeschlossen. Es machte Donatella fassungslos, dass dieses Verlangen jetzt so machtvoll ausbrach, sie regelrecht überwältigte.

Er trat neben sie und sprach über die Blütezeit Sienas im Mittelalter, über die geradezu demokratische Regierung des Neunerrates, und wie wunderbar Lorenzetti das Leben der damaligen Zeit in seinem Wandgemälde wiedergegeben hatte. Er sprach Englisch. Fragte, ob sie ihn verstehen könne. Sie nickte, sah ihn aber nicht an. Seine Stimme klang weich und dunkel, und er erklärte die Bilder wie ein Kunstexperte, machte sie auf Details aufmerksam.

Sie hätte wegrennen sollen!

Die Treppen runter, über den Campo zur Piazza Matteotti und dann ganz schnell ein Taxi nehmen, das sie zu ihrem Wagen gebracht hätte, der unterhalb der Stadt in der Via Esterna di Fontebranda geparkt war.

Aber sie war geblieben.

Mit klopfendem Herzen hatte sie ihm zugehört. Sie, eine Frau von dreiundvierzig Jahren. Lächerlich.

«Ich würde Sie gern zu einem Aperitivo einladen, Signora», hatte er irgendwann gesagt. «Darf ich mich vorstellen … Benjamin Sutton.»

Sie hatte seine Einladung angenommen. Ohne ihren Namen zu nennen. Dass er Engländer war, hatte sie beruhigt.

Beruhigt.

Campari hatten sie getrunken, denn es war ein heißer Nachmittag auf dem Campo gewesen … in der Sonne, mit Blick über die Stadt und den Dom, auf einer Aussichtsterrasse abseits der Touristenströme.

«Ich komme immer nach Siena, wenn ich vom hektischen Leben in London genug habe», hatte er gesagt. «Siena hat etwas Heilendes für mich. Allein der Blick auf diese organisch gewachsene Stadt macht mich glücklich. Sind Sie Sieneserin?»

«Zurzeit», hatte sie geantwortet.

«Eine gute Antwort. Ich fühle mich ebenfalls als Sieneser – zurzeit.»

Er war amüsant gewesen und doch immer wieder auch ernst, keineswegs aufdringlich – aber diese seltsame Tiefe seiner Augen fachte stets aufs Neue ihre Erregung an.

Donatella stellte das Glas auf der Anrichte ab und stützte den Kopf in beide Hände. Der Ausspruch einer Bekannten fiel ihr ein: «Die meisten Engländer sind schwul, und Flirten ist ein unbekannter Begriff für sie.» Die Bekannte hatte ein paar Jahre in London gearbeitet.

Donatella konnte dieses Vorurteil nicht bestätigen. Benjamin Sutton wusste zu flirten. Auch er hatte eine Struktur, allerdings eine andere als Donatella. Er bestimmte die Struktur und die Abläufe seines Gegenübers. Das wurde ihr erst jetzt klar.

Mein Gott, sie hatte sich so in ihn verliebt, dass in kurzer Zeit alles andere bedeutungslos erschienen war. Schritt für Schritt hatte er sie gelenkt, langsam, gut dosiert: ein Spaziergang über grüne Hügel mit Blick auf die Stadt, ein Ausritt, ein Abendessen in seinem Lieblingslokal.

Fünf Tage hatte er ihr gegeben.

Fünf Tage, in denen sich ihre Begierde so sehr gesteigert hatte, dass sie kaum noch kontrollierbar war. Wie unabsichtlich hatte er sie berührt, sich manchmal sogar dafür entschuldigt. Beim Ausflug ans Meer hatte er sie plötzlich in seine Arme gerissen und ihr seine Liebe gestanden.

Es war der fünfte Tag ihrer Begegnung gewesen.

Donatella fegte das Glas von der Anrichte und hielt sich

die Ohren zu, als es auf den Granitfliesen zersplitterte. Der erste längere Kuss hatte einen Orgasmus in ihr ausgelöst, dessen sie sich jetzt verzweifelt schämte, der sie mit Wut und Hass erfüllte. «Mia colomba bianca» hatte er sie genannt, weil er Tauben liebe und sich mit ihr so frei fühle, als flögen sie gemeinsam über die Dächer von Siena.

Mit der halbvollen Flasche in der Hand kehrte Donatella in ihr Arbeitszimmer zurück, wo sie ruhelos auf und ab ging. Unmöglich, sich hinzusetzen. Ihre innere Unruhe schmerzte, fühlte sich an wie ein Messer in ihren Eingeweiden, trieb sie zu rastloser Bewegung, als könnte sie vor sich selbst weglaufen, wenn sie im Zimmer umherging.

Sie hatte ihm geglaubt.

Die schwierige Ehe mit einer adeligen Engländerin, die vier Kinder, den mühsamen Erhalt der Besitztümer seiner Vorfahren – dabei hatte er diskret erwähnt, dass er ebenfalls ein wenig adelig war. Auch seine Sehnsucht nach der Wärme und Lebendigkeit des Südens hatte sie geglaubt, seine Sehnsucht nach leidenschaftlicher Liebe.

Alles hatte sie ihm geglaubt!

Mia colomba bianca. Meine weiße Taube.

Donatella warf sich auf den Boden und rollte sich zusammen wie ein Embryo. Sie hatte sich Benjamin geöffnet, ihr Leben vor ihm ausgebreitet, ihre Einsamkeit, ihre Sehnsucht, die sie in sich vergraben hatte, unter Strukturen und Abläufen und Konventionen und Arbeit. Er hatte zugehört, sie ernst genommen, ihr Mut gemacht. Er hatte sie schön gefunden, schlagfertig, klug, hatte ihr Zärtlichkeit geschenkt und eine nie gekannte Leidenschaft.

Zehn Tage lang.

In den letzten fünf Tagen war sie kaum noch nach *Vita divina* zurückgekehrt. Die Nächte, diese unbeschreiblichen

Nächte. Donatella stöhnte, umfasste mit beiden Armen ihre Knie und schaukelte hin und her wie ein verlassenes Kind, das die Hoffnung aufgegeben hat.

Dann musste Benjamin abreisen. Ganz plötzlich, ohne Vorwarnung. Eines seiner Kinder hatte einen Fahrradunfall. Er wollte nicht fahren, war verzweifelt, sprach vom Wiedersehen an einem neutralen Ort, schlug München vor, seiner Geschäfte wegen.

Als Abschiedsgeschenk hatte er ihr das Gedicht gegeben, zusammen mit einem riesigen Strauß weißer Rosen.

«Ein Römer hat es geschrieben», flüsterte er, während er sie in seinen Armen hielt und sein Gesicht in ihrem Haar verbarg. «Es ist zweitausend Jahre alt, aber es wird für alle Zeiten Gültigkeit haben. I love you, Donatella.»

Sie richtete sich langsam auf, kniete eine Weile, denn ihr war schwindlig. Endlich zog sie sich am Schreibtisch hoch, schloss die unterste Schublade auf und zog das Blatt Papier hervor, auf das Benjamin Sutton mit seiner großzügigen Handschrift für sie das Gedicht von Petronius geschrieben hatte.

Welch eine Nacht! Ihr Götter und Göttinnen!
Wie Rosen war das Bett! Da hingen wir
Zusammen im Feuer und wollten in Wonnen zerrinnen
Und aus den Lippen flossen dort und hier,
Verirrend sich, unsre Seelen in unsre Seelen –
Lebt wohl, ihr Sorgen! Wollt ihr mich noch quälen?
Ich hab in diesen entzückenden Sekunden,
Wie man in Wonne sterben kann, empfunden.

Donatella las halblaut, einmal und ein zweites Mal. Langsam steckte sie das Blatt in ihre Schreddermaschine und sah zu, wie es in hauchdünne Streifen zerschnitten wurde. Eine Weile hielt sie die Streifen in der Hand, dann warf sie sie angeekelt in den Papierkorb.

Wann hatte sie zu zweifeln begonnen?

Es war kaum zwei Wochen her. Nach der Begegnung in Paris und dem dritten Erpresserbrief. In Paris war Benjamin eine Idee weniger aufmerksam gewesen als sonst, hatte nervös und abwesend gewirkt. Als sie ihn darauf ansprach, erzählte er von schwierigen Geschäften und einer möglichen Scheidung von seiner Frau. Donatella hatte Verständnis für all das. Schlimmer war, dass sie in seinem Kulturbeutel eine winzige Schachtel mit Viagra entdeckt hatte. In einer ebenfalls winzigen Seitentasche. Es hatte sie wie ein Schlag getroffen.

Weshalb brauchte er Viagra?

Ihre eigene Leidenschaft war so heftig wie bei ihrer ersten Begegnung. Seine nicht? Sie hatte nicht gewagt, ihn zu fragen. Weshalb hatte sie überhaupt in seinen Kulturbeutel geschaut? Sie hatte kein Recht dazu. Trotz ihrer Schuldgefühle kam ihr diese kleine Tablettenschachtel wie ein Verrat an ihrer Liebe vor. Verwirrt war sie nach Mailand zurückgekehrt.

Dann war der dritte Brief gekommen.

Fünfhunderttausend Euro hatten sie verlangt, und Sir Benjamin hatte erklärt, dass sie sich diesmal wirklich trennen müssten. Er könne das Risiko nicht länger eingehen, aber er würde sie für immer lieben. Vielleicht könnten sie später wieder zusammenkommen – nach seiner Scheidung.

Zu dieser Zeit hatte ihr Verstand wieder angefangen zu arbeiten, und sie hatte plötzlich eine Verbindung zwischen ihrem Aufenthalt in *Vita divina* und der Begegnung mit Benjamin gesehen. Keine direkte. Nur die eigene Schuld. Sie hatte sich Therapien überlassen, die offen machten für tiefe

Bedürfnisse, die den vernachlässigten Körper aufweckten. Wäre sie Benjamin in ihrem Mailänder Alltag begegnet, er hätte vermutlich niemals eine Chance gehabt.

Donatella ging ins Schlafzimmer, legte sich angezogen aufs Bett und versuchte die Grenzen ihres Körpers zu spüren. Die Arme, die Finger, die Beine und Füße. Es war nicht einfach, denn die Taubheit ergriff wieder Besitz von ihr. Doch sie wollte sich spüren, den Schmerz und die verlorene Lust.

Benjamin hatte sie missbraucht.

Die deutsche Kommissarin hatte das sehr schnell verstanden. Aber sie hatte Donatellas Geschichte geglaubt. Ihre Geschichte der noch immer gläubigen Geliebten. Sie hatte nicht verstanden, dass Donatella Benjamins Tod beschlossen hatte. Laura Gottberg hatte die Struktur nicht durchschaut.

Langsam stand Donatella auf und ging in den Fitness-Raum. Die Struktur. Es war gut, der Struktur zu folgen.

KURZ VOR SIEBEN UHR verließ Commissario Guerrini die Questura, um sich mit seiner Exfrau Carlotta zu treffen. Er war überpünktlich, weil er vermeiden wollte, dass sie ein zweites Mal ins Kommissariat eindrang. An der Pforte blieb er stehen und betrachtete mit gerunzelter Stirn den jungen Polizisten D'Annunzio, der offensichtlich in ein intensives Gespräch mit einem – ebenfalls sehr jungen – Kollegen vertieft war.

«Kannst du mir mal erklären, warum du während der Dienstzeit Computerspiele spielst?» Guerrini hatte so laut gesprochen, dass die beiden jungen Polizisten jäh herumfuhren.

«Che cosa, Commissario?», stotterte D'Annunzio.

«Mir hat jemand erzählt, dass du mit ein paar anderen irgendwelche Computerspiele auf dem Bildschirm hattest. Karten oder so was!»

D'Annunzio lief rot an, zog den Kopf zwischen die Schultern und hob abwehrend die Hände.

«No, sì, ma Commissario. Das waren keine Spiele. Wir wollten nur sehen … wie die illegale Glücksspiele im Internet und so was …»

«… verpacken!», ergänzte der zweite Polizist. Er war nicht rot geworden.

«Aha, verpacken!», wiederholte Guerrini. «Rein dienstlich also.»

«Certo, Commissario. Rein dienstlich.»

«Und warum passt ihr dann nicht auf, wer dieses Haus betritt? Ihr habt eine Frau reingelassen, die sich als meine Ehefrau ausgegeben hat. Ich habe keine Ehefrau!»

Die beiden starrten Guerrini mit offenem Mund an.

«Ihr habt sie nicht mal kontrolliert! Sie hätte mich umbringen können! Erschießen, in die Luft sprengen! Glaubt ihr vielleicht, dass es bei uns in Siena keine Terroristen geben kann? Oder irgendwelche Irren, die sich für irgendwas an der Polizei rächen wollen, eh?»

Die beiden starrten verlegen auf den Boden. Zufrieden drehte Guerrini sich um, öffnete die schwere Tür zur Straße und wäre beinahe mit Carlotta zusammengestoßen.

«Attenzione, Commissario! È ritornata! Sie ist wieder da!»

«Ja, schon gut!» Mit ausgebreiteten Armen hielt Guerrini die beiden Polizisten davon ab, sich auf Carlotta zu stürzen. Carlotta wiederum hob erstaunt die Augenbrauen, zuckte herablassend mit dem rechten Mundwinkel und begann zu lachen.

«Es hat sich nichts geändert, nicht wahr? Erinnerst du dich noch an die Geschichte mit Pisani? Ich glaube, er hieß Pisani, jedenfalls so ähnlich. Du hattest irgendwelche Akten zu Hause vergessen, und ich sollte sie dir bringen. Erst hat Pisani mich gar nicht bemerkt, als ich in die Questura kam, und so bin ich einfach in dein Büro gegangen. Aber als ich wieder rauskam, wollte er mich verhaften.»

Guerrini hatte sie unterdessen zur Tür hinausgeschoben und stand jetzt neben ihr auf dem Kopfsteinpflaster vor dem Kommissariat. Er antwortete nicht, erinnerte sich nur dunkel, wollte sich eigentlich auch nicht erinnern.

«Du musst dich daran erinnern. Ich habe diesen Trottel

damals so angeschrien, dass die halbe Questura zusammengelaufen ist.»

«Kann sein, dass ich mich erinnere», murmelte Guerrini. «Wo gehen wir essen?»

Er war sich sehr bewusst, wie intensiv Carlotta ihn von der Seite musterte, spürte ihren Blick geradezu körperlich, als berühre etwas Metallisches seine Gesichtshaut. Ohne auf seine ausweichende Antwort einzugehen, sagte Carlotta bemüht leichthin: «Ich kenne mich nicht mehr aus mit den Lokalen in Siena. Aber meine Freundin hat das *Aglio e Olio* empfohlen.»

«Die haben heute Ruhetag.»

Niemals würde er mit Carlotta ins *Aglio e Olio* gehen, es war Lauras Lieblingslokal!

«Wie schade. Wohin also dann?»

«Ins *La Torre*, da isst man hervorragend, und es ist meistens so voll und laut, dass niemand unser Gespräch verstehen kann.»

«Das ist wichtig, nicht wahr? Per carità, Angelo! Warum bist du denn so kompliziert? Wir haben uns mehr als vier Jahre nicht gesehen, und jetzt gehen wir eben zusammen essen. Wir haben uns damals halbwegs anständig getrennt, wo liegt das Problem?»

«Vielleicht darin, dass wir uns vier Jahre nicht gesehen haben und wir beide ein anderes Leben angefangen haben.» Guerrini schlug den Weg Richtung Campo ein, Carlotta folgte ihm langsam.

«Geh doch nicht so schnell!»

«Ich habe Hunger.» Plötzlich wurde ihm bewusst, dass er in den Jahren seiner Ehe immer langsam gehen musste, weil Carlotta eine Vorliebe für Schuhe mit sehr hohen Absätzen hatte, die absolut ungeeignet für das Kopfsteinpflaster in Siena waren. Damals hatte er mit seinen Radtouren angefangen, weil sie ihm ein Gefühl von Freiheit und selbstgewählter Geschwindigkeit gaben.

Was für ein Trottel ist man doch in jüngeren Jahren, dachte er und fand die Situation plötzlich amüsant. Vergangenheitsbewältigung vierter Akt, würde Laura jetzt sagen. Und sie hatte recht – vor ihm lagen vermutlich noch ein fünfter, sechster und siebter Akt, unter anderem dieses Abendessen.

An diesem Abend kehrte Laura ungewöhnlich früh nach Hause zurück. Im Treppenhaus traf sie Ibrahim Özmer, ihren türkischen Nachbarn, der sie geradezu überschwänglich begrüßte. Sein Deutsch war auch nach all den Jahren, die er in München lebte, höchst rudimentär. Er strahlte über das ganze Gesicht: «Heiraten Ülivia! Kommen Hochzeit, ja!»

«Ülivia wird heiraten?» Laura sah Ibrahim Özmer erstaunt an.

«Ja, heiraten!»

«Wann denn?»

«In zwei Woche.» Er hielt zwei Finger seiner großen Hand hoch.

«Ach.»

«Du kommen!»

«Ja, vielleicht.»

«Du kommen!» Es war eine Feststellung, keine Frage.

«Ja, ich komme.» Laura hatte keine Lust auf längere Diskussionen.

«Gut!» Er lächelte und setzte seinen Weg nach unten fort, während Laura langsam die vielen Treppen hinaufstieg. Sie hatten es also geschafft, die alten Özmers. Ülivia, die jüngste Tochter, würde endlich den verordneten Ehemann heiraten, nachdem vor zwei Jahren ihr Ausbruchsversuch kläglich gescheitert war. Die kurze Liebelei mit einem jungen Kurden hätte damals beinahe in einer Tragödie geendet.

Laura mochte die junge Nachbarin, die etwas Ungebärdiges ausstrahlte und eine Sehnsucht, die kein bestimmtes Ziel hatte, einfach nur Sehnsucht war. Es machte Laura traurig, wenn sie an diese Sehnsucht dachte und an die bevorstehende Hochzeit, beides passte nicht zusammen.

Als Laura ihre Wohnung betrat, fand sie Luca etwas mürrisch über seine Hausaufgaben gebeugt.

«Hat dich der alte Özmer abgefangen?», fragte er. «Ülivia heiraten, alle kommen!» Luca konnte Ibrahim Özmer wunderbar nachmachen.

«Ja, natürlich.»

«Er hat schon zweimal bei uns geklingelt, um dir die große Neuigkeit zu verkünden. Ich finde es totale Scheiße! Die haben Ülivia wahrscheinlich so in die Mangel genommen, dass sie einfach aufgegeben hat!»

«Ja, wahrscheinlich.»

«Willst du nichts dagegen tun, Mama?»

«Nein, Luca. Ich kann gar nichts dagegen tun.»

«Aber ich bin sicher, dass Ülivia diesen Typen nicht heiraten will!»

«Zu mir hat sie schon vor zwei Jahren gesagt, dass sie ihn heiraten wird, weil ihr die Familie wichtig ist. Sieh mal Luca, früher haben die Leute auch bei uns nicht aus Liebe geheiratet, sondern weil die Familie es aushandelte. Das ist gar nicht so lange her. Die türkischen Frauen werden sich da selber herausarbeiten, wie es die anderen Frauen auch getan haben. Das braucht Zeit.»

«Du hast heute deinen toleranten Tag, was? Wieso bist du eigentlich schon zu Hause?»

«Weil ich gern mit euch zu Abend essen wollte.»

«Haben wir überhaupt was im Kühlschrank?»

«Ich werd mich drum kümmern, Luca. Mach du nur deine Hausaufgaben.»

Sie fragte nicht nach dem Abend bei ihrem Exmann Ronald, hoffte, dass später, beim Essen, Sofia und Luca selbst erzählen würden. Als Laura an Sofias Zimmer vorbeiging, sah sie nur eine winkende Hand über langen dunklen Haaren und verzog sich ins Badezimmer. Nachdem sie ihr Gesicht mit kaltem Wasser gewaschen hatte, betrachtete sie sich im Spiegel und fragte sich halblaut: «Warum hast du Donatella Cipriani schon wieder wegfliegen lassen, Laura Gottberg?»

«Ich weiß es nicht!», antwortete sie ein bisschen lauter. «Könnte sein, dass es etwas mit mir persönlich zu tun hat. Aber ich muss jetzt kochen!»

Der Blick in den Kühlschrank war nicht besonders ermutigend. Aber in der Kühltruhe fand sie noch ein paar Stücke selbstgemachten Apfelstrudel, die sie vor ein paar Wochen eingefroren hatte – auf Vorrat. Als Vorspeise rieb sie Karotten, beträufelte sie mit Zitrone und streute ein bisschen braunen Zucker darüber. Käse war auch noch da, falls Lucas Hunger sehr groß sein sollte.

Während Laura den Tisch deckte und der Apfelstrudel im Bratrohr zu duften begann, erschien Sofia in der Küche.

«Mathe hab ich endlich kapiert, aber diese Erörterung macht mich echt fertig, Mama. Wieso muss man Erörterungen schreiben? Was ist das überhaupt für ein blödes Wort? Erörterung? Hast du in deiner Schulzeit Erörterungen geschrieben?»

Sie steckte ein Stück Karotte in den Mund.

«Nein. Wir hatten nur Aufsätze und Interpretationen von

Gedichten. Erörterungen sind etwas für künftige Leistungsträger, so nennt man die Schüler der höheren Schulen heute. Ich finde das richtig abartig!»

«Ich finde Erörterungen abartig! Hier riecht's gut. Was hast du denn gefunden?»

«Apfelstrudel.»

«Lecker. Was hast du denn gestern Abend gemacht, Mama?»

«Ich habe gebadet und nachgedacht.»

«Worüber?»

«Über den Fall, an dem ich gerade arbeite, und über meine Mutter.»

«Über deine Mutter?»

«Ja, ich hatte plötzlich ein Gefühl, als hätte ich sie gar nicht wirklich gekannt.»

Der erstaunte Blick ihrer Tochter ließ Laura innehalten. «Du verstehst das nicht, Sofi. Aber ich hab inzwischen begriffen, dass man einen Menschen nicht unbedingt kennt, nur weil man mit ihm zusammenlebt. Es gibt so viele Fragen, die ich meiner Mutter nie gestellt habe, nie stellen konnte. Jetzt würde ich sie gern fragen, aber es geht nicht mehr.»

Sofia antwortete nicht, stellte Gläser auf den Tisch und rückte die Schüsseln mit den geriebenen Karotten zurecht.

«Wie war's bei Papa?» Jetzt hatte Laura doch gefragt. Es war ihr einfach so rausgerutscht, am liebsten hätte sie sich auf die Zunge gebissen.

«Och, ganz gut. Seine Freundin war nicht da. Er und Luca haben Schach gespielt, und ich hab Hausaufgaben gemacht, weil ich am Nachmittag Sport hatte. Papa hat mir ein bisschen geholfen.»

«Schön.» Laura lächelte ihrer Tochter zu, doch die schaute

in eine andere Richtung. Die unüberlegte Frage hatte ihre Verbindung unterbrochen.

«Luca, komm bitte zum Essen.» Laura ärgerte sich über die komplizierte Situation und über sich selbst.

Schweigend aßen sie die Karotten mit braunem Zucker. Laura hatte keine Lust, von sich aus ein Gespräch anzufangen.

«Verdammt gesund, was?», grinste Luca nach einer Weile.

«Ja, verdammt gesund!», erwiderte Laura, stand auf und nahm den Apfelstrudel aus dem Ofen. In diesem Augenblick klingelte das Telefon, und Luca sprang auf. «Ist wahrscheinlich für mich!»

Laura flehte innerlich, dass es so sein möge, doch bereits nach ein paar Sekunden kehrte Luca zurück und hielt ihr das Telefon hin.

«Für dich, Peter Baumann.»

«Wärst du bloß nicht rangegangen», murmelte sie. «Man muss nicht jeden Anruf entgegennehmen!»

Luca setzte sich schweigend und nahm sich ein Stück Strudel, während Laura langsam das Telefon ans Ohr hob.

«Was gibt's, Peter?»

«Entschuldige, wenn ich euch stören muss.» Er machte eine ziemlich lange Pause, räusperte sich dann.

«Was ist denn?»

«Monica Sutton ist tot. Ich habe ihr Zimmer öffnen lassen. Es sieht aus, als hätte sie Selbstmord begangen. Wär gut, wenn du vorbeikämst.» Baumanns Stimme war kühl und distanziert. Laura sah zu ihren Kindern hinüber, die vor ihrem Apfelstrudel saßen und sie beobachteten.

«In einer Stunde. Ich komme in einer Stunde. Das mit der Spurensicherung kannst du allein erledigen.»

«Tut's dir leid?»
«Was?»
«Dass sie tot ist.»
«Ja, es tut mir leid.»
«Mir auch.»
«Dann bis später.»
«Ja, bis später.»

Laura legte das Telefon weg und fühlte sich elend. Auch ein bisschen schuldig. Ihr Herz schlug zu schnell. Hatte sie Suttons Affären erwähnt? Nein, jetzt erinnerte sie sich genau. Sie hatten Monica nur von den beiden Pässen erzählt. Vielleicht hatte Peter Baumann mit ihr gesprochen, und sie reagierte deshalb so heftig auf die weiße Rose, die Donatella dem Toten auf die Brust gelegt hatte.

Halb acht. Laura wollte nicht fort, nicht heute Abend! Sie wollte auch die tote Monica Sutton nicht sehen. Mit einem tiefen Seufzer wandte sie sich an ihre Kinder.

«Ich muss leider nachher nochmal weg. Ihr habt es ja gehört. Aber wir können wenigstens noch in Ruhe essen.» Sie legte ein kleines Stück Apfelstrudel auf ihren Teller und streute ein bisschen Zimtzucker darüber, erst dann bemerkte sie, dass sie keinen Appetit mehr hatte.

«Ich frage mich, warum Leichen immer am Abend gefunden werden. Seit ich mich erinnern kann, musstest du immer am Abend oder mitten in der Nacht weg, weil sich irgendein Idiot hat umbringen lassen!» Luca sprach laut.

«Ermordete werden auch am Tag gefunden, Luca. Es ist nur dein persönlicher Eindruck, weil ich ziemlich oft abends wegmuss. Ich kann es nicht ändern. Es ist der Teil meines Berufs, den ich selbst nicht besonders mag. Wir haben schon oft darüber gesprochen.»

«Wenn ihr jetzt anfangt zu streiten, dann geh ich raus!»

Sofias Augen füllten sich mit Tränen, die sie wegzublinzeln versuchte.

«Wir streiten nicht, Sofi. Es ist nur … ich hab wirklich keine Lust, heute Abend wegzufahren und mir eine Tote anzusehen. Aber es ist eine verdammt ernste Angelegenheit und hängt mit einem anderen Fall zusammen, der bisher ziemlich unklar ist.»

«Ich will das gar nicht wissen. Reden wir über was anderes!» Luca ballte eine Hand zur Faust.

«Okay. Mach einen Vorschlag.»

«Ich war heute Nachmittag bei Großvater», sagte Luca. «Es war schön. Er hat sich total gefreut. Ich werd jetzt öfter zu ihm fahren. Ich hab ihn nach dem Krieg gefragt, und er hat mir ganz lang erzählt», sagte Laura.

«Wirklich? Er redet nämlich nicht gern über den Krieg. Jedenfalls hat er mir nie besonders viel erzählt», sagte Laura.

«Er hat gesagt, dass wir Jungen unbedingt wissen müssen, was Krieg für ein Mist ist, weil wir sonst vielleicht wieder Lust darauf bekommen könnten.»

«Hat er das gesagt?»

«Natürlich. Meinst du, ich erfinde das?»

«Nein.»

«Er hat lauter Sachen gesagt, die ganz wichtig sind. Die Hälfte hab ich schon wieder vergessen. Ich glaub, nächstes Mal nehm ich ein Aufnahmegerät mit.»

«Ich komm auch mit», fiel Sofia ein und fügte leise hinzu: «Ich hab Angst, dass Großvater stirbt.»

«Wieso denn das, Sofi? Er ist ziemlich gesund, es geht ihm gut.»

«Aber deine Mutter ist auch ganz plötzlich gestorben. Ich erinnere mich genau daran. Ich hab Großmama so lieb gehabt. Manchmal bin ich immer noch traurig, dass sie nicht mehr da ist. Sie hat mit mir gesungen. Italienische Lieder. Ich kann sie alle noch.» Jetzt liefen Tränen über Sofias Wangen.

«Ich bin auch immer noch sehr traurig, Sofia.» Laura streckte die Hand nach ihrer Tochter aus. Ich kann jetzt nicht weg, dachte sie. Nicht gerade jetzt. Als sie zu Luca hinübersah, begann er ganz leise zu lächeln, und Laura lächelte zurück. Den Apfelstrudel hatten sie alle drei noch nicht angerührt.

«Es ist so wie immer», sagte Luca nach einer Weile. «Wir reden immer dann über was Wichtiges, wenn du wegmusst.»

«Vielleicht hängt das eine mit dem anderen zusammen», erwiderte Laura. Dann fragte Luca doch nach der Toten dieses Abends, und Laura erzählte ein bisschen. Irgendwann begannen sie sogar zu essen, doch Laura dachte plötzlich, dass es vielleicht wirklich besser wäre, wenn Luca und Sofia mehr Zeit bei Ronald verbringen würden. Ohne Leichen.

Das Essen im *La Torre* war nicht schlecht, aber Guerrini hatte keinen Appetit und ließ die Hälfte seines Wildschweinragouts stehen. Dafür trank er etwas mehr als gewöhnlich, obwohl er auf der Hut sein musste und sich dessen durchaus bewusst war.

Auch Carlotta aß wenig, ein paar Cannelloni mit Gemüsefüllung und ein bisschen Salat.

Immer wieder erzählte sie Begebenheiten aus ihrer Ehe, komische zumeist, und dann lachte sie herzlich. Guerrini lachte ein bisschen mit, sehr verhalten und wachsam. Ihre Vertraulichkeiten gingen ihm mehr und mehr auf die Nerven.

Als sie nach dem Essen noch einmal die Speisekarte kommen ließ, die Desserts studierte und verkündete, dass es seine Lieblingsnachspeise gebe, Zabaione, da beugte er sich vor, sah ihr genau in die Augen und fragte: «Was willst du, Carlotta?»

«Ach, spiel doch nicht den Commissario! Was ist denn dabei, wenn zwei Menschen, die mal ziemlich lange verheiratet waren, einen fröhlichen Abend miteinander verbringen?»

«Dieser Abend war nicht meine Idee, Carlotta.»

«Kannst du nicht ein bisschen lockerer sein? Ich meine, so schlecht war unsere Ehe doch gar nicht.» Sie wandte den Blick ab und begann die Papierserviette zu falten.

«Ehe du nach Rom gegangen bist, warst du anderer Ansicht. Vergiss nicht, dass *du* gegangen bist.»

«Ich bin gegangen, weil du schon lange nicht mehr anwesend warst, Angelo! Und *du* weißt das ganz genau!» Die Serviette in Carlottas Händen wurde immer kleiner.

Ja, natürlich. Jetzt hatten sie den Punkt erreicht. Was sollte er antworten? Dass er anders war als sie, dass er sich nur begrenzt für Mode und Geld interessierte? Dass er gern Bücher las und nicht gern fernsah, während sie immer den Fernseher laufen ließ, wenn sie zu Hause war? Er hätte noch viel mehr aufzählen können, auch seine innere Wüste, die sich immer weiter ausgebreitet hatte, was allerdings nicht nur an Carlotta lag, sondern auch an ihm selbst und an vielen alten Geschichten.

«Ja», antwortete er, «du hast völlig recht.»

«Grazie.»

«Per piacere.»

«Du siehst immer noch gut aus, Angelo.»

«Was soll das, Carlotta?»

«Findest du, dass ich auch noch halbwegs gut aussehe?»

«Natürlich siehst du noch gut aus. Du bist ja schließlich erst Anfang vierzig.»

«Ich meine, bin ich für dich noch attraktiv?»

«Carlotta, wir sind geschieden.»

«Aber deshalb kann ich doch trotzdem für dich attraktiv sein!»

«Du bist attraktiv, Carlotta, aber ich …»

«Was?»

«Ich verstehe nicht, was du von mir willst»

«Ich auch nicht.» Carlotta biss auf ihre Unterlippe und schien plötzlich den Tränen nahe.

«Ich weiß nicht, was ich will und was das Leben mit mir macht, Angelo. Es war verdammt hart in Rom. Nicht immer schlecht, aber meistens hart. Harter Job, harte Konkurrenz. Auf allen Gebieten. Ich kann das nicht mehr, weißt du …»

«Hast du deinen Job verloren?»

«Ja, ich habe meinen Job verloren. Sie haben eine Jüngere genommen, die aussieht wie ein Model, das auf den Strich geht.»

«Wie bitte?»

«Du hast ganz richtig gehört! Kannst du mir erklären, warum bei uns alle Frauen wie Models aussehen müssen, die auf den Strich gehen?»

«Na ja, alle nicht.»

«Aber diejenigen, die erfolgreich sein wollen. Außerdem weichst du aus! Erklär mir, warum! Du bist ein Mann, und du musst es wissen!»

«Ich kann dir das nicht erklären. Vielleicht hat es etwas mit den Müttern in unserem Land zu tun. Vielleicht müssen sich die Frauen deutlich von Müttern unterscheiden, weil die Männer sonst Panik bekommen.»

«Du auch? Bist du auch so ein Typ?»

«Warum stellst du mir solche Fragen, Carlotta? Hast du ausgesehen wie ein Model, das auf den Strich geht, als wir geheiratet haben? Ich kann mich nicht erinnern! Du warst eine ganz natürliche, schöne, junge Frau. Erst in unserer Ehe hast du dich verändert. Vielleicht liegt es am Fernsehen. Da gibt es nur noch Frauen, die aussehen wie Nutten.»

«Sei nicht so vulgär!»

«Wer hat davon angefangen, du oder ich?»

«Aber ich bin nicht vulgär! Ich bin verzweifelt! Männer verstehen das nicht. Es ist ihnen auch völlig egal!»

«Was ist den Männern egal, Carlotta?»

«Die Verzweiflung der Frauen ist ihnen egal. Ach, reden wir von etwas anderem. Hast du eine Freundin?»

«Natürlich habe ich eine Freundin.»

Carlotta betrachtete die zusammengefaltete Serviette auf ihrer flachen Hand, zerknüllte sie plötzlich. «Wahrscheinlich ist sie zwanzig Jahre jünger als du! So läuft das doch immer!»

Guerrini füllte sein Weinglas bis zum Rand und trank es halb aus, ehe er antwortete.

«Wie kommst du darauf?»

«Weil alle älteren Männer, die ich in Rom getroffen habe, junge Freundinnen hatten. Für mich wären nur noch die Siebzigjährigen geblieben. Mit ein bisschen Glück.»

«Soll ich daraus schließen, dass du keinen Freund hast?»

«Ah, du bist so klug! Kein Wunder, dass du es zum Commissario gebracht hast!» Carlotta hielt Guerrini ihr leeres Glas hin, er füllte es, und sie leerte es in einem Zug. «Lass uns gehen! Ich möchte endlich deine Wohnung sehen. Du hast es mir versprochen!»

Guerrini zahlte und war entschlossen, diese Wohnungsbesichtigung zu verhindern. Doch draußen, an der frischen

Luft, stellte er vor allem fest, dass er zu viel getrunken hatte und dass Carlotta sogar ein bisschen torkelte.

«Ich bring dich zu deiner Freundin», sagte er. «Wir sind zu betrunken, um diesen Abend halbwegs vernünftig zu beenden.»

«Ich brauche einen Caffè. Lass uns bei dir einen trinken, und dann bringst du mich zu meiner Freundin, bene?»

«Ich glaube, das ist keine gute Idee!»

«È una splendida idea, Angelo! Andiamo!» Sie griff nach seinem Arm und zog ihn in Richtung seiner Wohnung.

Warum mache ich das?, dachte Guerrini. Er hatte Mitleid mit Carlotta, das war es. Und auf eine unklare, seltsame Weise fühlte er sich schuldig.

Viel später erwachte Guerrini und hatte das deutliche Gefühl, dass die Dinge aus dem Gleis gelaufen waren. Sein Kopf schmerzte, und er musste dringend auf die Toilette. Als er sich aufsetzte, um aus dem Bett zu kriechen, entdeckte er einen blonden Haarschopf neben sich und zuckte zusammen. Das konnte nicht sein, nein, das durfte nicht sein. Doch schnell wurde ihm klar, dass es durchaus so war, wie es nicht sein durfte.

Guerrini schlich aus dem Schlafzimmer und setzte sich aufs Klo. Was war passiert? Sie hatten Caffè getrunken, und Carlotta hatte seine Wohnung bewundert. Aufrichtig bewundert, ganz ohne Ironie. Irgendwann, als er allmählich zum Aufbruch drängte, hatte sie einen Anfall von Verzweiflung bekommen, ihm geklagt, wie alt und ausgemustert sie sich fühle. Irgendwann hatte er sie tröstend in die Arme genommen, und sie hatte geweint. Da war es irgendwann passiert.

Guerrini stand auf, drückte auf die Spülung und ging in

die Küche. Halb vier. Er füllte ein Glas mit Wasser und ging auf seine kleine Dachterrasse hinaus. Seinen Ort der Klärung.

Es war eine kalte Nacht, die Wolken hatten sich verzogen. Guerrini sah zu den Sternen hinauf und fühlte sich dem Leben sehr nah. Schmerzhaft nah. Keine innere Wüste, kein wirkliches Schuldgefühl. Vielleicht lag das an den Nachwirkungen des Weins. Vielleicht war es in Ordnung so. Trotzdem kehrte er nicht ins Bett zurück, sondern streckte sich auf dem Sofa im Wohnzimmer aus.

Laura ... es hatte nichts mit Laura zu tun. Er liebte Laura, sah sie genau vor sich. Wie sie gelacht hatte, als sie gemeinsam einen Pflug in einer Baugrube versenkten. Wie sie mit ihm am Rand der Grube getanzt hatte. Er meinte ihren Duft zu spüren, ihre warme Haut.

Das hier war ein Zwischenfall in seinem Leben. Über ihre Zwischenfälle wusste er nichts, hatte nur manchmal eine Ahnung, dass es welche geben könnte. Sie waren beide erwachsen und begegneten anderen Menschen. War es nicht so? Trotzdem fühlte er sich plötzlich elend, allein auf seinem Sofa.

DIE SPURENSICHERUNG hatte ihre Arbeit bereits beendet, als Laura das Zimmer 135 betrat. Der Arzt war schon lange gegangen, nur Kommissar Baumann wartete auf Laura. Die Kollegen, deren Aufgabe es war, die Leiche ins Gerichtsmedizinische Institut zu bringen, hatte der Hotelmanager wie beim letzten Mal in einem Nebenraum vor den Blicken der anderen Hotelgäste versteckt.

Das Zimmer wirkte aufgeräumt, das Bett unberührt, frische Blumen standen in einer Vase auf dem kleinen Schreibtisch vor dem Fenster. Als Laura sich fragend umsah, wies Baumann auf die Badezimmertür.

«Sie ist da drin. Wappne dich … es ist kein schöner Anblick. Sie hat's gemacht wie einige alte Römer.»

Nein, dachte Laura.

«Muss ich sie sehen?»

«Oh, bist du heute Abend empfindlich?»

«Ja.»

«Ich auch.»

«Soll ich dich hinterher auf einen Whisky einladen?»

«Nein.»

«Warum nicht?»

«Weil ich nicht noch mehr Überstunden machen will.»

«Ach so. Dann erzähl mal schnell, was ihr herausgefunden habt. Ich meine, damit du schnell von hier wegkommst.»

Peter Baumann presste die Lippen zusammen und seufzte

tief. «Wie sind beide wieder ungeheuer schlagfertig, was? Also, hör zu: Monica Sutton ist nach Meinung des Doktors schon seit dem Nachmittag tot. Könnte sein, dass sie bereits in der Badewanne lag, als du versucht hast, mit ihr zu reden, und sie die Tür nicht aufmachte. Sie hat eine Nachricht hinterlassen, die jetzt bei der Spurensicherung ist. Auf dem Zettel stand: ‹Mein Leben hat ohne Benjamin keinen Sinn mehr. Ich will ihm folgen.› Nachdem sie das geschrieben hatte, legte sie sich in warmes Badewasser, trank Whisky, wahrscheinlich mit Schlaftabletten vermischt … möglicherweise auch K.-o.-Tropfen … und schnitt sich die Pulsadern auf.» Baumann warf Laura einen prüfenden Blick zu. «Kein ganz so sanfter Tod wie eine Injektion mit Kaliumchlorid, aber auch ziemlich sanft», fügte er hinzu.

«Nur für diejenigen nicht, die sie gefunden haben», erwiderte Laura.

Peter Baumann strich mit den gespreizten Fingern beider Hände über seine Stirn und sein Haar. «Das war nur einer, nämlich ich. Der Hotelmanager hat nicht mal einen halben Blick riskiert, nachdem er das Zimmer höchstpersönlich geöffnet hatte. Die Spurensicherung musste wieder durch den Lieferanteneingang und über den Lastenaufzug eingeschleust werden … diesmal allerdings ohne kleine Erfrischungen und Snacks.»

«Und du?»

«Ach, weißt du … es war der 250. Augenblick, in dem ich mich gefragt habe, warum ich diesen Beruf ergriffen habe. Du weißt genau, dass ich Leichen nicht besonders gut vertrage … mir sind die Menschen lebendig lieber. Ich fand sie nett. Völlig schwachsinnig, dass sie sich wegen eines Blenders wie Sutton umgebracht hat.»

«Ist Fremdeinwirkung ausgeschlossen?»

«Keine Ahnung. Warten wir auf die Untersuchungsergebnisse.»

«Könnte doch sein, dass Monica Sutton etwas wusste, das eine Gefahr für den Mörder ihres Mannes darstellt. Ich meine, falls man bei ihr auch K.-o.-Tropfen nachweisen kann. Könnte doch sein, dass sie gezwungen wurde, den Abschiedsbrief zu schreiben.»

Peter Baumann zuckte die Achseln. «Bisher sieht es nicht so aus. Allerdings haben wir in Suttons Zimmer auch nichts gefunden, was uns weiterbringt. Wär eine schöne Entlastung für uns, nicht wahr?»

«Was?»

«Na, wenn jemand sie umgebracht hätte. Dann müssten wir uns keine Gedanken darüber machen, dass wir die Selbstmordgefahr nicht erkannt haben.»

«Nein, dann müssten wir uns Gedanken darüber machen, warum wir die Gefahr von außen nicht erkannt haben.»

Baumann lachte trocken. «Wir haben also in jedem Fall Scheiße gebaut, oder?»

«Könnte man so sagen.» Nachdenklich schaute Laura sich im Zimmer um. «Es sieht aus, als hätte sie dieses Zimmer gar nicht bezogen.»

Baumann stieß eine Art Schnauben aus. «Sie scheint eine sehr ordentliche Person gewesen zu sein. Hatte ihren Koffer gepackt und nichts herumliegen lassen. Eigentlich kann ich Leute nicht ertragen, die sich selbst wegräumen.»

Vorsichtig näherte sich Laura der Badezimmertür, die nur einen Spaltbreit geöffnet war, schob sie ein paar Zentimeter weiter auf schaute kurz hinein und schnell wieder weg. Monica Suttons Kopf war seitlich auf den Wannenrand gesunken, das rote Wasser bedeckte ihren Körper fast bis zum Halsansatz.

«Sie hat sich ja gar nicht weggeräumt», murmelte Laura. «Lass uns gehen.»

Sie nahmen die Treppe, schweigend. Sagten an der Rezeption Bescheid, dass man die Kollegen jetzt hinaufschicken könne, zwecks Beseitigung der Leiche. Laura dachte kurz an den nächsten Gast, der ahnungslos diese Wanne benutzen würde.

«Treffen wir uns im Präsidium?», fragte sie, ehe sie sich vor dem Hoteleingang trennten.

«Nein, ich fahre jetzt nach Hause.»

«Wegen der Überstunden?»

«Weil mir schlecht ist. Ciao.» Baumann hob grüßend die Hand und ging zu seinem Wagen, der kurz vor dem Nationaltheater halb auf dem Bürgersteig parkte. Laura schlug die entgegengesetzte Richtung ein, ließ aber den Wagen stehen und lief weiter. Sie brauchte dringend frische Luft und Bewegung – ihr bewährtes Gegenmittel bei Gefühlserschütterungen jeder Art.

Die Nacht war kalt und windig. Laura schlug den Kragen ihrer Lammfelljacke hoch und machte sich auf den Weg in Richtung Isar. Nur wenige Menschen waren unterwegs, kaum einer beachtete die Auslagen der Luxusgeschäfte in der Maximilianstraße. Die meisten gingen schnell, um der Kälte zu entkommen. Laura überquerte den Altstadtring, dachte an die zerknickte rote Rose, die Monica Sutton weggeworfen und nicht auf der Brust ihres toten Mannes zurückgelassen hatte. Vielleicht hat sie es nicht ertragen, dass ihr walisischer Traum zerstört wurde, dachte Laura. Der Pilcher-Traum.

Schade, dass wir kein Tagebuch von Sir Benjamin gefunden haben. Seine Gedanken würden mich sehr interessieren. Ich wüsste gern, wie jemand denkt, der die Gefühle anderer so skrupellos missbraucht, der mit Sicherheit regelrecht strategisch vorgeht. Erster Schritt: Aussuchen des Opfers … oder Zielobjekts, vielleicht traf dieser Ausdruck es besser.

Aber vielleicht suchte er seine Zielobjekte gar nicht selbst aus? Vielleicht wurden sie ihm zugeteilt. Wer teilte sie ihm zu? Wer kassierte dabei mit oder vielleicht sogar den größten Teil?

Und was befähigte Sutton dazu, so erfolgreich zu sein?

Laura erinnerte sich an einen Artikel über Psychopathen, den sie in einer Fachzeitschrift gelesen hatte. Sinngemäß definierten die Psychologen solche Persönlichkeiten als zielorientiert, empathie- und rücksichtslos. Wenn sie das Geld einer Frau wollen, dann lügen sie ihr vor, dass sie sie lieben. Und sie lügen überzeugend.

Fröstelnd steckte Laura beide Hände in die Jackentaschen. Schneeflocken wirbelten plötzlich im Schein der Straßenbeleuchtung, zerschmolzen auf ihrem Gesicht. Mit der Zunge fing sie ein paar auf, das hatte sie schon als kleines Mädchen gemacht.

War Benjamin Sutton ein Psychopath? Ein Mensch, der taub für die Gefühle anderer war, einer, der andere eiskalt für seine Zwecke benutzte? Mordmotive gab es in diesem Fall genügend. Möglicherweise hatte ihn eines seiner ehemaligen Opfer umgebracht oder sein aktuelles? Donatella Cipriani, deren etwas wirre Geschichte Laura immer unglaubwürdiger erschien. Vielleicht war sie nur deshalb zu ihr ins Präsidium gekommen, um einen Verdacht von sich abzulenken. Welcher Mörder geht schon zur Polizei … vielleicht hatte sie das gedacht? Aber es gab durchaus Mörder, die zur Polizei gingen, um den Verdacht auf andere zu lenken, und meistens stellte sich diese Strategie als Irrtum heraus.

Durchgefroren kam Laura wieder bei ihrem Wagen an.

Sie fühlte sich besser und hatte die leichte Übelkeit überwunden, die nicht nur ihren Kollegen Baumann erfasst hatte. Während sie durch die nächtliche Stadt nach Hause fuhr, dachte sie an den Urlaub mit Angelo zurück, an all die absurden Situationen, die sie gemeinsam erlebt hatten. An seine Zärtlichkeit und das gemeinsame Lachen. Es half zumindest zeitweise, das Bild der toten Monica Sutton im roten Wasser zu verdrängen, das immer wieder in ihr aufstieg.

Laura musste sogar lächeln und verstand plötzlich ihre Enttäuschung über das vielbenutzte Liebesgedicht des Petronius nicht mehr. Es hatte durchaus komische und absurde Aspekte, dass ihr eigener Vater, Angelo und Sir Benjamin es ausgesucht hatten, um ihre jeweiligen Liebesobjekte zu beeindrucken.

Das ist die reife, abgeklärte, erwachsene Sichtweise, dachte Laura, und trotzdem ist da noch die andere …

Nachdem sie ihren Wagen abgestellt hatte und vor der Haustür nach ihrem Schlüssel suchte, ließ sie die Papierfetzen in ihrer Tasche durch die Finger gleiten. Das war die andere Sichtweise.

Sofia saß im Wohnzimmer und telefonierte, als Laura kurz vor Mitternacht die Wohnung betrat. Auch in Lucas Zimmer brannte noch Licht.

«Lasst euch von mir nicht stören!», rief Laura, obwohl sie sich plötzlich ärgerte. Sofia würde am nächsten Morgen eine Mathearbeit schreiben und Luca einen Englischtest. Okay, Luca fühlte sich über mütterliche Ermahnungen inzwischen erhaben, schließlich war er fast volljährig. Aber Sofia, mit ihren fünfzehneinhalb – sie gehörte um diese Zeit längst ins Bett!

Entschlossen öffnete Laura die Wohnzimmertür. Sofia

saß im Schneidersitz auf dem großen Sofa mit dem Sonnenblumenmuster, ihre Wangen glühten, ihre Augen leuchteten.

«Sofia, es ist beinahe Mitternacht!»

«Hi Mum», Sofia lächelte. «It's my mum. She just came back from work.»

Patrick, dachte Laura. Sofia telefonierte ganz offensichtlich mit ihrem englisch-irischen Freund, den sie seit dem Schüleraustausch im letzten Sommer vergötterte. Laura machte ihrer Tochter Zeichen, das Gespräch zu beenden, und ging in die Küche, um sich eine Tasse Pfefferminztee aufzugießen.

Erstaunlicherweise folgte Sofia nach kurzer Zeit und fiel Laura um den Hals. «Tut mir leid, Mama. Ich hab gar nicht gemerkt, dass es schon so spät ist. In England ist es außerdem eine Stunde früher. Wieso bist du schon da? Sonst dauert's doch immer länger.»

«Telefonierst du eigentlich immer mit England, wenn ich Nachtdienst habe?»

«Schau nicht so! Ist etwa die Telefonrechnung zu hoch? Ich nehme immer die Billignummern! Patrick auch! Wir wechseln uns ab.»

«Sehr nett von euch. Hast du schon mal an deine Mathearbeit gedacht?»

«Klar! Ich hab's kapiert, mehr kann ich nicht machen. Außerdem brauch ich nicht mehr so viel Schlaf. Bei Luca sagst du ja auch nichts, wenn er länger wach bleibt!»

«Luca wird in einem halben Jahr achtzehn, Sofi.»

«Ich werde in einem halben Jahr sechzehn! Da kann man in vielen Ländern schon heiraten! Aber hör mal zu: Patrick hat Luca und mich für die Weihnachtsferien eingeladen ... seine Eltern auch. Ich meine, seine Eltern haben uns auch eingeladen. Du sollst mitkommen. Sie würden dich alle gern kennenlernen. Sag ja, Mama! Bitte!»

Laura konnte regelrecht sehen, wie schnell Sofias Herz vor Aufregung klopfte. Sie goss ihren Tee auf und seufzte.

«Ich hab zwischen Weihnachten und Neujahr Dienst. Wir sind total unterbesetzt. Außerdem … Angelo wollte über die Feiertage nach München kommen, und ich möchte deinen Großvater in dieser Zeit nicht allein lassen.»

Sofia senkte den Kopf und drehte mit dem Finger eine Haarlocke auf. «Ich würd so gern fahren», sagte sie leise. «Luca bestimmt auch.»

«Könnt ihr ja auch.»

«Was?» Sofia starrte ihre Mutter ungläubig an.

«Ihr könnt auch ohne mich nach England. Statt Geschenken gibt es dann eben zwei Flüge. Das Geld dafür weden wir schon irgendwie zusammenkratzen.»

Wieder fiel Sofia ihrer Mutter um den Hals, so heftig diesmal, dass Laura das Gleichgewicht verlor und sich am Küchenschrank festhalten musste.

«Danke, Mama! Das muss ich Patrick sofort sagen!»

«Nein!» Laura hielt Sofia fest. «Das sagst du ihm morgen. Jetzt gehst du ins Bett!»

«Okay! Aber Luca sag ich's!» Damit war sie aus der Küche.

Sie drängen regelrecht hinaus ins Leben, dachte Laura, während sie langsam ihren Tee trank. Bedeutet vielleicht, dass sie stark genug sind. Im günstigsten Fall.

Als Commissario Guerrini sein Nachtlager auf dem Sofa verließ und ins Badezimmer schlich, dämmerte es gerade erst. Der späte Morgen war so blassgrau, wie er sich fühlte. Erstaunlicherweise kam das Duschwasser an diesem Morgen wieder warm aus der Leitung, obwohl er keinen Installateur gerufen hatte.

Vielleicht gerade deshalb, dachte er und schaute vorsichtig in den Spiegel. Schatten unter den Augen, graue Bartstoppeln. Grau wie der Morgen. Eine Rasur würde nicht schaden. Graue Bartstoppeln machten ihn älter, obwohl sie nicht schlecht aussahen, wie Laura hin und wieder bemerkte.

Laura.

Beim Gedanken an sie fühlte er sich noch blassgrauer. Weshalb hatte er mit Carlotta geschlafen? Aus Mitleid? Als Wiedergutmachung für ihr gemeinsames Scheitern? Weil sie beide zu viel getrunken hatten? Oder alles zusammen.

Es war nicht einmal besonders gut gewesen. Carlotta und er hatten sich im Bett noch nie gut verstanden. Guerrini seifte die untere Hälfte seines Gesichts mit dickem Schaum ein, zog dann mit dem Rasierer Schneisen und machte einen blöde grinsenden Clown aus sich. Er versuchte, die Grimassen des amtierenden italienischen Verteidigungsministers nachzumachen, den Laura kürzlich als Inkarnation des Teufels bezeichnet hatte. Als er in den Fernsehnachrichten ein Interview gab, hatte sie gerufen: «Guarda, il diavolo!» Guerrini musste ihr recht geben.

Er wusch den Rest des Schaums mit kaltem Wasser ab und entdeckte, dass er sich geschnitten hatte. Natürlich! Weil er mit seinen Gedanken woanders gewesen war. Guerrini klebte ein Stückchen Klopapier auf die winzige blutende Stelle auf seiner rechten Wange, zog seinen Morgenmantel an und ging in die Küche, um Caffè zu kochen. Sorgfältig und leise schloss er die Tür hinter sich, um Carlotta nicht zu wecken. Je länger sie schlief, desto besser.

Noch immer gab es nur das bittere Kaffeepulver, das er wieder aus dem Müll gefischt hatte. Auch egal! Er würde jetzt Carlotta eine Tasse Caffè ans Bett bringen und mit ihr reden. Als die kleine Espressokanne zu sprudeln begann, löschte Guerrini die Gasflamme.

Was würde er sagen? Was konnte er sagen? Er hatte keine Ahnung. Es musste sich irgendwie von selbst ergeben, wie sich auch letzte Nacht alles von selbst ergeben hatte. Doch die Gelassenheit, die er noch vor wenigen Stunden auf seiner Dachterrasse empfunden hatte, war jetzt nicht mehr da.

Er stellte zwei Tassen und die Zuckerdose auf ein kleines Tablett und legte ein paar Biscotti dazu, die er im Schrank gefunden hatte. Zögernd betrat er das Schlafzimmer. Carlotta war nicht da. Im Badezimmer rauschte die Dusche.

Erleichtert machte Guerrini kehrt und stellte das Tablett auf dem Tisch in seinem kleinen Wohnzimmer ab. Die Sonne war gerade aufgegangen, und es schien ein warmer und klarer Novembertag zu werden.

Hastig schlüpfte Guerrini in Jeans und Pullover. Es war besser, Carlotta halbwegs angezogen zu begegnen. Als sein Telefon klingelte, nahm er das Gespräch schnell an, dankbar für diese unbekannte Unterstützung von außen. Es war Tommasini, dessen Morgengruß einen triumphierenden Unterton hatte.

«Ich hab ihn gefunden, Commissario!»

«Wen?»

«Na, den Ermordeten! Ich weiß jetzt, wer er ist!»

«Bravo! Dann sag's mir!»

«Ich hab ihn im Archiv gefunden, in der Datenbank. Cosimo Stretto heißt er. Saß schon wegen Schutzgeldvergehens, gehört angeblich zu einem Mafia-Clan aus der Gegend von Neapel. Den Namen hab ich allerdings noch nie gehört. Die nennen sich *Colline verde*. Oder man nennt sie so. Es könnte sich also wirklich um einen Mafiamord handeln. Vielleicht ist da ein Clan dem anderen beim Geldverleihen in die Quere gekommen.»

«Hast du noch mehr so unerfreuliche Nachrichten?»

Einen Augenblick blieb es still in der Leitung. Dann räusperte sich Tommasini: «Wieso unerfreulich?»

«Du weißt genau, warum.»

Tommasini schwieg.

«Weißt du's?», fragte Guerrini scharf.

«Weil … weil wir bisher mit solchen Sachen wenig zu tun hatten. Meinen Sie das, Commissario?»

«Bravo! Jetzt versuch rauszukriegen, wer in unserer Gegend Geld von diesen Halsabschneidern geliehen hat und zu welchen Bedingungen. Und dann versuch rauszubekommen, wer die zweite ehrenwerte Familie ist, die sich hier als Wohltäter der Bedürftigen aufführt. Dann hätten wir jede Menge Leute mit einem Mordmotiv. Viel Glück!»

«Haben Sie schlechte Laune, Commissario?»

«Kann sein. Bis später!»

Cosimo Stretto aus Neapel, dachte Guerrini. Sie haben also eine neue Marktlücke entdeckt und spielen jetzt Bank. Irgendwann gehört ihnen dann ganz Italien. Davon träumen sie wahrscheinlich. Aber wenn es ihnen gehört, dann müssen sie es ganz schnell verkaufen, sonst gehen sie auch pleite. Dieser Gedanke erheiterte ihn ein wenig und lenkte ihn kurz von dem bevorstehenden Gespräch mit Carlotta ab. Außerdem beschloss er, später dem alten Piselli noch einmal auf den Zahn zu fühlen. Er musste mehr über den jungen Mann mit der Lederjacke herausfinden, und vielleicht hatten Laura und Isabella di Tremonti schon eine Reaktion von *Vita divina*. Dieser Tag war bereits randvoll, ehe er richtig begonnen hatte.

Als Guerrini hinter sich ein Geräusch hörte, wandte er

sich um und sah – halbwegs gefasst – Carlotta entgegen. Auch sie hatte sich angezogen, wirkte unsicher, warf ihm einen flüchtigen, prüfenden Blick zu und schien danach ein Gemälde zu betrachten, das eine toskanische Landschaft in geisterhaftem Licht zeigte. Sie sagte nicht guten Morgen, murmelte nur: «Wer hat dieses Bild gemalt? Es ist erschreckend.»

«Erschreckend gut. Es ist von Elsa Michelangeli, einer der besten Malerinnen der Toskana, eventuell sogar Italiens.»

«Ach ja, jetzt erinnere ich mich. In Rom hängen auch Bilder von ihr. Im Museum ...» Sie brach ab, ging zur Terrassentür und schaute hinaus.

«Schöner Blick», sagte sie leise und: «Ich glaube, wir lassen es lieber. Ich habe geträumt, dass du die ganze Nacht nach unserer Scheidungsurkunde gesucht hast. War's so?»

Guerrini schüttelte den Kopf. «Nein, Carlotta. Ich habe auf dem Sofa geschlafen. Mehr oder weniger.»

«Das kommt ungefähr aufs Gleiche raus, oder?»

Noch immer sah sie ihn nicht an.

«Tut mir leid, Carlotta, aber es ist nun mal so, dass ...»

«Es muss dir nicht leidtun. Wahrscheinlich tut's das auch gar nicht. Mir tut's auch nicht leid. Wir waren beide am gestrigen Abend beteiligt, vero? Irgendwie ein halbwegs ordentlicher Abschluss.»

War das ein Schluchzen, oder hatte sie nur tief Luft geholt? Guerrini streckte seine Hand nach Carlotta aus, doch sie wich mit einem winzigen Lächeln zurück, nahm eine der Kaffeetassen vom Tablett und füllte sie aus dem Espressokännchen.

«Senti, hör mal, Carlotta! Es gibt etwas, das ich dir immer sagen wollte, aber es hat sich nie die Gelegenheit dazu ergeben. Ich habe dich damals für deinen Mut bewundert, nach Rom zu gehen und die Scheidung einzureichen. Dafür bewundere ich dich noch immer. Ich hätte wahrscheinlich noch viel länger so weitergelebt, neben dir, aber nicht mit dir. Meine Eltern haben es so gemacht – es war mir vertraut, obwohl ich gelitten habe.»

«Du hast gelitten? Was glaubst du, wie es mir ging? Was glaubst du, weshalb ich gegangen bin?» Sie knallte die Espressokanne auf den Tisch. Beschwichtigend hob Guerrini die Hände. «Lass uns nicht alte Geschichten aufwärmen. Auch damals waren wir beide beteiligt, vero?»

Carlotta zuckte die Achseln, trank einen Schluck Caffè und verzog das Gesicht. «Er ist zu bitter!»

«Ja, er ist bitter. Meine Haushälterin hat den falschen gekauft.»

«Deine Haushälterin?» Ihre Stimme klang spöttisch.

«Carlotta, bitte!»

«Schon gut. Um dich zu beruhigen … ich habe mich um eine Stelle in Turin beworben und werde sie wahrscheinlich bekommen. Das gestern war … ich hatte plötzlich so ein Bedürfnis danach, irgendwo unterzukriechen. Und wo hätte ich das tun sollen, wenn nicht hier in Siena, wo ich mein halbes Leben verbracht habe … Hast du jemals einen totalen Einbruch deines Selbstbewusstseins erlebt, Angelo? Vermutlich nicht … als Mann und Commissario!»

Das war wieder die vertraute Carlotta. Diese Mischung aus Aufrichtigkeit und Verachtung.

«Du wirst es nicht glauben, Carlotta, aber ich hatte solche Einbrüche, und nicht nur einmal. Ich, als Mann und Commissario!»

«Bene. Wer ist deine Freundin? Kenne ich sie? Bist du bei ihr untergekrochen? Männer finden ja immer jemanden!» Carlotta stellte die halbvolle Tasse wieder auf das Tablett zurück, während Guerrini sich bemühte, die letzten Sätze zu ignorieren.

«Sie lebt nicht in Siena, und du kennst sie nicht.»

«Ah, eine Fernbeziehung. Das passt eigentlich ganz gut zu dir. Ich glaube nicht, dass du zur Ehe begabt bist.»

«Grazie, Carlotta. Danke für diese Entlastung. Ich muss jetzt ins Kommissariat. Tommasini hat bereits angerufen, weil es ziemlich brennt.»

«Wie immer, nicht wahr? Wir hätten noch einen besseren Caffè in deiner Stammbar trinken können.»

«Wir hätten, ja. Aber es geht nicht.»

Gemeinsam verließen sie Guerrinis Wohnung, trennten sich vor dem Haus, wünschten sich Glück, vermieden einen Wangenkuss. Auf dem Weg zur Questura fiel Guerrini auf, dass er noch in Jeans und Pullover war, aber er ließ es dabei. Außerdem hatte er das deutliche Gefühl einer Niederlage. Er dachte an Laura und sehnte sich heftig nach ihr.

DONATELLA erwachte, als Sara an die Tür ihres Schlafzimmers klopfte und von draußen fragte, ob die Signora einen Tee oder Caffè ans Bett wünsche. Benommen richtete sie sich auf und tastete nach dem Wecker. Halb zehn. Sie hatte verschlafen, wollte eigentlich spätestens um neun in der Firma sein. Sie verschlief nur selten. Es verwirrte sie.

Dann fiel ihr der Traum wieder ein. Ein völlig unübersichtlicher Traum, der ihr nur als eine dumpfe Bedrohung in Erinnerung geblieben war. Er hatte keine fassbaren Bilder hinterlassen, nur ein nagendes Gefühl in der Magengegend. Nacheinander stellte Donatella ihre Füße auf den weichen Teppich neben ihrem Bett und starrte auf ihre blassen Zehen mit den rosa lackierten Nägeln.

Sie musste aktiv werden.

Ihre Stuktur begann zu zerfallen. Diese heftigen Gefühle, die sie immer wieder überwältigten. Vermutlich waren sie es, die ihr Angst machten. Sie musste etwas gegen diese deutsche Kommissarin unternehmen. Auch sie war ein Teil der Bedrohung. Sie würde Bescheid wissen. Donatella war ganz sicher, dass sie Bescheid wissen würde. Wenn nicht jetzt, dann sehr bald.

«Signora? Come sta? Posso servirlei un caffè?» Sara wartete noch immer vor der Tür.

«Sì, Sara, grazie!»

Geh weg, dachte Donatella. Geh weg und mach den

Caffè! Langsam stand sie auf, behutsam ihre Beine belastend. Sie trugen. Dann hatte sie einen unerwartet klaren Einfall. Ihr Aufenthalt im Institut *Vita divina* war möglicherweise ihre Rettung. Weshalb fragte die Kommissarin an, ob sie sich dort aufgehalten hatte? Vermutlich, weil es einen Verdacht gegen diese Einrichtung gab. Aber natürlich.

Gleichzeitig mit diesen Gedanken schien sich eine kalte Hand um Donatellas Herz zu schließen. Was wäre, wenn nicht nur ihre Therapien sie für die Liebe zu Benjamin geöffnet hätten? Wenn Benjamin regelrecht auf sie angesetzt worden wäre? Nachdem man sie entsprechend vorbereitet hatte?

Donatella tastete sich ins Bad und übergab sich.

Stolz präsentierte Tommasini auf dem Bildschirm das Bild von Cosimo Stretto. Von vorn, von links und von rechts.

«Eindeutig, was?» Befriedigt massierte er seinen Nacken und betastete danach die letzten Haare über seiner Stirn.

«Als Leiche hat er mir besser gefallen», murmelte Guerrini, «obwohl er da auch nicht besonders schön war. Diese Polizeifotos grenzen an Körperverletzung. Wie hast du ihn denn gefunden?»

«Durch stundenlange Suche unter dem Stichwort Geldeintreiber und Pizzo. Es war nicht leicht, Commissario!» Tommasini seufzte, zuckte aber kaum merklich zusammen, als in diesem Augenblick D'Annunzio das Zimmer betrat. «Wir haben zusammen gesucht», fügte er schnell hinzu. «D'Annunzio und ich.»

Der junge Polizist nickte und lächelte schüchtern. «Es ist nicht ganz leicht. Man muss ganz viele Informationen eingeben, alles, was einem so einfällt zu einer Person.»

«Ah», erwiderte Guerrini. «Und was ist dir alles eingefallen? Du kanntest den Typen doch gar nicht.»

«Es gibt da bestimmte Kriterien, Commissario. Auf dem letzten Lehrgang hab ich die mitbekommen. Und es hat funktioniert.»

«Bravo! Warst du auch auf diesem Lehrgang?» Fragend sah Guerrini seinen Kollegen an, doch der schüttelte den Kopf. «Ich mach das nach Instinkt», antwortete er leise und warf einen unsicheren Blick auf D'Annunzio. Der stand da und lächelte noch immer.

«Na gut, Hauptsache, ihr habt ihn gefunden. Ich werde ein bisschen herumtelefonieren, vielleicht weiß einer meiner Kollegen im Süden ja mehr über ihn. Was habt ihr inzwischen herausgefunden?»

«Nicht viel, Commissario. Die halten alle dicht und reden nicht darüber, wenn sie sich Geld von diesen Mistkerlen leihen. Es bedeutet, dass man am Ende ist, und wer will das schon zugeben.» Tommasini seufzte. «Deshalb haben wir uns gedacht, dass durchaus so ein Schuldner den Stretto umgebracht haben könnte. Und er hat es auf eine Art getan, die nach einem Mafiamord aussieht. Als Tarnung. Diese Sachen kann ja inzwischen jeder im Fernsehen lernen oder aus bestimmten Büchern. Wenn einer auf diese Weise umgebracht wird, dann bedeutet es noch lange nicht, dass es die Mafia war. So ist das!»

D'Annunzio nickte heftig zu Tommasinis Worten, während Guerrini, nachdem er stirnrunzelnd den Bildschirm betrachtet hatte, leise den Kopf schüttelte.

«Ein Teil eurer Überlegung ist ganz richtig», erwiderte er langsam. «Aber er entspringt sicher auch unser aller Wunschdenken. Es muss tatsächlich kein Mafiamord sein, aber es kann einer sein. Deshalb müssen wir unbedingt rausfinden, ob hier außer diesem Stretto noch andere Geldverleiher aktiv sind oder waren. Und jetzt fragt mich nicht, wie!»

Guerrini kehrte in sein Büro zurück, nickte grimmig dem Porträt des Staatspräsidenten zu, den er wirklich schätzte, und ließ sich schwer in seinen Sessel fallen. Langsam nahm er den Telefonhörer ab, wollte eigentlich Laura anrufen, wählte aber doch lieber die Nummer von Isabella di Tremonti und dachte: Feigling!

Isabella war ganz begeistert, weil sie genau an diesem Morgen Nachricht von *Vita divina* bekommen hatte.

«Sie haben mich akzeptiert, Angelo! Ich kann schon nächste Woche kommen, weil um diese Jahreszeit noch zwei Suiten frei sind. Man wohnt dort nur in Suiten, nicht einfach in Zimmern. Im Moment ist es günstig, 500 Euro pro Tag inklusive Verpflegung, einer Therapiesitzung und einer Massage. Alle anderen Anwendungen, Botox zum Beispiel, werden extra berechnet. Kannst du dir das leisten, Angelo?» Ihr fröhliches heiseres Lachen klang ausgesprochen schadenfroh.

«Nein!», knurrte Guerrini. «Und der italienische Staat kann es sich auch nicht leisten. Ich wollte ja nur, dass du ein paar Einzelheiten herausfindest.»

«Na, außer Preisen hab ich noch nichts herausgefunden. Dass sie mich akzeptiert haben, ist doch eine einmalige Chance, sich ein bisschen umzusehen in diesem göttlichen Leben, oder? Ich habe fünf Tage gebucht und ihnen mitgeteilt, dass ich länger bleiben werde, wenn es mir gefällt.»

«Und wer soll das bezahlen?»

«Na, ich natürlich! Wie du weißt, bin ich nicht gerade knapp bei Kasse – dank des fleißigen Ausbeutertums meiner Vorfahren und der Großzügigkeit meines Exgatten.»

«Ich werde dich für einen dieser vielen Orden vorschlagen», grinste Guerrini. «Wann fängst du an?»

«Heute ist Freitag, am Montag werde ich einrücken!»

«Ich werde dir noch Verhaltsregeln mit auf den Weg geben, Isabella. Aber eines sage ich dir schon jetzt: Keine eigenwilligen Ermittlungen, wie es sie im Fernsehen oder in Krimis gibt! Kein Risiko! Klar? Es könnte sich hier um eine gefährliche Organisation handeln. Du spielst einfach die anspruchsvolle Dame, beobachtest und hörst zu! Mehr nicht!»

«Das ist ja langweilig!»

«Nein, ich glaube nicht. Ich bin sicher, dass du dich gut unterhalten wirst.»

«Wenn nicht, dann gnade dir Gott, Angelo!»

Nach dem Gespräch mit Isabella holte Guerrini sich einen Cappuccino aus dem Automaten, wechselte ein paar Worte mit Kollegen und hatte irgendwann keine Ausrede mehr, die ihn von einem Anruf bei Laura abhalten konnte. Er trank ein paar Schlucke, schob Akten hin und her und schrak zusammen, als das Telefon genau in dem Augenblick zu klingeln begann, als er es in die Hand nahm.

«Signora Piselli, Commissario!», sagte D'Annunzio. «Sie sagt, es sei dringend! Aber sie will nur mit Ihnen reden! Soll ich sie durchstellen?»

«Stell sie durch!»

Angela Pisellis Stimme überschlug sich, als sie sicher war, endlich mit Guerrini verbunden zu sein, der Commissario hatte Mühe, sie zu verstehen.

«Langsam!»

«Es geht nicht langsam. Sie müssen sofort kommen. Dieser Geldverleiher, er wird gleich hier sein, mein Mann will ihn erschießen, Commissario! Bitte kommen Sie, jetzt sofort! Bitte!»

«Ich hab ihm doch sein Gewehr abgenommen!»

«Er hat noch eins!»

«Wieso hatte er noch eins?»

«Non lo so!»

«Ich schick die Carabinieri aus Asciano!»

«No, no, no!» Angela Piselli schrie. «Die werden ihn erschießen. Bitte, Commissario! Bitte, schnell!»

«Ich komme. Reden Sie mit ihm, Angela!»

Guerrini knallte den Hörer auf die Gabel, griff nach seinem Autoschlüssel, steckte seine Dienstwaffe in den Hosenbund, rief nach Tommasini und rannte los.

«Du hast dir doch die Videoüberwachung des Hotels angesehen, Peter. Ist dir da irgendwer aufgefallen?»

«Klar, jede Menge seltsamer Gäste, aber nichts, was ich mit Sutton in Verbindung bringen würde.»

«Ich möchte mir dieses Video nochmal mit dir zusammen ansehen und auch das von gestern Nachmittag, als Monica Sutton starb. Könntest du das bitte besorgen und vorher die richterliche Verfügung.» Laura ging nachdenklich in ihrem Büro auf und ab. «Als du mit den Kollegen die Hotelangestellten befragt hast, die am Nachmittag von Suttons Tod Dienst hatten – hat da tatsächlich keiner etwas gesehen?»

«Von denen, die wir befragt haben, nicht. Aber einer fehlt noch. Er hat zwei Tage freigenommen, und wir haben ihn bisher nicht erreicht. Er müsste heute wieder im Hotel sein.»

«Wie heißt er?»

«Stanislaw Krasek.»

«Wow! Wie kommt es, dass du dir seinen Namen gemerkt hast?»

«Weiß nicht. Ich wundere mich selbst. Wahrscheinlich, weil er der Einzige war, den wir nicht befragt haben.»

«Pole?»

«Ja, Pole. Er ist so was wie ein Hausdiener, der alle möglichen Dienste übernimmt. Koffertragen, Abfallbeseitigen, Teppichesaugen und so weiter. Was Polen eben so machen.»

«Ach, red keinen Mist!»

«Ist doch so.» Baumann grinste und wartete auf Lauras Wutanfall. Doch sie beachtete ihn nicht, ging weiter auf und ab.

«Ich werde jetzt gleich ins *Vier Jahreszeiten* fahren und mit diesem Krasek reden – falls er da ist. Du kümmerst dich inzwischen um die Videos. In spätestens zwei Stunden treffen wir uns wieder hier. Sag Claudia bitte, dass sie nochmal bei den englischen Kollegen nachhaken soll, ob die inzwischen mehr über Sir Benjamin rausgefunden haben. Es muss doch irgendwo einen Anhaltspunkt geben!»

«Okay, okay! Ich mache alles, bin schon unterwegs. Noch mehr Aufträge?»

«Ist was?» Zum ersten Mal an diesem Morgen wandte Laura ihre ganze Aufmerksamkeit dem jungen Kommissar zu.

«Ja, es ist was. Du wirst nicht mehr wütend, wenn ich dich provoziere. Du scheinst es gar nicht zu hören.»

«Meinst du?» Laura zuckte die Achseln. «Vielleicht weiß ich inzwischen, dass du mich provozieren willst. Ich hab einfach meinen Alarmknopf abgeschaltet. Ich meine denjenigen, den du immer drücken willst.»

«Ach!» Baumann zog die Augenbrauen hoch. «Und wie machst du das?»

«Einfach so.»

«Respekt.»

«Würdest du jetzt gehen?»

«Geh ja schon.»

Interessiert beobachtete Laura, wie Baumann sich rückwärts aus ihrem Zimmer bewegte und die Tür schloss. Sie dachte kurz darüber nach, wie sie es tatsächlich anstellte, ihren Alarmknopf auszuschalten. Den Angriff erwarten und zur Seite treten … so was Ähnliches hatte sie mal in einem Buch über Zen-Buddhismus gelesen. Vielleicht wirkte das jetzt nach. Viel zu lange war sie nicht rechtzeitig zur Seite getreten.

Tief einatmend wandte sie sich ihrem Computer zu und rief die E-Mails ab, die sie von einer neutralen Adresse verschickte. *Vita divina* hatte tatsächlich geantwortet. Es war eine Absage mit vielen höflichen Entschuldigungen. Unglücklicherweise sei man für die nächsten zwölf Monate bereits ausgebucht. Man würde sich aber melden, sobald ein anderer Gast absage, und bedaure diese negative Auskunft sehr.

Interessant, dachte Laura. Ob Angelos zweiter Lockvogel auch eine Absage bekommen hat? Sie wählte seine Nummer in der Questura. Es klingelte eine Weile, dann meldete sich D'Annunzio und sagte, dass der Commissario mit Tommasini bei einem Einsatz sei und er auch nicht wisse, wann er wiederkommen würde.

Laura versuchte es auf Guerrinis Mobiltelefon, doch das war offensichtlich abgeschaltet.

Es wäre gut gewesen, seine Stimme zu hören.

Jetzt.

Laura schloss die Augen und versuchte sich Angelos Stimme vorzustellen. Es gelang ihr ein bisschen. Noch einmal wählte sie seine Handynummer, bekam aber auch diesmal keine Verbindung. Für ein paar Sekunden fühlte sie sich plötzlich wie verlassen, rappelte sich endlich auf und machte sich auf den Weg zu Stanislaw Krasek.

Er trug eine dunkelrote Mütze, auf der in goldenen Buchstaben der Name des Hotels stand. Als er den kleinen Salon betrat, in dem Laura auf ihn wartete, nahm er die Mütze ab und drehte sie in seinen Händen.

Laura stellte sich vor, bat ihn, sich zu setzen. Es war ihm peinlich. Er setzte sich, aber nur auf die vorderste Kante des geblümten Polstersessels.

«Schreckliche Sachen!», murmelte er mit gesenktem Kopf. «Schreckliche Sachen!»

Stanislaw Krasek war ungefähr fünfzig, mittelgroß, grauhaarig und hatte einen runden Kopf, ein freundliches, zerknittertes Gesicht, das von vielen roten Äderchen durchzogen war. Er war rundlich, und sein Haar war sehr kurz geschnitten.

«Ja, schreckliche Sachen», wiederholte Laura seine Worte. «Und deshalb brauche ich Ihre Hilfe, Herr Krasek. Sie sind der Einzige, der uns noch helfen kann, denn alle anderen haben wir schon befragt.»

Er legte die Mütze auf das Tischchen neben sich und legte die Hände aneinander. «Ich gerne helfen. Aber wie?»

«Herr Krasek, haben Sie an Ihrem letzten Arbeitstag irgendwen in das Zimmer von Herrn Sutton gehen oder herauskommen sehen? Oder haben Sie jemanden auf diesem Flur bemerkt, der kein Gast war?»

Krasek antwortete nicht sofort. Er stützte sein Kinn in eine Hand, rieb behutsam seine Nase, atmete ein paarmal tief ein und aus. Dann richtete er seine sehr hellblauen Augen auf Laura und nickte. «Ich glaube, dass es ungefähr halb fünf war. Ich habe Koffer in Zimmer am Ende von Flur gebracht. Junger Mann kam aus Zimmer von Herr Sutton. Blonder Mann mit Sonnenbrille.»

«Sind Sie sicher, dass er aus Suttons Zimmer kam?»

Wieder dachte Krasek nach und nickte schließlich.

«Ja, ich bin sicher.»

«Auch sicher, dass es ein Mann war?»

Krasek schürzte die Lippen, runzelte die Stirn und wiegte den Kopf hin und her. «Ziemlich sicher. Aber kann auch verkleidete Frau gewesen sein. Dünne Frau.»

Donatella Cipriani, dachte Laura. Es könnte passen.

«Sonst niemand?»

«Da war vielleicht noch andere Frau. Wollte nicht mit mir in Fahrstuhl fahren. Ist Treppe gegangen, als mich gesehn.»

«Auch blond?»

«Weiß nicht. Hatte Hut auf.»

«Wann war das?»

«Viel später. Halbe acht vielleicht. Kann nicht genau sagen.»

«War die Frau nervös?»

«Vielleicht, vielleicht nicht.»

«Ist Ihnen sonst noch etwas aufgefallen?»

Wieder dachte Krasek nach, schüttelte dann den Kopf und sagte sehr entschieden: «Nein!»

«Kannten Sie Herrn Sutton?»

«Ein klein wenig. War öfter Gast im Hotel.»

«Hatte er häufig Besuch? Ich meine, in seinem Hotelzimmer?»

Krasek rutschte auf seinem Sessel herum und schien sich unbehaglich zu fühlen.

«Ab und zu. Ich seh ja nicht alles!»

«Hatte er Besuch von Männern oder von Frauen?»

«Männer und Frauen.»

«Welche Art von Männern?»

Krasek schnaufte und griff nach seiner Mütze.

«Geschäftsleute.»

«Und welche Art von Frauen?»

«Was weiß ich.»

«Elegante Frauen, reiche, schöne? Junge oder ältere?»

Krasek stand auf.

«Reiche vielleicht. Keine jungen. Ich muss jetzt gehen, mein Dienst hat schon angefangen!»

«Warten Sie! Verschiedene Frauen oder immer nur eine?»

Krasek hob abwehrend beide Hände und die rote Mütze. «Vielleicht verschiedene, vielleicht nur eine. Kann ich gehen?»

«Noch nicht! Können Sie diese Person beschreiben?»

«Nein.»

«Warum nicht?»

«Weil immer verschieden und doch vielleicht gleich.»

«Würden Sie diese Frau oder diese Frauen wiedererkennen?»

Krasek richtete seine hellblauen Augen auf die Zimmerdecke und zog die Schultern hoch.

«Ich weiß nicht.»

«Würden Sie es versuchen, Herr Krasek?»

«Jaja, vielleicht.»

«Danke, jetzt können Sie gehen.»

Krasek verbeugte sich, setzte seine Mütze auf und verschwand beinahe unhörbar.

Immer verschieden und doch vielleicht gleich, dachte Laura. Ein kluger Mann, dieser Stanislaw Krasek. Seine Beobachtung trifft wahrscheinlich in jeder Beziehung zu. Sie zog ihr Handy aus dem kleinen Lederrucksack und versuchte noch einmal Angelo zu erreichen. Doch eine unpersönliche Stimme verkündete erneut, dass der Teilnehmer derzeit nicht erreichbar sei.

Später starrten sie gemeinsam auf die Bilder der Überwachungskameras, die Baumann per richterlicher Anordnung von der Hoteldirektion bekommen hatte: Claudia, Andreas Havel, Laura und Peter Baumann. Kriminaloberrat Becker schaute kurz herein, verzog sich aber schnell wieder. Sie starrten auf den Bildschirm und sahen eigentlich nichts. Viele Menschen, das schon. Aber niemanden, der irgendeine Ähnlichkeit mit Donatella Cipriani hatte.

Gegen zwei bestellte Baumann Pizza, und sie begannen einen zweiten Durchgang. Gegen fünf hatten sie alle Kopfschmerzen und beschlossen aufzugeben. Keine Spur hatten sie von dem blonden Mann entdeckt, der auch eine Frau hätte sein können, und bei mehrfacher Betrachtung und zunehmender Müdigkeit erschienen ihnen nahezu alle Hotelgäste irgendwie verdächtig und ihr Benehmen zumindest seltsam. Manche hingen lange Zeit in der Lobby herum und schienen auf irgendwas zu warten oder irgendwen zu beobachten. Andere eilten mit gesenktem Kopf durch die Halle, als wollten sie auf keinen Fall erkannt werden. Kleine Gruppen saßen an den niedrigen Tischen und steckten die Köpfe zusammen, als planten sie eine Verschwörung.

«Haben die am Lieferanteneingang auch eine Kamera?», fragte Claudia und ließ vorsichtig ihren Kopf kreisen, um ihren verkrampften Nacken zu lockern.

«Keine Ahnung», erwiderte Baumann. «Ich werde mich erkundigen. Wenn du mit deiner Frage sagen willst, dass die gesuchte Person einen anderen Eingang und Ausgang benutzt hat, dann hast du wahrscheinlich recht.»

«Mir ist nur ein Gast wirklich aufgefallen», murmelte Laura. «Ich weiß nicht einmal genau, warum. Vielleicht weil er sich besonders selbstverständlich bewegte. Wartet ... ich hab mir die Uhrzeit aufgeschrieben: Er kam um 15.21 Uhr aus dem Fahrstuhl, sah sich kurz um, hob grüßend die Hand Richtung Rezeption und ging dann langsam durch die Halle zum Ausgang.»

«Ja, und?» Baumann gähnte und hielt sich die Hand vor den Mund.

«Der Doktor hat gesagt, Sutton sei zwischen drei und fünf gestorben. Wir sollten uns die Szene nochmal ansehen und darauf achten, wem der Mann zuwinkte.»

«Ich muss jetzt weg!» Claudia stand auf und gähnte ebenfalls hörbar. «Ich muss meine Tochter aus der Kita abholen.»

«Jaja, geh nur», nickte Laura. «Könntest du die Szene nochmal finden?» Sie sah fragend zu Andreas Havel hinüber.

«Klar. Da ist sie schon.»

Claudia blieb stehen und schaute wie die andern neugierig auf den Bildschirm.

«Der da!» Laura wies auf einen schlanken, nicht besonders großen, jungen Mann mit Sonnenbrille. Er trug einen eleganten dunkelblauen Mantel und einen ebenfalls dunkelblauen Schal, den er ziemlich weit über sein Kinn gezogen hatte. Jetzt schaute er sich um, winkte kurz und ging langsam Richtung Ausgang.

Havel wiederholte die Szene immer wieder, doch sie konnten nicht erkennen, wer auf den kurzen Gruß des Mannes reagierte.

«Das ist ein Italiener!», sagte Claudia, zog ihren Mantel an, winkte in die Runde und ging.

«Ja, das denke ich auch», stimmte Baumann zu. «Wieso findest ausgerechnet du einen Italiener verdächtig, Laura?»

«Wieso ausgerechnet ich, eh?»

«Na, als Halbitalienerin mit einem italienischen Freund …»

«Cazzo!», erwiderte Laura scharf und stand auf.

«Was heißt das bitte?» Baumann erhob sich ebenfalls.

«Das kannst du im Wörterbuch nachschlagen, Peter. Es schreibt sich mit c und hat in der Mitte zwei z. Würdest du bitte die besten Bilder des Verdächtigen vergrößern und ausdrucken, Andreas. Das wär's dann für heute.»

Laura kehrte in ihr Büro zurück, setzte sich an den Schreibtisch und dachte nach. Welche Verbindung konnte es zwischen dem jungen Mann und Donatella Cipriani geben? Wie alt war der Sohn? Anfang zwanzig. Wäre es eventuell möglich, dass sie sich mit Hilfe ihres Sohnes von Sutton befreit hatte? Oder hatte sie einen Killer engagiert? Vielleicht war auch alles ganz anders, und sie hatten allesamt keine Ahnung, was eigentlich vor sich ging.

Noch einmal versuchte sie Angelo zu erreichen, um ihm zu sagen, dass sie offensichtlich nicht gut genug für *Vita divina* sei, doch wieder erreichte sie ihn nicht.

DIE NOVEMBERSONNE blendete den Commissario und Tommasini auf der ganzen Fahrt nach Asciano. Guerrini hatte seinen Kollegen auf alle Gefahrenstellen des Anwesens der Pisellis vorbereitet: den Hund, den verzweifelten Padrone, das Gewehr unklarer Herkunft, die unberechenbare Signora und einen möglichen Profi, den Geldeintreiber.

Tommasini hatte schweigend seine Dienstpistole überprüft und ins Schulterhalfter gesteckt.

«Es ist besser, wenn wir den Wagen abstellen und zu Fuß weitergehen», sagte Guerrini, als sie in die Via degli Alberi einbogen. «Könnte sein, dass Piselli sonst auf uns schießt.»

«Warum haben Sie ihn denn nicht festgenommen, Commissario? Man kann den Leuten nicht erlauben, auf uns zu schießen. Sie verlieren den Respekt!»

«Dieser Fall liegt anders. Piselli hat nicht aus mangelndem Respekt auf mich geschossen. Er hat mich für einen dieser Geldeintreiber gehalten, und er war verzweifelt!»

«Da hatte er aber verdammtes Glück, dass er auf Sie geschossen hat und nicht auf einen anderen, Commissario.»

Guerrini antwortete nicht. Er stellte den Wagen in der Einfahrt eines kleinen Gehöfts ab und stieg aus. Tommasini folgte ihm. Es war windig, Blätter wirbelten durch die Luft, und ein großer Starenschwarm ließ sich kreischend auf den Telefonleitungen nieder, die kreuz und quer über den Feldern verliefen.

«Wir gehen am besten von hinten an Pisellis Hof heran. Es ist der da vorn, der mit dem großen Nussbaum hinterm Haus.»

Sie pirschten sich an, rückten umsichtig vor, duckten sich hinter Mauern und sprangen schnell zur nächsten Deckung. Sie verständigten sich mit Blicken und grinsten einander zu. Lange hatten sie das nicht mehr getan, und es machte beiden Spaß. Vom Hang hinter dem Wohnhaus der Pisellis hatten sie freien Blick auf den Innenhof. Der Hund war nicht zu sehen, und auch sonst schien alles ruhig zu sein.

Vorsichtig machten sie sich an den Abstieg, zwischen Gemüsebeeten, die Signora Piselli in Terrassen angelegt hatte. Noch immer wuchs Salat in ordentlichen Reihen, Lauch, Weißkraut und Mangold. Eine rotgetigerte Katze starrte sie aus gelben Augen an und huschte davon. Sie rutschten durch Schlamm, und Guerrini musste an den Bauern Bellagamba denken, der sich über ihre Schuhe lustig gemacht hatte.

Endlich erreichten sie die Rückseite des Hauses und trennten sich. Guerrini übernahm den Innenhof, Tommasini umrundete das Gebäude von der anderen Seite. Es war völlig still, als hielten selbst die Tauben auf dem Dach den Atem an. Eben hatten sie noch gegurrt. Als sich Guerrini, eng an die Hauswand gedrückt, seitlich in den Innenhof hineinbewegte, tauchte – wie aus dem Nichts – ein Wagen auf und hielt vor der Treppe, die zur Haustür hinaufführte.

Die tiefstehende Sonne schien genau in Guerrinis Augen, er konnte nur die Umrisse eines Mannes erkennen, der schnell aus dem Wagen sprang und die Stufen hinauflief. Der Hund raste zweimal an seiner Oberleitung über den Hof, bellte aber nur kurz und verzog sich wieder in seine Hütte. Seltsam, dachte Guerrini. Danach war es wieder still.

Es war keine gute Stille, eine, in der das Atmen schwerfiel, ohne dass Guerrini wusste, weshalb.

Er schlich weiter. Der Hund bemerkte ihn nicht. Als der Commissario die Treppe erreicht hatte, schrie drinnen Angela Piselli, beinahe gleichzeitig fiel ein Schuss, der wie eine Explosion klang. Die Haustür wurde aufgerissen, und jemand rannte die Stufen herunter, genau auf Guerrini zu, den wieder die Sonne blendete. Er fand keinerlei Deckung, riss seine Waffe hoch und rief «Stehen bleiben!», wusste gleichzeitig, dass er keine Chance hatte, falls nicht Tommasini …

Er hörte den Schuss, ehe er diesen Gedanken zu Ende denken konnte, schoss ebenfalls, jedenfalls meinte er zu schießen, spürte einen Schlag, sah den Hund, der an der Oberleitung hängend durch die Luft zu laufen schien, und hörte einen aufjaulenden Motor – ein riesiger Kühler kam in rasender Geschwindigkeit auf ihn zu. Er riss einen Arm vor sein Gesicht, rutschte an der Hauswand herunter, fühlte einen zweiten Schlag, bekam keine Luft mehr. Der Hund schien Flügel zu haben. Er flog hin und her und ganz hinauf in die Sonne. Guerrini schloss die Augen. Das war besser als die Sonne und der fliegende Hund. Aber er bekam noch immer keine Luft. Irgendetwas lief an ihm herunter, nass und klebrig, dann hörte er wieder Angela Piselli schreien und noch einen Schuss oder vielleicht auch viele – es war ihm auch gleichgültig. Sein Herz schlug zu schnell, und er hatte Ohrensausen. Obwohl er die Augen geschlossen hielt, schien noch immer irgendetwas zu hell, vielleicht die Sonne.

Als jemand ihn an der Schulter fasste, rutschte er zur Seite, und es wurde dunkel.

«Madre mia!», flüsterte Tommasini. «Commissario, hören Sie mich?»

Guerrini antwortete nicht, er hörte auch nicht die Entsetzensschreie von Angela Piselli oder das rasende Gebell des fliegenden Hundes.

Donatella Cipriani hatte Tee getrunken und einen Toast mit etwas Käse und Honig gegessen. Danach hatte sie in ihrer Firma angerufen und gesagt, dass sie erst gegen Mittag ins Büro kommen werde. Sie war mit den Hunden spazieren gegangen, nur eine halbe Stunde, aber immerhin. Es hatte geschneit, und die Hunde schnappten nach den Flocken, waren ganz verrückt vor Freude über die kalte Luft. Im Sommer lagen sie immer hechelnd herum, aber jetzt waren sie ganz verwandelt. Donatella hatte so etwas wie Eifersucht auf diese Lebensfreude empfunden, hatte die Tiere nach einer Weile scharf zurückgerufen und ihre eigene Stimme überdeutlich gehört. Ihr war, als hätte sie sich selbst zur Ordnung gerufen. Sie fröstelte unter ihrem warmen Mantel.

Auf dem Rückweg betrachtete sie die Villa auf eine Weise, als wohnte sie dort gar nicht, als ginge sie an einem fremden Besitz vorüber. Dunkle Hecken aus Kirschlorbeer verdeckten die Sicht, Mauern und Gitterzäune. Die Bäume im Park hatten kaum noch Laub, das Dach war hoch, der Putz ockerfarben, Donatella konnte eine der Dachterrassen sehen und die kleinen Säulen ihrer Brüstung. Die Spitzen der Metallzäune waren scharf, es half nichts, dass sie vergoldet waren, nahm ihnen nichts von ihrer Wehrhaftigkeit.

Plötzlich sah sie das Bild eines Menschen vor sich, der von diesen goldenen Spitzen aufgespießt wurde, der dort hing und sich nicht befreien konnte. Sie bedeckte ihr Gesicht mit den Händen. Solche Vorstellungen hatte sie schon seit ihrer Kindheit: Stürze aus hohen Gebäuden, von Brücken, Flugzeugkatastrophen – und diese angespitzten Gitterzäune. Donatella schüttelte den Kopf und atmete tief ein, schaute wieder auf ihr Anwesen, Ricardos Anwesen.

Das Tor wirkte protzig, ein anderes Wort fiel ihr nicht ein. Sie ging an diesem Tor vorbei, obwohl die Hunde stehen blieben und hechelnd zu ihr aufsahen.

Etwas in ihr hatte sich seit der letzten Nacht verändert. Langsam folgte sie weiter der stillen Straße, lauschte in sich hinein. Nach einigem Zögern rannten die Hunde hinter ihr her, stürmten wieder voraus und hatten die Zurechtweisung schon vergessen. Donatella schlug einen Weg ein, der zwischen den Mauern der großen Villen auf einen Hügel führte. Es war lange her, seit sie zum letzten Mal hier heraufgestiegen war. Von hier aus konnte sie über die Stadt sehen, entdeckte sogar ein paar Türmchen des Doms, die zwischen den anderen Gebäuden aussahen, als wären sie dabei, zu versinken.

Ich werde die deutsche Kommissarin anrufen und ihr sagen, dass ich eine Kur in *Vita divina* gemacht habe und dass ich Benjamin während dieser Kur kennengelernt habe. Dann wird sie es selbst wissen. Wahrscheinlich weiß sie es schon jetzt.

Donatella rief nach den Hunden und machte sich auf den Rückweg. Als das Haus der Ciprianis wieder zwischen den Bäumen auftauchte, blieb sie stehen.

Ich werde mich von Ricardo scheiden lassen.

Erst als ihr die Ungeheuerlichkeit dieses Gedankens bewusst wurde, stockte ihr Atem. Die Hunde setzten sich neben sie und drängten ihre feuchten warmen Körper an ihre Beine. Donatella beugte sich zu den beiden Tieren hinunter und legte ihre Arme um sie. Es war tröstlich, ihre Lebendigkeit zu spüren, das weiche Fell, die atmenden Flanken.

Später, auf dem Weg in die Firma, wunderte sie sich über

ihre Gedanken, schob sie von sich wie eine Laune. Hatte sie sich nicht schon häufig eine Trennung gewünscht? War das nicht beinahe normal in einer Ehe, die schon über zwanzig Jahre alt war?

Nein, sie hatte sich nicht nur eine Trennung gewünscht. In manchen Stunden hatte sie darum gebetet, dass Ricardo einen Unfall haben würde. Dass er von nächtlichen Autofahrten nicht zurückkehren würde, dass ihm auf einer seiner Baustellen etwas zustoßen würde. Dass er einen Herzinfarkt erleiden würde, möglichst in den Armen einer seiner Geliebten.

Tausendmal hatte sie ihm den Tod gewünscht. Aus Schwäche. Auch das war ihr völlig klar. Diese verdammte eigene Schwäche. Sie hasste sich für diese Schwäche.

Nein, sie konnte der Kommissarin nichts von *Vita divina* sagen, es wäre zu riskant. Auf irgendeine Weise musste sie Laura Gottberg davon überzeugen, dass alles genau so abgelaufen war, wie sie es bei ihrer ersten Begegnung erzählt hatte.

Die Rückkehr in die Struktur fiel ihr diesmal nicht leicht, obwohl sie sich bemühte. Irgendwo war ein Riss, und dieser Riss machte Donatella Angst. Sie hatte sich selbst ausgeliefert, als sie dieser deutschen Kommissarin erzählte, dass sie Benjamin zum ersten Mal in Siena getroffen hatte. *Vita divina* lag ganz in der Nähe von Siena.

Als sie den Wagen auf dem Parkplatz vor ihrer Firma abstellte, dauerte es ein paar Minuten, ehe sie aussteigen konnte, um ihren Mitarbeitern zu begegnen. Mit kühler Distanz betrachtete sie sich im Rückspiegel. Man konnte ihr die Anstrengung der letzten Tage ansehen, und sie erkannte, dass sich die Angst ganz nah unter der Oberfläche ihrer Struktur bewegte – wie ein Fisch, dessen Rücken oder Maul ab und zu die Wasseroberfläche durchbrach, um sofort wieder wegzutauchen.

Auf dem Weg nach Hause beschloss Laura, noch schnell nach ihrem Vater zu sehen. Es war schon dunkel, viel zu früh, novemberdunkel. Maximilianeum und Friedensengel leuchteten vom Hochufer der Isar. Das Märchenschloss ihrer Kindheit und ihr goldener Schutzengel.

Sie fühlte sich kraftlos. Die letzten Wochen des Jahres waren nicht ihre beste Zeit. Nie gewesen. Die Sonne fehlte ihr, die Nächte waren zu lang, und dabei hatte der Winter noch nicht einmal begonnen. Auch der Winter war nicht ihre Zeit, vor allem nicht in der Stadt.

Vor der Wohnung des alten Emilio Gottberg blieb sie noch ein paar Minuten im Wagen sitzen, im Dunkeln machte sie Lockerungsübungen für Schultern und Nacken. Endlich stieg sie aus und klingelte an der Haustür.

Lauras Vater freute sich, war aber überrascht und betrachtete seine Tochter forschend über seine Brille hinweg.

«Immer noch nicht besser?»

«Was, Babbo?»

«Du weißt genau, was ich meine!»

«Die Sache mit Luca? Das hab ich inzwischen verdaut.»

«Ich meine nicht die Sache mit Luca!»

«Ach das andere, Schwamm drüber! Ich bin einfach nur ein bisschen müde und freu mich drauf, eine Tasse Tee mit dir zu trinken.»

«Na gut, dann trinken wir Tee.» Lauras Vater zuckte die Achseln und ging voraus in die Küche, um den Schnellkocher einzuschalten. «Was macht dein toter Gigolo?»

«Er ist nicht auferstanden, und wer ihn umgebracht hat, weiß ich auch nicht.»

«Interessiert es dich?»

«Mittelmäßig.»

«Hat er's verdient?»

«Möglicherweise.»

«Der Gedichte wegen?»

«Ach, Babbo. Das lässt dich nicht los, was?» Laura versuchte ein Lächeln.

«Mach mir nichts vor, Laura. Dich lässt es auch nicht los! Hab ich recht?»

«Ich weiß nicht, ob es die Gedichte sind ... ja, vielleicht, zum Teil ... es ist mehr dieser berechnende Missbrauch von Gefühlen. Und ich habe möglicherweise einen Fehler gemacht ... einen professionellen Fehler ... einfach, weil ich die emotionalen Verletzungen einer Frau zu sehr nachempfinden konnte, obwohl diese Frau alles versucht hat, diese Verletzungen vor mir zu verbergen. Hast du verstanden, was ich dir sagen will?»

«So ungefähr. Willst du schwarzen Tee oder anderen?»

«Schwarzen.»

Lauras Vater legte sorgfältig einen Teebeutel in eine Henkeltasse und goss heißes Wasser darüber.

«Ich trinke lieber ein Glas Wein», murmelte er. «Wenn ich Tee trinke, dann kann ich nicht schlafen.»

«Ich würd auch lieber Wein trinken, aber ich muss fahren.»

«Wenn deine Kinder ausgezogen sind, dann kannst du ja gelegentlich bei mir übernachten und auch ein Glas Wein trinken, nicht wahr? So hat alles seine Vorteile!» Der alte Gottberg schenkte sich Rotwein ein und setzte sich mit einem tiefen Seufzer.

«Hast du schon gegessen, Babbo?»

«Mach dir keine Sorgen. Ich esse immer dann, wenn ich

Hunger habe. Heute Abend gab es Schafskäse mit Birnenscheiben und Honig. Das habe ich in Siena kennengelernt und es ist köstlich.»

«Und wo hast du das alles her? Ich meine den Schafskäse und die Birnen?»

Der alte Gottberg lachte in Lauras erstauntes Gesicht. «Wie du weißt, habe ich eine wunderbare Nachbarin, die mich nicht nur ab und zu zum Essen einlädt, sondern auch gern für mich einkauft. Es reicht völlig, dass ich einmal am Tag Essen auf Rädern über mich ergehen lasse! Willst du ein bisschen Käse und Birne? Ich hab noch was übrig.»

«Ja, gern.»

Lauras Vater ging zum Kühlschrank, holte den Käse, nahm ein Birne aus der Obstschale, stellte ein Glas Honig vor Laura auf den Tisch und lächelte breit. «Brot auch?»

Laura schüttelte den Kopf. «Ich wollte es nur versuchen, weil ich gute Erinnerungen damit verbinde.» Sie träufelte ein wenig Honig auf den Käse.

«Welche?»

«An den Urlaub mit Angelo.»

«Ah!»

«Ja, ah!»

«Und weiter?»

«Schade, dass er vorbei ist. Findest du nicht, dass die schönsten Zeiten im Leben verdammt schnell vorübergehen?»

«Bemerkenswerte Erkenntnisse hast du heute Abend, Laura!»

«Ach, Babbo. Ich würde jetzt am liebsten eine ganze Flasche Wein mit dir trinken und den ganzen Mist der letzten Woche vergessen!»

«Dann mach es doch und bleib hier! Deine Kinder wollen ausziehen, warum kannst du dir nicht auch ein Stück Freiheit nehmen? Ruf sie an und sag, dass ausnahmsweise du woanders übernachtest!» Lauras Vater nickte ein paarmal bekräftigend zu seinen Worten.

«Warum eigentlich nicht! Auf diesen Gedanken bin ich bisher nur gekommen, wenn ich arbeiten musste. Dabei übernachten meine Kinder ziemlich oft bei Freunden.»

«In diesen Dingen bist du wie deine Mutter, Laura. Ein bisschen zu italienisch treusorgend, oder?»

«Ach, ich weiß nicht, Babbo. Ich denke, es liegt eher daran, dass ich viel arbeite und deshalb immer ein schlechtes Gewissen habe. Außerdem haben meine Kinder eine Scheidung zu verkraften gehabt.»

«Die sie offensichtlich ganz gut überstanden haben. Jetzt ruf sie an und sag ihnen, dass du dich heute Abend mit deinem alten Vater betrinken willst!»

«Ja, ich mach es!» Laura zog ihr Handy aus dem Rucksack und rief zu Hause an. Es war Sofia, die antwortete und meinte, dass Mama ohne Probleme bei Großpapa übernachten könne. Sie wolle ohnehin ziemlich bald ins Bett gehen, weil es gestern so spät geworden war. Luca und seine Freundin würden gerade kochen. Alles paletti!

Ja, dachte Laura. So ist es. Alles paletti! Wahrscheinlich sind sie ganz froh, dass ich heute Abend nicht komme. Ein bisschen irritiert nahm sie das Glas Rotwein entgegen, das ihr Vater für sie gefüllt hatte.

«Gib zu, dass du manchmal am liebsten aus allem aussteigen würdest, Laura.»

«Musst du das jetzt sagen, Babbo?»

«Ja, natürlich muss ich das jetzt sagen. Weil du ausnahmsweise nur an dich gedacht hast.»

«Bist du sicher?»

«Ja, ich denke schon.»

«Vielleicht habe ich auch an dich gedacht.»

«Dann fahr lieber! Und gib den Wein her!» Emilio Gottberg griff nach Lauras Glas, doch sie wich ihm aus.

«Jaja, ich habe an mich gedacht.»

«Gut, dann versuch den Wein. Er ist köstlich.»

Laura nahm einen Schluck, ließ ihn über die Zunge gleiten und sah ihren Vater fragend an. «Was ist denn das? Doch kein Brunello, oder?»

«Nein, kein Brunello. Es ist ein alter Châteauneuf-du-Pape, den ich vor vielen Jahren mit deiner Mutter gekauft habe. Ich sehe das Weingut noch vor mir. Ab und zu trinke ich eine Flasche und denke dabei an die Reise, die ich damals mit deiner Mutter gemacht habe.»

«Erzähl mir davon, Vater.»

Und der alte Gottberg erzählte.

Später am Abend, als Laura sich auf dem Sofa im Wohnzimmer ausgestreckt hatte, versuchte sie noch einmal Angelo Guerrini zu erreichen. Wieder antwortete er nicht. Nur diese unpersönliche Frauenstimme wiederholte ständig auf Italienisch und Englisch, dass der Teilnehmer vorübergehend nicht erreichbar sei. Obwohl Laura sehr müde war, konnte sie nicht einschlafen, lauschte dem leisen Schnarchen ihres Vaters im Nebenzimmer und hatte das sichere Gefühl, dass etwas nicht in Ordnung war. In ihr selbst und auch draußen.

Sie hatten sich nicht betrunken, ihr Vater und sie, nur ein winziges bisschen beschwipst waren sie gewesen beim Gute-Nacht-Sagen, und es hatte sich gut angefühlt. Auch das Eintauchen in eine längst vergangene Reise war wunderbar gewesen, hatte Lauras Mutter wieder spürbarer gemacht. Doch jetzt, in der Dunkelheit, empfand Laura eine Art Furcht vor dem nächsten Tag. Es war ein Gefühl, das ihr nicht vertraut war, das sie überraschte. Vermutlich eine Reaktion auf die plötzliche Selbständigkeit meiner Kinder, dachte sie.

Wahrscheinlich. Vielleicht. Oder auch auf die Erkenntnis, dass die guten Zeiten viel zu schnell vorübergingen.

LAURA SCHRECKTE AUF, als ihr Handy klingelte. Es war stockdunkel, und sie konnte sich für kurze Zeit nicht genau daran erinnern, wo sie sich befand. Endlich ertastete sie einen Lichtschalter, kroch vom Sofa, fand irgendwo ihren Rucksack und zuletzt auch das kleine Telefon. Es klingelte noch immer, und Laura erkannte auf dem Display ihre eigene Telefonnummer. Ihr Herz begann zu rasen.

«Mama?» Es war Lucas verschlafene Stimme.

«Ja, Luca. Was ist denn?»

«Das Telefon ging die ganze Zeit. Immer wieder. Ich bin eben drangegangen, weil es nicht aufgehört hat. Es war Tommasini. Du weißt schon, der Kollege von Angelo. Ich hab ihn nur teilweise verstanden. Irgendwas ist mit Angelo passiert. Du rufst da besser mal an!»

«Wo, Luca?»

«Ich glaub, in der Questura. Hast du die Nummer?»

«Hab ich. Wie spät ist es?»

«Keine Ahnung. Warte, ich schau mal nach … halb fünf. Was kann denn da los sein?»

«Keine Ahnung, Luca. Danke, dass du ans Telefon gegangen bist.»

«Schon okay. Ich hoff nur, dass es nichts Schlimmes ist!»

«Ich auch. Geh wieder schlafen.»

«Ich will aber wissen, was mit Angelo los ist. Ich warte auf deinen Anruf!»

«Falls es was Ernstes ist, dann komm ich gleich nach Hause. Also leg dich wieder hin!»

«Viel Glück, Mum!»

«Danke, Luca.»

Laura versuchte ruhig zu atmen, spürte gleichzeitig im ganzen Körper ihren viel zu schnellen Pulsschlag und fasste erst nach langen Minuten den Mut, in der Questura von Siena anzurufen.

Es war D'Annunzio, der sich meldete und dessen Stimme im nächsten Augenblick kippte.

«Ah, Signora Laura, mi dispiace molto, es tut mir so leid. Ich verbinde Sie mit Tommasini. Er ist gerade aus dem Krankenhaus gekommen ...»

«Mein Gott, D'Annunzio, was ist denn passiert?»

«Ich weiß es nicht genau, Signora Laura, ich war ja nicht dabei ... warten Sie, da ist Tommasini!»

Es knackte in der Leitung, und Laura fürchtete die Verbindung verloren zu haben, als plötzlich Tommasinis Stimme leise, aber sehr deutlich fragte: «Signora Laura? Sind Sie noch da?»

«Ja, ich bin da.»

«Es ist ... es tut mir so leid ... der Commissario liegt im Krankenhaus. Er ist angeschossen worden. Ich war die ganze Nacht bei ihm ... ich meine, ich war im Krankenhaus, während er operiert wurde ...»

«Was ist mit ihm, Tommasini? Ist es eine gefährliche Verletzung?»

«Er liegt auf der Intensivstation, Signora Laura. Die Ärzte haben gesagt, dass sein Zustand stabil sei ...»

«Wie stabil? Wie ist es passiert?» Laura rutschte ganz langsam an der Wand herunter und blieb auf dem Küchenboden sitzen.

«Wir haben versucht, einen Geldeintreiber zu stellen, ehe der von seinem Kunden bedroht wurde. Aber der Kerl ist geflüchtet und hat dabei auf den Commissario geschossen. Es war schrecklich, Signora Laura, ganz schrecklich.»

«Ist sein Leben in Gefahr, Tommasini? Sagen Sie, verdammt nochmal, was wirklich los ist!»

«Ich weiß es nicht, Signora Laura ... ich weiß nur, dass die Ärzte ernste Gesichter machen, und ich denke, dass es gut wäre, wenn Sie schnell nach Siena kämen!»

«Ich komme, Tommasini.»

«Fahren Sie gleich ins Krankenhaus, Signora Laura.»

Sie nickte, obwohl Tommasini das nicht sehen konnte.

«Ist jemand bei ihm, Tommasini?»

«Sì, suo padre. Sein Vater ist bei ihm.»

«Danke, Tommasini. Danke, dass Sie angerufen haben. Ich komme so schnell wie möglich.»

Laura legte das Telefon neben sich und ließ sich zur Seite sinken. Der Boden war kalt und glatt. Als sie ihre rechte Wange auf das Parkett presste, spürte sie jede Unebenheit, jeden Krümel. Die Angst in ihr war kalt und verwirrend. Sie durfte sich dieser Angst nicht überlassen. Sie musste sofort los.

Es bereitete ihr Mühe, auf die Beine zu kommen. Ihr war schwindlig, als sie es endlich schaffte. Sie bedeckte ihr Gesicht mit den Händen, massierte ihre Stirn, ging dann zur Küchenspüle und ließ kaltes Wasser über ihre Hände laufen, befeuchtete ihre Augen. Jetzt war es ein bisschen besser. Nicht die Angst, aber der Schwindel. Laura versuchte ruhig zu denken: Sie würde jetzt nach Hause fahren, ein paar Sachen zusammenpacken und sofort losfahren. Vermutlich musste sie den Wagen nehmen, es gab keine schnellere Möglichkeit, nach Siena zu kommen. Es sei denn, in der ersten Maschine nach Florenz wäre noch ein Platz frei. Dann müsste sie einen Wagen mieten, oder einer aus der Questura könnte sie abholen.

Als sie ins Wohnzimmer zurückkehrte, kam der alte Gottberg gerade aus seinem Schlafzimmer.

«Es ist etwas passiert, nicht wahr? Ah, es ist kein guter Beruf, den du da hast, Laura!» Er gähnte und rubbelte heftig sein verstrubbeltes weißes Haar.

«Nein, Vater. Es ist etwas anderes. Ich muss sofort nach Siena. Angelo ist angeschossen worden, und es scheint ernst zu sein.»

Langsam setzte sich Emilio Gottberg auf Lauras Sofabett und seufzte tief. «Fahr, Laura. Das hier räum ich schon weg!»

Die Zärtlichkeit, mit der er das sagte, ließ Tränen in Lauras Augen steigen, und so suchte sie halbblind ihre Sachen zusammen und umarmte endlich ihren Vater. Ihr Herz schmerzte vor Liebe zu ihm, zu Angelo, zu ihren Kindern und zu diesem so verdammt zerbrechlichen Leben.

Über den Alpen geriet das Flugzeug in heftige Turbulenzen, und Laura wurde sofort schlecht. Vor dem Fenster rasten Wolkenfetzen vorbei, die Maschine vibrierte, tauchte durch die Himmelstäler. Mit geschlossenen Augen versuchte Laura, den Aufruhr in ihrem Magen zu beruhigen. Was hatte ein erfahrener Pilot einmal zu ihr gesagt? Man muss mit den Turbulenzen fallen und steigen, nicht krampfhaft dagegen ankämpfen.

Scheiße, dachte sie, als das nächste Luftloch kein Ende nehmen wollte.

Fliegen hat etwas mit Loslassen zu tun, das hatte er auch gesagt. Die Welt war voll von wunderbaren Ratgebern, deren

Ratschläge wahrscheinlich nicht einmal sie selbst befolgen konnten. Sie versuchte an etwas anderes zu denken. Nicht an Loslassen, nicht an Angelo. Nicht jetzt! Wenn sie an ihn dachte, wurde ihr vor Angst noch schlechter.

Sie dachte an Luca und wie er die Tür aufgerissen hatte, als sie nach Hause gekommen war. Wie er sich wortlos an den Computer gesetzt hatte und den vorletzten freien Platz in der ersten Maschine nach Florenz für sie buchte. Er hatte ihr die Ankunftszeit in Florenz aufgeschrieben und ihr das Telefon hingehalten, damit sie in der Questura anrief.

Tommasinis Bruder würde sie abholen. Er selbst war zu müde nach einer durchwachten Nacht. Luca hatte auch das Taxi gerufen und Lauras Koffer nach unten getragen. Und die ganze Zeit hatte er kaum etwas gesagt, nur das Wesentliche, Sachliche. Blass war er gewesen.

«Hoffentlich wird alles gut», hatte er leise gesagt, als er Laura beim Abschied umarmte.

Laura dachte an Sofia, die ihr Tee gebracht hatte, einen Apfel in den kleinen Rucksack steckte und das Parfümfläschchen, das Laura im Bad vergessen hatte. Auch sie war ganz leise gewesen, hatte beim Abschied Tränen in den Augen gehabt.

Erwachsen, dachte Laura, sie sind so verdammt erwachsen und trotzdem noch so jung. Vielleicht haben sie zu früh zu viel Verantwortung getragen? Für mich, weil ich arbeiten musste, weil ich nach der Trennung von Ronald unglücklich und verletzt war und sie das gespürt haben, obwohl ich es zu verbergen versuchte?

Ach Mist. Sie war stolz auf Sofia und Luca. Wahrscheinlich war es ein großer Irrtum, die Kindheit immer weiter auszudehnen wie einen vermeintlich paradiesischen Zustand. Laura hielt die Luft an und umklammerte die Armstützen ihres Sitzes, als die Maschine in das nächste Luftloch stürzte.

Ihre Übelkeit war verschwunden, da war nur noch dieses innere Vibrieren, das dem des Flugzeugs glich. Sie versuchte an Angelo zu denken, irgendwie funktionierte es nicht. Es war eine Art Blockade, die es ihr unmöglich machte, ihn mit Krankenhaus und Intensivstation zu verbinden. Stattdessen fiel ihr ein, dass sie keine Nachricht im Dezernat hinterlassen hatte. Was ihr wiederum in dieser Situation völlig egal war. Das Flugzeug lag nun ruhiger in der Luft, und die Wolken lösten sich allmählich auf. Braungrün tauchten Flecken der Poebene tief unter ihnen auf, eine Flusswindung, ein Dorf, die strengen Muster der Pappelhaine. Über dem Apennin war der Himmel klar, nur ein paar weiße Federwolken stiegen aus den Bergtälern auf. Dann setzte das Flugzeug zur Landung an, und der Talkessel von Florenz öffnete sich vor ihnen.

Jetzt konnte Laura an Angelo denken. Sah plötzlich ihre erste Begegnung vor sich. Er war ganz offensichtlich verwirrt gewesen, als hätte er eine andere Person erwartet, hatte zu schnell und zu viel geredet. Und sie hatte ihn genau beobachtet, sein gutes Aussehen registriert, die Bernsteinaugen, den fehlenden Ehering und seine Zurückhaltung. Was hatte sie damals gedacht? Schade, wenn er schwul wäre. Und warum? Weil er nicht sofort einen heftigen Flirt mit ihr angefangen hatte.

Aber sein Humor hatte sie für ihn eingenommen. Als ein Kutschpferd auf der Piazza della Signoria seine Äpfel vor ihnen fallen ließ, entschuldigte er sich sehr ernsthaft im Namen aller italienischen Pferde. Er besaß diesen Sinn für absurde Dialoge, die sie selbst so schätzte. Und an diesen Dialogen entlang hatten sie sich einander angenähert. Beide waren sich ihrer Verletzlichkeit bewusst, beide hatten die Erfahrung einer gescheiterten Ehe.

Die Maschine setzte so hart auf, dass sie zwei, drei Bocksprünge auf der Landebahn machte und mehrere Passagiere vor Schreck aufschrien. Hatte sie selbst auch geschrien? Falls sie es getan hatte, dann völlig unbewusst.

Alles dauerte zu lange, die Schlange der Wartenden vor der noch immer verschlossenen Flugzeugtür. Das Warten auf die Koffer, und natürlich war Lauras einer der letzten, die auf das Karussell geladen wurden. Drüben am Ausgang winkte Tommasinis Bruder. Laura winkte zurück. Er kam ihr entgegen, drückte fest und schweigend ihre Hand und griff nach ihrem Koffer.

«Wie geht es Angelo?», fragte Laura auf dem Weg zum Wagen.

«Er liegt im Koma, Signora. Im künstlichen Koma. Das machen sie heute so. Vielleicht ist es ja gut. Vielleicht werden die Leute schneller gesund, wenn sie nichts mitkriegen.» Der jüngere Bruder Tommasinis sah sehr besorgt aus. Seine helle Haut wirkte in der Morgensonne fahl und zerfurcht. Das schwarze Haar ließ den Wirt des *Aglio e Olio* noch blasser erscheinen.

«Danke, dass Sie mich abgeholt haben, Signor Tommasini.» Laura ließ sich in den Beifahrersitz fallen. Er nickte kummervoll.

«Wenn es Ihnen nichts ausmacht, dann können Sie mich Leonardo nennen, Signora.»

«Grazie, Leonardo. Sie können auch gern Laura zu mir sagen.»

«Per piacere, Signora Laura. Es wäre mir verdammt nochmal lieber, wenn Sie und der Commissario heute Abend zu mir zum Essen kämen. Das Krankenhaus ist keine gute

Adresse für ein Wiedersehen … Diese verfluchten Wucherer! Bei mir hat auch schon einer angefragt. Dem hab ich Beine gemacht! Mein Lokal geht hervorragend, ich brauche keinen Kredit von Verbrechern, und selbst wenn ich ihn bräuchte, würde ich einen Teufel tun und mich mit diesem Pack einlassen!»

Tommasini gab Gas und lenkte seinen großen schwarzen Geländewagen Richtung Superstrada. Eigentlich hasste Laura große schwarze Geländewagen, doch diesmal empfand sie nur Dankbarkeit, und es war ihr auch egal, dass Tommasini viel zu schnell fuhr. Dankbar war sie auch für sein Schweigen und das aufmunternde Lächeln, das er ihr hin und wieder zukommen ließ. Selbst die Superstrada zwischen Florenz und Siena erinnerte sie an die erste Begegnung mit Angelo. Wie Tommasini hatte er sie damals vom Flughafen abgeholt und während der Fahrt nach Siena kaum gesprochen. Sie hatte sich ganz auf die grünen Hügel konzentriert, war einfach froh gewesen, dem Münchner Alltag entkommen zu sein und für eine Weile im Land ihrer Mutter zu arbeiten.

Diesmal erschien ihr die Landschaft abweisend. Der Anblick schwarzer Zypressen, die sich hart gegen den graublauen Himmel abzeichneten, erschreckte sie und ließ sie frösteln.

«Ist Ihnen kalt, Signora?»

«Ja», murmelte Laura.

«Ich mach die Heizung an, gleich wird's wärmer.»

«Grazie, Leonardo.»

Dann schwiegen sie wieder, bis vor ihnen Siena auftauchte.

«Soll ich mit reinkommen?» Tommasini hielt auf dem Parkplatz neben dem Haupteingang des Krankenhauses und hatte offensichtlich Lauras Zögern bemerkt. Ehe sie antworten konnte, war er aus dem Wagen gesprungen und öffnete die Tür für sie.

«Kommen Sie, Signora Laura.» Er hielt ihr die Hand hin, und wieder war sie dankbar für seine Fürsorge. Langsam kletterte sie aus dem Fahrzeug, warf ihren Rucksack über die Schulter und empfand jetzt klare, kalte Angst, die ihr das Atmen schwermachte. Sie kannte dieses Krankenhaus, hatte die Malerin Elsa Michelangeli hier im Koma gesehen, war selbst nach einem Streifschuss an der Stirn hier genäht worden.

Tommasini ging voraus, und sie folgte ihm, ohne wahrzunehmen, was um sie herum vor sich ging. Jemand zeigte auf einen Gang, der nach rechts führte, erklärte irgendwas. Laura konnte dem Sinn der Worte nicht folgen, lief einfach hinter Leonardo Tommasini her und versuchte sich während des Gehens halbwegs in den Griff zu bekommen. Schnelles Gehen und Rennen war ihr Gegenmittel gegen Angst. Aber sie konnte nicht einfach durch diese Krankenhausgänge rennen, nur schnell gehen. Zum Glück ging auch Tommasini schnell.

Vor dem Eingang zur Intensivstation saßen und standen ein paar Männer herum, einige in Polizeiuniform, andere in Zivil. Ihre leisen Gespräche verstummten, als sie Laura erkannten. Leonardo Tommasinis älterer Bruder trug seine Uniform und sah so erschöpft aus, als wache er seit vielen Stunden vor dieser Tür. Er kam Laura ein paar Schitte entgegen.

«Wie gut, dass Sie da sind, Signora Laura!»

Sie drückte seine Hand.

«Wie geht es Angelo?»

«Er lebt, Signora. Viel mehr sagen die Ärzte nicht. Man

muss abwarten, sagen sie. Der Commissario hat viel Blut verloren.»

«Kann ich zu ihm?»

«Ganz sicher, Signora. Sein Vater ist schon seit Stunden bei ihm. Ich wollte den alten Herrn ablösen, aber er will nicht weg.»

Laura nickte.

«Kommen Sie, Signora Laura. Ich bring Sie hinein.» Sanft umfasste Tommasini, der Ältere, Lauras rechten Ellenbogen und führte sie zum Eingang der Intensivstation. Guerrinis Kollegen rückten zur Seite, nickten Laura mit gesenkten Köpfen zu und blickten scheu zu Boden.

Nein, dachte Laura, er wird nicht sterben. Das hier bedeutet nicht, dass er sterben wird. Er wird nicht sterben. Italiener neigen zur Dramatik. Ich auch.

Sie dachte diese Sätze immer wieder, während Tommasini sie durch einen neuen langen Flur führte, der Laura wie ein Albtraum vorkam, wie die geballte Wiederkehr aller Intensivstationen, die sie in ihrem Leben gesehen hatte. Es waren viele gewesen.

Nein, er wird nicht sterben. Das hier bedeutet nicht, dass er sterben wird. Er wird nicht sterben. Italiener neigen …

Eine Krankenschwester kam auf sie zu. Tommasini sagte irgendwas, die Schwester nickte und lächelte Laura zu. Ganz kurz lächelte sie, umfasste Lauras anderen Ellenbogen.

Italiener neigen zur Dramatik. Das hatte ihr Vater gesagt. Das hier hatte nichts zu bedeuten.

Eine Tür öffnete sich vor Laura, nein, die Tür war schon offen gewesen, der Raum sehr hell, und sie sah den Rücken von Fernando Guerrini, seinen gebeugten Kopf, das weiße Haar. Sie sah Monitore und Schläuche, Kurven auf flimmernden Bildschirmen.

Er wird nicht sterben. Das hier bedeutet nicht, dass er …

Tommasini ließ ihren Ellenbogen los und blieb zurück. Laura drehte sich nach ihm um, doch er war schon fort. Sie vermisste seine Hand. Als auch die Krankenschwester ihren Arm losließ, hätte Laura sie beinahe festgehalten.

«Es geht ihm etwas besser, Signora. Er wird spüren, dass Sie da sind.» Wieder lächelte die Schwester kurz und flüsterte: «Sie sollten den alten Herrn ablösen. Er wirkt sehr erschöpft.»

Noch immer hatte Laura keinen Blick auf Angelo geworfen, noch immer verdeckte der Rücken des alten Guerrini Angelos Kopf und Oberkörper. Sie tat einen Schritt nach vorn, einen zweiten.

Er wird nicht sterben … Sie versuchte, die sich wiederholenden Gedanken anzuhalten. Er schläft nur, dachte sie. Er liegt in einem künstlichen Koma. Er ist wunderschön. Ganz unversehrt.

In ihrem Hals saß ein Würgen, flüchtig wanderte ihr Blick über seine Brust, die Schläuche und Verbände, dann schnell wieder hinauf zu seinem Gesicht. Sein Bart war über Nacht gewachsen, kräftige schwarze und graue Stoppeln bedeckten seine Wangen und sein Kinn.

«Laura!» Fernando Guerrini fuhr auf. Sie legte einen Arm um die Schultern des alten Mannes. «Danke, dass du gekommen bist. Wenn du da bist, wird er nicht sterben. Er kann einfach nicht sterben, wenn du da bist. Seit ich hier sitze, habe ich Angst, dass er sich davonmacht. Es war nicht leicht, ihn festzuhalten, figlia mia. Sie wollten mich ständig wegholen, aber ich wusste, dass ich nicht gehen durfte, weil er sonst auch gegangen wäre …» Lautloses Schluchzen schüttelte den alten Guerrini.

Laura hielt ihn ganz fest, legte ihren Kopf an seine Wange.

«Grazie, papà, danke, dass du ihn festgehalten hast. Meinst du, dass ich es schaffe zu übernehmen?»

«Wer denn sonst, Laura? Es ist ein Wunder, dass ich es geschafft habe, ihn festzuhalten. Wir stehen nicht so gut miteinander zurzeit.»

«Du kannst dich jetzt ausruhen, wenn du magst, aber du kannst auch dableiben.»

Fernando Guerrini schüttelte den Kopf. «Nein, ich geh jetzt. Du bist ja da.» Er versuchte aufzustehen, fiel aber wieder in den Stuhl zurück. Erst als Laura und die Krankenschwester ihn stützten, schaffte er es auf die Beine und ließ sich aus dem Zimmer führen. Draußen wartete Tommasini und versprach, sich um den alten Herrn zu kümmern.

Dann war Laura allein mit Angelo. Die wiederkehrenden Gedanken liefen noch einmal ab und versiegten endlich.

Behutsam rückte sie den Stuhl zurecht, auf dem eben noch Angelos Vater gesessen hatte. Behutsam setzte sie sich, als könnte sie diesen kaum spürbaren Atem stören oder die Herzschläge, die auf dem Monitor aufgezeichnet wurden. Behutsam berührte sie seine Hand, strich über jeden seiner Finger und hielt ihn endlich fest, wie sie es dem alten Guerrini versprochen hatte, atmete mit ihm und flehte um ihn.

Ab und zu kam ein Arzt und überprüfte die Instrumente, nickte aufmunternd und verschwand. Stunde um Stunde hielt Laura Wache, trank Kaffee und Wasser, das die Schwestern ihr brachten. Aß nichts, hielt Angelo fest.

Nur einmal ging sie kurz hinaus auf die Toilette, rief danach im Präsidium an und erklärte Claudia die Situation. Sie rief auch zu Hause an, sprach mit Sofia und bat sie, dem Großvater zu sagen, dass sie gut in Siena angekommen sei, dass Angelos Zustand stabil sei, und wusste, dass Sofia ihr nicht glaubte.

Irgendwann, längst nach Mitternacht, bettete sie ihren Oberkörper neben Angelo, kämpfte lange gegen ihre Erschöpfung, gab endlich auf und schlief ein.

Als sie aufwachte, wagte sie nicht, sich zu bewegen. Sie wusste genau, wo sie sich befand und was geschehen war. Sie wusste, dass sie neben Angelo eingeschlafen war, und sie wusste auch, dass sich etwas verändert hatte. Sie horchte, atmete nur ganz flach. Ihr Herz schlug zu schnell, sie hasste das. Es war laut, hinderte sie daran, zu hören, was sich verändert hatte.

Etwas lag auf ihrem Kopf. Mit der linken Hand tastete sie nach diesem Etwas, mit der rechten musste sie Angelo festhalten. Doch sie konnte ihn gar nicht festhalten, seine Hand war nicht mehr da.

Seine Hand lag auf ihrem Kopf, jetzt hatte ihre Linke sie gefunden. Seine Hand erwiderte den leichten Druck ihrer eigenen.

Laura verharrte reglos, wollte sicher sein, dass sie sich nicht getäuscht hatte. Erst als Angelo ein zweites Mal den Druck ihrer Hand erwiderte, wagte Laura, den Kopf zu heben und ihn anzusehen. Der Raum war von bläulichem Dämmerlicht erfüllt, man hatte wohl inzwischen die Nachtbeleuchtung eingeschaltet. Trotzdem konnte sie erkennen, dass Angelos Augen offen waren und dass er sie ansah.

«Angelo?» Sie flüsterte, fürchtete, ihn zu erschrecken. «Sei ritornato …»

Er schloss die Augen, blieb endlose Sekunden lang reglos, öffnete sie endlich wieder, entzog ihr seine Hand und berührte die Schläuche, die mit seiner Brust verbunden waren.

«Nicht, das sind Schläuche. Du darfst sie nicht herausziehen.»

Plötzlich wurde sein Blick wacher.

«Schläuche?» Seine Stimme klang heiser. «Bist du das, Laura? Hast du den fliegenden Hund gesehen?»

«Ja, ich bin's. Den fliegenden Hund habe ich nicht gesehen, Angelo. Wo hast du ihn gesehen?»

«Ich weiß nicht. Er kann fliegen …»

«Wirklich fliegen?»

«Ja, ich hab ihn gesehen …»

Seine Hand kehrte zu ihrer zurück.

«Kannst du auch fliegen?» Wieder schloss er seine Augen und atmete so leise, dass Laura nicht zu antworten wagte. Nach einer Weile wiederholte er seine Frage.

«Kannst du auch fliegen?»

«Ja, ich kann auch fliegen», murmelte sie.

«Sonst wärst du nicht hier, oder?»

«Nein, sonst wäre ich nicht hier.»

«Warum bist du hier?»

«Weil ich dich festhalten muss.»

Guerrini schien nachzudenken.

«Weshalb musst du mich festhalten?»

«Dein Vater hat es mir aufgetragen.»

«Mein Vater?»

«Ja, dein Vater. Er hatte Angst, dass du fortfliegst, Angelo.»

Guerrini lächelte und schloss die Augen.

«Du solltest nicht so viel sprechen, amore. Ruh dich lieber aus.» Laura streichelte seine Hand.

Er atmete zweimal tief ein, verzog dabei schmerzhaft das Gesicht, fragte dann kaum hörbar: «Was ist passiert?»

Laura hielt seine Hand ganz fest.

«Jemand hat auf dich geschossen, Angelo.»

Er bewegte sich unruhig, schien Schmerzen zu haben.

«Non mi ricordo.»

«Das ist … ganz normal. Du warst lange bewusstlos.»

Er nickte kaum merklich.

«Wo bin ich jetzt?»

«Im Krankenhaus.»

Ein paar Minuten lang lag Guerrini ganz still, dann wurde er wieder unruhig.

«Wo ist der Hund? Was ist mit Piselli? Er hatte ein Gewehr …»

Jetzt hielt Laura ihn mit beiden Händen. «Du erinnerst dich. Das ist gut. Piselli ist in Ordnung. Wo der Hund ist, weiß ich nicht. Ist er wichtig, der Hund?»

«Er kann fliegen.»

Guerrinis Hand war heiß, sein ganzer Körper schien auf einmal zu glühen. Erschrocken drückte Laura auf die Klingel, um den Arzt zu rufen, und hielt Angelo dabei ganz fest.

AN DIESEM ABEND fiel es Donatella schwer, nach Hause zurückzukehren. Von der Firma aus rief sie eine Bekannte an und schlug ihr ein gemeinsames Abendessen in einem Restaurant vor. Aber sie hatte bereits eine Verabredung. Würde eine andere Bekannte Zeit haben? Ihr fiel niemand ein, obwohl sie so viele Menschen kannte.

Bekannte.

Ich habe keine Freundin, dachte Donatella. Warum habe ich keine Freundin?

Sie wusste die Antwort. Sie wusste immer die Antwort. Auf alles. Sie hatte keine Freundin, weil sie niemandem vertrauen konnte. Es hatte mit Ricardo zu tun, mit seiner Stellung, mit dem glücklichen Familienleben, der wunderbaren Partei für ein wunderbares Padanien. Und es hatte mit ihrer Feigheit zu tun. Sie verabscheute Ricardos Reden, hasste Auftritte vor drapierten Fahnen hinter gewichtigen Schreibtischen. Nie hatte sie irgendwem diese Gefühle gezeigt.

Aber es hatte auch mit ihr selbst zu tun, auch das wusste Donatella genau. Es hatte mit ihrer Einsamkeit als Kind zu tun, damit, dass sie sich bei der geringsten Verletzung durch andere zurückzog. Sie gab den anderen keine Chance, weil ihr das zu riskant erschien. Nein, es war besser, keine der anderen Bekannten anzurufen.

Auf dem Weg nach Hause hielt sie vor einer kleinen Pizzeria, traute sich aber nicht hinein und fuhr nach ein paar

Minuten weiter. Sie hatte Hunger. Es schneite schon wieder. Warum schneite es so früh im Jahr?

Vor dem großen Tor wartete sie ziemlich lange, ehe sie die Fernbedienung drückte und zusah, wie sich die Gitterflügel langsam öffneten. Nachdem sie hindurchgefahren war, hielt sie an und beobachtete im Rückspiegel, wie sich die Pforte unaufhaltsam wieder schloss. Dieser Anblick nahm ihr fast den Atem. Sie gab schnell Gas und fuhr in die geräumige Garage, deren automatisches Tor sich ebenfalls vor ihr geöffnet hatte und ebenso automatisch wieder schließen würde. All das konnte sie nicht mehr ertragen.

Als sie endlich die Villa betrat, wurde sie von Sara und den Hunden empfangen. Saras Miene war vorwurfsvoll, die Hunde jaulten begeistert. Als die Tiere sich endlich beruhigt hatten, sagte Sara: «Ich habe Ossobuco gemacht, weil ich nicht wusste, ob Dottor Cipriani zum Abendessen kommt. Aber es sieht nicht so aus, als käme er. Ich hoffe, dass wenigstens Sie Hunger haben, Signora ... Die Post liegt auf Ihrem Schreibtisch.»

«Grazie, Sara. Es tut mir leid ... das mit dem Essen. Ich weiß selbst im Augenblick nicht, wer kommt und wer nicht. Wir sind alle so beschäftigt ... Ich hätte Sie anrufen sollen, aber die Arbeit in der Firma wächst mir allmählich über den Kopf. Ich werde so viel von Ihrem Ossobuco essen wie möglich. Ich weiß, wie gut es ist.»

Sara zuckte resigniert die Achseln.

«Ich hab schon gedeckt, Signora. Sie können sofort essen.»

«Vengo subito.»

Sara kehrte in die Küche zurück, und Donatella sah ihr nach, fragte sich, wie lange die junge Frau wohl noch bleiben würde, denn sie litt seit einiger Zeit ganz offensichtlich unter den unklaren Verhältnissen im Hause Cipriani. Sara kochte so gut, dass sie jederzeit in einem der besten Restaurants arbeiten konnte. Wahrscheinlich langweilte sie sich. Wahrscheinlich verachtete sie die Familie Cipriani.

Ich würde uns verachten, wenn ich Sara wäre, dachte Donatella, als sie in den ersten Stock hinaufstieg. Am Ende der Stufen drehte sie sich um und schaute auf die Eingangshalle und den riesigen Kronleuchter hinunter.

Ja, dachte sie, ich würde uns verachten.

Den Mantel warf sie über einen Stuhl in ihrem Arbeitszimmer, blätterte flüchtig die Post durch, die auf ihrem Schreibtisch lag, und verharrte bei einem unscheinbaren Umschlag ohne Absender, der mit einer österreichischen Briefmarke frankiert war.

Ihre Handflächen wurden feucht. Diese Art unauffälliger Umschläge kannte sie. Alle Erpresserbriefe, die sie bisher bekommen hatte, steckten in unauffälligen Umschlägen, die in Deutschland oder Frankreich aufgegeben worden waren. Österreich kam also neu hinzu.

Ihre Hände waren erstaunlich ruhig, als sie den Umschlag aufschlitzte. Der Brieföffner hatte die Form eines Dolchs, war eines der seltsamen Geschenke von Ricardo, die er manchmal von seinen Reisen mitbrachte. Sie waren wie Symbole ihrer Entfremdung. Langsam entfaltete sie den Brief und begann zu lesen.

Signora Cipriani,
nachdem wieder etwas Ruhe eingekehrt ist, möchten wir Sie an die Rechnung vom 29. Oktober erinnern. Das bedauerliche Ableben von Sir Benjamin Sutton reduziert die Höhe unserer Forderung keineswegs. Falls Sie die Rechnung nicht innerhalb einer Woche begleichen, müs-

sen wir uns leider an Ihren Mann wenden. Bezüglich der Übergabe werden wir uns in sechs Tagen bei Ihnen melden.

Sie waren also noch da. Donatella steckte den Brief in ihre Handtasche. Es bedeutete … sie musste jetzt ganz klar denken … Dieser Brief bewies, dass Benjamin nicht allein gehandelt hatte. Aber er konnte auch etwas ganz anderes bedeuten: Er konnte bedeuten, dass Benjamin nichts mit dieser Erpressung zu tun hatte.

Dieser Gedanke war ungeheuerlich. Sie drängte ihn weg, doch er kam wieder. Dieser Brief eröffnete die winzige Möglichkeit, dass Benjamin sie doch geliebt haben könnte. Diese winzige Möglichkeit ließ sie taumeln. Plötzlich wurde sie von Trauer überwältigt, einer Trauer, die sie sich bisher verboten hatte.

Alles war jetzt möglich, sogar, dass Ricardo hinter der Erpressung stand. Donatella schreckte heftig zusammen, als Sara plötzlich in der Tür erschien.

«Mi scusi, Signora, ich wollte Sie nicht erschrecken. Das Abendessen ist angerichtet …»

Ich darf mich nicht gehenlassen, dachte Donatella. Sara darf nicht denken, dass etwas nicht stimmt. Ich muss die Struktur behalten, sonst bin ich verloren.

«Ich komme gleich, Sara! Ich muss nur kurz ins Bad.»

«Grazie, Signora.» Sara zögerte kurz, aber dann hörte Donatella ihre Schritte auf der Treppe.

Wofür hatte Sara sich bedankt? Dafür, dass ich zum Essen komme? Lächerlich. Donatella ging in ihr Badezimmer und wusch sich die Hände, wagte aber nicht, in den Spiegel zu sehen. Sie fürchtete sich davor, ihrem eigenen Blick zu begegnen.

Lauras Klingeln rief zwei Ärzte und drei Schwestern an Guerrinis Bett. Alle waren ein bisschen überrascht, dass der Commissario aus dem künstlichen Koma erwacht war, hielten es aber für ein Zeichen wachsender Kräfte.

«Und das Fieber? Er glüht!»

«Das ist eine Folge des Blutverlustes, der Operation und des Stresses, dem sein Körper durch die Schussverletzung ausgesetzt war. Der Commissario ist außer Lebensgefahr, Signora.»

Laura versuchte ihnen zu glauben, ließ aber die ganze Zeit Angelos Hand nicht los, hielt ihn fest, wie sie es dem alten Guerrini und sich selbst versprochen hatte.

«Es wäre gut, wenn Sie ein bisschen hinausgingen, um Luft zu schnappen, Signora.»

«Weshalb?»

«Es gibt einige Dinge für uns zu tun, medizinische … außerdem sehen Sie sehr müde aus.» Der Arzt beugte sich zu Laura herab, und erst jetzt erkannte sie ihn wieder. Es war Dottor Fausto, der vor ein paar Monaten ihren Streifschuss an der Stirn genäht hatte. Jetzt strich er ihr Haar zurück, begutachtete die feine Narbe und nickte zufrieden.

«Nicht schlecht geworden», murmelte er. «Aber habe ich nicht schon damals gesagt, dass wir hier am besten eine spezielle Notaufnahme für die Questura und ihre Opfer einrichten sollten?»

Laura versuchte über diesen Scherz zu lächeln, es gelang ihr nicht richtig.

«Lassen Sie nur, Signora. Gehen Sie lieber schlafen. Wir kümmern uns um den Commissario. Denken Sie an Elsa Michelangeli, sie war in erheblich schlechterer Verfassung und außerdem älter. Ihr waren schwere innere Verletzungen zugefügt worden, während der Commissario nur einen Durchschuss unterhalb des linken Schlüsselbeins erlitten hat, der zwar ein wichtiges Gefäß verletzt hat und zu hohem Blutverlust führte, aber zumindest keine lebensnotwendigen Organe schädigte. Es liegt außerdem eine leichte Quetschung der Lungen im oberen Bereich …»

Laura versuchte genau zuzuhören, doch plötzlich verschwamm das Gesicht des Arztes vor ihren Augen, für ein paar Sekunden hatte sie das Gefühl, im Flugzeug zu sitzen und in ein Luftloch zu stürzen, dann spürte sie nichts mehr.

Sie konnte nicht mehr sehen, dass Dottor Fausto sie auffing, dass beide Ärzte und die Schwestern sie auf eine fahrbare Liege betteten und ihre Beine hochlegten. Schnell wurde sie aus Guerrinis Sichtweite gebracht, denn man wollte ihn nicht beunruhigen. Doch der Commissario war längst wieder weggedämmert und hatte nichts von dem kleinen Zwischenfall mitbekommen.

Laura dagegen wachte erst auf dem Flur wieder auf, und ihr war genauso übel wie beim Flug über die Alpen.

«Benvenuti!», sagte Dottor Fausto. «Wann haben Sie zum letzten Mal etwas gegessen, Signora?»

«Ich weiß nicht», flüsterte Laura.

«Ich habe Ihren Blutzuckerspiegel gemessen, danach sind Sie kurz vor dem Hungertod. Ich habe Ihnen ein Kreislaufmittel gegeben, und jetzt versuchen Sie bitte zu essen, was die Schwester Ihnen aus der Kantine holt. Sie wird gleich wieder hier sein!» Der Arzt legte seine Hand auf Lauras Schulter. «Machen Sie sich keine Sorgen um den Commissario. Der kommt durch, ich gebe Ihnen mein Wort drauf! Und noch eins: Sie können ihm besser helfen, wenn Sie sich jetzt um sich selbst kümmern. Sonst müssen wir noch ein Bett in die Intensivstation schieben. Was Sie brauchen, ist etwas zu essen und guter Schlaf. Haben Sie eine Unterkunft?»

«Ja, nein, ich weiß nicht.» Noch immer verschwamm die Umgebung vor Lauras Augen.

«Ich werde mal mit den Jungs draußen reden!» Dottor Fausto zwinkerte Laura zu und eilte davon. Für ein paar Minuten war Laura allein und konnte nicht begreifen, was mit ihr geschehen war. Seit ihrer Pubertät war sie nicht mehr in Ohnmacht gefallen, und auch damals nur, weil es extrem heiß gewesen war und sie an niedrigem Blutdruck litt. Sie war nie ohnmächtig geworden, nicht in den schlimmsten Situationen, nicht vor verstümmelten Toten, nicht vor aufgequollenen Wasserleichen. Irgendwie hatte sie das immer alles durchgestanden und war nicht umgefallen, wie manche Kollegin oder auch mancher Kollege.

Aber jetzt, nachdem sie vorüber war, hatte diese kurze Ohnmacht etwas Angenehmes. Wie eine Fortsetzung der Fürsorge, die sie von ihren Kindern und den Tommasinis erfahren hatte. Sie war ganz offensichtlich aufgefangen worden, man hatte sie versorgt, sie würde etwas zu essen bekommen und vielleicht sogar ein Bett. Auch Angelo war versorgt, sie musste ihn nicht mehr festhalten. Er war nicht fortgeflogen.

Die Schwester stellte ein Tablett neben sie. «Ich hab ein bisschen Minestrone für Sie warm gemacht, Signora. Das bringt Sie bestimmt auf die Beine. Ein Stück Leberpastete hab ich auch noch gefunden. Lassen Sie es sich schmecken!»

Sie half Laura, sich aufzusetzen, klappte ein Tischchen vor ihr auf und stellte das Tablett darauf. Laura fühlte sich fast normal, als sie den Löffel in die Hand nahm und langsam die warme Suppe schlürfte. Zwischendurch naschte sie winzige Stücke der Leberpastete, und mit diesem Geschmack auf der Zunge fiel ihr ein, dass sie nochmal ohnmächtig geworden war. Damals war sie mit Luca schwanger gewesen und ohne Frühstück in die Bäckerei an der Ecke gelaufen, um Semmeln zu holen. Vor der Theke hatte sich eine Schlange gebildet, und sie musste sich an die Wand lehnen, weil ihr schwindlig wurde. Als sie wieder aufwachte, saß sie auf einem Stuhl im Hinterzimmer der Bäckerei, und man fütterte sie mit Leberwurstsemmel und flößte ihr warmen Kaffee ein. Es war ein bisschen so gewesen wie jetzt. Ohnmacht und Leberwurst. Seltsam. Laura lächelte und aß weiter.

Als Dottor Fausto mit Sergente Tommasini zurückkehrte, hatte Laura alles aufgegessen und fühlte sich viel besser.

«Machen Sie uns nicht auch noch Sorgen, Signora. Es reicht schon, dass der Commissario auf der Intensivstation liegt.» Tommasini sah sehr bekümmert aus.

«Ich bin schon wieder in Ordnung. Schlafen Sie eigentlich nie, Sergente?»

«Von zehn bis drei habe ich geschlafen und dann einen Kollegen abgelöst, der draußen Wache hielt.»

«Haltet ihr Wache, weil ihr an eine Gefahr glaubt?»

«Nein, Signora, nicht direkt. Es ist nur, weil der Commissario … er ist uns wichtig. Und man weiß ja nie, was denen so einfällt.»

«Wer sind *die*?»

Tommasini zuckte traurig die Achseln.

«Sieht aus, als könnte es was mit der Mafia zu tun haben.»

«Mit der Mafia?»

«Tja, und deshalb passen wir auf.»

«Verstehe …»

«Dottor Fausto hat mir gesagt, dass Sie einen Platz zum Schlafen brauchen. Der Vater vom Commissario hat gemeint, dass Sie bei ihm wohnen könnten, aber besser wäre es wahrscheinlich, wenn Sie … hier ist der Wohnungsschlüssel vom Commissario und auch sein Autoschlüssel. Der Wagen steht in der Questura. Sie kennen ihn ja.» Tommasini drückte einen Schlüsselbund in Lauras Hand.

«Danke, Tommasini. Ich glaube, ich bleib noch eine Weile hier. Ich muss ganz sicher sein, dass es ihm bessergeht. Erst dann werde ich mich ausschlafen.»

Wieder nickte Tommasini.

«Wenn ich Sie in die Stadt bringen soll … ich warte draußen.» Er wollte gehen, doch Laura hielt ihn zurück.

«Sagen Sie, Tommasini, habt ihr eine Spur des Täters gefunden?»

«No, Signora. Alles ist ausgerückt, auch die Carabinieri von Asciano und die von Montalcino und Buonconvento. Aber der Kerl war wie vom Erdboden verschluckt.»

«War er verletzt?»

«Ich glaube nicht. Ihnen geht es offensichtlich besser, Signora!»

«Così così. Trotzdem interessierte es mich. Sucht ihr weiter nach diesem Geldeintreiber?»

«Ja, natürlich.»

«Und wie kommt ihr auf Mafia?»

«Ah, das ist eine komplizierte Geschichte, die kann ich Ihnen jetzt unmöglich erzählen. Vielleicht morgen oder übermorgen, wenn Sie in die Questura kommen, Signora Laura.»

«Und was ist mit Piselli? Habt ihr ihn festgenommen?»

«Nein, das hätte dem Commissario nicht gefallen. Wir haben ihm nur den alten Vorderlader weggenommen, der noch von seinem Urgroßvater stammte.»

«Und seine Frau?»

«Ach ja, Sie kennen die Signora Piselli, nicht wahr?»

«Ja, ich kenne sie.»

«Dann wissen Sie ja, wie sie ist. Sie hat uns auf Knien darum gebeten, dass wir ihren Mann nicht verhaften. Man kann ihr schlecht eine Bitte abschlagen …»

Laura musste lächeln.

«Und der Hund? Ich meine, der an dieser Oberleitung hing? Ist der durch die Luft geflogen?»

«Wie meinen, Signora?»

«Ich meine, ist der irgendwie geflogen, der Hund?»

Tommasini kratzte sich hinterm Ohr und runzelte die Stirn.

«Weshalb sollte er denn fliegen?»

«Nur so … der Commissario hat gemeint, dass er einen fliegenden Hund gesehen hätte. Als er aus dem Koma aufwachte …»

«Ach so.»

«Also kein fliegender Hund.»

Tommasini schüttelte den Kopf.

«Dann war es ein Traum.» Laura schob das Tischchen beiseite und stand vorsichtig auf. «Haben Sie eine Ahnung, wo mein Koffer sein könnte?»

«Ihren Koffer hat mein Bruder Leonardo in die Wohnung des Commissario gebracht, Signora.»

«Ah.»

«Brauchen Sie ihn? Ich meine den Koffer.»

«Nein, später. Ihr arbeitet alle gut zusammen, was?»

«Ja, Signora. Das ist ein Notfall. Da müssen alle zusammenarbeiten.»

«Ja, ein Notfall. Ich bleib noch ein bisschen bei Angelo, dann wäre ich froh, wenn Sie mich zu seiner Wohnung fahren würden, Sergente.»

«Ich bin da, Signora.»

Commissario Guerrini schlief, als Laura sich wieder neben ihn setzte. Seine Hand fühlte sich nicht mehr ganz so heiß an, und er atmete regelmäßig.

«Er hat nach Ihnen gefragt, Signora», sagte die junge Schwester, die den Tropf überprüfte. «Ehe er wieder einschlief, hat er gefragt, ob Laura hier gewesen sei oder ob er das geträumt hätte. Ich hab gesagt, dass Sie den halben Tag und die ganze Nacht neben ihm gesessen hätten und dass Sie bald wiederkommen würden. Da hat er gelächelt und ist wieder weggedämmert.»

«Schläft er wirklich, oder hat der Arzt ein bisschen nachgeholfen?»

«Ah, ein bisschen hat der Dottor Fausto schon nachgeholfen. Er meint, dass der Commissario sich nicht aufregen sollte und dass er Ruhe braucht.»

Die Schwester sagte diesen Satz mit Nachdruck und strich Guerrinis dünne Bettdecke glatt.

«Hat das irgendwas mit mir zu tun?»

«Da müssen Sie den Dottore schon selbst fragen.»

«Und was meinen Sie?»

Die Krankenschwester mit dem Namensschild Giulietta steckte ein paar dunkle Haarsträhnen wieder unter ihre Haube und zog die Schultern hoch. «Ich glaube, dass es dem Commissario wirklich gutgetan hat, dass Sie bei ihm saßen. Aber jetzt sollten Sie sich ausruhen. Heute Abend wacht er sicher auf, und dann wäre es doch besser, wenn Sie nicht völlig erschöpft sind oder wieder in Ohnmacht fallen, meinen Sie nicht?»

«Ja, wahrscheinlich … ich falle normalerweise nicht in Ohnmacht.» Warum rechtfertigte sie sich vor der jungen Frau? Es gab überhaupt keinen Grund dazu. Hatte nicht jeder Mensch das Recht, in Ohnmacht zu fallen?

Es war gut, hier zu sitzen und Angelo anzusehen. Sein Gesicht war ganz entspannt und seine Lippen leicht geöffnet. Laura hätte gern mit dem Finger seine Augenbrauen nachgezeichnet, seine Nase und den Schwung seiner Oberlippe, sein Kinn, doch sie wagte nicht, seinen Schlaf zu stören.

Zehn nach neun … beinahe zwanzig Stunden harrte sie schon bei ihm aus. Plötzlich sehnte sie sich nach einer Dusche und einem Bett. Dottor Fausto und die Schwester hatten recht. Trotzdem musste sie sich dazu zwingen, aufzustehen und ihn allein zu lassen. Endlich griff sie nach ihrem Rucksack, schlich hinaus auf den Gang und wandte sich noch einmal nach ihm um. Er hatte sich nicht gerührt. Als sie am Ärztezimmer vorbeikam, winkte Dottor Fausto sie herein.

«Geht es Ihnen besser?»

«Ja, ich fühle mich wieder ziemlich normal. Ich bin nur sehr müde.»

«Sagte ich doch! Sie sollten mindestens sechs Stunden schlafen, besser wären acht! Und vergessen Sie das Essen nicht. Wenn Sie geschlafen haben, dann können Sie wiederkommen!»

«Falls es Angelo schlechter gehen sollte, rufen Sie mich dann bitte an? Hier ist meine Handynummer.»

Fausto steckte Lauras Karte ein und zog die Augenbrauen hoch. «Ich kann doch auch die Privatnummer des Commissario wählen, oder?»

«Ist das hier eine große Verschwörung, oder was? Jeder scheint zu wissen, wo ich wohnen werde, Tommasinis Bruder hat meinen Koffer bereits in die Wohnung des Commissario gebracht …»

«Regen Sie sich nicht auf, Signora Laura. Siena ist nicht so groß, und wir vom Krankenhaus und die von der Polizei … wir kennen uns alle. Da spricht sich so was rum. Außerdem haben Sie damals, als ich Ihren Streifschuss genäht habe, auch schon beim Commissario gewohnt! Geben Sie's zu!»

Laura breitete die Arme aus und schaute zur Decke hinauf. «Ich ergebe mich!»

«Perfetto! So, und jetzt lassen Sie sich von einem der schmucken ragazzi da draußen nach Hause bringen! Ciao! Der nächste Notfall wartet bereits!»

Als Laura wenig später neben Tommasini das Krankenhaus verließ, kam ihnen in der Eingangshalle eine zierliche Frau mit langen dunkelblonden Haaren entgegen. Die Frau stürzte auf Tommasini zu.

«Wie geht es dem Commissario?»

Der Sergente griff nach Lauras Ellbogen und schluckte.

«Er liegt im Koma. Sein Zustand ist stabil. Man kann ihn aber nicht besuchen.»

Die Frau musterte Laura auf seltsame Weise und verzog die Lippen.

«Muss man für ihn beten?»

«Beten ist immer gut», murmelte Tommasini und schob Laura Richtung Ausgang.

«Wer war das?», fragte Laura, als sie neben ihm im Wagen saß.

«Eine ehemalige Kollegin.» Er sprach so leise und undeutlich, dass Laura Mühe hatte, ihn zu verstehen. Er wirkte verunsichert, vermied es, sie anzusehen, und konzentrierte sich geradezu erbittert auf den Verkehr, der sich allerdings in Grenzen hielt.

«Aha», entgegnete Laura deshalb. Die Sonne stand tief und blendete, zwischen den Häusern öffnete sich hin und wieder der Blick auf die weite hügelige Landschaft. Das dunkle Rotbraun der frisch gepflügten Felder wirkte noch kräftiger neben dem matten Grün der Wiesen. Jetzt verstellten hohe Häuser den Blick, und die Straße führte steil hinauf in die Altstadt.

«Es hat wirklich Vorteile, wenn man bei der Polizei ist», sagte Tommasini unvermittelt, als wollte er das Thema wechseln. «Da kann man wenigstens in die Altstadt hineinfahren, ohne einen riesigen Strafzettel zu bekommen.»

«Mhm.»

«Wir sind gleich da. Meine Frau hat der Haushälterin vom Commissario eine Tüte mit Lebensmitteln gegeben. Damit Sie was zu essen haben, Signora Laura. Man weiß ja nie, was ein alleinstehender Mann so im Haus hat. Meine Frau hat Zenia auch gesagt, dass sie die Wohnung in Ordnung bringen soll.»

«Danke, Tommasini. Ich hoffe, dass wir bald alle gemeinsam ein Genesungsfest feiern können. Möglichst im *Aglio e Olio*.»

Tommasini nickte lebhaft und parkte den Wagen genau vor Guerrinis Haus.

«Ich bring Sie nach oben!»

«Nicht nötig.»

«Doch, es ist nötig! Sie sind heute früh in Ohnmacht gefallen!»

«Woher wissen Sie denn das?»

«Von Dottor Fausto. Er hat gesagt, dass ich auf Sie aufpassen soll!»

«Na, wunderbar!»

Tommasini runzelte die Stirn, nahm Lauras Rucksack und wartete darauf, dass sie die Haustür aufschloss. Schweigend folgte er ihr in den fünften Stock. Erst vor der Wohnungstür räusperte er sich: «Bene, dann werde ich jetzt gehen. Falls Sie etwas brauchen, hier ist die Nummer meiner Frau, und das hier ist meine Handynummer. Wenn Sie nicht selbst ins Krankenhaus fahren wollen, dann holt einer meiner Kollegen Sie ab … falls ich gerade keine Zeit habe. Ich wünsche gute Erholung.»

«Grazie, Sergente. Ich bin Ihnen sehr dankbar für diese Fürsorge.» Laura streckte Tommasini die Hand hin. Er schlug ein und drückte die ihre sehr fest.

«Er wird wieder gesund, Signora Laura, ganz sicher.»

Als Tommasini sich zum Gehen wandte, sagte Laura:

«Ich glaube übrigens, dass ich weiß, wer die blonde Frau im Krankenhaus war.»

Er verharrte auf der dritten Treppenstufe, drehte sich aber nur halb um.

«Es war die Exfrau des Commissario, nicht wahr?»

Tommasini hob abwehrend eine Hand und ging langsam weiter.

Auch gut, dachte Laura. Er hat ja recht, wenn er sich raushält. Sie wartete, bis seine Schritte verklungen waren. Dann erst öffnete sie die Wohnungstür. Plötzlich fühlte sie sich wie ein Eindringling. Ihr Koffer stand im Flur. Es roch ziemlich stark nach Putzmitteln, und das Wohnzimmer war so aufgeräumt, als hätte es seit Wochen niemand mehr betreten. Einziges Zeichen von Leben war ein kleiner Rosenstrauß auf dem Tisch. Weiße Rosen. Laura fiel die weiße Rose ein, die Donatella Cipriani dem toten Benjamin Sutton auf die Brust gelegt hatte.

Sobald ich mich besser fühle, muss ich mich um Donatella kümmern. Irgendwie habe ich nichts mehr im Griff. Eigentlich sollte diese Erkenntnis sie beunruhigen, doch sie empfand nur eine wattige Gleichgültigkeit – fast verdächtigte sie Dottor Fausto, ihr nicht nur ein Kreislaufmittel, sondern auch ein Beruhigungsmittel mit Spätwirkung verabreicht zu haben.

Wer hatte wohl die weißen Rosen auf den Tisch gestellt? Die Haushälterin Zenia, Tommasinis Frau oder Leonardo? Vielleicht auch Guerrinis Vater oder seine Cousine? Die Küche war blitzblank, der Kühlschrank voll. Sogar Lauras Lieblingskäse, junger Pecorino, war da. Sie durchstreifte die Wohnung und konnte Angelo hinter all der Ordnung und den Putzmittelgerüchen nicht finden. Sie öffnete die Fenster, ließ kühle Luft herein. Das Bett im Schlafzimmer war frisch bezogen und die Decke so fest um die Matratze gestopft, als hätte nie zuvor jemand darin geschlafen.

Auf dem Nachttischchen lagen Bücher, Laura nahm das oberste zur Hand. *Tristano stirbt* von Antonio Tabucchi. Beinahe hätte sie es fallen lassen, griff nach dem nächsten. Texte von Saviano über die Camorra. Das dritte Buch war sehr schmal, ein Gedichtband von Alda Merini. Laura erinnerte sich, dass die Dichterin erst vor kurzer Zeit gestorben war. Ein Zettel markierte offensichtlich die Seite, die Angelo zuletzt gelesen hatte. Laura blätterte das Buch auf und las:

Io ero un ucello
Dal bianco ventre gentile
Qualcuno mi ha tagliato la gola
Per riderci sopra
Non so.*

* Ich war ein Vogel
Mit zarter weißer Brust
Jemand zerschnitt meine Kehle
Darüber zu lachen
Weiß nicht
Übersetzung: Felicitas Mayall

Sie schlug das Buch wieder zu und murmelte: «Es hat nichts zu bedeuten …» Dann fiel ihr ein, dass Angelo einmal gesagt hatte, dass Italiener – und Toskaner im Besonderen – zur Schwermut neigten, ganz entgegen den allgemeinen Vorurteilen, denen zufolge die Italiener ein fröhliches Volk waren.

Sie flüchtete auf Guerrinis geliebte Terrasse hinaus, ein Schwarm weißer Tauben flog vom Dach gegenüber auf. Alles war da: die Torre del Mangia, die hellroten Dächer der Stadt, das Knattern der Vespas und Apes, die Stimmen aus den anderen Wohnungen. Und doch war alles anders. Was hatte Zenia nur mit Angelos Wohnung gemacht?

Ich sollte nicht so viel nachdenken, sondern schlafen. Essen und schlafen. Sie hatte keinen Hunger, zwang sich trotzdem dazu, ein Stück Schinken und etwas von dem Schafskäse zu essen. In einer Ecke der Anrichte entdeckte sie eine angebrochene Rotweinflasche. Immerhin ein Zeichen, dass Angelo irgendwann hier gelebt hatte.

Sie stellte sich unter die Dusche und ließ das lauwarme Wasser lange über Gesicht und Körper rinnen. Danach wickelte sie ein Badetuch um sich, trank einen Schluck Rotwein, gleich aus der offenen Flasche, riss mit einiger Anstrengung die festgestopfte Decke aus dem Bett und ließ sich endlich fallen.

Leben ist etwas Wundersames, dachte sie. Wer lebendig ist, kann sich nicht vorstellen, dass es aufhören könnte, das Leben. Dabei trennt uns nur ein Atemzug vom Tod. Ein wundersamer Atemzug.

Der Schluck Wein hatte sie betrunken gemacht, jedenfalls fühlte sie sich betrunken. Vielleicht lag es an Dottor Faustos Beruhigungsmittel.

Laura zog das steife gestärkte Laken und die Decke über

sich, griff nach dem Buch *Tristano stirbt*, schlug es auf und wieder zu. Warum hatte Angelo gerade dieses Buch gelesen? Sie wollte ihn fragen, würde ihn fragen. Trotz ihrer Müdigkeit empfand sie eine flimmernde Unruhe, umschlang das Kopfkissen mit beiden Armen und rollte sich auf die Seite. Sie hatte gehofft, seinen Duft in diesem Bett zu finden, doch Zenia hatte ganze Arbeit geleistet.

DONATELLA CIPRIANI schlief nicht in dieser Nacht. Sara zuliebe hatte sie eine Scheibe Ossobuco und etwas Gemüse gegessen, obwohl sie beim Anblick des gedeckten Tisches hätte kotzen können. Selbstdisziplin war ein Instrument, auf das sie noch immer zurückgreifen konnte. Sie konnte auch dann noch freundlich sein, wenn sie am liebsten geschrien hätte. Warum eigentlich? Warum schrie sie nicht? Weil es sich nicht gehörte zu schreien? Lächerlich! Was hatte sie überhaupt davon, wenn sie immer so perfekt funktionierte? Irgendeinen Gewinn musste sie doch selbst davon haben, niemand machte auf dieser Welt irgendetwas, wenn er nicht selbst davon profitierte. Das hatte sie von klein auf gelernt, und alles, was sie sich über Psychologie angelesen hatte, bestätigte sie darin.

Und so hatte sie Sara für das Essen gedankt, sich in ihr Arbeitszimmer zurückgezogen und beschlossen herauszufinden, welchen Gewinn sie aus Selbstdisziplin und Selbstverleugnung schöpfte. Sie legte ein Blatt Papier vor sich hin, nahm einen Stift und versuchte sich in der Technik, einfach spontan und ohne nachzudenken aufzuschreiben, was ihr einfiel. Das hatte sie auch bei der Therapeutin in *Vita divina* getan, allerdings war es dabei um die Frage gegangen, was ihr Stress bereitete.

Als Donatella nichts mehr einfiel, ließ sich von Sara einen Caffè bringen und las erst dann, was sie geschrieben hatte.

Es war alles Mist, oberflächlicher Mist! Sicherheit stand da, gleich zweimal, Wohlstand, Sorge um die Kinder, Erhalt der Familie, die Stellung in der Gesellschaft, die Firma, Ricardos Karriere, die Struktur, die Struktur …

Auch die Therapeutin hatte ihr damals gesagt, dass sie ihre sogenannten «spontanen» Antworten für Mist hielt, nur hatte sie das höflicher ausgedrückt.

Donatella betrachtete ihre rechte Hand. Seltsam, sie hatte den ganzen Tag noch nicht an ihren Fingern gekaut. Gestern vielleicht auch nicht, sie konnte sich nicht erinnern.

Grauen erfasste sie erst beim zweiten Lesen der Begriffe, die sie aufgeschrieben hatte. Ihre geballte Lebenslüge stand auf diesem Blatt Papier. Donatella sprang auf und lief in Ricardos Arbeitszimmer, riss die Tür zu seiner Hausbar auf, holte seinen geheiligten schottischen Whisky heraus und trank aus der Flasche.

Bis in die frühen Morgenstunden quälte sie sich, ehe sie die richtigen Worte unter die falschen schreiben konnte: Angst und Macht.

Das war der Gewinn aus der Struktur: die Bändigung der Angst vor Vernichtung und Tod, und die schützende Macht, die sie an Ricardos Seite zu besitzen glaubte.

Als sie das geschafft hatte, warf sie die Flasche an die Wand. Vielleicht hatte sie Grund, Benjamin Sutton dankbar zu sein.

Tommasini und Guerrinis Stellvertreter Vice-Commissario Lana schickten alle verfügbaren Einsatzkräfte los, auch die der umliegenden Gemeinden, um Bauern und Geschäftsleute nach ihrer Verbindung zu illegalen Geldverleihern zu befragen. Die Kollegen hatten ein Foto von Cosimo Stretto dabei und ein Phantombild des Mannes, der auf Commissario Guerrini geschossen hatte. Die Pisellis hatten versucht, ihn zu beschreiben, waren sich dabei aber in die Haare geraten, und so war nur ein sehr ungefähres Bild dabei herausgekommen.

«Ich will, dass diese Person so schnell wie möglich gefasst wird!», hatte der Vice-Questore verkündet – der Questore weilte gerade auf einer internationalen Tagung. «Wir sind hier nicht in Sizilien, nicht in Neapel, und wir sind auch keine Zweigniederlassung der ’Ndrangheta! Ich will auch nicht, dass wir eine werden!»

Vice-Commissario Lana setzte auf Informationen der Abhörzentrale, um klammen Mitbürgern auf die Spur zu kommen, Tommasini mehr auf seinen Schulfreund, der inzwischen Filialleiter einer alten Sieneser Bank war. Ein Kollege wurde dazu abgestellt, den verletzten Guerrini zu bewachen, und so schwärmten alle aus, sogar D’Annunzio, dessen Dienst an der Pforte der Questura von einer jungen Kollegin übernommen wurde, der man den Einsatz nicht zutraute. Aber das sagte ihr keiner.

Commissario Guerrini kämpfte unterdessen noch immer mit dem fliegenden Hund, der unter grotesken Verrenkungen durch seine Träume raste, manchmal direkt auf ihn zu, sodass Guerrini beide Arme hochriss, um seinen Kopf vor dem drohenden Zusammenprall mit dem Schädel des Tieres zu schützen. Erst gegen Nachmittag tauchte der Commissario allmählich aus den Nebeln auf, in die Dottor Fausto ihn geschickt hatte, und machte sich daran herauszufinden, was mit ihm geschehen war.

Seine Erinnerungen waren sehr diffus – es kamen Personen darin vor, die er in keinen Zusammenhang stellen konnte. Seine Exfrau Carlotta zum Beispiel tauchte gemeinsam mit Angela Piselli vor ihm auf, beide tranken Espresso aus kleinen Tassen, spuckten ihn aber wieder aus. Kurz darauf lag Carlotta in seinem Bett und flüsterte, dass er die Scheidungsurkunde nie finden werde.

Guerrini stöhnte so laut, dass Schwester Giulietta erschrocken herbeieilte und sich über ihn beugte.

«Haben Sie Schmerzen, Commissario?»

Langsam öffnete Guerrini seine Augen, konnte das Gesicht der Schwester aber nur sehr unscharf sehen.

«Commissario, mi può sentire? Können Sie mich hören?»

Guerrini schluckte schwer, sein Mund war trocken, und er hatte das Gefühl, als wäre seine Zunge zur doppelten Größe angeschwollen.

«Sì, posso sentire», flüsterte er. «Ich habe Durst.»

«Das ist gut, Commissario. Ich bringe Ihnen gleich was zu trinken. Haben Sie auch Schmerzen?»

Guerrini dachte über ihre Frage nach und entschied nach einer Weile, dass er keine Schmerzen hatte, nur ein wundes Gefühl in der Brust, und dass ihm das Atmen schwerfiel. Aber das zu erklären erschien ihm zu kompliziert, deshalb sagte er einfach: «No.»

«Das ist gut», erwiderte sie und kühlte seine Stirn, betupfte auch seinen Hals. Die kühle Berührung erleichterte das Aufwachen, obwohl es in den Nebeln nicht so schlecht war, er hätte eigentlich nichts dagegen gehabt, wieder in ihnen zu versinken. Als die Schwester wenig später einen Trinkhalm zwischen seine Lippen steckte, saugte er, als hätte er nie zuvor auf andere Weise getrunken.

«Bravo, Commissario», lobte sie zufrieden.

Hatte das nicht auch seine Mutter gesagt, wenn er ordentlich gegessen und getrunken hatte? «Bravo, Angelo, sei molto bravo!» Es war vielleicht doch besser, ganz aufzuwachen. Zumal ihn das dunkle Gefühl beschlich, dass er Windeln trug.

Verschwommen erinnerte er sich daran, bereits einmal aufgewacht zu sein und mit Laura gesprochen zu haben – oder vielleicht auch mit einer der Schwestern über Laura? Es konnte alles ein Traum sein. Der fliegende Hund war ja offenbar auch einer, und das beunruhigte ihn so sehr, dass er plötzlich sehr wach wurde. Er musste Laura sehen, mit ihr sprechen und ihr sagen, dass er sie liebte. Plötzlich kamen die Schmerzen, irgendwo unterhalb des linken Schlüsselbeins. Sie fingen an einem Punkt an und breiteten sich über seinen gesamten Brustkorb aus.

Schwester Giulietta war inzwischen mit seinem Tropf beschäftigt und erklärte dabei ständig, was sie gerade machte.

«Jetzt habe ich Schmerzen», flüsterte Guerrini, und Giulietta lächelte ihm zu, nickte und sagte: «Bravo! Ich werde Dottor Fausto holen!»

Guerrini dachte über dieses erneute Lob nach, konnte seinen Sinn jedoch nicht deuten. Aber etwas ganz anderes fiel ihm ein: Falls Laura tatsächlich hier sein sollte, dann hatte sein Vater vermutlich die hervorragende Idee gehabt, sie in seiner Wohnung unterzubringen. Guerrini sah bei dieser Vorstellung ziemlich deutlich ein ungemachtes Bett vor sich ein paar von Carlottas blonden Haaren auf dem Kopfkissen und zwei halbvolle Espressotassen auf dem Wohnzimmertisch, eine mit Lippenstift am Rand. Er schloss die Augen und versuchte, wieder in die heilenden Nebel einzutauchen, doch es gelang ihm nicht. Er war und blieb wach.

Wie ein Gewittersturm unterbrach Dottor Fausto kurz darauf Guerrinis sorgenvolle Gedanken.

«Ah, il Commissario è ritornato! Welch schöne Überraschung. Sie haben Schmerzen? Das ist gut, dann werden wir gleich etwas dagegen tun! Hatten Sie angenehme oder schlechte Träume, Commissario? Die meisten haben schlechte Träume – es liegt ein bisschen an dem Mittel, das ich Ihnen gespritzt habe, und auch an den Nachwirkungen der Narkose. Man kann nie wissen, wie die Menschen reagieren. Es ist sehr unterschiedlich. Wie fühlen Sie sich?» Fausto zog eine Spritze auf.

«Verkatert.»

«Bravo, bravo, das ist eine gute Beschreibung!»

Schon wieder wurde Guerrini gelobt. Inzwischen fühlte er sich um Jahrzehnte verjüngt, als hätte seine Verletzung eine Art Zeitreise ausgelöst. Vielleicht sollte ich dem Nächsten, der «Bravo» zu mir sagt, eine reinhauen, dachte er, und dieser Einfall amüsierte ihn, er passte zu der Verkindlichung, die ihm gerade widerfuhr.

Dottor Fausto sagte: «Gleich pikst es!», und verabreichte ihm die Spritze intramuskulär.

Hatte das nicht auch sein Kinderarzt immer gesagt? Bei Impfungen und anderen Gelegenheiten? Und danach «Bravo», weil er sich nicht gemuckst hatte. Dottor Fausto sagte zum Glück nicht «Bravo».

«Was haben Sie mir gespritzt?», fragte Guerrini, dem das Sprechen noch immer schwerfiel.

«Ah, der Commissario ermittelt wieder! Es war etwas gegen die Schmerzen in Ihrer Brust. Sie hatten da ein ziemliches Loch, deshalb tut es auch weh …»

«Wie lange muss ich hier noch liegen?»

«Na, von der Intensivstation dürfen Sie morgen runter, wenn alles sich so gut entwickelt wie bisher … vielleicht auch schon heute Abend.»

«Grazie.»

«Kann ich noch etwas für Sie tun, Commissario?»

«War Laura hier, oder habe ich das geträumt?»

«Sie war hier, hat ungefähr dreißig Stunden an Ihrem Bett gesessen. Dann hab ich sie nach Hause geschickt, weil sie völlig erschöpft war. Ihr Sergente Tommasini hat sie in Ihre Wohnung gebracht, Commissario. Jetzt schläft sie hoffentlich! Die Narbe vom Streifschuss, die ich genäht habe, ist übrigens wunderbar verheilt!»

Guerrini lag mit geschlossenen Augen da und versuchte sich Lauras Reaktion auf den Zustand seiner Wohnung vorzustellen. Die Schmerzen in seiner Brust wurden dabei nicht besser, sondern schlimmer, trotz Faustos Spritze.

Vielleicht, dachte Guerrini, sind es andere Schmerzen, nicht die vom Loch. Als ihm das Loch einfiel, wurde ihm plötzlich schlecht, und er unterdrückte mühsam das Bedürfnis, sich zu übergeben.

Laura erwachte gegen halb sechs, drehte sich auf den Rücken und betrachtete die gelben Lichter an Decke und Wand, die durchs Fenster ins Schlafzimmer fielen. Lichter und Muster waren ihr vertraut, und sie wusste sofort, wo sie sich befand. Mit einer Hand tastete sie nach dem Handy, das sie neben sich gelegt hatte, ehe sie einschlief. Niemand hatte angerufen, niemand hatte eine SMS geschickt. Gut oder schlecht? Sie hatte keine Ahnung. Langsam kroch sie aus dem Bett, spürte die kalten Kacheln unter ihren bloßen Füßen, knipste endlich das Licht an.

Im Kühlschrank fand sie Orangensaft und trank ein großes Glas. Wieder hatte sie keinen Hunger, dachte aber an Dottor Fausto und aß widerwillig eines der Tramezzini, die Zenia vorbereitet hatte. Mayonnaise und Ei – Laura beobachtete interessiert, wie ihr Magen reagierte, doch er nahm es einfach hin.

Noch eine Dusche, die zweite an diesem Tag. Das Wasser war kalt. Laura fühlte sich fremd und verlassen in Angelos Wohnung. Draußen herrschte Dunkelheit. Plötzlich erschien ihr die Entfernung zwischen der Wohnung und dem Krankenhaus wie ein unüberwindliches Hindernis. Lächerlich, was für eine lächerliche Vorstellung!

Erst nachdem sie sich angezogen hatte, nahm sie das Blinken seines Anrufbeantworters wahr, zögerte kurz, hörte dann die Nachrichten ab. Es waren drei: Fernando Guerrini erzählte, dass er sich ein bisschen erholt hätte, und falls Laura irgendwann Hunger haben sollte – er wäre glücklich, für sie zu kochen. Er dankte ihr überschwänglich, dass sie so schnell gekommen war. Außerdem würde er Lauras Vater auf dem Laufenden halten, und sie müsste sich darum nicht auch noch kümmern.

Ach, deshalb hat keiner von meiner Familie angerufen. Das hat Fernando übernommen.

Der zweite Anruf kam von Tommasini, der sich mit Laura treffen wollte, um dienstliche Dinge zu besprechen.

Isabella di Tremonti war Nummer drei. Ihre Stimme klang geheimnisvoll, leicht heiser.

«Ciao Angelo. Ich rufe aus einer Telefonzelle an, weil ich es nicht wage, mein Telefonino oder gar das Telefon im Zimmer zu benutzen, während ich in diesem Paradies weile. Mir kommt alles sehr seltsam vor, aber das kann auch an mir liegen. Alles Esoterische ist mir inzwischen ein Graus, obwohl ich selbst einmal eine höchst intensive esoterische Phase hatte …» Auch ihr Lachen war tief und rau. «Ansonsten ist es wunderschön hier, die Suite ist ein Traum, das Essen köstlich und der Herr des Paradieses höchst charmant. Außerdem gibt es noch einen sehr hübschen Jungen, der kellnert. Die Dame des Hauses wirkt allerdings etwas nervös und ist mir höchst unsympathisch. Ich habe bereits nach einem Tag den Eindruck, dass zwischen ihr und dem hübschen Kellner etwas läuft. Was, das weiß ich noch nicht. Ich werde dir meine Erkenntnisse regelmäßig mitteilen. Wo steckst du überhaupt? Melde dich gefälligst. Un bacio, Isabella!»

So also klang Isabella di Tremonti, die im Gegensatz zu Laura von *Vita divina* als Gast akzeptiert worden war. Ein bisschen wie aus einem englischen Gesellschaftsroman des frühen 20. Jahrhunderts. Witzig, nichts sonderlich ernst nehmend und sicher sehr intelligent. Vermutlich wusste außer Guerrini und Laura niemand, dass Isabella als Späherin in dem Nobelresort eingezogen war.

Laura überlegte, zum Taxistand an der Piazza Matteotti zu gehen, um ins Krankenhaus zu fahren, rief aber doch in der Questura an, weil sie sich noch immer unfähig fühlte, wirklich aktiv zu werden. Die junge Frau in der Telefonzentrale teilte ihr bedauernd mit, dass alle verfügbaren Kräfte unterwegs seien. Ja, Tommasini und D'Annunzio ebenfalls. Es sei eine Großfahndung im Gange, und die wenigen Kollegen, die zur Wache abgestellt seien, könnten unmöglich das Kommissariat verlassen.

Auch gut, dachte Laura. Jetzt muss ich mich eben aufraffen. Sie machte sich einen Kaffee, der ihr nicht schmeckte, entschied sich für ein Taxi und gegen Guerrinis Lancia, dessen Schlüssel sie von Tommasini bekommen hatte.

Als sie den Campo überquerte, fegte kalter Wind ein paar Plastiktüten und Zeitungsseiten vor sich her. Vor den Restaurants und Bars standen kleine Gruppen fröstelnder Raucher. Die Geschäfte waren noch offen, und Laura hatte den Eindruck, dass sie durch ihren langen Schlaf irgendwie den Anschluss verpasst hatte.

Der Taxifahrer war Afrikaner, sehr schwarz und zurückhaltend. Als Laura das Krankenhaus als Ziel angab, nickte er nur. Auf halbem Weg fragte er plötzlich in ziemlich verständlichem Italienisch, ob es etwas Ernstes sei.

«Etwas sehr Ernstes», antwortete Laura.

«Das tut mir sehr leid, Signora. Ist es Ihre Mutter, der Vater?»

«Nein, mein Mann.»

«Eine Operation?»

«Ja, eine Operation.»

«Ah, er wird wieder gesund, ganz sicher, Signora! Meine kleine Tochter war auch in diesem Krankenhaus, und sie haben gesund gemacht mia figlia!»

Er hielt vor dem Eingang des Krankenhauses, lächelte und tätschelte Lauras Arm.

«Danke, Sie sind sehr nett.» Laura ließ sich das Wechselgeld nicht herausgeben und war wirklich dankbar für seine Freundlichkeit. Noch ein so freundlicher Mensch, und ich breche in Tränen aus, dachte sie.

Der junge Mann an der Rezeption schien sie sofort zu erkennen, lächelte ebenfalls außerordentlich freundlich und erklärte ihr etwas umständlich, dass Dottor Fausto mit ihr sprechen wolle. Wieder stieg dieses merkwürdige Schwindelgefühl in Laura auf, das sie kurz vor ihrer Ohnmacht empfunden hatte. Es hat nichts zu bedeuten, dachte sie, aber das half auch nicht. Noch immer saß eine nagende Furcht in ihr, und die war durch den Aufenthalt in Guerrinis verlassener, aufgeräumter Wohnung nicht besser geworden.

«Was will denn der Doktor von mir?», fragte sie, doch der junge Mann, der sie in seiner Schlaksigkeit ein bisschen an ihren Sohn Luca erinnerte, kehrte seine Handflächen nach außen und zuckte die Achseln.

«Ich weiß nicht, Signora. Ich weiß nur, dass er bald nach Hause gehen will, weil er schon seit einem halben Tag Überstunden macht. Er hat nur auf Sie gewartet. Ich werde ihn jetzt anrufen und sagen, dass Sie da sind!»

Laura begann auf und ab zu gehen, ohne sich dessen bewusst zu sein. Zum Glück erschien Dottor Fausto schon nach wenigen Minuten, ohne weißen Kittel, im Anzug, den Autoschlüssel in der Hand.

«Na, haben Sie endlich ausgeschlafen?»

Laura nickte.

«Es geht ihm besser, aber er braucht Ruhe. Wir haben ihn auf die Wachstation verlegt, und wenn es morgen noch ein bisschen besser ist, dann kann er in ein ganz normales Einzelzimmer. Ich habe das Gefühl, dass er am liebsten flüchten würde. Also überzeugen Sie ihn, dass er noch eine Weile bleiben muss. Machen Sie nicht so ein zweifelndes Gesicht: Es geht ihm wirklich besser, cara Signora Laura! Ich fahre jetzt nach Hause, um mich auszuschlafen. Buona notte!» Er winkte mit hocherhobenem Arm und war schon aus der Tür.

Commissario Guerrini versuchte sich auf die Begegnung mit Laura vorzubereiten. Er wollte sie genau beobachten und abwarten, weil er sicher war, dass Laura klare Fragen stellen würde. So gut kannte er sie inzwischen. Er verfluchte sich dafür, dass er an jenem Abend zu viel getrunken hatte, und konnte seine eigenen ruhigen Überlegungen nach dieser Nacht mit Carlotta nicht mehr verstehen.

Es war relativ einfach, ruhig und unabhängig zu sein, wenn keine Gefahr bestand, dass zweifelhaftes Verhalten entdeckt wurde. Er wollte Laura weder verletzen noch betrügen. Und schon gar nicht wollte er sie verlieren. Ihm war heiß, er wälzte sich unruhig herum, ließ es aber wieder bleiben, weil seine Brust schmerzte.

Inzwischen hatte eine Schwester namens Gina Dienst, maß sein Fieber und machte ein besorgtes Gesicht.

«Es ist wieder gestiegen», murmelte sie vorwurfsvoll.

«Das hat nichts zu bedeuten», gab Guerrini zurück, während er Laura entgegensah, die in diesem Augenblick ins Zimmer trat. Für ihn war es beinahe so, als sähe er sie zum ersten Mal, immerhin zum ersten Mal bewusst, seit er aufgewacht war. Ihr halblanges Haar war lockiger und heller, als er es in Erinnerung hatte. War sie auch größer, schlanker? Die weiche dunkelbraune Lederjacke kannte er, die weiße Bluse. Sie trug hellbraune Jeans, braune Lederstiefel, ihr Gesichtsausdruck war … zärtlich. Ja, er war sicher, dass ihr Gesicht weich und zärtlich wirkte, und jetzt lächelte sie.

«Ciao Angelo.»

«Ciao Laura.»

Die Schwester schaute kurz zwischen ihnen hin und her, verließ dann schnell das Zimmer und beschloss, die Temperatur des Commissario später noch einmal zu überprüfen.

«Hast du gut geschlafen, Laura?»

«Ziemlich. Bist du gut aufgewacht?»

Sie stand am Fußende seines Bettes, sah jetzt ernst aus und forschend. Warum kam sie nicht näher? Er hatte das Bedürfnis, ihr Haar zu berühren, sie zu küssen, ihr Parfüm zu riechen.

«Dottor Fausto sagte mir, dass du bei mir wohnst. Es herrschte sicher eine fürchterliche Unordnung …» Seine Kehle fühlte sich trocken an, und er war heiser.

«Um so etwas machst du dir Sorgen, Angelo? Es war sehr ordentlich. Es war so ordentlich, als würdest du da gar nicht wohnen. Es riecht nach Putzmitteln, auf dem Tisch steht ein Rosenstrauß …»

«Wie bitte?»

«Weiße Rosen.»

Guerrini versuchte zu erkennen, ob die Fältchen in Lauras Augenwinkeln zuckten, doch sie zuckten nicht. Laura meinte offensichtlich, was sie sagte. Weiße Rosen, dachte er. Wer zum Teufel hat weiße Rosen in meine Wohnung gestellt?

«Das Bett war so frisch bezogen, als hätte nie jemand darin geschlafen, und schon gar nicht wir beide. Es war ein sehr kaltes und einsames Bett.»

Zenia, dachte Guerrini. Es muss Zenia gewesen sein. Aber weshalb, sie kommt doch sonst immer am Dienstag. Als er kurz seine Augen schloss, um diese unerwarteten Informationen zu verarbeiten, tauchte für eine Zehntelsekunde der fliegende Hund auf. Erschrocken riss Guerrini seine Augen auf. Laura stand noch immer am Ende seines Bettes und erschien ihm unendlich weit weg.

«Tommasinis Frau hat deine Haushälterin zum Aufräumen geschickt, ehe ich kam. Der Kühlschrank ist auch voll.»

«Tommasinis Frau», murmelte er und begriff eigentlich nichts.

«Ja, sie scheint eine sehr praktische Frau zu sein.»

Was redeten sie da eigentlich? Und warum stand Laura noch immer am Fußende seines Bettes, obwohl er sie am liebsten in die Arme genommen hätte, wenn er nur könnte.

«Meinst du, dass du ein bisschen näher kommen könntest, Laura? Ich versteh dich nicht sehr gut.»

Sie kam, stellte einen Stuhl neben sein Bett. Er griff nach ihrer Hand, zog sie zu sich heran.

«Ich habe geträumt, dass du neben mir geschlafen hast. Es war so ziemlich der einzige schöne Traum, den ich hatte.»

«Ich habe neben dir geschlafen, Angelo. Meistens war ich aber wach und habe mich davor gefürchtet, dass du sterben könntest.»

«Warum kommst du nicht näher, Laura?»

«Ich habe Angst, dir wehzutun, und ich staune einfach, dass du so lebendig bist.»

«Du tust mir nicht weh. Wenn du dich sehr vorsichtig über mich beugen würdest, dann könnte ich dich küssen. Allein schaffe ich das noch nicht.»

Als er ihre Lippen spürte, ihr Haar auf seiner Haut und den Duft ihres Parfüms, verblasste für einige Zeit der Schmerz in seiner Brust, und er war sicher, dass sie ihm vergeben würde, wenn sie wüsste. Es war ihm auch klar, dass sein größeres Problem darin bestand, sich selbst zu vergeben.

«BENVENUTI NELLA NOSTRA SQUADRA!» Vice-Commissario Lana verbeugte sich kaum merklich, als Laura am nächsten Morgen den Konferenzraum des Kommissariats betrat. Wie immer wirkte Lana, als käme er frisch aus der Mangel, gestärkt, mit Bügelfalte. Und obwohl Tommasini sie vorgewarnt hatte, war Laura doch einen Moment lang erstaunt über die vielen Polizisten, die sich im Raum drängten und sie jetzt neugierig betrachteten. Es war sehr heiß, die Heizung der Questura schien auf Hochtouren zu laufen.

«Il Commissario tedesco», stellte Lana sie vor, und sie fühlte sich fehl am Platz, denn es gab ja nicht einmal einen offiziellen Auftrag für sie. Im Grunde konnte sie hier nicht in ihrer Funktion auftreten, sondern höchstens als Privatperson, Privatermittlerin, wenn überhaupt. Außerdem war sie eine Commissaria und kein Commissario. Doch Lana schien das alles nicht zu stören. Er schenkte ihr ein Lächeln, das er offensichtlich einem der älteren Hollywoodschauspieler abgeschaut hatte, und bat sie, Platz zu nehmen.

Vielleicht sollte ich dankbar sein, dass er mich nicht als Freundin des Commissario vorgestellt hat, dachte Laura, und dafür, dass er mich überhaupt zu diesem Treffen eingeladen hat.

Sergente Tommasini räusperte sich und fasste die Ergebnisse der Großfahndung zusammen. Sie hatten in der kurzen Zeit weit über hundert kleine Unternehmen, Landwirte und Privatpersonen gefunden, die finanziell ziemlich am Ende waren. Die meisten durch Tommasinis gute Kontakte zu seinem Schulfreund, aber immerhin einige auch durch die Abhörzentrale.

Bei den persönlichen Befragungen, die natürlich nur stichpunktartig durchgeführt werden konnten, hatten immerhin zwanzig Personen den ermordeten Cosimo Stretto erkannt oder zugegeben, dass sie ihn kannten. Die Nachricht von seinem Ableben hatte bei den meisten kein Bedauern ausgelöst, sondern eher etwas wie eine verhaltene Freude und Hoffnung, manchmal auch Angst.

Laura fand, dass Tommasini diese Reaktion wunderbar beschrieb. Immer wieder sah sie zu Lana hinüber, der den Ausführungen des Sergente ziemlich schmallippig folgte.

Das Phantombild des zweiten Geldverleihers oder -eintreibers dagegen hatte viele Leute in Verwirrung gestürzt. Aber immerhin vierzehn fühlten sich an jemanden erinnert, den sie kannten, und einundzwanzig erzählten von einem ziemlich jungen, hübschen Kerl, der ihnen Geld zu einem unglaublich hohen Zinssatz von 250 Prozent angeboten hätte. Keiner von ihnen gab jedoch zu, dass er das Geld auch genommen hatte.

Als Tommasini sich wieder setzte, strich Lana nervös über seinen schmalen, sehr akkuraten Schnurrbart, wischte sich mit einem blütenweißen Taschentuch schnell die Stirn, trommelte mit zwei Fingern auf das Pult, das ihn von den anderen trennte, und fragte: «Was ist mit diesem Cosimo Stretto? Woher hatte er das Geld? Woher kommt der überhaupt?»

«Die meisten Kollegen wissen es schon, Vice-Commissario. Stretto stammt aus der Nähe von Neapel, er gehört vermutlich einem Clan namens *Colline verde* an. Saß schon ein paarmal wegen Schutzgelderpressung im Knast.»

«Und was macht der in Siena?»

«Er treibt Geld ein, das er vorher verliehen hat, Vice-Commissario. Vielmehr, er trieb es ein.»

«Dann könnte derjenige, der auf Commissario Guerrini geschossen hat, sein Nachfolger sein, oder?»

«Sì, è possibile … er könnte aber auch der Mörder von Cosimo Stretto sein.»

Lana nickte, trommelte weiter mit zwei Fingern.

«Wenn wir davon ausgehen, dass Stretto von einem Schuldner ermordet wurde, was machte dann dieser Schuldner im Haus von Piselli?»

«Der im Haus von Piselli war kein Schuldner, Vice-Commissario. Das war ein Geldeintreiber, der eigentlich das Anwesen von Piselli übernehmen wollte. An dem Tag, als er auf den Commissario geschossen hat. Das heißt im Klartext: Er wollte die Pisellis aus Haus und Hof vertreiben. Und aus diesem Grund hatte der alte Piselli den Vorderlader seines Großvaters frisch geölt! Nur hat er den Kerl nicht getroffen, weil seine Frau gegen das Gewehr geschlagen hat. Daraufhin flüchtete der Geldeintreiber, traf auf den Commissario und schoss ihn nieder.»

«Und was machte der Commissario vor Pisellis Haus? Ihr müsst mich schon genau aufklären – ich bin erst gestern von einer Dienstreise zurückgekommen!»

«Der Commissario wollte verhindern, dass Piselli den Geldeintreiber erschießt. Signora Piselli hatte uns alarmiert!»

«Welchem Clan gehört dieser Kerl an? Habt ihr das auch schon rausgefunden?»

«Nein.»

«Dann wissen wir ja, was wir zu tun haben, oder?»

«D'accordo, Vice-Commissario. Aber es könnte ja sein, dass dieser Geldeintreiber ebenfalls den *Colline verde* angehört und Cosimo Stretto von einem Schuldner ermordet wurde.»

Lana richtete sich auf, blickte streng in die Runde und seufzte tief. «Es bedeutet also, dass wir eigentlich nichts wissen. Habe ich das jetzt richtig verstanden?»

Tommasini senkte den Kopf, hob die Hände ein wenig an und zog die Schultern hoch. Diese Antwort schien Lana zu reichen, er streifte Laura mit einem kurzen Blick, wies dann einen jungen Polizisten an, ein Fenster zu öffnen, und fragte endlich: «Hat hier irgendjemand eine Ahnung, ob der Commissario mehr über diese Geschichte weiß?»

«Ich glaube nicht», erwiderte Tommasini schnell. «Wir haben gemeinsam ermittelt und waren bisher auch nicht weitergekommen.»

Plötzlich wandte sich Lana an Laura. «Fällt Ihnen etwas dazu ein, Commissario Gottberg?»

Eine Sekunde lang erwog Laura, ob sie das *Vita divina* erwähnen sollte, entschloss sich aber dagegen, denn sie hatte die Befürchtung, dass Lana ein Rudel seiner Polizisten losschicken könnte, um das Wellness-Paradies auf den Kopf zu stellen.

«Nein», sagte sie deshalb, «aber ich habe den Eindruck, dass die Ermittlungen auf dem richtigen Weg sind.» Sie kam sich vor wie die Bundeskanzlerin ihres eigenen Landes, die eine Meisterin ähnlicher Antworten war. Lana kniff leicht die Augen zusammen, lächelte dann wieder auf diese einstudierte Weise, indem er nur einen Mundwinkel hochzog, und wandte wieder den Kollegen zu: «Wir machen also weiter. Allerdings muss der Druck auf die Schuldner erhöht werden. Diese Leute sollen aussagen, was sie wissen! Priorität hat die schnelle Festnahme des jungen Unbekannten. Ich danke euch!» Damit löste er die Versammlung auf und bat Laura in sein Büro, ehe Tommasini es verhindern konnte.

Er bot Laura Caffè an, doch sie lehnte ab, er rückte einen Stuhl für sie zurecht und ließ sich selbst schwer in den Sessel hinter einem ziemlich bombastischen Schreibtisch fallen. In seinem Büro hing neben dem Bild des Staatspräsidenten auch das Bild des Ministerpräsidenten, außerdem jede Menge Fahnen.

Die feinen Unterschiede, dachte Laura, denn in Guerrinis Büro hing nur der Staatspräsident.

«Wissen Sie tatsächlich nicht mehr von dieser Geschichte, oder wollen Sie nichts sagen?» Lana wirkte sehr überlegen.

«Ich weiß nichts. Ich bin hier, weil Angelo Guerrini schwer verletzt wurde und weil ich eine gute Freundin von ihm bin. Ich bin nicht hier, weil ich irgendwelche geheimen Informationen habe oder ermitteln will.»

«Bene, warum hat Tommasini Sie dann zu dieser Versammlung eingeladen?»

«Vermutlich deshalb, weil ich bereits ein paarmal Ermittlungshilfe geleistet habe, weil ich Angela Piselli kenne, weil er dachte, dass mir etwas einfallen könnte ...»

«Und, ist Ihnen etwas eingefallen?»

«Noch nicht, aber wenn mir etwas einfällt, dann werde ich es Ihnen sagen! Und jetzt bin ich müde, weil ich fast die ganze Nacht im Krankenhaus verbracht habe.»

«Verstehe. Wie geht es Guerrini?»

«Besser.»

«Das freut mich.»

Es freut dich nicht, dachte Laura. Wahrscheinlich wäre

es dir klammheimlich sogar lieber gewesen, Angelo wäre gestorben. Dann hättest du seinen Job übernommen und eine schöne Grabrede gehalten. So schätze ich dich ein, Vice-Commissario Lana.

In Tommasinis Büro war es kühler, und seinen Caffè nahm Laura dankend an.

«Geht es ihm wirklich besser?»

«Ja, es geht ihm besser. Er ist wieder ziemlich klar im Kopf. Er hat Schmerzen, ab und zu ein bisschen Fieber, und er macht sich inzwischen Vorwürfe, dass er sich hat überrumpeln lassen.»

«Das sollte er nicht, Signora Laura! Ich mache mir Vorwürfe, dass ich nicht rechtzeitig von der anderen Seite gekommen bin. Es ging nur um Sekunden, aber die sind manchmal verdammt zu lang!» Tommasini fuhr mit der Hand über sein Gesicht, als wollte er seine Müdigkeit wegwischen.

«Der Arzt hat gesagt, dass er Angelo morgen wieder auf die Beine stellen will, versuchsweise.»

«Ist das nicht zu früh? Immerhin hat der Commissario im Koma gelegen.»

«In einem künstlichen Koma, das ist etwas anderes als ein echtes Koma. Und er hat sich selbst aus dem künstlichen Koma herausgekämpft. Das hat Dottor Fausto sehr beeindruckt. Angelo allerdings meinte, dass es vor allem an dem fliegenden Hund lag, den er nicht mehr ertragen konnte.»

«Das muss der Hund der Pisellis gewesen sein. Er ist tatsächlich so verrückt geworden, nachdem der Commissario niedergeschossen wurde, dass es aussah, als würde er an diesem Metallkabel herumfliegen … ich hatte das ganz vergessen. Vielleicht hat der Commissario doch mehr mitbekommen, als wir dachten.»

«Sieht so aus. Aber ich denke, wir sollten über das weitere Vorgehen nachdenken. Der Commissario hatte einen gewissen Verdacht, und der hatte etwas mit dieser Oase für reiche Damen zu tun, diesem *Vita divina*. Der Verdacht bezog sich auf Ermittlungen, die ich gerade durchführe. Dabei geht es um einen Gigolo, der in München ermordet wurde. Allerdings hat er vermutlich seine Opfer hier in Siena ausgesucht … oder sie wurden für ihn ausgesucht. Es ist eine ziemlich heikle Angelegenheit, weil die Opfer alle eine exponierte gesellschaftliche Stellung haben und verständlicherweise nicht besonders kooperativ sind.»

Tommasini trank einen Schluck Caffè und ging dann nachdenklich vor dem Fenster seines Büros auf und ab. «Was, Signora Laura, hat diese Geschichte mit den Geldverleihern zu tun?»

«Ich weiß es nicht, Tommasini. Ich hatte nur den Eindruck, dass der Commissario nicht nur in einer Richtung ermittelte. Er traute, glaube ich, dem ganzen Laden nicht. Deshalb – und das bleibt bitte unter uns – hat er eine Vertrauensperson dort einquartiert. Ich hatte mich auch beworben, aber mich wollten sie nicht.»

«Eine Vertrauensperson? Eine Kollegin?» Tommasini blieb stehen.

«Nein, keine Kollegin. Offensichtlich eine alte Bekannte aus Florenz. Sie hat schon einen kurzen Bericht auf dem Anrufbeantworter des Commissario hinterlassen.»

«Aber das kann gefährlich werden!»

«Natürlich kann das gefährlich werden. Deshalb habe ich dem Vice-Commissario nichts davon gesagt. Wir dürfen auf keinen Fall irgendetwas unternehmen, das diese Person gefährden könnte. Sie hat eine Woche in *Vita divina* gebucht, und ich hoffe, dass sie nicht verlängert. Ich hoffe auch, dass ich bei ihrem nächsten Anruf in Angelos Wohnung sein werde.»

«Sie werden also länger bleiben, Signora Laura?»

«Ich werde so lange bleiben, bis ich sicher bin, dass Angelo außer Gefahr ist.»

Tommasini lächelte. «Und was sagt Ihr Chef dazu, Signora?»

«Das ist mir egal, Sergente!»

«Brava, Signora!»

Ricardo Cipriani war zurückgekehrt. Donatella hatte es von Sara erfahren, die in der Firma anrief, um zu fragen, ob sie Fisch oder Bistecche zum Abendessen servieren solle.

«Es ist mir egal», antwortete Donatella.

«Ja, aber …»

«Fragen Sie meinen Mann, Sara.»

«Er ist schon wieder weg, und er hat nur gesagt, dass er vielleicht zum Abendessen nach Hause kommt.»

«Dann rufen Sie ihn an, Sara. Sie haben seine Büronummer und auch die seines Telefonino, oder?»

«Ja, aber Signora, ich rufe den Signore nie an, um zu fragen, was ich kochen soll.»

«Vielleicht freut er sich, wenn Sie ihn anrufen, Sara.»

«Das glaube ich nicht.»

«Versuchens Sie's einfach. Ansonsten können Sie selbst entscheiden. Ich habe jetzt zu tun. Buon giorno, Sara.»

Er ist also zurück, dachte Donatella und lehnte sich in ihren weichen Ledersessel. Ich werde heute Abend nicht nach Hause gehen. Ich werde meine Tochter anrufen und sie fragen, ob sie eine Pizza mit mir essen will. Und wenn sie nicht will, dann rufe ich meinen Sohn an. Wenn alle beide nicht wollen …

Donatella betrachtete den Entwurf für den Schrank aus Olivenholz, an dem sie den ganzen Vormittag gearbeitet hatte. Er gefiel ihr, es fehlte nur noch eine Winzigkeit, eine organische Form vielleicht, die auf einer Seite hinaufwuchs und die Lebendigkeit des Holzes hervorhob.

Als das Telefon klingelte, erschrak sie. Jedes Mal, wenn das Telefon klingelte, erschrak sie. Sie hatte dafür gesorgt, dass alle Anrufe direkt bei ihr ankamen, ohne Umweg über ihre Sekretärin. Sie wartete auf den Anruf der deutschen Kommissarin, und sie hielt es für möglich, dass auch die Erpresser sich telefonisch melden könnten. Der Anruf Laura Gottbergs würde kommen, dessen war sie sich sicher. Die Kommissarin würde Fragen stellen, und sie würde antworten müssen. Anders als bisher.

Aber der Anrufer war Ricardo, der ihr mitteilte, dass am Abend ganz spontan ein Essen mit den wichtigsten Politikern seiner Partei stattfinden würde – mit Ehefrauen – und dass sie gegen halb acht losfahren müssten.

«Ich kann heute Abend nicht …»

«Es ist wichtig, Donatella, und ich möchte, dass du dich sehr dezent kleidest.»

«Ich kann trotzdem nicht, Ricardo. Ich habe zu tun, würdest du bitte Sara anrufen und ihr sagen, dass sie heute Abend nicht kochen soll.»

Ein paar Sekunden lang war es still in der Leitung. Donatellas Herz pochte schmerzhaft, sie biss in den Zeigefinger ihrer linken Hand. Als Ricardo wieder zu sprechen begann, war seine Stimme erstaunlich ruhig.

«Wir haben ein Abkommen, Donatella. Ich habe deine Firma gerettet, und du unterstützt meine politische Karriere. Wir sehen uns später!» Er legte auf.

Angst und Macht. Die Macht hatte vor allem Ricardo,

die Angst hatte sie selbst. Sobald sie das Abkommen nicht einhielt, verlor sie ihren kleinen Anteil an Macht. Auch deshalb hatte sie immer auf die Struktur geachtet. Sie hatte es gewusst, immer alles gewusst – es nur nie gedacht oder aufgeschrieben, geschweige denn ausgesprochen. Sie war ja nicht die Einzige in dieser Stadt, die auf diese Weise lebte. Aber das machte es nicht besser. So viele, die sie kannte, spielten dieses würdelose Spiel – mit jenen lächerlichen Begriffen als Begründung, die ihr gestern Abend zuerst eingefallen waren. Mit Wahrheit und Leben hatte es wenig zu tun.

Donatella strich mit der Hand über ihren Entwurf, war nicht sicher, ob sie es schaffen würde, Ricardo an diesem Abend zu versetzen. Aber sie wusste, dass es besser wäre, mit einem ihrer Kinder eine Pizza zu essen und Padanien zum Teufel zu schicken.

Obwohl Laura sehr müde war, blieb sie in Tommasinis Büro und telefonierte mit ihrem Dezernat in München. Claudia war so voller Mitgefühl, dass Laura es kaum ertragen konnte und kurz davor war, in Tränen auszubrechen. Deshalb ließ sie sich so schnell wie möglich mit Peter Baumann verbinden, der aber auch ungewöhnlich sanft mit ihr sprach.

«Danke, danke, danke! Bitte sei sachlich, ich habe derzeit Schwierigkeiten, die Fassung zu wahren!»

«Okay. Sachlich! Eines der früheren Opfer von Sutton hat sich gemeldet. Diese Dame hat Sutton in … du wirst es nicht erraten … in Siena kennengelernt. Danach wurde sie um eine halbe Million erleichtert, aber auch sie hat Sutton nicht verdächtigt, sondern ging davon aus, dass sie beide erpresst wurden. Sie ging zur Polizei, die Polizei ermittelte gegen Sutton, daraufhin zog die Dame ihre Anzeige gegen unbekannt zurück. Ende der Geschichte. Nur das Geld war weg.»

«Klingt wie die Geschichte von Donatella Cipriani. Siena scheint ein gefährliches Pflaster für alleinstehende Frauen zu sein.»

«Du passt auf dich auf, ja?»

«Ich hatte gesagt: sachlich! Könntest du mir bitte die vergrößerten Fotos von diesem jungen Mann mailen, der mir in der Hotelhalle aufgefallen war? Ich habe so ein Gefühl, als könnte ich mit diesen Bildern hier weiterkommen.»

«Ist das der Nachfolger von Sir Benjamin?»

«Ich weiß es nicht. Vielleicht ist es sein Mörder oder jedenfalls jemand, der mit seinem Mörder in Verbindung steht.»

«Ich werde die Bilder schicken. In dieser Minute! Bist du okay?»

«Ja, ich bin okay. Morgen wird es noch besser sein. Ich danke dir, Peter.»

«Nichts zu danken. Wir alle wünschen dir und dem Commissario Glück. Wir schaukeln das hier schon, und mit dem Chef werden wir auch fertig. Mach dir keine Gedanken.»

«Ich hatte gesagt: sachlich! Ciao, Peter!» Laura legte schnell auf und konnte ihre Tränen nicht mehr zurückhalten. Tommasini, der in diesem Moment wieder sein Büro betrat, reichte ihr ein Papiertaschentuch.

«Ich sollte eigentlich meinen Vater anrufen», schluchzte Laura, «aber ich kann es nicht. Wenn ich seine Stimme höre, dann werde ich überhaupt nicht mehr aufhören zu weinen …»

«Das kann ich verstehen, Signora Laura. Ich muss auch immer weinen, wenn andere in einer schwierigen Situation sehr nett zu mir sind. Ich halte das gar nicht aus!»

«Bitte, Sergente, hören Sie sofort auf, nett zu mir zu sein!»

«Scusi, Signora Laura.»

«Das hilft auch nicht. Sagen Sie jetzt am besten gar nichts, überlegen wir lieber, wie ich hier rauskomme, ohne als weinende Commissaria in die Geschichte der Questura einzugehen.»

«Wäre das so schlimm?»

«Sì, es wäre schlimm. Normalerweise weine ich nämlich nicht so leicht, und schon gar nicht, wenn ich mit ungefähr fünfzig männlichen italienischen Polizisten unter einem Dach bin!»

«So viele sind es nicht mehr. Ich hab fast alle rausgeschickt. Die arbeiten, die stehen nicht vor der Tür und warten, dass Sie mit verheulten Augen rauskommen!»

«Grazie, Tommasini! Jetzt geht es mir besser.»

Tommasini starrte sie an.

«Sind Sie immer so kompliziert, Signora?»

«Lassen Sie endlich die Signora weg und sagen Sie Laura zu mir! Außerdem bin ich nicht kompliziert. Ich hatte nur große Angst um Angelo.»

«Ich kann das nicht!»

«Was?»

«Ich kann nicht einfach Laura zu Ihnen sagen. Sie sind die Freundin meines Chefs. Zum Commissario sage ich ja auch nicht Angelo.»

«Bene, dann lassen wir es. Sind Sie immer so kompliziert, Sergente?»

Ein Lächeln tauchte in Tommasinis Augenwinkeln auf und erreichte nach erfolglosen Versuchen der Selbstbeherrschung seinen Mund.

«Eins zu null, Commissaria.»

«Fangen Sie bloß nicht wieder an, nett zu sein. Ich gehe jetzt. Falls ich irgendwas über diese Verbindungsperson rausbekomme, rufe ich Sie an.»

Laura zog ihre große Sonnenbrille aus dem Rucksack, putzte sich die Nase und wollte gerade gehen, als ihr die Bilder einfielen, die Peter Baumann vermutlich bereits geschickt hatte. Sie war wirklich nicht ganz auf der Höhe ihrer Konzentrationsfähigkeit.

Also kehrte sie um und bat Tommasini nachzusehen, ob die Bilder bereits angekommen waren.

Sie stellte sich ans Fenster und schaute zum Dom hinüber, der seit zwei Jahren eingerüstet war, weil man immer neue Schäden entdeckte. Laura konnte nur ein paar Figuren und Bogen sehen, ein Stück der schwarz-weißen Mauern und die Spiegelung des Turms in den Fenstern des gegenüberliegenden Hauses. In den Fenstern weiter rechts spiegelte sich blauer Himmel, es sah aus, als befände sich im Innern des Hauses eine geheimnisvolle zweite Welt.

«Die Bilder sind da!»

Laura löste ihren Blick nicht von den Spiegelungen, sagte nur: «Könnten Sie die Bilder ausdrucken?»

«Wer ist es denn?»

«Ein junger Mann, der mir aufgefallen ist. Er war an dem Tag, als Benjamin Sutton starb, in dem Münchner Hotel. Ich bin sicher, dass er Italiener ist und dass er verdächtig wirkt.»

«Weil er Italiener ist?» Tommasini blickte mit gerunzelter Stirn vom Bildschirm auf.

«Natürlich nicht!»

«Weil er eine große Sonnenbrille trägt?»

«Nein, er sah nur irgendwie verdächtig aus …»

«… wie ein richtiger Mafioso. Da muss ich Ihnen recht geben, Commissaria. Er sieht aus wie ein Mafioso, aber einer von der gehobeneren Art. Jedenfalls bildet er sich ein, dass er der gehobeneren Art angehört. Aber wie fast alle dieser Art übertreibt er. Eine Spur zu elegant … so, dass es schon fast wieder unseriös wirkt. Ein Handlanger, wenn Sie mich fragen.»

Laura stellte sich neben Tommasini und betrachtete das Foto auf dem Bildschirm.

«Haben Sie sich mit der Mafia beschäftigt, Tommasini? Sie scheinen sich verdammt gut auszukennen.»

«Es ist so was wie ein Hobby. Wir hatten hier bisher nicht viel zu tun mit der Mafia … in der Toskana gab es zum Glück nie eine, während im Süden jede Provinz ihre eigene hat. Ich finde es wirklich spannend, früher wollte ich unbedingt zur Anti-Mafia-Abteilung der Polizei. Dann habe ich geheiratet, die Kinder kamen, und plötzlich war das alles zu gefährlich. Basta. Das war's dann.»

«Und jetzt kommt die Mafia zu Ihnen, nicht wahr?»

«Sagen Sie's nur nicht meiner Frau!»

«Könnten Sie diese Fotos vervielfältigen und an Ihre Kollegen verteilen? Es ist ja möglich, dass einer der Schuldner diesen Mann erkennt. Jedenfalls sind die Fotos besser als das Phantombild der Pisellis.»

«Natürlich mache ich das. Aber ich glaube nicht, dass es etwas bringt. Die Leute haben Angst, Signora.»

«Aber die Pisellis werden ihn erkennen.»

«Falls sie sich dann noch trauen, ihn zu erkennen.»

«Wie meinen Sie das?»

«Wie ich es gesagt habe. Wir hinken der ganzen Geschichte hinterher. Ich werde aber auf alle Fälle mit D'Annunzio das Archiv durchforsten. Vielleicht hat er ja schon mal gesessen.»

«Haben die Pisellis Polizeischutz?»

«Natürlich. Da stehen zwei Carabinieri vor der Tür.» Er warf Laura einen Blick zu und grinste. «Den Hund haben sie in der Scheune eingesperrt.»

«Und was mache ich jetzt?», murmelte Laura.

«Vielleicht sollten Sie sich ein bisschen ausruhen, Commissaria, Sie sehen müde aus. Ich verspreche Ihnen, dass ich Sie sofort anrufe, falls etwas passiert.»

LAURA STRICH DURCH Guerrinis Wohnung wie eine Katze, die ein neues Gebiet erforscht. An seiner Bücherwand entlang zum Beispiel, auf der Suche nach der Sammlung von Liebesgedichten. Aber es gab keinen solchen Band. Nur einen mit Gedichten aus dem alten Rom, und darin entdeckte sie auch das Liebesgedicht von Petronius, rot unterstrichen. Außerdem fand sie einen Stapel von Tagebüchern, schlug nur das oberste kurz auf und legte es sofort wieder weg. Nein, niemals würde sie seine Tagebücher lesen.

Sie setzte sich aufs Sofa, stand wieder auf, ging auf die Terrasse, zurück in die Küche, goss sich eine Tasse Tee auf und versuchte die Zeitung zu lesen, die sie auf dem Rückweg von der Questura gekauft hatte. Es ging nicht. Sie fand keine Ruhe. Kurz vor eins. Eigentlich hatte sie Hunger, aber keinen Appetit.

Ins Krankenhaus wollte sie erst wieder am späteren Nachmittag. Eigentlich sollte sie schlafen, doch sie fühlte sich zu unruhig. Wenn sie ehrlich war, wartete sie auf den Anruf von Isabella di Tremonti. Die weißen Rosen ließen bereits ihre Köpfe hängen. Immerhin roch es nicht mehr nach Putzmittel, aber die Heizkörper waren kaum lauwarm, und Laura fröstelte. November in Siena fühlte sich nicht gut an ohne Angelo.

Als das Telefon endlich klingelte, sprang sie auf. Aber es war nicht Isabella di Tremonti, es war der alte Guerrini.

«Ich wollte dich fragen, ob du schon gegessen hast, Laura. Jetzt, nachdem es Angelo bessergeht, können wir auch wieder essen, vero?»

«Nein, ich habe noch nichts gegessen …»

«Dann komm rüber. Ich habe gerade Fettuccine mit frischen Trüffeln gemacht.»

«Es geht nicht, Fernando. Ich warte auf einen Anruf, der eigentlich für Angelo bestimmt ist. Es ist wichtig!»

«Ihr Polizisten seid unerträglich. Also gut, dann komme ich mit meinem Topf Fettuccine rüber zu dir. Einverstanden?»

«Einverstanden.»

«Ci vediamo fra quindici minuti.»

Vielleicht wird es wärmer, wenn er da ist, dachte Laura. Vielleicht sollte ich diese Viertelstunde bis zu seinem Eintreffen für einen Anruf bei Donatella Cipriani nutzen. Und was sagen? Dass ich in Siena bin? Dass mindestens eine andere Frau Benjamin Sutton ebenfalls in Siena kennengelernt hat? Dass ich höchstens zwanzig Prozent ihrer Geschichte glaube? Dass Suttons Frau Selbstmord begangen hat? All das? Und was bewirke ich damit? Dass sie noch mehr Angst bekommt, dass sie sich noch mehr gedemütigt fühlt, dass sie vielleicht ebenfalls Selbstmordpläne entwickelt?

Wieso mache ich mir eigentlich so viele Gedanken über Donatella? Warum identifiziere ich mich mit ihr? Das ist es doch, was ich gerade mache, oder?

Sie brauchte Luft, stieß die Tür zur Dachterrasse auf und lehnte sich draußen mit verschränkten Armen an die Wand. Von irgendwoher kam das Knattern eines Hubschraubers, leise erst, dann immer lauter, und endlich donnerte er knapp über die Dächer der Stadt. Eine dunkle, fette Libelle. Laura hielt sich die Ohren zu.

Und wenn Donatella Sutton umgebracht hatte, weil sie die Kränkung nicht ertrug? Wenn sie sich diese ganze komplizierte Geschichte ausgedacht hatte, um … um was? Den Verdacht auf andere zu lenken? Manche Menschen in verzweifelten Situationen erfanden Geschichten und glaubten dann selbst fest daran. Die Geschichte wurde zu einer wahnhaften Tatsache. Selbst Zeugenaussagen waren nicht selten wahnhafte Tatsachen, ähnelten Guerrinis fliegendem Hund, auf den er immer wieder zu sprechen kam.

Alles keine Antwort darauf, warum ich mich mit Donatella stärker identifiziere, als ich sollte. Weil ich Frauen emotional näher bin als Männern?

Es klingelte an der Haustür. Wieder keine Antwort. Lauras Nacken schmerzte, und sie hatte noch immer keinen Appetit.

«Ich habe einen Schlüssel, aber ich wollte nicht einfach so einbrechen, Laura. Come stai?» Fernando Guerrini rang nach Luft und fluchte auf die vielen Stockwerke. «Wie geht es dir? Ich habe Wein mitgebracht und Macedonia di frutta als Dessert. Komm, wir decken den Tisch, sonst werden die Fettuccine kalt. Lass uns gleich in der Küche bleiben. Ist es dir recht?»

«Mir ist alles recht.»

«Ah, das klingt nicht gut. Wir haben schließlich etwas zu feiern: Angelo ist übern Berg!» Fernando entkorkte den Rotwein und füllte zwei Gläser.

«Jetzt stoßen wir darauf an, bene?»

Laura nickte und hob das Glas. Er stieß seines so kräftig gegen ihres, dass ein bisschen Wein überschwappte.

«Auf Angelo!»

«Auf Angelo!»

Fernando verteilte Fettuccine auf den Tellern. «Ich hab die Trüffel mit Tonino gefunden. Der alte Hund hat noch immer eine Nase wie ein junger. Dabei kann er sich kaum noch auf den Beinen halten, fast alle Zähne sind ihm ausgefallen. Ich weiß nicht, was ich machen soll, wenn er nicht mehr da ist.» Er rollte Nudeln um seine Gabel, hielt inne.

«Warum sagst du denn nichts?»

Laura deutete auf ihren vollen Mund.

«Ah, dann lass es dir schmecken.»

«Ich würde gern mit dir und Tonino Trüffel suchen gehen, Fernando.»

«Dann mach's doch! Aber ihr müsst ja immer arbeiten und sogar im Urlaub noch alte Geschichten ausgraben!»

«Habt ihr die Sache noch immer nicht geklärt? Angelo und du?»

«Natürlich nicht! Du kennst Angelo nur von einer Seite, was? Er ist wegen meiner Keramikexporte nach Amerika und meiner angeblichen Verbindung zur Camorra so sauer auf mich, dass wir uns seit eurem Urlaub erst ein Mal gesehen haben. Dabei ist da gar nichts … ich schwöre es! Die Geschäfte meiner Partner gehen mich nichts an. Ich exportiere ausschließlich kopierte Madonnen von della Robbia und weder Raubgrabungen noch sonst was! Cazzo! Scusami!»

«Ich weiß, dass Angelo sehr wütend war, aber ich dachte, dass ihr das inzwischen geklärt habt.»

«Nichts haben wir geklärt, überhaupt nichts! Er will ja nicht zuhören!»

«Lass ihm doch einfach Zeit.»

«Na, jetzt bleibt mir ja nichts anderes übrig. Dabei kann er von Glück sagen, dass ich ihn vor seiner Exfrau gewarnt habe …» Fernando begann plötzlich zu husten.

Die Frau vor dem Krankenhaus war also wirklich Carlotta, dachte Laura.

«Ist sie so gefährlich?»

«Entschuldige, ich sollte nicht darüber reden.»

«Aber jetzt hast du angefangen.»

«Es gibt nichts zu erzählen. Carlotta ist hier aufgetaucht, und ich hatte den Eindruck, dass sie möglicherweise Interesse an Angelo haben könnte. Nur möglicherweise … und das hab ich ihm am Telefon gesagt. Sonst nichts.»

«Mein Ex hatte auch immer mal wieder Interesse an mir, Fernando.»

Er stieß ein unwirsches Schnauben aus.

«Die Fettuccine sind übrigens köstlich. Ich danke dir und Tonino.»

«Ah, ich bin ein alter Trottel!»

«Warum denn?»

«Weil ich dummes Zeug rede. Ein alter Trottel, der dummes Zeug redet!»

Ehe Laura antworten konnte, klingelte das Telefon. Fernando wollte aufspringen, doch Laura kam ihm zuvor.

«Angelo?»

Laura erkannte die Frauenstimme nicht sofort.

«Nein, nicht Angelo. Ich bin Laura Gottberg, seine deutsche Kollegin. Sind Sie Isabella di Tremonti?»

Die Antwort ließ auf sich warten, und Laura hatte plötzlich die Vorstellung, dass es sich um Carlotta handeln könnte.

«Ja, natürlich. Angelo hat mir von Ihnen erzählt. Was ist los mit ihm, wo ist er denn?»

Laura erzählte kurz, was geschehen war.

«Das bedeutet also: Alarmstufe eins auch für mich, oder?»

«Allerdings. Wenn Sie das Gefühl haben, dass irgendwer

im *Vita divina* Verdacht geschöpft haben könnte, dann sollten Sie sofort abreisen oder gar nicht dorthin zurückkehren.»

«Nein, ich glaube nicht, dass jemand Verdacht geschöpft hat. Ich stelle keine Fragen, ich durchsuche keine fremden Zimmer oder Büros. So was machen doch Detektive normalerweise. Ich benehme mich wie alle anderen Klientinnen, lasse mich verwöhnen, äußere meine Begeisterung und flirte wie alle anderen mit dem schönen Kellner und manchmal mit dem Chef. Allerdings beobachte ich sehr genau.»

«Was haben Sie beobachtet?»

«Dass der Herr des Hauses offensichtlich den hübschen Kellner nicht besonders mag. Er hat sich sogar mit ihm gestritten. Auf dem Flur vor seinem Büro. Als ich – natürlich rein zufällig – auftauchte, grüßten sie ausgesucht höflich und hörten sofort auf zu streiten.»

«Haben Sie ein Handy, mit dem Sie Mails und Fotos verschicken können?»

«Natürlich. Ich habe sogar einen iPod. Der kann eigentlich alles … bloß ich nicht.» Sie lachte.

«Könnten Sie ganz unauffällig ein Foto des hübschen Kellners machen und an meine Mail-Adresse schicken? Haben Sie etwas zu schreiben?»

«Warten Sie, ich nehme Sie gleich in meine Adressenliste auf!»

«Machen Sie das nicht. Schreiben Sie meine Adresse lieber auf. Und wenn Sie die Fotos geschickt haben, dann löschen Sie alles: Adresse und Fotos.»

«Es wird also ernst, oder?» Isabella di Tremontis Lachen klang jetzt ein bisschen nervös.

«Ich denke schon. Ich gebe Ihnen meine Handynummer und die Nummer der Questura.»

«Die habe ich. Angelo hat sie mir gegeben. Geht es ihm wirklich besser?»

«Ja, es geht ihm besser.»

«Grüßen Sie ihn von mir.»

«Das werde ich machen. Bitte gehen Sie keine Risiken ein, Signora.»

«Sagen Sie Isabella zu mir, Laura! Angelo hat mir schon eine Menge von Ihnen erzählt. Sie haben Glück – er hätte mir auch gefallen.»

«Grazie, Isabella. Passen Sie auf sich auf!»

Als Laura in die Küche zurückkehrte, sah Fernando ihr fragend entgegen.

«Was war das?»

«Arbeit.»

«Wusst ich's doch! Ihr könnt nie aufhören, ihr Polizisten, was? Mit Angelo ist es dasselbe, und jetzt siehst du, was dabei herauskommt. Von Verbrechern hält man sich besser fern, aber ihr rennt ihnen nach! Das ist verdammt ungesund!»

«Ich glaube, du hast dich auch nicht immer von ihnen ferngehalten, oder?»

Fernando Guerrini starrte Laura aus seinen tiefliegenden hellbraunen Augen an.

«Lassen wir das, Laura!»

«Entschuldige, ich wollte dir nicht zu nahe treten. Wir wollen essen und einfach froh sein, dass es Angelo bessergeht!»

Laura spürte die Distanz, die sich auf einmal zwischen ihnen ausdehnte. Wie schnell das doch ging. Zwei unbedachte Äußerungen. Carlotta und Conte Enrico di Colalto, der halbseidene Geschäftspartner des alten Guerrini, schienen plötzlich mit am Tisch zu sitzen. Ganz spontan bot Laura den beiden vom Obstsalat an, um die Situation zu entschärfen.

Ein paar Sekunden lang schwieg Fernando Guerrini, und sein Gesichtsausdruck war mehr als verwirrt, dann nickte er und fing an zu lachen.

«Grazie, figlia mia.»

Sie riefen mitten am Nachmittag an, als Donatella gerade ihren Entwurf fertiggestellt hatte. Auf der linken Seite des Schrankes aus Olivenholz würde ein Stamm emporwachsen, ein Ast bildete den bogenartigen oberen Abschluss. Sie war zufrieden, beinahe begeistert. Deshalb griff sie halb abwesend nach dem Telefon.

«Pronto.»

«Signora Cipriani?»

«Sì.»

«Wir wollten uns nur kurz nach dem Betrag erkundigen, den Sie uns schulden.»

Donatella versuchte ihren Atem zu kontrollieren. Es gab keinen Grund mehr, Angst zu haben. Sie hatte trotzdem Angst.

«Wofür schulde ich Ihnen etwas?»

«Für unser Schweigen, Signora.»

Die Stimme war seltsam. Donatella konnte nicht einmal erkennen, ob es ein Mann oder eine Frau war.

«Schweigen worüber?»

«Wollen Sie das hören? Am Telefon?»

«Ja.»

«Ich würde das nicht empfehlen.»

«Es ist mir egal, was Sie empfehlen.»

«Bene … Man könnte Sie mit einem bestimmten Todesfall in Verbindung bringen, der mit anderen Dingen zusammenhängt, Signora. Sie verstehen?»

«Nein.»

«Das tut uns leid, Signora. Dann müssen wir uns an Ihren Mann wenden. Er wird die Angelegenheit anders beurteilen.»

«Ich glaube nicht.»

«Wir geben Ihnen noch einmal vierundzwanzig Stunden.»

Sie hatten aufgelegt.

Donatella atmete sehr bewusst, ihr Herzschlag beruhigte sich trotzdem nur langsam. Die Falle, die sie ihr stellen wollten, war gefährlich. Aber sie würden sich selbst darin verfangen, dafür würde sie sorgen, und wenn es ihr eigenes Leben kostete.

Plötzlich fiel ihr der Kosename ein, den Benjamin ihr gegeben hatte … die weiße Taube. Er war ein verdammt guter Menschenkenner gewesen. Tauben reagierten immer panisch, ein kleiner Knall, und sie stoben davon, kurvten völlig unkontrolliert durch die Luft, irgendwohin. Sie waren dumm, hilflos, ängstlich, bauten nicht mal ordentlich Nester …

Tommasini war zu den Pisellis hinausgefahren und hatte ihnen das Foto des Unbekannten aus dem Münchner Hotel gezeigt. Ihre Reaktion war sehr unklar gewesen, geradezu wirr.

«Er hatte immer eine Sonnenbrille auf, wie soll man jemanden erkennen, der immer eine Sonnenbrille trägt, eh?»

«Aber er trug doch keine Sonnenbrille über dem Mund, oder?», hatte Tommasini erwidert.

«Nein, aber seine Haare waren immer anders. Einmal war er blond und dann wieder schwarz. Vielleicht hatte er einen Bruder.»

Tommasini hatte es mit der Verhörmethode versucht, die

jetzt von Polizeipsychologen empfohlen wurde. Mit Verständnis, mit Zuwendung … stellen Sie eine Ebene her, eine gleichwertige Ebene, machen Sie den anderen nicht klein, respektieren Sie ihn …

Bei den Pisellis schaffte er das gerade noch, bei Typen wie Cosimo Stretto würde es ihm verdammt schwerfallen. Denen würde er lieber eine reinhauen. Aber das ging überhaupt nicht, dann würde jeder die Aussage verweigern. Na ja, Tommasini hatte da andere Erfahrungen.

«Es sind unangenehme Typen, und ich verstehe sehr gut, wenn ihr Angst habt», hatte er deshalb gesagt. «Ihr habt schließlich erlebt, was die mit dem Commissario gemacht haben, nicht wahr?»

«Wieso die? Es war nur einer!», erwiderte Angela Piselli.

«Ja, natürlich, aber hinter dem einen stehen sicher noch andere. Woher sollte der eine so viel Geld haben, dass er es verleihen kann?»

«Gibt jede Menge Leute mit massenhaft Geld», hatte Piselli gemurmelt.

«Aber die würden es nicht ausgerechnet an euch verleihen, sondern auf die Bank legen.»

«Da wären die aber schön blöd!»

Tommasini hatte es als Scherz aufgefasst und gelacht, doch sein Lachen hallte sehr einsam in der kleinen Bauernküche. Piselli hatte das sehr ernst gemeint. Und dann hatte Tommasini die Geduld verloren.

«Also erkennt ihr den Typen oder nicht?»

«Vielleicht. Die sehen doch alle gleich aus mit ihren Sonnenbrillen.»

Mit dieser präzisen Antwort war Tommasini nach Siena zurückgekehrt und hatte Laura davon erzählt, die auf dem Weg ins Krankenhaus in der Questura vorbeischaute.

«Ich hatte es nicht anders erwartet», sagte sie. «Aber es wird hoffentlich bald neue Fotos geben, und die könnten unsere Pisellis in Schwierigkeiten bringen. Auf denen wird die betreffende Person nämlich keine Sonnenbrille tragen.»

«Woher kommen die Fotos?»

«Das ist mein Geheimnis, Sergente.»

«Ich finde Geheimnisse nicht gut. Vor allem, wenn wir alle total im Dunkeln tappen.»

«Ich lüfte das Geheimnis, sobald ich die Bilder habe, Tommasini. Tut mir leid, mehr kann ich im Augenblick nicht sagen. Vielleicht gibt es ja keine Bilder. Alles ist möglich.»

«Mir sind klare Fälle lieber: Eifersüchtiger Ehemann erschlägt seine Frau. Da ist alles klar, man kann begreifen, was passiert ist, und den Fall lösen. Finden Sie nicht, dass alles immer komplizierter wird?»

«Doch.»

«Und?»

«Nichts und. Wir können nichts dagegen tun, oder? Gemessen an der Globalisierung des organisierten Verbrechens, ist das hier immer noch ein ziemlich einfacher Fall. Organisiertes Verbrechen auf provinzieller Ebene sozusagen.»

Tommasini schluckte.

«Das klingt verdammt gut, Commissaria. Das sollten Sie Lana erzählen. Der wäre sicher beeindruckt.»

«Ach Quatsch! Daran ist nichts Beeindruckendes. Es ist schlicht eine Tatsache. Und jetzt geh ich ins Krankenhaus. Ciao!»

«Grüßen Sie den Commissario von mir!»

«Mach ich!»

Trotz der guten Beziehung zu Tommasini fühlte sich Laura fremd in der Questura. Auf dem Weg nach draußen kam sie an Guerrinis Büro vorbei, blieb kurz stehen, versuchte die Türklinke. Das Zimmer war verschlossen.

Draußen im Hof entschloss sie sich dazu, mit Guerrinis Lancia zum Krankenhaus zu fahren. Sie entdeckte ihn schnell, denn die meisten Einsatzfahrzeuge waren noch unterwegs. Zögernd öffnete sie die Fahrertür, fühlte sich auch hier wie ein Eindringling. Es war sein geheiligter Lancia, der so viel hatte über sich ergehen lassen müssen, seit sie Angelo kannte. Jetzt wirkte er wieder ganz unversehrt, sprang auch sofort an. Der Wachposten an der Ausfahrt grüßte und ließ sie ohne Kontrolle passieren. Offensichtlich wussten inzwischen alle Bescheid. Auch gut.

«Noch eine Nacht», dachte Angelo Guerrini. «Eine Nacht auf der Wachstation, dann kommt der nächste Schritt. Einzelzimmer und vielleicht endlich wieder eine Toilette. Selbstbestimmung. Ohne Schläuche und Windeln.» Sterben erschien ihm inzwischen ziemlich einfach, genesen schwieriger. Zwar sah er den fliegenden Hund nicht mehr, wenn er die Augen schloss, aber er dachte an ihn und fragte sich, was er wohl bedeuten sollte. Vielleicht hatte er etwas mit Carlotta zu tun.

Was wohl Zenia gedacht hatte, als sie die Wohnung aufräumte? Weshalb machte er sich Gedanken über Zenia? Sie war seine Haushälterin und hatte die Wohnung in Ordnung zu halten – sonst nichts. Aber Zenia dachte immer etwas, und bei passender Gelegenheit sprach sie ihre Gedanken auch aus.

Immer noch besser als Angela Piselli, dachte er. Die hätte vermutlich versucht, sein Leben in die Hand zu nehmen und seine Fälle zu lösen, wenn er sie als Haushälterin engagiert hätte.

Zenia hatte also aufgeräumt, und Tommasinis Frau hatte sie dazu beauftragt. Wusste Tommasinis Frau etwas von Carlottas Besuch? Oder Tommasini? Er fühlte sich allen so ausgeliefert und hatte keine Ahnung, was eigentlich vor sich ging.

Er wünschte sich, Laura würde zurückkehren, und fürchtete sich gleichzeitig davor. Wo sie wohl hingegangen war? Wahrscheinlich traf sie sich mit seinem Vater, und der konnte sicher den Mund nicht halten. Mit Sicherheit würde er Laura von Carlotta erzählen. Und sie, was würde sie tun?

Guerrini war verschwitzt und erschöpft. Immer wieder flammten die Wundschmerzen auf, stachen in der Brust. Vielleicht war Laura bereits abgereist.

Als sie plötzlich neben seinem Bett stand, hielt er sie für eine Erscheinung, ähnlich dem fliegenden Hund. Aber Hauptsache, sie war da und lächelte, nahm seine Hand, wischte ihm mit einem kühlen Tuch den Schweiß von der Stirn.

«Wo warst du denn so lange?», flüsterte er.

«Bei einer Lagebesprechung im Kommissariat, dann habe ich mit deinem Vater zu Mittag gegessen, mich ein bisschen ausgeruht, und jetzt bin ich hier. Wie fühlst du dich?»

«Taumelig, müde, ich weiß nicht genau, wie.»

«Du hast noch ein bisschen Fieber, da fühlt man sich immer taumelig und müde.»

«Jaja, das sagen alle, der Arzt, die Schwestern, und dann sagen sie immer *bravo*, das kann ich nicht mehr ertragen!» Guerrini empfand sich selbst als wehleidig, aber er konnte es nicht ändern.

«Ich werde es ihnen sagen.»

«Habt ihr den Kerl gefunden, der auf mich geschossen hat?»

«Nein, bisher gibt es noch keine Spur von ihm.»

«Das ist doch nicht möglich! Er fuhr einen dieser riesigen Geländewagen, ja, ich bin sicher, dass es ein schwarzer Geländewagen war. Warum fahren die eigentlich immer solche Autos?»

«Ich weiß nicht, vielleicht fühlen sie sich dann stärker.»

Guerrini seufzte tief. «Gut, dass du hier bist, Laura … Es ist ein seltsames Gefühl, wenn man genau weiß, dass jemand auf einen schießt und man dann wegsackt. Ich habe mir beim Wegsacken zugesehen, und ich bin gar nicht erschrocken. Es war irgendwie normal, tat auch nicht weh. Jedenfalls kann ich mich nicht an Schmerzen erinnern. Erst jetzt habe ich Schmerzen, und das Aufwachen war nicht angenehm … vorhin habe ich gedacht, dass Sterben einfacher ist als Weiterleben.»

Laura erwiderte nichts, hörte nur zu.

«Kannst du das verstehen? Ich verstehe es ja selbst nicht.»

«Ich glaube, ich kann es verstehen. Ich war selbst schon ein paarmal am Rand.»

«Was hat dich gehalten?»

«Die Liebe zu meinen Kindern hat mich gehalten, glaube ich. Und außerdem hätte ich ganz gern noch ein bisschen gelebt.»

Guerrini nickte und verzog das Gesicht, weil seine Wunde wieder zu stechen begann.

«Mhm», murmelte er. «Ich hab dich zwischen meinen Halluzinationen gesucht. Mir sind alle möglichen Gründe eingefallen, aus denen ich dich verlieren könnte, Laura. Aber ich will dich nicht verlieren, verstehst du? Ich liebe dich.»

Laura streichelte seine Hand, öffnete sie dann und küsste seine Handfläche.

«An deinem Bett habe ich ein Buch gefunden, das einen seltsamen Titel trägt: *Tristano stirbt.* Was ist das für ein Buch, Angelo?»

Guerrini lächelte und schloss die Augen.

«Typisch Laura, nicht wahr? Schnell weg von zu heftigen Gefühlen ... wahrscheinlich liebe ich auch das an dir ... weil du ja immer wieder mit heftigen Gefühlen zurückkommst ... *Tristano stirbt* ... natürlich ist dir das aufgefallen. Es ist die beinahe unerträgliche Geschichte einer Lebenslüge. Ein alter Partisan und Nationalheld liegt im Sterben und bekennt, dass er eigentlich ein Mörder und Betrüger ist.»

«Warum hast du das gelesen?»

Guerrini hustete und bat Laura um die Schnabeltasse, trank ein paar Schlucke.

«Warum wohl. Weil bei uns die Lebenslügen besonders gut gedeihen.»

«Hat es etwas mit deinem Vater zu tun?»

«Auch das.»

«Er hat an deinem Bett gesessen, bis ich ihn abgelöst habe, Angelo. Er hat dich gehalten. Und heute hat er für mich gekocht.»

«Was hat er denn gekocht?»

«Fettuccine mit Trüffeln.»

«Und was hat er erzählt?»

«Dass ihr beide noch immer Krach habt.»

«Was noch?»

«Sonst nichts.»

«Erstaunlich.»

«Er lässt dich grüßen, und ich soll dich fragen, ob du ihn sehen willst.»

«Vielleicht morgen.»

«Ich werde es ihm sagen.»

«Besser übermorgen.»

«Okay.»

«Und jetzt? Was machen wir jetzt?»

«Ich würde gern mit dir schlafen, aber das geht nicht – neben dir schlafen wäre auch nicht schlecht.»

«Ach Laura, du musst mindestens so müde sein wie ich. Lass dir ein Bett bringen!»

«Meinst du, die lassen das zu?»

«Natürlich! Ich bin immerhin Commissario!»

So verbrachte Laura diese Nacht dicht neben Guerrini auf einem Feldbett, das nicht sehr bequem war, und trotzdem schlief sie wesentlich besser als in seiner kalten, einsamen Wohnung. Er dagegen lag lange wach.

ERST KURZ NACH ELF an diesem Abend kehrte Donatella in die Villa Cipriani zurück. Sie hatte sich mit ihrer Tochter in einer Pizzeria getroffen – zu ihrem eigenen Erstaunen. Und ganz offensichtlich auch zum Erstaunen ihrer Tochter, denn Ricarda fragte, ob irgendeine Katastrophe ausgebrochen sei.

«Weshalb denn?», hatte Donatella irritiert zurückgefragt.

«Weißt du eigentlich, wann wir zum letzten Mal eine Pizza gegessen haben? Wir beide zusammen, allein? In einer Pizzeria?», hatte Ricarda ins Telefon gebrüllt.

Als Donatella nicht geantwortet hatte, tobte sie weiter: «Noch nie, seit ich von zu Hause ausgezogen bin! Wieso also jetzt, was ist los?»

«Ich würde dich gern sehen, Ricarda, deshalb.» Donatellas Herz hatte heftiger geklopft als beim Anruf der Erpresser am Nachmittag.

«Ah, du willst mich sehen, und das bedeutet, dass ich antanzen soll?»

«Nein, es wäre nur schön, wenn du kommen würdest.»

«Okay, ich komme.»

Ricarda hatte so plötzlich eingelenkt, dass Donatella es kaum fassen konnte. Deshalb fiel ihr auch kein Lokal ein, und sie musste Ricarda um einen Vorschlag bitten.

Es war ein seltsamer Abend gewesen. Donatella hatte ihre Tochter kaum wiedererkannt. Ricarda hatte ihr langes Haar ganz kurz schneiden lassen, sah aus wie ein Junge, trug eine Lederjacke mit Fellfutter, ein dickes Männerhemd, Jeans und robuste Stiefel. Nur ihre durchdringend fragenden Augen waren Donatella vertraut. So hatte Ricarda schon als ganz kleines Mädchen geschaut.

«Na, was macht die Lega? Wird Papà der nächste Ministerpräsident?» Das war Ricardas erster Satz nach der eher kühlen Begrüßung gewesen.

«Ich weiß es nicht, mir ist es egal!», hatte Donatella geantwortet.

«Ah, seit wann denn das?»

«Immer schon. Ich habe es nur nie gesagt.»

«Wow.»

«Was machst du, Ricarda? Studierst du?»

«Ja, Menschenrechte!» Ricarda spuckte dieses Wort regelrecht auf den Tisch. «Ich arbeite für eine Gruppe, die Flüchtlingen hilft. Das heißt, wir versuchen zu helfen, weil die wunderbaren Parteifreunde von papà ja alle rausschmeißen, die nicht vorher ersoffen sind! Weißt du was, Mama? Ich schäme mich inzwischen, dass ich Cipriani heiße. Ich werde heiraten müssen, damit ich diesen Namen loswerde! Am besten einen Afrikaner!»

Auf diese Weise hatte Ricarda fast die ganze Zeit gewütet. Zwischendurch hatten sie gegessen, ein bisschen Wein und Wasser getrunken, einen Espresso. Donatella hatte alles über sich ergehen lassen und ihrer Tochter innerlich recht gegeben.

Jetzt war sie wieder in der Villa Cipriani angekommen und holte sich noch ein Glas Wasser aus der Küche. Niemand war da. Offensichtlich hatte Sara die Hunde mit zu sich genommen. Zum Glück war auch Ricardo noch nicht von seinem wichtigen Abendessen mit Parteifreunden zurück.

Langsam ging Donatella in den Salon hinüber, machte kein Licht an, strich mit einer Hand über die schweren samtbezogenen Sofas.

Ich werde hier weggehen, dachte sie.

Später, als sie bereits in ihrem Bett lag, stellte sie sich vor, wie sie von den Carabinieri abgeholt wurde, sah die Fernsehbilder vor sich. Sie musste das unbedingt vermeiden – nicht Ricardos wegen – ihrer selbst und ihrer Kinder wegen.

Sie hörte, wie Ricardo nach Hause kam, hörte seine Schritte auf der Treppe, hielt den Atem an, als er vor ihrer Tür stehen blieb. Ehe sie zu Bett gegangen war, hatte sie die Tür abgeschlossen. Er würde vermutlich ausrasten, wenn er das bemerkte. Aber Ricardo ging weiter und knallte seine Schlafzimmertür zu.

Donatellas Haut fühlte sich heiß und feucht an.

Ich habe niemanden, dem ich das alles erzählen kann, dachte sie. Morgen werde ich mir einen Anwalt suchen, und dann muss ich die deutsche Kommissarin anrufen. Ich muss sie treffen. Sie ist der Mensch, der mehr über mich weiß als alle andern.

Erstaunlicherweise war Guerrinis Wohnung warm, als Laura am nächsten Morgen zurückkehrte, und auch das Duschwasser hatte eine angenehme Temperatur. Es fühlte sich beinahe so an, als sei er wieder da und bereite gerade in der Küche Caffè. Die Nacht im Krankenhaus hatte Lauras Ängste besänftigt, und sie fühlte sich endlich wieder ausgeruhter. Die Schwestern hatten ihr sogar ein Frühstück gebracht – auf Anweisung von Dottor Fausto –, und Angelo hatte auch ein paar Bissen gegessen … Cornetto, getunkt in Milchkaffee.

Aufgrund dieses unvermuteten Energieschubs rief Laura

Peter Baumann an und fragte ihn nach der Antwort der britischen Kollegen.

«Ich wollte dich auch gerade anrufen! Die Antwort ist vor einer halben Stunde gekommen. Und du wirst es nicht glauben: Es gibt eine Menge Suttons, aber die sind alle ordentliche Leute, auch unser Sir Benjamin. Er ist wirklich ein Sir und lebt seit vielen Jahren in Hamburg. Verarmter Adel oder so was. Aber bei Tennison wird es interessant: Earl Henry Tennison ist nämlich tot. Er starb vor zehn Jahren im Alter von 92 Jahren. Das ist ja erst mal nicht ungewöhnlich, aber: Er war Besitzer eines Landguts in Wales, das er allerdings beim Glücksspiel verloren hatte. Aus irgendeinem Grund scheint also unser Sir Benjamin die traurige Geschichte des Earl Henry zu seiner eigenen gemacht zu haben – als zweite Identität sozusagen.»

«Klingt ziemlich verquer, oder?»

«Englischer Exzentriker eben, aber gar nicht blöd. Ich bin sicher, dass nicht nur seine Ehefrau von dieser Geschichte zutiefst gerührt war.»

«Vielleicht sogar er selbst», murmelte Laura, und Peter Baumann lachte am anderen Ende der Leitung.

«Also gegen Tennison/Sutton liegt in seiner Heimat nichts Gravierendes vor, höchstens Pass- und Kreditkartenbetrug. Wie geht's euch?»

«Besser. Angelo scheint das Schlimmste überstanden zu haben. Aber ich muss noch hierbleiben. Könnte sein, dass sich der Fall von Siena aus leichter klären lässt.»

«Du brauchst keine so komplizierten Ausreden zu benutzen, Laura. Ist schon in Ordnung, wenn du bei deinem Commissario bleiben willst. Aber du solltest dich beim Chef melden. Er hat zwar Verständnis gezeigt, erwartet aber deinen persönlichen Anruf. Also ruf ihn an.»

«Mach ich. Frag doch nochmal an der Rezeption in Suttons Hotel, wie viele Chipkarten er für die Zimmertür gehabt hat. Es war doch keine mehr da, oder?»

«Doch, eine war da, und auf der gab es nicht mal Suttons Fingerabdrücke. Das war das einzig Verdächtige daran. Irgendwer hatte sie gründlich abgewischt.»

«Okay, ich melde mich wieder, Peter. Jetzt muss ich los.»

«Ruf den Chef an!»

«Später. Ciao, danke und grüß Claudia!»

Irgendwer war mit einer Chipkarte in das Zimmer von Sutton eingedrungen und hatte sie anschließend dagelassen. Es war alles so perfekt inszeniert, dass auch die Spurensicherung den Eindruck gewonnen hatte, dass kein Fremder im Zimmer gewesen war. Nur die K.-o.-Tropfen und der Einstich in Suttons Arm passten nicht dazu. Aber dieses Risiko schien der oder die Mörder in Kauf genommen zu haben. Beinahe so, als wollten sie den Verdacht auf jemand anderen lenken.

Während Laura über all das nachdachte, schminkte sie sich ein wenig sorgfältiger als an den vorangegangenen Tagen, schlüpfte dann in ihre hohen Stiefel und fühlte sich damit der männlichen Übermacht in der Questura halbwegs gewachsen.

Laura machte einen Umweg, lief nicht in Richtung Dom, sondern zur Basilica Santa Maria dei Servi hinauf, zu den Dienern Mariens, die einst Flüchtlingen aus Florenz Unterschlupf gewährten, vor sehr langer Zeit, als Florenz und Siena sich noch bekämpften.

Es regnete ein bisschen, und das Kopfsteinpflaster war glitschig. Merkwürdig tiefhängende Wolken mit ungewöhnlich geraden Begrenzungen lagen über dem Land, das unscharf erschien, milchig, dampfend, gerade dort, wo die Sonne sich ein bisschen zeigte und ein Tal beleuchtete, als hätte jemand helle Scheinwerfer aufgestellt.

Laura mochte die wuchtige alte Basilika, und sie liebte die byzantinische Madonna del bordone mit ihrem wissenden Blick, ganz in Gold, gesäumt von Engeln, mit diesem seltsam erwachsenen Säugling auf dem Arm. Hier, vor dem Bild der Madonna, zündete Laura eine Kerze an und dankte für Angelos Rettung. Seit ihrer Kindheit fühlte sie sich geborgen in dämmrigen Kirchen, die nur von flackernden Kerzenopfern vor bestimmten Heiligen oder Madonnen erleuchtet wurden. Gottesdienste besuchte sie nie, aber Kerzenrituale waren ihr wichtig.

Als sie die Kirche verließ, wurde sie sogleich aus dieser anderen Verfassung zurückgerufen, denn ihr Mobiltelefon summte. Es war eine SMS von Isabella di Tremonti: *Ich hab es geschafft, sehen Sie selbst!*

Fünf Fotos des schönen Kellners hatte sie geschickt. Und es war eindeutig der Mann, den die Sicherheitskamera auch im Münchner Hotel aufgenommen hatte. Isabellas Fotos waren erheblich besser, und er schien nichts bemerkt zu haben. Auf allen Bildern wirkte er unbefangen, schaute nie direkt in die Kamera. Er war nicht mehr ganz so jung, vermutlich Mitte dreißig, und sah wirklich gut aus. Mit seinem Dreitagebart und den etwas längeren Haaren hätte er auch in einem Italo-Western mitspielen können.

Kein Wunder, dass die Damen im *Vita divina* ganz begeistert von ihm waren. Er schien für vernachlässigte Frauen mittleren Alters ein Traumliebhaber zu sein, und Laura nahm an, dass seine Arbeitgeber ihn auch für diese Zwecke einsetzten. Ein Multifunktionskellner sozusagen. Vermutlich war er im *Vita divina* für den Homeservice zuständig, und Typen wie Benjamin Sutton waren die Spezialisten, die im Außendienst eingesetzt wurden.

Ein neuer bizarrer Zweig des organisierten Verbrechens, dachte Laura. Man kann alles zu Geld machen – zum Beispiel die Sehnsüchte der Menschen. Vielleicht gerade die. Sehnsucht nach Liebe, nach aufregendem Sex, nach Kindern, nach Drogen. All das benutzte auch die Mafia für ihre Geschäfte.

Laura lief schnell die Via del Sole hinunter zur Piazza del Mercato und dann durch die kleinen Gassen zum Dom hinüber, der hoch über der Questura wachte.

Zum Glück hatte D'Annunzio wieder seinen Platz an der Pforte eingenommen und ließ Laura mit einer besorgten Frage nach dem Wohlergehen des Commissario ein. Und zum Glück war auch Tommasini in seinem Büro. Laura übergab ihm ihr Handy, damit er die Fotos auf seinen Computer ziehen konnte.

Tommasini begann sofort sein Suchprogramm zur Identifizierung des schönen Kellners. Ein Kollege sollte die Bilder den Pisellis vorlegen, und der Rest der Squadra wurde hinausgeschickt, die anderen Schuldner zu befragen.

«Ich möchte selbst zu den Pisellis fahren», sagte Laura.

«Aber Signora Laura, Sie können rein rechtlich nicht ermitteln. Es gibt keinen Auftrag. Es geht nicht!»

«Ich ermittle ja gar nicht. Ich fahre einfach zu den Pisellis und besuche sie. Wer sollte mich daran hindern? Ich kenne Angela Piselli, und ich mag sie.»

«Und was sagen Sie den Carabinieri, die dort vor der Tür stehen und die beiden bewachen?»

«Ich sage ihnen, dass ich eine deutsche Freundin bin, die zufällig vorbeikommt.»

«Ah, und die werden das glauben?»

«Warum denn nicht?»

«Weil die Ihren Ausweis sehen wollen, Signora Laura. Und ich bin sicher, dass die inzwischen Ihren Namen kennen.»

«Weil alle inzwischen wissen, dass ich die Freundin vom Commissario bin, was? Und wer erzählt das herum?»

In stummer Verzweiflung hob Tommasini beide Arme. «Vermutlich alle, Signora Laura.»

«Und woher wissen es alle?»

«Ich habe keine Ahnung, Signora Laura.»

«Bene, dann fahre ich jetzt zu den Pisellis, und ich werde den Carabinieri sagen, dass ich aus rein privaten Gründen hier bin und dass Angela Piselli meine Freundin ist.»

Damit drehte Laura sich um und ließ Tommasini stehen. Er hob die Handflächen nach oben und zuckte die Achseln.

Laura genoss es, über Land zu fahren. Der Regen hatte aufgehört, und zwischen den Wolken zeigten sich blaue Löcher. Sie ließ das Seitenfenster halb herunter; es roch nach feuchter Erde, und irgendwoher kam ein warmer Wind, der die Wolken zerfledderte und über die Hügel strich, als wollte er sie trocknen. Hinter den Bergen, die Siena vom Mittelmeer trennten, ballten sich Kumuli wie vor Sommergewittern.

Es war nicht weit nach Asciano, dessen Außenbezirke so hässlich waren wie in beinahe jeder italienischen Stadt, ob groß oder klein. Mit einem kurzen Blick streifte sie das faschistische Bauwerk, in dem die Carabinieri untergebracht waren, froh darüber, dass diese Art von Architektur in Deutschland nie so dominant geworden war. Erstaunlicherweise. Vermutlich hatten die Nazis nicht genügend Zeit gehabt, das Land mit ihren Bauwerken zu überziehen.

Sie erinnerte sich daran, dass die Via degli Alberi etwas außerhalb des Ortes lag, fand sie auf Anhieb. Das Haus der Pisellis konnte sie gar nicht verfehlen, denn ein Wagen der Carabinieri parkte im Hof. Und da war auch die Oberleitung, an der immer der Hund entlanglief. Guerrinis fliegender Hund.

Laura stellte Angelos Lancia neben das Polizeifahrzeug und wollte gerade aussteigen, als ihr Handy zu brummen begann. Deshalb blieb sie sitzen und nahm das Gespräch an. Es war Donatella Cipriani.

«Ich würde mich gern mit Ihnen treffen», sagte sie und fügte nach einer kurzen Pause hinzu: «Ich muss mich mit Ihnen treffen!»

Laura war so erstaunt, dass sie ein bisschen Zeit brauchte, ehe sie antworten konnte.

«Sind Sie noch da?», Donatellas Stimme klang ungeduldig.

«Jaja, ich bin noch da. Ich versuche nur gerade zu überlegen, wo wir uns treffen könnten.»

«Wo sind Sie?»

«In Siena.»

Diesmal machte Donatella eine Pause.

«Dann treffen wir uns in Siena.»

«Wann?»

«Heute Abend. Das kann ich mit meinem Wagen schaffen. Wir treffen uns im *Aglio e Olio*, das kennen Sie doch sicher, oder?»

«Ja, ich kenne es.»

«Gegen acht? Falls ich im Stau steckenbleibe, rufe ich Sie an. Buon giorno.»

Als der Carabiniere durch ihr halboffenes Fenster fragte, was sie hier wolle, sah Laura ihn nachdenklich an und antwortete zu seinem und ihrem eigenen Erstaunen: «Ich weiß nicht genau.»

«Wollen Sie sich über mich lustig machen?» Der Ausschnitt seines Gesichts, den sie sehen konnte, verzog sich wie in einem Zerrspiegel.

«Nein, entschuldigen Sie ... es war nur ein dummer Scherz. Ich möchte mir die Stelle ansehen, an der Commissario Guerrini angeschossen wurde, und ich würde gern kurz mit Signora Piselli reden.»

«Aber das ist gänzlich unmöglich. Hier ist polizeiliches Sperrgebiet, sehen Sie die rotweißen Plastikbänder?»

«Natürlich sehe ich sie ... ich bin eine deutsche Kollegin, die auch in dieser Geschichte ermittelt. Angela Piselli und ihr Mann sind wichtige Zeugen.»

«Haben Sie einen Ausweis?»

«Ecco!» Laura zog ihren Dienstausweis aus dem Rucksack und reichte ihn durchs Fenster. Der Carabiniere, ein dicker, untersetzter Mann, warf Laura einen misstrauischen Blick zu, studierte den Ausweis, runzelte die Stirn und ging dann zu seinem Kollegen hinüber, der am Fuß der Treppe Wache hielt. Die beiden berieten sich, dann hellte sich plötzlich ihre Miene auf, und der Dicke kehrte zu Laura zurück.

«Scusi, Signora. Es ist alles in Ordnung. Mein Kollege hat mir gerade gesagt – Sie wissen schon. Also kommen Sie, ich zeige Ihnen alles.»

Ah, dachte Laura, der andere wusste offensichtlich Bescheid. Langsam folgte sie dem rundlichen Carabiniere, der ihr weitschweifig den Tatort erklärte. Laura stellte sich an die Hauswand, wie Guerrini es vermutlich getan hatte, schaute zur Treppe. Es gab keine Deckung, nirgendwo. Auf dem Boden fand sie dunkle Flecke, hier kam kaum Regen hin ... sie schaute weg, hatte Mühe durchzuatmen.

«Grazie, ich habe genug gesehen. Wo ist Signora Piselli?»

«Drinnen. Sie sind beide drinnen. Dürfen ja nicht weg, weil wir sie bewachen. Sie stehen unter Polizeischutz.»

«Kann ich reingehen?»

«Sì, Commissario!»

«Commissari*a*!», gab Laura leise, aber nachdrücklich zurück, doch er hatte sie wohl nicht gehört. Vor ihr schob er sich die sechs Stufen hinauf und hielt sogar die Tür für sie auf. Laura erinnerte sich daran, dass die Küche gleich rechts lag, und klopfte an.

«Cosa volete?» Angela Pisellis Stimme klang ärgerlich. Offensichtlich nahm sie an, dass die Carabinieri vor der Tür standen. Ohne zu antworten, trat Laura in die dämmrige Küche. Es war alles so, wie sie es in Erinnerung hatte, roch sogar genauso, eine angenehme Mischung aus Kaffee, Holzfeuer und irgendwas Süßem. Auch die Plastikmadonna mit ihrem Kranz aus künstlichen Blumen war noch da.

«Santa Caterina, wo kommen Sie denn her, Commissaria?» Angela Piselli sprang vom Küchenstuhl auf. Ihr Mann dagegen hob kaum den Kopf und starrte dann weiter auf die Tischdecke. Auf seiner Stirn trug er ein großes Pflaster.

«Wollen Sie einen Caffè, geht es Ihnen gut, Signora? Eine schreckliche Geschichte mit dem Commissario, eine grauenvolle Geschichte! Wie geht es ihm? Wir denken dauernd an ihn. Seit Tagen bete ich für ihn! Dass so etwas in unserem Haus passieren musste! Aber es ist alles seine Schuld!» Sie wies auf ihren Mann. «Wenn er sich nicht mit diesen Wucherern eingelassen hätte, diesen Halsabschneidern, dann wäre das nie passiert!»

«Ah, Signora Piselli, beschuldigen Sie nicht Ihren Mann. Das Leben ist so schwierig und undurchsichtig. Er wollte sicher nur das Beste für Sie und Ihre Familie. Ein Glas Wasser wäre mir lieber als Caffè. Ich habe schon zu viel davon getrunken.»

Angela Piselli holte eine Plastikflasche aus dem Kühlschrank und füllte ein Glas.

«Sie sind zu freundlich mit ihm, Signora. Wenn ich nicht gewesen wäre, hätte er sogar auf den Commissario geschossen, weil er völlig den Verstand verloren hatte.»

«In seiner Situation kann man das schon verstehen, oder?»

«Natürlich, natürlich kann man es verstehen, aber Mist ist es trotzdem, vero?»

«Gut ist es nicht, aber wir machen alle Fehler, nicht wahr, Signor Piselli?»

Er reagierte nicht, starrte weiter auf den Tisch und seine gefalteten Hände. Laura trank ein paar Schlucke Wasser, wischte sich mit dem Handrücken den Mund ab und schaute Angela Piselli gerade in die Augen.

«Ich brauche eure Hilfe. Der Commissario wäre beinahe gestorben, und vor seinem Zimmer im Krankenhaus stehen Polizisten, genau wie bei euch. Der Kerl muss erwischt werden, sonst seid nicht nur ihr und der Commissario in Gefahr. Die sind darauf aus, allen Leuten, die in Schwierigkeiten sind, alles wegzunehmen, und wenn sich jemand in den Weg stellt, dann bringen sie ihn um. Deshalb müssen wir sie stoppen, und das schaffen wir nur gemeinsam!»

Langsam hob Giuseppe Piselli den Kopf.

«Wie denn?»

«Indem ihr zum Beispiel beide diese Fotos hier anschaut und mir sagt, ob ihr den Mann erkennt und ob es vielleicht sogar der ist, der das Geld von euch eintreiben wollte.» Laura legte die fünf Fotos auf den Küchentisch.

Giuseppe Piselli wandte den Kopf ab. «Da war schon einer hier, der uns Fotos gezeigt hat. Die sehen alle gleich aus. Sonnenbrillen und so was. Die sind ja nicht blöd.»

Aber Angela zog die Fotos zu sich heran, griff nach ihrer Lesebrille, studierte ein Bild nach dem anderen, stieß einen tiefen Seufzer aus und sagte endlich: «Das ist er!»

«Was, was?» Jetzt schaute auch Giuseppe auf die Fotos, presste dann die Lippen zusammen und starrte auf den Boden.

«Und, was sagst du? Sag endlich was!» Angela schlug mit beiden Fäusten auf den Tisch.

«Kann sein, dass er's ist. Ich kenn ihn nur mit Sonnenbrille.»

«Er ist es, Commissaria! Ich bin ganz sicher. Ein hübscher Junge, eine Schande, dass der sich mit Verbrechern eingelassen hat! Wo kommt der her, wer ist denn das? Der ist nicht aus unserer Gegend!»

«Nein, wahrscheinlich nicht.»

«Wo habt ihr denn die Fotos her?»

«Das ist ein Geheimnis.»

«Wieso Geheimnis?»

«Ich werde euch alles sagen, wenn wir ihn erwischt haben. Ihr glaubt gar nicht, wie sehr ihr geholfen habt. Ich danke euch für euern Mut.»

«Ach was, Mut. Dass ich nicht lache. Wir wollen hier wieder raus. Ich werde verrückt, wenn ich noch länger hier in der Küche sitzen muss, mit einem Mann, der nichts sagt!»

Laura ging, verabschiedete sich von den Carabinieri und fuhr zurück nach Siena. Es war Nachmittag, der Himmel war wieder klar. Riesigen Mückenwolken gleich schwebten Starenschwärme über die Felder. Zwei kleine Pflüge auf Raupen krochen einen fernen Hang hinauf wie metallene Käfer.

Wie kann es sein, dass Donatella Cipriani mich ausgerechnet im *Aglio e Olio* treffen will, dachte Laura. Es gibt Dinge, die ich nicht verstehe, und es werden immer mehr.

Später saß sie in der Questura mit den Kollegen Tommasinis zusammen, die sofort zuschlagen wollten, das *Vita divina* ausräuchern und alle verhaften. Doch gemeinsam mit dem Vice-Questore gelang es ihr, die Gemüter zu beruhigen und die Aktion zumindest auf den nächsten Tag zu verschieben. Die Agentin des Commissario durfte auf keinen Fall in Gefahr gebracht werden. Es wurde beschlossen, dass Laura ihr eine SMS senden sollte – eine Einladung zum Caffè in Siena, früh am nächsten Morgen. Sobald Isabella di Tremonti das Wellness-Paradies verlassen hätte, würde die Aktion beginnen. Laura hoffte, dass es keine Komplikationen geben würde.

ES WAR EIN KALTER und klarer Abend, als Laura sich kurz nach halb acht auf den Weg machte. Donatella Cipriani wartete bereits im *Aglio e Olio*, war früher angekommen, hatte angerufen. Um in die Contrade des Stachelschweins zu gelangen, musste Laura den Campo überqueren. Seltsam, dass Leonardo Tommasinis Lokal ausgerechnet in diesem Stadtteil lag. Die toskanischen Stachelschweine hatte Laura bei ihrer ersten Begegnung mit Angelo Guerrini kennengelernt, zuvor hatte sie von ihrer Existenz nichts gewusst.

Sie blies den Atem vor sich her wie Zigarettenrauch, schaute zu den wenigen Touristen hinüber, die unter Wärmelampen vor den Lokalen am Rande des Platzes saßen. Der Palazzo Pubblico leuchtete, und der dunkelblaue Himmel über dem Campo war übersät von Sternen.

Eine Opernkulisse, dachte Laura. Vielleicht liegt es daran, dass in Italien so leicht der Sinn für die Wirklichkeit abhandenkommt. Es besteht beinahe ein Zwang zur Inszenierung, zum großen Auftritt. Welchen Auftritt Donatella Cipriani wohl plant?

Hinterm Campo wurde es dunkler, und viele Menschen waren noch unterwegs, die Bars voll. Auch die Geschäfte hatten noch geöffnet. Erst in der schmalen Straße, die zur Piazza Tolomei hinaufführte, wurde es stiller. Hier, fast am Ende der Straße, lag auch das *Aglio e Olio*.

Und wieder fragte sich Laura, warum hier? Wie kommt Donatella auf die Idee, dass wir uns in diesem Lokal treffen sollen? Es ist kein bekanntes Restaurant, eher eine Osteria. Vielleicht hat sie es aus dem Internet, aus dem Telefonbuch, weiß der Teufel ... und trotzdem. Sie blieb vor dem Eingang stehen und sammelte sich, öffnete erst dann die Tür und trat ein.

«Ah, Signora Laura, wie schön, Sie hier zu sehen!» Leonardo Tommasini eilte hinter dem Tresen hervor, um Laura zu begrüßen. «Wie geht es dem Commissario?»

«Besser, Leonardo ... warten Sie ...»

«Ich habe einen besonders schönen Tisch für Sie, Signora, und viele gute Dinge zu essen!»

«Ich werde von einer Dame erwartet, Leonardo!», Laura sprach sehr leise. «Es ist wichtig, und wir brauchen Ruhe. Sie sitzt da drüben am Fenster. Könnten Sie bitte sehr diskret sein ...»

«Ah, ihr von der Polizei ... natürlich werde ich sehr diskret sein. Vollkommen diskret. Ich kenne Sie gar nicht, Signora Laura, so diskret!»

«Perfetto!»

Laura zwinkerte ihm zu und ging langsam zu Donatella hinüber, die sich bereits erhoben hatte und ihr entgegenkam.

«Buona sera. Kennen Sie den Wirt?»

«Ja, ich kenne ihn. Ich war hier schon einige Male, deshalb bin ich auch ein bisschen erstaunt, dass Sie ausgerechnet dieses Restaurant vorgeschlagen haben.»

Donatella war blass und kaum geschminkt, in der sanften Beleuchtung wirkte sie ganz jung. Jetzt wandte sie den Kopf und ließ ihren Blick durch den verwinkelten Raum wandern.

«Ich war hier auch schon einige Male», erwiderte sie. «Setzen wir uns doch. Ich hoffe, Sie haben Zeit.»

«Ich habe Zeit.»

«Und ich habe eine Flasche Brunello bestellt, mögen Sie den?»

Laura nickte. Sie versuchte zu begreifen, was hier geschah. Brunello war ihr Lieblingswein, das *Aglio e Olio* ihr Lieblingslokal in Siena. All das konnte Donatella nicht wissen.

«Weshalb sind Sie ausgerechnet in Siena, Commissaria?»

«Ein Freund ist krank geworden.»

«Ach, Sie sind nicht Benjamins wegen hier? Oder meinetwegen?»

«Nein.»

«Wie seltsam. Ich war ganz sicher, dass Sie deshalb hier sind.»

Donatella stellt die Fragen, dachte Laura. Auch gut. Fragen sind manchmal sehr aufschlussreich.

«Was wollen wir essen?» Donatella winkte Leonardo Tommasini, der sogleich herbeieilte, diskret und zurückhaltend diesmal. Er empfahl Kaninchenbraten mit Pflaumensoße und Rosmarinkartoffeln.

«Ganz frisch, Signore, köstlich!»

«Dann nehmen wir das, einverstanden?» Donatella sah Laura fragend an.

«Es klingt gut.»

Seltsam, dieses Treffen fühlte sich nicht an wie das zwischen einer Mordverdächtigen und einer Kommissarin.

Dann essen wir eben, dachte Laura, wiederholen wir auf einer anderen Ebene, was wir offensichtlich beide hier erlebt haben.

Leonardo hatte ihre Gläser gefüllt, und nun hob Donatella das ihre.

«Auf unser Gespräch.»

Laura nickte ihr zu und hob ebenfalls ihr Glas.

«Auf unser Gespräch!»

«Ist Ihr Freund, der kranke, ist das ein naher Freund?»

«Ja.»

«Jemand, den Sie lieben, Commissaria?»

«Warum fragen Sie das? Was hat das mit unserem Gespräch zu tun?»

Donatella biss sich auf die Unterlippe.

«Ah, nichts, oder vielleicht doch etwas. Ich dachte nur, dass Sie vielleicht besser verstehen könnten, was mir zugestoßen ist. Oder vielleicht auch, wo ich mich hineinbegeben habe.»

«Sie waren mit Benjamin Sutton in diesem Restaurant, nicht wahr?»

«Ja, natürlich, und Sie mit Ihrem Freund, oder?»

«Weshalb sollte das von Bedeutung sein, und wie kommen Sie überhaupt auf diese Idee?»

«Ich habe Sie beobachtet, die Art, wie der Wirt Sie begrüßte ...»

«Ach, und daraus schließen Sie eine ganze Geschichte?»

«Ich finde es hilfreich. Es ist Zufall und es ist hilfreich. Sehen Sie, ich bin in einer ziemlich unangenehmen Situation. Ich werde erpresst und stehe unter Mordverdacht. Ich wünsche mir, dass Sie mich verstehen und dass Sie mir glauben. Ich habe mich damals in Siena auf eine Weise verliebt, die unausweichlich war. Ich wollte es nicht, aber ich konnte nicht entkommen – wollte irgendwann auch nicht mehr entkommen, weil ich endlich wieder meine eigenen Bedürfnisse spürte. Ich weiß nicht, wie das bei Ihnen war, Commissaria, und wen Sie hier in Siena getroffen haben. Aber vielleicht haben Sie etwas Ähnliches empfunden.»

«Möglich.»

Leonardo stellte einen Korb mit knusprigem Weißbrot auf den Tisch und ein kleines Kännchen mit Olivenöl.

«Sie waren mit Ihrem Freund in diesem Lokal, nicht wahr?» Donatella ließ Laura nicht aus den Augen.

«Ist das wichtig?»

«Nein. Ja, es ist wichtig! Ich war hier mit Benjamin, und wenn ich zurückdenke, dann ist es wie Sterben. Jeder Nerv meines Körpers schmerzt, wenn ich daran denke, und trotzdem bin ich froh, dass ich es erlebt habe. Denn damals war es ungebrochene Wirklichkeit. Ich war noch nicht die gedemütigte, lächerliche Frau, zu der mich diese Erpressung gemacht hat.»

«Ich empfinde Sie nicht als gedemütigt oder lächerlich, Signora Cipriani.»

«Das ist nett von Ihnen, ändert aber nichts daran, dass ich mich so empfinde. Es gibt nur noch eine winzige Hoffnung – die Hoffnung, dass Benjamin nichts mit den Erpressern zu tun hatte. Können Sie verstehen, dass ich mich daran klammere? Ich habe vorgestern einen neuen Erpresserbrief bekommen und gestern einen Anruf. Sie sind also noch da.»

«Könnte ich den Brief sehen?»

«Ah, die Ermittlerin. Ja, Sie können ihn sehen, aber später. Ich wollte Ihnen nämlich noch etwas ganz anderes erzählen. Zuerst eine Frage: Lieben Sie Ihren Sieneser Freund so sehr … oder besser: ist es Ihnen so wichtig, leidenschaftlich von ihm geliebt zu werden, dass ein Verrat Sie vernichten würde? Dass Sie zu allem fähig wären, um seinen Verrat zu bestrafen?»

Nachdenklich trank Laura einen Schluck Brunello, versuchte ehrlich zu antworten. Was wäre, wenn sie herausfände, dass Angelo sie nur als bequeme Ferngeliebte benutzt hätte und hier ein ganz anderes Leben führte, eine zweite Freundin hätte? Natürlich würde sie sich gedemütigt fühlen, sehr wütend und verzweifelt sein. Aber deshalb würde sie ihn nicht ruinieren oder umbringen wollen … oder doch? In Gedanken vielleicht, im ersten Schmerz … Traurig wäre sie und um ein großes Stück Selbstbewusstsein ärmer, so, wie sie es nach ihrer Trennung von Ronald gewesen war. Wer betrogen wird, steht nie besonders glänzend da. Vor allem nicht vor sich selbst.

«Nein», antwortete sie langsam. «Ich glaube nicht. Höchstens vielleicht im Affekt, wenn jemand mich direkt demütigt und verachtet.»

«Ist Ihnen das schon passiert?»

«Selten und eigentlich nie von Menschen, die mir wichtig waren.»

Donatella schob ihr Weinglas auf dem glatten Holztisch hin und her.

«Mir schon», flüsterte sie. «Mir passiert es immer wieder.»

«Hat Benjamin Sutton Sie gedemütigt?»

«Auf indirekte Weise, aber dafür umso tiefer.»

Laura fragte nicht weiter, wartete nur und hoffte, dass Leonardo mit dem Kaninchen noch ein paar Minuten warten würde.

«Ich hatte beschlossen, ihn zu töten.» Donatella schien kaum zu atmen und sprach mit geschlossenen Augen weiter. «Doch als ich in sein Hotelzimmer kam, war er bereits tot. Wissen Sie, was ich dann getan habe? Ich habe mich benommen wie eine Mörderin. Ich habe nichts berührt, habe den Chip für seine Tür weggeworfen, den er mir gegeben hatte. Ich habe auf seinen Anrufbeantworter gesprochen, als würde er noch leben. Ich habe mich mit ihm verabredet, obwohl ich wusste, dass er nicht kommen würde. Ich bin ins Münchner Polizeipräsidium gegangen und habe Ihnen meine Geschichte aufgetischt. Sie haben mich damals durchschaut, nicht wahr? Aber Sie konnten mir nichts nachweisen. Ich hatte eine Weile das Gefühl, eine Mörderin zu sein. Ganz egal, wer ihn umgebracht hatte. Ich wollte es ebenfalls tun!»

«Aber Sie haben es nicht getan, oder?»

«Nein, ich habe es nicht getan. Aber jetzt will ich wissen, wer es war.»

«Um Benjamin zu entlasten?»

«Ja, vielleicht. In gewisser Weise bin ich Benjamin trotz seines Verrats irgendwie dankbar. Er hat mich aufgeweckt, hat mich durch Himmel und Hölle geschickt. Aber das ist immer noch besser, als einfach so dahinzuleben, verstehen Sie?»

«Ja, das verstehe ich.»

«Ich dachte, dass Sie es verstehen würden. Ich habe Sie so eingeschätzt. Zumindest habe ich gehofft, dass meine Einschätzung richtig sein würde.»

Aus den Augenwinkeln nahm Laura wahr, wie Leonardo mit dem Essen auf dem Weg zu ihnen war, und winkte verstohlen ab. Der Wirt erstarrte in seiner Bewegung und kehrte in die Küche zurück. Donatella schien nichts bemerkt zu haben.

«Ich werde mich von meinem Mann trennen», fuhr sie fort. «Ich möchte meine Kinder wiederfinden, und meine Arbeit macht mir Freude. Ich werde die geforderte Summe nicht bezahlen. Ein Skandal macht mir keine Angst mehr – im Gegenteil, er würde wie eine Befreiung wirken.» Donatella hob den Kopf und sah Laura an, tapfer um einen mutigen Ausdruck bemüht. Trotzdem flackerte Furcht in ihren Augen.

«Bin ich eine Mörderin, obwohl ich keinen Mord begangen habe?»

«Vor dem Gesetz sind Sie keine Mörderin, Signora Cipriani. Was Sie vor Ihrem eigenen Gewissen sind, das ist eine andere Frage. Vielleicht hatten Sie nur Glück, und irgendwer hat Sie davor bewahrt, einen Mord zu begehen.»

Wieder biss Donatella auf ihre Unterlippe und krümmte sich leicht zusammen.

«Haben Sie sich schon einmal vorgestellt, was Sie getan hätten, falls Benjamin Sutton noch am Leben gewesen wäre?»

«Ich habe es versucht, aber es ist mir nicht gelungen ...»

«Auf welche Weise wollten Sie ihn umbringen?»

Donatella umklammerte das Weinglas, als wollte sie es zerbrechen, und starrte auf den Tisch.

«Ich wollte ihn vergiften. Ich hatte Rattengift bei mir. Damit vergiftet man in Mailand auch Tauben. Ich hatte dieses widerliche Bild eines balzenden Täuberichs in mir und bekam es nicht mehr aus dem Kopf!»

«Keine K.-o.-Tropfen?»

«Nein.»

«Jemand hat ihm K.-o.-Tropfen in den Whisky gemischt.»

«Und daran ist er gestorben?»

«Nein, danach hat ihm jemand Kaliumchlorid gespritzt. Das ist absolut tödlich ... allerdings im Gegensatz zu Rattengift ziemlich schmerzlos. Er hatte also Glück, wenn man das Glück nennen kann.»

Hinter Donatella erschien Leonardo Tommasini und wies mit ziemlich verzweifeltem Gesicht auf das Tablett mit dem Kaninchenbraten. Diesmal nickte Laura ihm zu, er eilte an ihren Tisch und servierte mit vorwurfsvoller Hingabe, dann wünschte er guten Appetit und zog sich schnell wieder zurück.

Donatella starrte auf die nackten Muskeln des Kaninchenviertels und schob den Teller von sich.

«Ich habe im Augenblick keinen Hunger», murmelte sie und trank einen großen Schluck Wein.

«Der Brunello ist stark», erwiderte Laura. «Wir sollten beide etwas essen. Sie sollten vielleicht an das denken, was Sie mir eben erzählt haben – an Ihr neues Leben.»

Plötzlich liefen Tränen über Donatellas Wangen, und sie hielt die Serviette vor ihren Mund. «Ich habe ihn so geliebt, o Gott, ich habe ihn so sehr geliebt!» Wieder trank sie. «Wissen Sie, dass Sie der einzige Mensch sind, der etwas davon weiß? Ich habe nie mit einem anderen Menschen über meine Liebe gesprochen und auch nicht über meine Verzweiflung. Ich glaube, ich werde niemals über diesen Verrat hinwegkommen.»

«Vielleicht nicht, aber Sie werden diesen Verrat anders betrachten als jetzt. Das kann ich Ihnen garantieren.»

«Wie anders?»

«Vielleicht als Schritt auf dem Weg zu sich selbst? Auch wenn das pathetisch klingen mag. Sie haben ja bereits davon gesprochen. Und ich werde jetzt das Kaninchen probieren!»

Laura steckte den ersten Bissen in den Mund. Das Fleisch war zart und saftig, perfekt mit frischem Rosmarin und Thymian gewürzt, die Pflaumen verliehen der Soße eine köstliche Süße. Donatella beobachtete Laura, griff dann nach dem Besteck und versuchte ebenfalls zu essen, hielt aber gleich wieder inne.

«Haben Sie Kinder?»

«Ja, eine Tochter und einen Sohn.»

«Wie alt?»

«Gerade dabei auszuziehen.»

«Meine sind geflüchtet.»

«Dann sind sie ja ganz lebendig, oder?»

«Ich glaube, sie verachten mich. Aber ganz sicher verachten sie ihren Vater. Aus politischen Gründen.»

«Ach, sind Sie sicher?»

«Nein.» Plötzlich lachte Donatella kurz auf. «Ich bin es nicht gewohnt, über persönliche Dinge zu sprechen. Ich rede wahrscheinlich lauter dummes Zeug. Natürlich verachten meine Kinder ihren Vater nicht nur aus politischen Gründen. Das ist so abgehoben … sie verachten ihn, weil er nie Zeit für sie hatte. Weil er sich nicht für sie interessierte. Weil sie funktionieren sollten, genau wie ich.»

Ja, dachte Laura, es wird ein langer Abend werden. Ich muss ihr zuhören, es geht gar nicht anders. Ich will ihr auch zuhören. Doch nach dem Essen brach Donatella das Gespräch ab. Vielleicht konnte sie die ungewohnte Nähe nicht ertragen.

«Haben Sie ein Zimmer?», fragte Laura beim Abschied auf dem Campo.

«Sie müssen sich keine Sorgen um mich machen, Commissaria. Ich habe ein Zimmer, und ich werde mich nicht umbringen. Danke für diesen Abend.»

«Ich wollte Ihnen noch etwas sagen, Signora Cipriani. Es ist sehr wahrscheinlich, dass Sie keinen Erpresserbrief mehr bekommen. Falls aber doch, dann melden Sie sich bitte bei mir. Würden Sie mir jetzt den letzten Brief geben?»

Donatella nickte, zog den Brief aus ihrer Tasche und reichte ihn Laura. Dann schlug sie fröstelnd ihren Mantelkragen hoch und verschwand in einem der schmalen Durchgänge. Laura dagegen kehrte in Guerrinis leere Wohnung zurück und überflog den Erpresserbrief. Danach schickte sie die SMS an Isabella di Tremonti und verabredete sich mit ihr im Café *Gianini.* Angezogen legte sie sich aufs Bett, schleuderte nur die Stiefel von sich.

Irgendwie, dachte sie, würde ich Donatella gern die Illusion erhalten, dass Sir Benjamin Sutton sie geliebt hat. Manchmal erleichtern Lebenslügen das Überleben.

WIE SO OFT erwachte Laura vom Klingeln des Telefons. Als sie aus dem Bett taumelte, stellte sie fest, dass sie noch immer angekleidet war. Es war dunkel in der Wohnung, nur durch eines der Fenster fielen ein paar helle Streifen. Halbblind tappte sie herum, ehe sie den Lichtschalter fand und endlich das Telefon erreichte. Wieder diese eiskalte Angst. Vielleicht hatte sich Angelos Zustand verschlechtert … Mit angehaltenem Atem nahm sie das Telefon zur Hand.

«Pronto.» Sie brachte nur ein heiseres Flüstern heraus.

Es war Tommasini, nicht das Krankenhaus. Gott sei Dank nicht das Krankenhaus.

«Signora Laura, entschuldigen Sie, dass ich Sie wecke, aber auf *Vita divina* ist offensichtlich ein Sprengstoffanschlag verübt worden. Der Bauer, der in der Nähe wohnt, Bellagamba heißt er, der hat gerade in der Questura angerufen, weil er eine Explosion gehört hat. Wir fahren jetzt hin! Ich dachte nur, dass Sie vielleicht mitkommen wollen …»

«Ja, natürlich!»

«Wir holen Sie ab! In vier Minuten!»

Sie hatte Mühe, ihre Stiefel anzuziehen, rannte aufs Klo, bürstete ihr Haar, warf ein paar Hände voll Wasser ins Gesicht und versuchte Isabella di Tremonti zu erreichen, doch deren Handy war abgeschaltet. Weshalb schaltete sie ihr Handy aus? Beunruhigt eilte Laura die vielen Stufen hinunter zum Hauseingang, wo Tommasini in diesem Augenblick das Einsatzfahrzeug abbremste. D'Annunzio riss die Wagentür auf, Laura sprang hinein, und sofort gab Tommasini Gas. Im Wagen saßen fünf Polizisten, zwei in Uniform, die andern in Zivil. Laura kannte nur Tommasini und D'Annunzio.

«Sind noch mehr unterwegs?», fragte sie.

«Jede Menge. Zumal unser kluger D'Annunzio den schönen Kellner identifiziert hat. Er ist auch aus Neapel, genau wie dieser Stretto. Aber er ist von einem anderen Clan. Genau von dem nämlich, mit dem Signora Salino-Remus entfernt verwandt ist. Auch das hat unser kluger Kleiner herausgefunden – am Computer, man glaubt es kaum!» Tommasini schlug mit der Faust aufs Lenkrad. Seine Kollegen lachten.

«Deshalb nehmen wir an, dass der Stretto-Clan sein verdienstvolles Mitglied, das auf so unrühmliche Weise umgekommen ist, rächen will. Den Anfang macht möglicherweise der Anschlag, den Bellagamba gehört hat. Es kann sich dabei aber auch um eine Selbstschussanlage handeln, die seine Nachbarn gegen Bellagambas Schweine aufgestellt haben.» Wieder brüllten alle vor Lachen. Nur D'Annunzio und Laura nicht.

«Auffällig ist nur, dass der Schweinezüchter Bellagamba erst den toten Stretto, dann den möglichen Anschlag gemeldet hat. Mehr wissen wir nicht, Signora Commissaria.»

«Klingt interessant. Vielleicht waren es ja die Schweine», murmelte Laura.

Wieder lachten alle, und Laura fühlte sich, als wäre sie in einen Betriebsausflug der Questura geraten. In einen sehr männlichen Ausflug – sie fragte sich, wo eigentlich die weiblichen Polizisten geblieben waren.

«Wollen Sie eine Waffe, Signora Laura? Ich hab Ihnen

eine mitgebracht.» D'Annunzio hielt ihr irgendwas Dunkles hin.

«Ja, vielleicht. Danke.» Laura steckte die Pistole in ihre Jackentasche.

Tommasini fuhr schnell durch die helle Mondnacht mit ihren schwarzen Schatten und weißen Nebelbänken, die sich auf dem Grund der Täler festhielten. Überall blinkten blaue Lichter in der Dunkelheit, als sie vor dem Tor zum *Vita divina* ankamen, einem Tor, das nicht mehr vorhanden war, dessen verbogene Eisenteile am Boden herumlagen. Die Detonation war offensichtlich so heftig gewesen, dass ein flacher Krater entstanden war.

«Che cos' è successo? Was ist los?», rief Tommasini einem der blankgestiefelten Carabinieri zu, dessen Schulterklappen, goldene Knöpfe und Tressen im Licht der Autoscheinwerfer blitzten.

«Das Tor wurde gesprengt. Aber die Besitzer haben sich nicht gerührt. Die benehmen sich, als hätten sie nichts gemerkt. Wir sind auch erst vor ein paar Minuten gekommen. Es ist komisch! Die haben mit Sicherheit eine Alarmanlage und eine Kamera hier installiert. Dann müssen die das gemerkt haben, auch wenn das Anwesen zwei Kilometer entfernt liegt. Es hat eine Riesendetonation gegeben. Wenn Signor Bellagamba davon aus dem Bett gefallen ist, müssen die da oben es auch gehört haben!»

«Dann machen wir uns doch mal auf den Weg nach oben. Das Tor ist ja jetzt offen, und ich habe einen Haftbefehl gegen einen gewissen Cavazzoni, Ennio, der sich vermutlich da oben aufhält. Außerdem für eine Signora Salino-Remus wegen Verbindung zur Mafia und des Verdachts auf illegalen Geldverleih.»

Warum hat er mir nicht gesagt, dass er Haftbefehle erwirkt hat?, dachte Laura. Klar, ich ermittle ja offiziell nicht. Aber ich habe die verdammten Fotos besorgt und die Pisellis dazu gebracht, dass sie diesen Ennio Cavazzoni identifiziert haben. Immerhin haben sie mich mitgenommen und mir sogar eine Waffe gegeben.

«Wäre gut, wenn Sie sich im Hintergrund halten, Signora Laura», sagte Tommasini auf der kurvenreichen Fahrt zum *Vita divina*. «Wahrscheinlich wird Vice-Commissario Lana bald auftauchen, und der wird es nicht mögen, dass Sie hier sind, auch wenn er so getan hat, als gehörten Sie zum Team.»

«Haben Sie mir deshalb nichts von den Haftbefehlen gesagt?»

«So ungefähr.»

«Ich halte es für gefährlich, einfach so den Berg hinaufzufahren und dort oben aufzukreuzen. Die haben eine Menge Frauen der besseren Kreise als Kundinnen. Was ist, wenn diese Frauen als Geiseln genommen werden? Vielleicht ist das schon längst passiert? Ich habe vorhin versucht, die Frau anzurufen, die uns die Bilder von Ennio Cavazzoni besorgt hat. Sie hat sich nicht gemeldet. Würden Sie jetzt bitte anhalten, Sergente, damit ich es nochmal versuchen kann!»

Tommasini bremste.

«Grazie! Schalten Sie bitte die Scheinwerfer aus.»

Es lag nicht am Netz, dass Laura wieder keine Verbindung bekam. Isabellas Mobiltelefon war eindeutig ausgeschaltet.

«Wir können da nicht einfach rauffahren! Wir brauchen mehr Leute, und wir müssen zu Fuß hoch, von allen Seiten.»

«Glauben Sie wirklich, dass die so verrückt sind, Geiseln zu nehmen? Das ist ein exklusives Resort! Die sind ruiniert, wenn sie so was machen!»

«Ruiniert sind die sowieso! Die können nur noch ihre Haut retten, und das werden sie versuchen. Vielleicht sind sie schon weg, mit Geiseln.»

«Dann müssen wir umso schneller rauf!» Tommasini ließ den Motor wieder an. «Die werden erwarten, dass wir kommen, und sie werden sich was ausgedacht haben, Commissaria! Die werden uns in Empfang nehmen, als wäre gar nichts passiert, das garantiere ich Ihnen!»

Tommasinis Kollegen waren geteilter Ansicht. Sie hielten einerseits Lauras Befürchtungen für bedenkenswert, andererseits gaben sie Tommasini recht. Da er an diesem Abend das Kommando hatte, fuhren sie weiter, langsamer als zuvor, bis endlich die Gebäude des Landsitzes vor ihnen auftauchten, in den unteren Räumen hell erleuchtet, obwohl es halb fünf Uhr morgens war. Als sie unter den letzten Olivenbäumen hindurchfuhren, wollte Laura aussteigen.

«Wir können nicht alle da auftauchen. Irgendwer muss draußen sein, ihr wisst doch gar nicht, was euch erwartet!»

Doch Tommasini hielt nicht an und schüttelte den Kopf. «Denken Sie an den Commissario, Signora. Wir bleiben zusammen! Die werden es nicht wagen, uns anzugreifen. Außerdem sind die anderen Kollegen knapp hinter uns.»

Laura gab auf. Sie zog die Waffe aus der Jackentasche, entsicherte und sicherte sie wieder. Tommasini hielt vor der geschwungenen Freitreppe, nur ein paar Sekunden später bremste der zweite Einsatzwagen hinter ihnen, dann ein dritter. Polizisten sprangen aus den Fahrzeugen, rannten die Treppe hinauf und verschwanden im Gebäude. Auch Tommasini, D'Annunzio und die anderen waren fort.

Bene, dachte Laura, dann werde ich mir die Angelegenheit von hinten ansehen. Sie wartete noch eine Minute, dann stieg sie aus und schlich sich in die Schatten hinter der

Treppe, dann an der Mauer entlang um die Ecke. Sie blieb an den Dornen eines Rosenstrauchs hängen, riss sich los und folgte im schwachen Lichtschein, der aus einem der Fenster drang, weiter der Hauswand. Auch hier oben hingen Nebelfetzen zwischen Sträuchern und Bäumen, schienen aus der Erde zu strömen wie kalter Rauch.

Es war ganz still, beinahe geisterhaft. Auch aus dem Haus drang kein Lärm, als wären die vielen Polizisten verschluckt worden. An manchen Stellen überzog der Nebel Pflanzen und Bäume mit weichen Kappen, die jetzt im Mondschein zu leuchten begannen.

Laura entsicherte die Pistole. Ich sollte zum Wagen zurückgehen und es den andern überlassen, dachte sie. Trotzdem ging sie weiter, hörte plötzlich ein Geräusch – ein Husten vielleicht oder einen abgewürgten Ausruf. Es konnte ein Reh sein. In dieser Gegend gab es Rehe. Rehe, Wildschweine und Stachelschweine. Schreckende Rehe stießen heiseres Husten aus, das wie Bellen klingen konnte. Werwolfbellen.

Wieder hörte sie etwas, hatte keine Ahnung, was es sein könnte. Sie bewegte sich im Zeitlupentempo durch die Schatten und Nebel weg vom Haus, folgte dem Geräusch. Der Mond schien ziemlich hell, war dabei, voll zu werden. Jetzt erkannte Laura eine schmale Straße, und am Rand dieser Straße bewegte sich eine verschwommene Gestalt, die zu unförmig erschien, um nur eine zu sein. Weiter oben stand ein Geländewagen, offensichtlich das Ziel der merkwürdigen Gestalt. Laura lief schneller, und dann erkannte sie, dass es tatsächlich zwei Menschen waren. Eine zerrte die andere, stieß sie vorwärts, kam deshalb nicht so schnell voran.

Im Schutz der Bäume überholte Laura die beiden, schaffte es, vor ihnen bei dem Fahrzeug anzukommen, duckte sich keuchend und versuchte ihren Atem zu beruhigen. Jetzt waren auch die beiden da, eine Tür wurde aufgerissen, jemand hineingestoßen, die Tür fiel wieder zu. Die andere Person kam jetzt um den Wagen herum auf die Fahrerseite, dorthin, wo Laura kauerte.

Sie konnte kein Risiko eingehen, steckte ihre Waffe weg, presste sich eng an den Wagen und schlug mit aller Kraft zu, als der Mann vor ihr auftauchte. Er ging in die Knie, kam wieder hoch, seine rechte Faust schoss nach vorn und traf Laura an der Schulter. Sie fuhr mit der Hand unter sein Kinn und riss mit der anderen seinen Kopf zurück, versetzte ihm dann einen zweiten Schlag, gegen den Hals diesmal. Endlich sackte er in sich zusammen.

Laura stieg über ihn hinweg, rannte um den Wagen herum und riss die hintere Tür auf. Verdammt, warum hatte sie keine Taschenlampe! Sie tastete am Wagendach entlang, fand endlich einen Knopf, und ein trübes Lämpchen flammte auf. Die Frau auf dem Rücksitz starrte sie an, gab wieder diesen bellenden Rehhusten von sich.

Ihr Mund war mit Klebeband verschlossen, ihre Hände auf dem Rücken gefesselt.

«Ganz still! Machen Sie keinen Mucks!», flüsterte Laura und riss mit einer schnellen Bewegung das Klebeband ab. Die Frau stieß einen kaum hörbaren Klagelaut aus, versuchte ihre Arme anzuheben. Ihre Handgelenke waren mit ebenfalls mit braunem Klebeband umwickelt. Es dauerte eine Weile, ehe Laura die Fessel entfernt hatte. Ihr Schweizer Messer steckte in ihrem Rucksack, und den hatte sie in Guerrinis Wohnung zurückgelassen.

«Shit!», sagte die Frau plötzlich. «Che vergogna! Wie konnte ich nur so blöd sein?»

«Raus aus dem Wagen. Wir müssen hier weg!» Laura

fasste nach dem Arm der Frau, von der sie annahm, dass es sich um Isabella di Tremonti handelte – nur war es gerade kein günstiger Augenblick, sich gegenseitig vorzustellen.

Nebeneinander rannten sie zu den Olivenbäumen hinüber, deren Äste bis zum Boden hingen. Im Schutz der Zweige blieben sie stehen und schauten zum Wagen zurück. Der Mann, den Laura niedergeschlagen hatte, war offensichtlich wieder zu Bewusstsein gekommen und zog sich am Kühler des Fahrzeugs hoch. Als er auf den Beinen stand, rannte jemand den Fahrweg vom Haus herauf, rief flüsternd: «Sono io! Andiamo! Subito!»

Eine Frauenstimme? Die Person blieb knapp vor dem Mann stehen, schien ihn zu umarmen … Laura konnte es nicht genau erkennen, aber es sah wie eine Umarmung aus. Dann erklang ein dumpfes «Plopp» und ein zweites. Der Mann brach in die Knie und fiel zu Boden.

Isabella di Tremonti stieß einen unterdrückten Schrei aus, die Gestalt beim Wagen fuhr herum und starrte in Richtung der Olivenbäume. Isabella presste eine Hand vor den Mund, während Laura ihre Pistole umfasste.

Weiter rechts begann ein Käuzchen zu rufen, so unerwartet und laut, dass beide Frauen zusammenzuckten. Ein gefiederter Schutzengel, dachte Laura.

Eine halbe Minute noch lauschte die Person neben dem Fahrzeug, dann schien sie beruhigt, stieg ein und ließ den Motor an. Als sie losfuhr, hatte Laura die Vorstellung, dass Reifen über den Mann am Boden hinwegrollten, und sie schloss für eine Sekunde die Augen.

Es hatte keinen Sinn, auf den fahrenden Wagen zu schießen, er war zu weit entfernt, selbst wenn sie hinterherrannte, würde die Reichweite der Pistole nicht ausreichen. Deshalb versuchte sie, mit ihrem Handy Tommasini zu erreichen, schaffte es erst beim dritten Versuch, schilderte knapp die Situation.

«Ihr müsst den flüchtenden Wagen erwischen! Igendwer wird sich hoffentlich mit den Feldwegen Richtung Monte Amiata auskennen!»

Kurz darauf rannten die ersten Polizisten mit großen Taschenlampen vom Hauptgebäude des *Vita divina* zu ihnen herauf und beugten sich über den leblosen Körper am Straßenrand. Laura und Isabella di Tremonti standen noch immer unter den Zweigen der Olivenbäume, die im Mondlicht silbern glänzten.

«Das war ein eiskalter Mord, nicht wahr?», murmelte Isabella.

«Ja, das war ein eiskalter Mord.»

«Shit!»

«Ja, Shit!»

«Wie in einem Mafiafilm.»

«Wie in der Wirklichkeit.»

«Es ist Ennio, der Kellner.» Isabella di Tremonti drehte sich zur Seite und würgte. Laura aber sah Angelo vor sich und wie er zusammenbrach. Sie musste sehr tief atmen, um sich nicht ebenfalls zu übergeben.

Der Morgen begann gerade zu dämmern, als D'Annunzio Laura und Isabella di Tremonti nach Siena zurückfuhr. Die Nebelbänke hatten sich inzwischen so sehr verdichtet, dass nur noch die Kuppen der Hügel hervorlugten. Inseln in einem weichen, grauen Meer. Manchmal fühlten sie sich bei dieser Fahrt wie in einem Flugzeug, und es passte zu ihrer Verfassung, die nicht ganz mit der Erde verhaftet war.

D'Annunzio erzählte, dass die Carabinieri von Montalcino Lara Salino-Remus auf ihrer Flucht über die Feldwege hatten einkreisen können. Sie hätte noch versucht, in ihrem Geländewagen querfeldein zu entkommen, war aber in einem Bachbett hängengeblieben und hatte sich anschließend ohne Widerstand festnehmen lassen. Aber sie verweigere jede Aussage.

Ihr Ehemann, der Deutsche, sei ebenfalls festgenommen worden, spielte aber den Ahnungslosen und zutiefst Erschütterten, der nicht begreifen konnte, was um ihn herum geschah.

«Es wird sicher noch 'n paar Stunden dauern, ehe die alle vernommen haben. Ich meine das ganze Personal und die Gäste. Ich fahr auch gleich wieder zurück, wenn ich Sie abgesetzt habe. Ist mal was anderes als dieser ewige Dienst an der Pforte.»

Als er Laura und Isabella vor Guerrinis Wohnhaus aussteigen ließ, sagte er plötzlich: «Ich hätt ganz gern gemacht, was Sie getan haben, Signora Laura. Das ist für mich Polizeiarbeit, nicht das, wozu die mich dauernd verdonnern!»

«Das war reiner Zufall, D'Annunzio, und noch dazu einer, der gerade noch gut ausgegangen ist. Normalerweise ist Polizeiarbeit genau das, was Sie machen … auch für mich. Mi dispiace!»

«Beh, nehmen Sie mir nicht alle Hoffnungen! Übrigens lässt Tommasini ausrichten, dass Sie die Zeugenaussage der Signora di Tremonti aufnehmen sollen.»

«Sehen Sie, D'Annunzio! Da geht es schon wieder los mit der normalen Polizeiarbeit. Ciao und danke!»

Laura führte Isabella in Guerrinis Lieblingsbar, die um diese frühe Stunde noch fast leer war. Sie bestellten Cappuccino, Hörnchen und zwei Toast mit Käse. Isabella hatte sich wieder gefangen und war hungrig.

«Ich hatte einfach nicht geglaubt, dass diese Geschichte so gefährlich werden könnte», murmelte sie mit vollem Mund. Und Laura bewunderte die Eleganz, die sie noch immer ausstrahlte, obwohl sie kaum geschlafen hatte, entführt worden war und Zeugin eines brutalen Mordes. Isabella di Tremonti war eine typische Florentinerin aus gehobenen Kreisen. Eine Dame mit sorgfältig getöntem Haar, einem guten Haarschnitt und Jeans, die sicher von Armani oder Gucci waren. Sie mochte fünfzig sein, sah aber jünger aus.

«Angelo hatte mich gewarnt, aber ich habe die Sache eher als spannendes Abenteuer betrachtet. Wissen Sie, Laura, was ich Trottel vorhatte? Ich wollte eine kleine Affäre mit Ennio anfangen und ihn dabei ein bisschen aushorchen. Ich habe mit ihm geflirtet, und ich habe ihn fotografiert. Für Sie. Er hat es bemerkt und mich danach gefragt. Ich behauptete, dass ich gern eine Erinnerung an ihn hätte, weil er mir gefiele. Als er heute Morgen um halb fünf an meine Tür klopfte, dachte ich, dass er mir einen Liebesdienst erweisen wollte. Ich war auch gar nicht abgeneigt … aber er hat mir eine Pistole unter die Nase gehalten, ich musste mir was anziehen, und dann hat er mich mit Klebeband verpackt. Von der Explosion hatte ich gar nichts mitbekommen. Ich habe einen sehr guten Schlaf.»

«Ennio war vermutlich ein Mafioso.»

«Aber weshalb hat Lara Remus ihn erschossen? Weil er Mafioso war?»

«Nein, ich nehme an, dass sie ihn erschossen hat, weil er etwas über sie wusste und sie sichergehen wollte, dass er dieses Geheimnis für sich behielt.»

«Einfach so?»

«Er hat sich zu einem Leben als Mafioso entschieden, und das beinhaltet gewisse Risiken.»

«Was hat er denn getan?»

«Zum Beispiel hat er im Auftrag seiner Organisation Kredite zu Wucherzinsen vergeben und Menschen auf diese Weise ruiniert. Ich denke, dass er auch an einem Mord beteiligt war und vermutlich an anderen Vergehen, aber davon weiß ich nichts.»

«Was für ein Mord?»

«Der Mord an einem Mann, der reiche verheiratete Frauen verführte und sie dann erpresste – allerdings auch im Auftrag dieser Organisation.»

«Hat er diesen Mann umgebracht?»

«Es könnte sein – aber ich habe den Eindruck, dass er diesen Mord nur vorbereitet hat. Er hat das Opfer außer Gefecht gesetzt. Den Mord beging jemand anders.»

«Und woher wissen Sie das alles?»

«Es sind reine Vermutungen, weil ich in diesem Fall schon eine Weile ermittle. Ennio Cavazzoni war in München, in genau dem Hotel, in dem der Mord geschah und genau zu der Zeit.»

«Und weshalb sollte dieser Mann umgebracht werden?»

«Vielleicht war er nicht mehr zuverlässig? Oder er hat zu viel Geld für seine Dienste verlangt? Wer weiß. Wir müssen warten, bis Lara Salino-Remus aussagt. Vielleicht schweigt sie. Aber ich bin ziemlich sicher, dass sie es war, die den Mord in München begangen hat. Genauso kaltblütig, wie sie Ennio Cavazzoni erschoss.»

«Und dieser Deutsche, Michael Remus? Was spielt der für eine Rolle?»

«Keine Ahnung – es wird sich alles herausstellen. Vielleicht war er das seriöse Aushängeschild von *Vita divina*, aber er kann genauso gut ein Mitglied des Mafia-Clans seiner Frau sein.»

Isabella di Tremonti zerkrümelte ihr Hörnchen, ohne darauf zu achten.

«Mein Exmann ist Staatsanwalt, und ich habe während unserer Ehe eine Menge unglaublicher Vorfälle erlebt, aber es waren eher Auseinandersetzungen im Rechtssystem. Nie so handgreiflich. Angelo hat mir am Telefon von diesem grauenvollen Mord an einem anderen Geldeintreiber erzählt. Glauben Sie, dass Ennio damit ebenfalls etwas zu tun hatte?»

«Das ist sehr wahrscheinlich, und ich bin sicher, dass Ennio auch auf Angelo geschossen hat.»

«Und wer hat das Tor gesprengt?»

«Das muss ich erst herausfinden», antwortete Laura, «aber ich habe so eine Ahnung.»

«In welcher Richtung?»

«Darüber möchte ich nicht sprechen.»

«Das ist unfair!»

«Nein, das ist es nicht. Wollen Sie ein Hotelzimmer, oder kann ich Sie in Angelos Wohnung einladen? Er hätte sicher nichts dagegen. Aber Sie müssen noch ein bisschen in Siena bleiben. Zumindest bis wir Ihre und meine Aussage zu Protokoll genommen haben.»

Isabella betrachtete erstaunt den Krümelberg, der von ihrem Hörnchen zurückgeblieben war.

«Ich würde gern mit Ihnen in Angelos Wohnung kommen, Laura. In Ihrer Nähe fühle ich mich sicherer.»

Während Isabella di Tremonti auf Guerrinis Wohnzimmercouch schlief, zog sich Laura in die Küche zurück, weil ihr Handy dort den besten Empfang hatte. Es war mitten am Vormittag, und Laura schaute vom Küchenfenster aus auf die Balkone der Nachbarn. Im zweiten Stock hatte jemand einen Käfig mit Kanarienvogel herausgehängt, weil die Sonne schien. Laura sah, wie der Vogel sang, sah die gesträubten Federn an seiner Kehle, den offenen Schnabel, hörte ihn aber nicht. Dohlen kreisten über den Dächern.

Laura betrachtete das Handy, zögerte und tippte dann langsam die Nummer von Donatella Cipriani ein. Sie meldete sich nach dem zweiten Klingelton.

«Hallo, Commissaria.»

«Buon giorno, Signora Cipriani. Hatten Sie eine gute Nacht nach unserem langen Abend?»

«Ja, danke, ich habe sehr gut geschlafen und bin schon wieder auf dem Weg nach Mailand.»

«Der Monte Amiata bei Mondlicht ist sehr schön, nicht wahr?»

Donatella zögerte nur kurz.

«Ja, er ist wunderschön.»

«Die Herbstnebel verwandeln die Toskana in ein Zauberland, finden Sie nicht?»

«Ja, das ist richtig.»

«Sie haben die Angelegenheit auf Ihre Weise geregelt, habe ich recht?», fragte Laura.

«Sollte man die Dinge nicht immer auf seine Weise regeln?»

«Wenn man dabei keine Gesetze übertritt.»

«Nein, Gesetze sollte man nicht übertreten – das machen nur die anderen», sagte Donatella Cipriani.

«Ich gehe also recht in der Annahme, dass Sie die Sache geregelt haben?»

«Ja, ich regle meine Dinge ab sofort immer selbst.»

«Bene, dann wünsche ich Ihnen Glück, Signora!»

«Grazie, Commissaria. Ich Ihnen auch.»

Laura drückte auf den kleinen roten Knopf und fragte

sich, woher Donatella den Sprengstoff hatte. Aber dann fiel ihr ein, dass Ricardo Cipriani Bauunternehmer war, und bei bestimmten Bauvorhaben benötigte man auch Sprengstoff. Vielleicht hatte auch ihr aufmüpfiger Sohn seine Quellen.

Ich lasse sie wieder laufen, dachte Laura. Hoffentlich läuft sie schnell und weit und dahin, wo sie gehört. Sie steckte das Handy in die Jackentasche, warf einen kurzen Blick auf die schlafende Isabella di Tremonti und verließ auf Zehenspitzen die Wohnung. Erst auf dem Weg zum Krankenhaus spürte sie die eigene Müdigkeit, empfand wieder diese Zittrigkeit wie vor ihrer Ohnmacht und fürchtete sich davor, sein Zimmer zu betreten.

Er lächelte ihr entgegen, trug keine Schläuche mehr, nur noch einen Tropf am Arm.

«Du musst mir nichts erzählen. Tommasini hat mich gerade angerufen.»

Laura nickte und setzte sich auf seinen Bettrand.

«Es war eine ereignisreiche Nacht.»

«Vielleicht solltest du schlafen, amore.»

«Ich habe jemand laufenlassen und will ihn auch nicht erwischen», murmelte Laura, während sie sich an seine Seite kuschelte.

«Nein, das geht nicht!», sagte Dottor Fausto, der in diesem Augenblick das Zimmer betrat. «Sie bekommen Ihr eigenes Bett, Commissaria. Das hier ist zu schmal für zwei, und so fit ist der Commissario noch nicht!»

Er nahm Lauras Hand und zog sie hoch. Eine Schwester rollte das Feldbett herein, auf dem Laura bereits eine Nacht verbracht hatte. Und dann brummte das Handy. Laura schüttelte den Kopf, um wieder klarer zu werden, sagte: «Pronto.»

«Ich bin's, Mama, Sofia! Wie geht's denn bei euch?»

«Och, es geht viel besser. Ich bin nur schrecklich müde, weil ich einfach nie zum Schlafen komme.»

«Und Angelo?»

«Der lächelt wieder. Wie geht es bei euch?»

«Ja, gut. Wir sind meistens bei Papa, aber auch bei uns. Gestern war ich bei Großvater. Läuft alles ganz locker. Heute kam eine Postkarte für dich aus Südfrankreich.»

«Von wem denn?»

«Soll ich sie dir vorlesen?»

«Ja, bitte.»

«Also hör zu: Liebe Laura, jetzt bin ich da, und da bleib ich auch. Kennst Du das Meer? Dann verstehst Du mich. Gruß Ralf! – Komische Karte, findest du nicht?»

«Ja, sehr komisch, aber sehr schön. Bitte wirf sie nicht weg, Sofi!»

«Nein, natürlich nicht. Ich leg sie auf deinen Schreibtisch. Wann kommst du denn wieder?»

«Irgendwann, wenn ich ausgeschlafen habe. Grüß alle schön, Sofia.»

«Ist irgendwas, Mama?»

«Nein, ich bin nur müde und möchte jetzt schlafen.»

«Dann schlaf gut.»

Laura legte sich auf das schmale Feldbett. Ehe sie einschlief, richtete sie sich noch einmal auf.

«Ich habe eine Karte von Ralf bekommen. Du erinnerst dich doch an den Obdachlosen, der von Neonazis fast totgeprügelt worden war. Er ist ganz weit weggelaufen und am Meer angekommen. In Südfrankreich. Ich freu mich sehr. Sag mal, Angelo, muss ich mir Sorgen wegen deiner Exfrau machen?»

Guerrini schüttelte den Kopf.

«Nein, Laura. Du musst dir keine Sorgen machen.»

«Bist du sicher, dass du das Gedicht von Petronius keiner anderen Frau vorgetragen hast?»

Guerrini begann zu lachen.

«Ganz sicher, Laura! Was ist denn los?»

«Es scheint so, als hätten eine Menge Männer, die ich kenne, dieses Gedicht benutzt … mein Vater zum Beispiel und dieser Benjamin Sutton …»

«Porca miseria», fluchte Guerrini. «Und ich dachte, nach zweitausend Jahren wäre ich auf der sicheren Seite.»

«Bist du nie», murmelte Laura und schlief sofort ein.

EPILOG

Erst nachdem D'Annunzio herausgefunden hatte, dass Lara Salino-Remus vor vielen Jahren eine Ausbildung zur Krankenschwester absolviert hatte, gestand sie den Mord an Benjamin Sutton. Er hatte einen höheren Anteil am erpressten Geld verlangt und wiederum sie damit erpresst, die Wahrheit über *Vita divina* den italienischen Medien zu verraten. Ennio Cavazzoni hatte ihm die K.-o.-Tropfen in den Whisky gemischt und ihm unterdessen ein großzügiges Angebot der Signora unterbreitet. Als Sutton außer Gefecht war, hatte er Lara Salino die Chipkarte zu seinem Zimmer übergeben.

Wer allerdings Cosimo Stretto umgebracht hatte, das fanden die Beamten der Questura nicht heraus. Möglicherweise war es ihnen auch nicht so wichtig.

Michael Remus spielte noch immer den Ahnungslosen, beschloss aber kurz nach der Verhaftung seiner Frau, das Anwesen *Vita divina* zu verkaufen. Als die Polizei bei einer weiteren Hausdurchsuchung beinahe eine Million Euro in Hohlräumen und großen Tonvasen fand, wurde allerdings auch er festgenommen. Tommasini dachte mit Grauen an den bevorstehenden Prozess, der – so wie er die italienische Justiz kannte – mindestens fünf Jahre dauern würde.

QUELLEN

Else Lasker-Schüler, Ich bin traurig, aus: *Sämtliche Gedichte*, herausgegeben von Friedhelm Kemp, Kösel-Verlag, München 1966

Antonio Tabucchi, S. 9: *Die Zeit altert schnell,* Hanser Verlag, München 2010

Edgar Allan Poe, Auszug aus: An eine im Paradiese, Übersetzt von Anselm Heyer, in: *Lyrik des Abendlands*, Carl Hanser Verlag, München 1953

George Gordon Noel Lord Byron, Auszug aus: Lebewohl, übersetzt von Heinrich Heine, ebenda

Petronius, Auszug aus: Liebesnacht, Übersetzung Heinrich Heine, ebenda

Robert Bridges, Auszug aus: Nachtigallen, übersetzt von Hans Hennecke, ebenda

Alda Merini, Auszug aus: Vicino al Giordano, aus: La Tierra Santa, PRE-TEXTOS-POESIA, Valencia 2002, Copyright by Scheiwiller, Milano 1996

Der Verlag hat sich bemüht, die Inhaber aller Urheberrechte der verwendeten Texte ausfindig zu machen. Sollte dies

DANKSAGUNG

Zwei Kapitel dieses Romans entstanden auf der Insel Juist, und diese kostbare kreative Zeit verdanke ich dem Stipendium «Tatort Töwerland». Mein besonderer Dank gilt Thomas Koch von der Buchhandlung Koch und Herrn Peters vom «Hotel Friesenhof».

Dank auch meiner Lektorin Nicole Seifert für die gute Zusammenarbeit und meinem Mann Paul Mayall für seine Geduld.

Das für dieses Buch verwendete FSC®-zertifizierte Papier
Munkenprint Cream liefert Arctic Paper Munkedals, Schweden.